O passageiro

CORMAC MCCARTHY

O passageiro

TRADUÇÃO
Jorio Dauster

Copyright © 2022 by Cormac McCarthy

Grafia atualizada segundo o Acordo Ortográfico da Língua Portuguesa de 1990, que entrou em vigor no Brasil em 2009.

Título original
The Passenger

Capa
Casa Rex

Foto de capa
Charles Hood/ Alamy/ Fotoarena

Preparação
Diogo Henriques

Revisão
Huendel Viana
Marise Leal

Dados Internacionais de Catalogação na Publicação (CIP)
(Câmara Brasileira do Livro, SP, Brasil)

McCarthy, Cormac
    O passageiro / Cormac McCarthy ; tradução Jorio
Dauster. — 1ª ed. — Rio de Janeiro : Alfaguara, 2022.

    Título original: The Passenger.
    ISBN 978-85-5652-159-0

    1. Ficção norte-americana I. Título.

22-128161	CDD-813

Índice para catálogo sistemático:
1. Ficção : Literatura norte-americana   813
Cibele Maria Dias – Bibliotecária – CRB-8/9427

[2022]
Todos os direitos desta edição reservados à
EDITORA SCHWARCZ S.A.
Praça Floriano, 19, sala 3001 — Cinelândia
20031-050 — Rio de Janeiro — RJ
Telefone: (21) 3993-7510
www.companhiadasletras.com.br
www.blogdacompanhia.com.br
facebook.com/editora.alfaguara
instagram.com/editora_alfaguara
twitter.com/alfaguara_br

O passageiro

Nevara um pouco durante a noite e seus cabelos congelados eram dourados e cristalinos, os olhos frios e duros como pedras. Uma de suas botas amarelas tinha se soltado e estava caída na neve. A forma do casaco transparecia sob uma leve camada de neve onde o havia largado; usando apenas o vestido branco, ela estava pendurada entre os troncos nus e cinzentos das árvores hibernais, a cabeça curvada para a frente e as mãos ligeiramente voltadas para fora, como as de certas estátuas ecumênicas cuja atitude pede que suas histórias sejam levadas em conta. Que as fundações profundas do mundo sejam consideradas onde estão cravadas na infelicidade de suas criaturas. O caçador ajoelhou-se, enfiou o rifle na neve para mantê-lo de pé, tirou as luvas, deixou-as cair e cruzou as mãos. Pensou que devia rezar, mas não tinha uma oração para aquele tipo de coisa. Baixou a cabeça. Torre de Marfim, disse. Casa de Ouro. Ficou ajoelhado por um longo tempo. Ao abrir os olhos, viu um pequeno objeto semiencoberto pela neve e, inclinando-se para a frente, varreu a neve com os dedos e pegou a corrente de ouro em que estavam presos uma chave de aço e um anel de ouro branco. Guardou no bolso do casaco de caça. Ele ouvira o vento à noite. O trabalho do vento. Uma lata de lixo chacoalhando contra os tijolos nos fundos de casa. A neve sendo soprada na escuridão da floresta. Olhou para cima, para aqueles olhos frios e esmaltados que exibiam um brilho azul na luz débil do inverno. Ela amarrara o vestido com uma faixa vermelha a fim de ser encontrada. Um toque de cor na rigorosa desolação. Naquele dia de Natal. Naquele dia de Natal frio e quase impronunciável.

I

Isso então seria Chicago no inverno do último ano de sua vida. Dentro de uma semana ela voltaria para o Stella Maris e, de lá, vagaria pelas lúgubres florestas de Wisconsin. O Kid Talidomida a encontrou numa pensão na Clark Street, no Near North Side. Bateu à porta, coisa pouco comum em seu caso. Claro que ela sabia quem era. Já o esperava. E, de todo modo, não foi de fato uma batida. Só uma espécie de tapa.

Ele ficou andando de um lado para outro ao pé da cama. Parou para falar, pensou melhor e continuou a andar, as mãos à frente do corpo, como o vilão de um filme mudo. Exceto, claro, que não eram realmente mãos. Apenas nadadeiras. Parecidas com as de uma foca. Pousou então o queixo na nadadeira esquerda ao parar para examiná-la na cama. De volta, atendendo a pedidos do público, ele disse. Em carne e osso.

Você demorou muito para chegar.

É. Os sinais de trânsito estiveram contra nós o caminho todo.

Como você sabia qual era o quarto?

Fácil. Quarto 4-C. Previ. Como está se virando em termos de dinheiro?

Ainda tenho dinheiro.

O Kid olhou ao redor. Gosto do que fez com o lugar. Talvez possamos passear no jardim depois do chá. Quais são os seus planos?

Acho que você sabe quais são os meus planos.

Sei. As coisas não parecem muito promissoras, não é?

Nada é para sempre.

Está deixando algum bilhete?

Estou escrevendo uma carta para meu irmão.

Aposto que é um resumo gélido.

O Kid estava diante da janela, olhando para a paisagem glacial do lado de fora. O parque coberto de neve e, mais além, o lago gelado. Bem, *ele disse. A vida. O que se pode dizer? Não é para todo mundo. Meu Deus, os invernos são deprimentes.*

É isso?

Isso o quê?

É tudo que você tem a dizer?

Estou pensando.

Voltou a andar. Então parou. E se fizéssemos as malas e simplesmente déssemos no pé?

Não ia fazer a menor diferença.

E se ficássemos?

O quê? Mais oito anos de você e seus amigos baratos?

Nove, srta. Matemática.

Nove, que seja.

Por que não?

Não, obrigada.

Ele deu mais alguns passos, esfregando lentamente as cicatrizes na cabeça pequena. Dava a impressão de ter sido trazido ao mundo com pinças de gelo. Parou de novo diante da janela. Você vai sentir falta da gente, disse. Estamos juntos faz muito tempo.

Claro, ela disse. Foi mesmo maravilhoso. Olha. Isso tudo é uma bobagem. Ninguém vai sentir falta de ninguém.

Nem precisávamos ter vindo, você sabe.

Não sei o que vocês precisavam fazer ou não. Não estou a par dos seus deveres. Nunca estive. E agora não me interessa.

É. Você sempre pensou o pior.

E raramente me decepcionei.

Nem toda alucinação ectromélica que aparece no seu quarto no dia do seu aniversário deseja lhe fazer mal. Tentamos espalhar um pouco de luz num mundo conturbado. O que há de errado nisso?

Não é meu aniversário. E acho que sabemos o que vocês andaram espalhando. Seja como for, como você não vai cair nas minhas boas graças, esquece.

Você não tem nenhuma boa graça. Está em falta.

Melhor assim.

O Kid estava dando uma olhada pelo quarto. Meu Deus, disse. Esse lugar é realmente uma merda. Você viu o que acabou de passar pelo chão?

O quê, acabou todo o estoque de Zyklon B? Você nunca foi exatamente o que mamãe queria como dona de casa, mas acho que se superou aqui. Houve um tempo em que não se deixaria apanhar morta num lixo como esse. Está cuidando da sua pessoa?

Não é da sua conta.

Mais uma em um longo histórico de premissas desfeitas. Sim, muito bem. Se é que me perdoa o trocadilho. Você não sabe o que está para acontecer, não é? Já pensou em se tornar freira? Está bem, perguntar não ofende.

Por que simplesmente não fazemos as pazes dentro do possível e deixamos o resto correr? Não torne as coisas piores do que já estão.

Está bem, está bem.

Você sabia que isso ia acontecer. Gosta de fingir que escondo segredos de você.

E esconde. É cheia de segredos. Meu Deus, como faz frio aqui! Dava para pendurar um pedaço de carne nesta porra de quarto. Você me chamou de espectro do operador.

Eu o quê?

Me chamou de espectro do operador.

Nunca chamei você disso. É um termo matemático.

É o que você diz.

Pode procurar.

Você sempre diz isso.

E você nunca procura.

Sei, está bem. São águas passadas.

Então é isso? O quê, está preocupado em tirar uma nota ruim no seu relatório de avaliação no trabalho?

Chame do que quiser, Princesa. Fizemos o melhor que podíamos. A doença persiste.

Está certo. Não vai durar mais muito tempo.

É, sempre me esqueço. Rumo a paragens de onde nenhum viajante... e que se foda o resto.

Continua a esquecer?

Figura de linguagem. Não esqueço muita coisa. Claro que você parece não se lembrar muito bem do estado em que a encontramos quando aparecemos pela primeira vez.

Não preciso me lembrar. Ainda estou nele.

É, certo. Me corrija se eu estiver errado, mas acho que me lembro de uma moça na ponta dos pés olhando por uma abertura alta e raramente relatada nos arquivos. O que ela viu? Uma figura no portão? Mas essa não é a questão, é? A questão é: ela foi vista? Um furinho luminoso. Quem notaria? Mas os cães do inferno podem passar por um orifício do tamanho de um anel. Estou certo ou não estou?

Eu estava bem até você aparecer.

Meu Deus, você é mesmo uma graça! Sabia? Mas tenho que admitir que dá nó em pingo d'água. Coisas do inferno, babando com olhares lascivos, e ela tentando olhar por cima dos ombros. O que é aquilo lá? Não sei. Algum atavismo herdado da psicose de um ancestral morto apareceu do meio da chuva. Fumando num canto. Ora, ora, puta que pariu. Vamos acender as luzes. Não adianta. Desliga o projetor. Quem foi afinal que comprou essa porra? É só enrolar a tela que essas merdas aparecem na parede. Você também me chamou de patógeno.

Você é um patógeno.

Está vendo?

Eles estão vindo ou não?

Quem?

Para com isso, eu sei que estão aí do lado de fora.

Você está falando das hortes.

É.

Tudo tem sua hora.

Posso ver os pés deles debaixo da porta. A sombra dos pés deles.

Pés e sombra de pés. Exatamente como no mundo real.

Estão esperando o quê?

Quem sabe? Talvez não se sintam bem-vindos.

Isso nunca os impediu.

O Kid ergueu uma sobrancelha carcomida por traças. É mesmo?, perguntou.

É, ela respondeu, puxando o lençol em volta dos ombros. Ninguém te convidou. Você simplesmente apareceu.

Está bem, disse o Kid. Alguém no corredor, certo? Bom, vamos dar uma olhada.

Deslizou até a porta, parou, puxou para cima a manga da camisa e agarrou a maçaneta com a nadadeira. Pronta?, perguntou. Abriu a porta de supetão. O corredor estava vazio. Olhou para ela por cima do ombro. Pelo jeito eles se mandaram. A menos — como dizer isso? — que tenha sido sua imaginação.

Sei que estavam aí. Sinto o cheiro deles. Sinto o perfume da srta. Vivian. E, sem dúvida, sinto o cheiro de Grogan.

Ah, é mesmo? Alguém podia simplesmente estar cozinhando repolho num outro quarto aqui perto. Alguma coisa mais? Enxofre? O fogo do inferno?

Fechou a porta. Imediatamente a turma ali de fora voltou. Arrastando os pés e tossindo. Ele esfregou as nadadeiras. Como se para aquecê-las. Tudo bem. Onde eu estava? Talvez devêssemos atualizá-la sobre alguns projetos. Talvez você se estabilize um pouco se souber do progresso que fizemos.

Estabilizar?

Analisamos o material que colhemos de você, e até agora parece tudo bem.

Que material é esse? Vocês não colheram coisa nenhuma de mim.

É, certo. Ainda estamos conseguindo cem léptons por dracma, o que é bom no sentido de que não é realmente ruim, mas esperamos que a maior parte desse material clássico saia com o tempo e possamos baixar até o renormal. Você sempre vê uma merda diferente quando põe tudo sob a luz. Simplesmente diferencia, só isso. Claro que não há nenhuma sombra nessa escala. Você tem aqueles interstícios negros pelos quais olha. Sabemos agora que os continua não são contínuos. Que não há nada linear, Laura. Por mais que você desça, acaba finalmente na periodicidade. Claro também que a luz não vai subtender nesse nível. Não vai se estender de costa a costa, por assim dizer. Então o que é que está no intervalo com o qual você gostaria de mexer mas não consegue ver por causa das dificuldades já mencionadas? Não sei. O que você disse? Não ajuda muito? Como acontece isso e como acontece aquilo? Não sei. Como é que as ovelhas não encolhem na chuva? Estamos trabalhando aqui sem uma rede de segurança. Onde não há espaço, não se pode extrapolar. Você iria para onde? A gente manda material para fora mas não sabe por onde ele esteve quando o recebe de volta. Tudo bem. Não há por que se irritar. O que é preciso é trabalhar para valer e fazer uns cálculos fodidos. É onde você entra. Você tem coisas aqui que talvez sejam só virtuais e talvez não, mas ainda assim têm que conter as regras — ou vai me dizer onde essas porras de regras estão situadas? O que, evidentemente, é o que estamos procurando, Alice. As benditas regras. Você põe tudo num vaso, dá nome ao vaso e continua a partir daí como os seguidores de Gödel e de Church; e, enquanto isso, a coisa real, que é provavelmente um substrato do substrato, segue em disparada em velocidades deformáveis, dado que aquilo que não tem massa não tem volume variante ou vice-versa, e por isso não tem forma, de que aquilo que não pode ser achatado não pode ser inflado nem vice-versa, na melhor tradição comutativa, e nesse ponto — para tomar emprestado uma expressão trivial — estamos empacados. Certo?

Você não sabe do que está falando. Isso não passa de um monte de bobagens.

Ah, é? Bom, trate simplesmente de se lembrar de quem é a mão que está na porta NAND, Patinha. Porque não é aquele cara que sacode o berço nem o da túnica rúnica. Se é que consegue me acompanhar. Espere. Tenho uma chamada. Remexeu nos bolsos e sacou um enorme telefone, grudando-o à orelha pequena e deformada. Anda logo, porra. Estamos numa reunião. É. Semi-hostil. Certo. Segunda base. Estamos aqui respirando essa porra de oxigênio. Não. Não. Que merda! Dois erros não geram um acerto nem um aperto. São uns belos de uns babaquinhas, e pode dizer a eles que fui eu quem falei. Me chama depois.

Desligou e recolheu a antena com a parte de trás da nadadeira, enfiando o telefone outra vez no bolso. Olhou para ela. Tem sempre alguém que não vê a luz.

Quem *é que não vê?*

Certo. De volta às tabelas. Sei no que você está pensando. Mas às vezes a gente tem que partir para a equivalência. Aplicar um montecarlo no filho da puta e estamos conversados. Para o bem ou para o mal. Não temos até o Natal.

Já é Natal. Quase.

É, está bem. Tanto faz. Onde é que eu estava?

Faz alguma diferença?

Seu principal aparelho no laboratório vai ser o servomecanismo. Senhor e escravo. Ligue um pantógrafo na tomada. Ponha a agulha no dilema e faça girar. Conte até quatro. Entre um sinal e outro. Repita até que apareça a lemniscata.

O Kid deu um passinho de sapateado e outra longa deslizada em cima do linóleo, parando e começando a andar de novo. Eles estão indo para as cabeceiras. Tempos gloriosos na savana, Hannah. Um bocado de mulheres também, apesar de todas as reclamações das cientistas feministas. Mandei minha gente checar. Tem a sua Madame Curry. Sua Pamela Dirac.

Sua o quê?

Para não mencionar outras por enquanto anônimas. Meu Deus, será que você não pode ficar mais alegre? Você precisa sair mais. O que foi que disse? Depois das contas vem o acerto de contas? Vou lhe contar uma coisa. Interlúdio cômico. Está bem? Me diga para parar se já tiver ouvido essa. Mickey Mouse entra com o pedido de divórcio. O juiz olha para baixo e diz: Então o senhor alega que sua esposa Minnie Mouse é mentalmente desequilibrada, é isso? E Mickey responde: Não, meritíssimo. Não foi o que eu disse. Eu disse que ela é doida pra caralho.

O Kid caminhou com passos fortes pelo quarto com as nadadeiras nos quadris, soltando sua gargalhada espalhafatosa.

Você sempre entende tudo errado. Está rindo de quê?

Como é que é?, ele quase engasgou. O quê?

Você sempre entende tudo errado. É Pateta, como o outro personagem. Não doida.

Qual a diferença?

Pateta pra caralho. Você nem consegue entender.

Está bem, está bem. Entendemos. Seja como for, o importante é que você saia dessa. Que tal? No último minuto, o pequeno Bobby Shafto acorda no mundo dos mortos e vem salvar você? Com fivelas de prata nos sapatos e essa porra toda? Ele está fora de jogo, Louise. Desde que estourou a cabeça na máquina de corrida.

Ela afastou o olhar. O Kid protegeu os olhos com uma das nadadeiras. Bem, ele disse. Isso atraiu a atenção dela.

Você não sabe do que está falando.

É mesmo? Há quanto tempo ele vem tirando uma soneca? Uns dois meses?

Ele ainda está vivo.

Ele ainda está vivo. Ah, que merda! Se ainda está vivo, e daí? Por que você não sai dessa? Nós dois sabemos por que você não está enfrentando isso. Não é? Qual é o problema? O gato comeu sua língua?

Vou me deitar.

É porque não sabemos o que vai acordar. Se acordar. Nós dois sabemos quais são as chances de ele sair dessa com a mente intacta, e, considerando a garota corajosa que você é, não te vejo apaixonada por qualquer vestígio que possa ainda se esconder atrás dos olhos nublados e dos lábios babando. Ora, que se foda. A gente nunca sabe o que está por vir, não é? Vocês provavelmente teriam voltado à terra dos intestinos de porco fritos. Só os dois. Jantando toucinho de porco e semolina ou que seja lá a porra que for que eles servem na terra daqueles filhos da mãe. Não é o mesmo que andar de carro pela Europa com gente da alta sociedade, mas pelo menos é sossegado.

Isso não vai acontecer.

Sei que não.

Bom.

Então, para onde seguimos daqui?

Vou lhe mandar um cartão.

Você nunca fez isso antes.

Isso vai ser diferente.

Aposto que sim. Vai telefonar para a sua avó?

E dizer o que a ela?

Sei lá. Alguma coisa. Meu Deus, Jasmine. Você sabe que há um monte de coisas a fazer.

Talvez. Mas não por mim.

Que dizer do portal da noite e do covil daqueles cujo nome não se pode pronunciar? Não tem medo disso?

Vou correr o risco. Meu palpite é que, quando desarmar o disjuntor, o painel se apagará.

Nós realmente nos esforçamos por você, sabia?

Sinto muito.

E se eu lhe contar coisas que não estou autorizado a contar?

Não estou interessada.

Coisas que você realmente gostaria de saber.

Você não sabe de nada. Só fica inventando.

É. Mas algumas coisas são bem legais.

Algumas.

Que tal essa: o que é preto, branco e vermelho de cima a baixo?

Não consigo nem começar a imaginar.

Trótski vestindo um smoking.

Maravilha.

Está bem. E que tal essa? Um fazendeiro encontra dois besouros em sua plantação de algodão.

Você já contou.

Eu, nunca.

Ele escolhe o menor dos besouros.

É. Está bem. Olhe. Estou organizando novos espetáculos. Alguns daqueles troços antigos do Chautauqua. Você sempre gostou dos clássicos. É preciso restaurar algumas fantasias. Umas semanas de ensaios.

Boa noite.

Até consegui mais uns filmes de oito milímetros. Para não falar de uma caixa de sapatos cheia de fotografias da década de 1940. Coisas de Los Alamos. E algumas cartas.

Que cartas?

De família. Cartas da sua mãe.

Mentira. Todas as cartas foram roubadas.

É mesmo? Talvez. O que você vai fazer?

Vou dormir.

Quer dizer, a longo prazo.

Estou falando a longo prazo.

Está bem. Guardar o melhor para o final. Claro.

Não fique irritado.

Está bem. Não é que eu não soubesse para onde tudo isso estava indo. Quem sabe? Talvez você queira saber como vai passar seu tempo. O passado é o futuro. Feche os olhos.

E se eu não quiser fechar os olhos?

Me faça um agrado.

Sim, com certeza.

Está bem. Vamos fazer isso do jeito antiquado. Que sei eu? Isso vai ser uma beleza.

Ele tirou de algum lugar de sua pessoa um grande quadrado de seda, jogou para cima, apanhou de volta, esticou e mostrou a ela os dois lados. Afastou-o do corpo e sacudiu. Então puxou de volta. Numa cadeira de assento de vime estava sentado um velho vestindo um fraque preto e poeirento. Calças listradas e colete cinza. Sapatos pretos de pelica que iam até o tornozelo e polainas de algodão pesado com botões de madrepérola. O Kid fez uma reverência, se afastou, o olhou de cima a baixo. Bem. De onde é que fomos desencavá-lo, hein? Soltou uma gargalhada.

Deu um tapinha nas costas do velho e levantou uma nuvem de poeira. O velho se inclinou para a frente, tossindo. O Kid deu um passo para trás e abanou a poeira com a nadadeira. Meu Deus. Faz tempo que esse não vê a luz do dia, hein? Bom, Vovô, como lhe parece o mundo? Podíamos nos valer de uma opinião independente.

O velho levantou a cabeça e olhou ao redor. Olhos pálidos e fundos. Com um movimento descoordenado, ajeitou o laço do plastrão puxando para cima e apertou as pálpebras.

Esse traje é um clássico, hein?, disse o Kid. Um pouco piorado por causa da umidade da terra. Ele se casou com essas roupas. A mulherzinha tinha dezesseis anos. Claro que ele já vinha trepando com ela desde uns dois anos antes. Então podemos dizer que tinha catorze. Finalmente, ela engravidou e, opa, aqui estamos. O sacana era mais velho que o pai dela. E os sinos matrimoniais soaram sumariamente. Mil oitocentos e noventa e sete. Acho que foi nesse ano. Cerimônia formal. Espingardas brancas. Seja como for, essa é quase toda a história. Pensei que o velho sacana teria alguma coisa a dizer, mas ele parece um pouco confuso. Não está mais ou menos adernado para estibordo?

O Kid endireitou o velho na cadeira, recuou e o avaliou com um só olho para ver se estava na vertical. Levantando uma das nadadeiras e apertando as pálpebras. Talvez pudéssemos usar um nível de bolha fantasmagórico, que acha? Gargalhou. Bem, que se foda. Ele não é de rir. Espere um minuto. São os dentes. Ele não tem nem uma porra de um dente.

O velho tinha aberto a boca de couro e estava arrancando chumaços de algodão manchados das bochechas, enfiando no bolso do paletó. Limpou a garganta e olhou em volta tristemente.

O que ele está fazendo agora?, disse o Kid. Mexendo em alguma coisa no bolso do colete. O que é isso, o relógio? Meu Deus. Não vai me dizer que ele está dando corda! Está ouvindo o relógio? Essa merda não pode estar funcionando. Negativo. Ele está sacudindo o relógio. Aliás, realmente bonito. Daqueles que dá para se ver os ponteiros sem abrir o estojo. Mecanismo de escape tipo âncora, sem dúvida. Porreta! Dá uma sacudidela forte. Nadinha. Não adiantou.

O velho estalou as gengivas. Espere só, disse o Kid. Estão vindo. Notícias do Além. E não recebo agradecimento nenhum por essas merdas que faço por você.

Onde, chiou o velho, fica o banheiro?

O Kid empertigou-se. Puta que pariu. Onde fica o banheiro? É isso? Sou mesmo um filho da puta. Que tal se mandar daqui levando esse cu com mofo de queijo? Onde fica o banheiro? Caralho, meu Deus! Descendo o corredor. Vá se mandando daqui.

Levantando-se da cadeira, o velho se arrastou na direção da porta. Deixou atrás de si um rastro de poeira fina. Uma pequena criatura caiu de suas roupas e disparou para baixo da cama. Ele lutou com a maçaneta, conseguiu abrir a porta, passou cambaleante para o corredor e se foi. Meu Deus, disse o Kid. Caminhou até a porta e a fechou com um tapa, dando meia-volta e se apoiando nela. Sacudiu a cabeça. Bom, o que fazer? Má ideia, certo? Foda-se. Nem sempre dá jogo. Por que não trazemos alguns da velha gangue? Talvez nos alegrem um pouco.

Não quero trazer ninguém da velha gangue. Vou dormir.

Olha, Patinha. Não quero exagerar, mas você está seguindo desembestada a cem por hora na direção de porra nenhuma.

E você está aqui para me atormentar.

Você está bem? Não tem febre? Quer um copo d'água?

Ela se enroscou na cama e puxou o lençol para cobrir todo o corpo. Apague a luz quando sair.

O Kid deu mais alguns passos. Seu nome não foi tirado de um chapéu, você sabe disso, não é? Não sei o que você supostamente deve saber e o que não deve. Eu só trabalho aqui. Será que sou um operador? Tudo bem, então sou um operador. E talvez alguém saiba o que vem por aí, mas não é aquele que vos fala. Vamos. Não consigo falar com você quando está com a cabeça coberta pela porra dos lençóis. Nem vai dizer adeus?

Ela afastou os lençóis. Abra a porta e dou um adeusinho.

O Kid foi até porta e a abriu. Estavam todos ali. Esforçando-se para ver, acenando, alguns na ponta dos pés. Adeus, ela disse. Adeus. O Kid os enxotou com um gesto. Como uma freira diante de alunos do jardim de infância. Empurrou a porta e a fechou. Está bem, ele disse.

Terminamos aqui?

Não sei, Queridinha. Você não está facilitando as coisas. Não vou com você para o hospício. Você sabe.

Bom.

Grupos numerosos de pessoas mentalmente perturbadas, quando reunidos, assumem certos poderes. Isso causa um efeito inquietante. Passe algum tempo num manicômio e verá.

Eu sei. Eu passei. Eu vi.

Escolha é o nome que damos ao que se tem.

Pare de me citar.

Você não quer falar comigo.

Não.

Mais alguma coisa? Alguma palavra de aconselhamento aos que estão vivos?

Sim. Não morram.

Meu Deus. Isso é frio.

Vamos simplesmente apagar as luzes e dizer que foi uma vida.

Vamos sentir sua falta.

Vai sentir falta de você mesmo?

Vamos estar por aí. Há sempre algum trabalho a ser feito.

Ali, de pé, ele parecia meio desconsolado, os ombros caídos, mas se recuperou. Está bem, disse. Se é assim, é assim. Sei reconhecer uma indireta.

Cruzou uma nadadeira por cima da barriguinha e fez uma espécie de reverência antes de sair. Ela puxou os lençóis para cobrir a cabeça. Então ouviu a porta voltar a ser aberta. Quando olhou, o Kid tinha entrado de novo: caminhou silenciosamente até o centro do quarto, levantou a cadeira por uma ripa, a pôs sobre o ombro, deu meia-volta e puxou a porta às suas costas para fechá-la.

Ela dormiu e sonhou que corria atrás de um trem com o irmão ao longo do rastro das cinzas e, pela manhã, pôs isso na carta. Estávamos correndo atrás do trem, Bobby, que se afastava de nós na noite, as luzes perdendo o brilho na escuridão enquanto seguíamos aos tropeções pelos trilhos. Eu queria parar mas você pegou minha mão e, no sonho, nós sabíamos que precisávamos manter o trem à vista ou o perderíamos. Que seguir pela via férrea não nos ajudaria. Estávamos de mãos dadas e correndo quando acordei e já era dia.

Enrolado num dos cobertores cinza que havia tirado do saco de salvamento, ele ficou sentado, bebendo chá quente. Cercado pelo marulho das águas escuras. A lancha da Guarda Costeira, que lançara âncora a uns cem metros de distância, subia e descia nas ondas com todas as luzes acesas; mais além, uns quinze quilômetros ao norte, era possível ver os faróis dos caminhões circulando pela estrada elevada, vindo de New Orleans rumo a leste pela US 90 na direção de Pass Christian, Biloxi, Mobile. Os acordes do segundo concerto para violino de Mozart subiam de um tocador de cassete. A temperatura do ar era de sete graus, o relógio marcava três horas e dezessete minutos.

O assistente estava apoiado nos cotovelos, usando fones de ouvido e examinando as águas escuras abaixo deles. De vez em quando se via um clarão no mar graças à doce luz onde, a treze metros de profundidade, Oiler trabalhava com a tocha de corte. Western observou o assistente, soprou o chá, tomou um gole e contemplou as luzes que se deslocavam pela estrada elevada como o lento avanço celular de gotas d'água num arame, com um tênue efeito estroboscópico quando passavam atrás dos balaústres de concreto. O vento soprava da terra, contornando a ponta ocidental de Cat Island e gerando ondulações de pequeno porte. Cheiro de petróleo e pungente fedor dos manguezais nas ilhas. O assistente sentou-se, tirou os fones de ouvido e começou a remexer na caixa de ferramentas.

Como ele vai indo?

Vai bem.

O que ele quer?

Os grandes alicates de corte.

Ele prendeu um conjunto de grandes tesouras num mosquetão, fechou o mosquetão na corda e observou enquanto o equipamento mergulhava no mar. Olhou para Western.

Até que profundidade se pode usar o acetileno?

Por volta de dez metros.

Depois disso é oxiarco?

Sim.

O assistente confirmou com um aceno de cabeça e voltou a pôr os fones de ouvido.

Western tomou o resto do chá, jogou fora as folhas, pôs a xícara de volta no saco e apanhou as nadadeiras, calçando-as. Retirou o cobertor dos ombros, se levantou, fechou o zíper da jaqueta da roupa de mergulho, se abaixou para pegar os tanques, os levantou pelas alças e os pôs nas costas. Apertou as alças e vestiu a máscara.

O assistente afastou os fones. Se importa se eu mudar de estação?

Western levantou a máscara. É uma fita.

Se importa se eu mudar de fita?

Não.

O assistente sacudiu a cabeça. Naquele frio de congelar o cu, um helicóptero apareceu à uma da madrugada. Não sei qual era a pressa deles.

Quer dizer que estão todos mortos.

Isso aí.

E como você sabe disso?

É só raciocinar.

Western olhou para a lancha da Guarda Costeira. O formato das luzes liberava as ondulações das águas escuras. Olhou para o assistente. Só raciocinar, ele disse. Certo.

Calçou as luvas. O feixe branco do holofote correu duas vezes pela superfície da água e se apagou. Apertou o cinto. Ajustou o regulador na boca, baixou a máscara e entrou no mar.

Desceu devagar em direção ao clarão intermitente da tocha abaixo dele. Atingiu o estabilizador de voo, tocou mais abaixo na fuselagem, mudou de direção e nadou lentamente, a mão enluvada roçando no liso alumínio. As protuberâncias dos arrebites. A tocha brilhou de novo. A fuselagem se estreitando no escuro. Passou pelas volumosas naceles que sustentavam os motores turbofan e desceu pelo lado da fuselagem até chegar ao local iluminado.

Oiler havia cortado o mecanismo de trava e a porta se encontrava aberta. Ele estava dentro do avião, acocorado contra a parede que separa os pilotos dos passageiros. Fez um gesto com a cabeça, Western se aproximou da porta e Oiler apontou a lanterna para o corredor do avião. As pessoas em seus assentos, os cabelos flutuando. Bocas abertas, olhos vazios de especulação. Na cesta de trabalho, que estava do lado de dentro da porta, Western pegou a outra lâmpada de mergulho antes de entrar.

Com lentos movimentos das nadadeiras, percorreu o corredor acima dos assentos, seus cilindros raspando no teto. Os rostos dos mortos a centímetros de distância. Tudo que podia boiar estava encostado no teto. Lápis, almofadas, xícaras térmicas de café. Folhas de papel com a tinta se desfazendo em manchas hieroglíficas. Crescente claustrofobia. Ele deu uma cambalhota e voltou.

Oiler estava nadando ao longo da fuselagem com sua lanterna. A luz criava uma corola no espaço entre as duas lâminas de vidro. Western seguiu adiante e entrou na cabine dos pilotos.

O copiloto ainda estava preso ao assento, porém o piloto pairava acima, contra o teto, os braços e as pernas pendurados como uma enorme marionete. Western iluminou os instrumentos. As manetes gêmeas de empuxo estavam totalmente puxadas para trás, desligadas. Os mostradores eram analógicos e, quando os circuitos entraram em curto na água salgada, haviam voltado às posições neutras. Havia um espaço quadrado no painel onde uma das placas de aviônica tinha sido removida. A julgar pelos buraquinhos visíveis, fora mantida no lugar por seis parafusos, e havia três tomadas penduradas onde os rabichos tinham sido desconectados. Western fincou os joelhos contra as costas dos assentos de ambos os lados. Um bom relógio Heuer de aço inoxidável no pulso do copiloto. Examinou os painéis. O que estava faltando? Altímetros Kollsman e indicadores de velocidade vertical. Combustível em libras. Velocidade no ar zerada. Aviônica Collins presente. Era a placa de navegação. Saiu de costas da cabine. As bolhas do regulador se separaram ao bater na cúpula do teto. Tendo procurado em todos os lugares possíveis pela maleta do piloto, tinha certeza de que ela não estava lá. Saiu do avião e buscou por Oiler, que pairava sobre uma asa. Fez um movimento circular com uma das mãos, apontou para cima e agitou as nadadeiras rumando para a superfície.

Sentaram-se no pequeno convés do bote inflável, retiraram as máscaras, cuspiram o bocal dos reguladores, se recostaram contra os cilindros e os afrouxaram. Creedence Clearwater no toca-fitas. Western pegou sua garrafa térmica.

Que horas são?, perguntou Oiler.

Quatro e doze.

Ele cuspiu e esfregou o nariz com as costas do pulso. Inclinou-se por cima de Western e fechou as válvulas dos tanques de gás. Odeio esse tipo de merda, disse.

O quê, corpos?

Bem, isso também. Mas não. Merda que não faz sentido. Que não dá para entender.

Sei.

Ninguém vai aparecer aqui nas próximas duas horas. Ou três. O que você quer fazer?

O que eu quero fazer ou o que você acha que devemos fazer?

Sei lá. Que ideia você faz disso tudo?

Não faço.

Oiler descalçou as luvas e abriu o saco de mergulho para apanhar a garrafa térmica. Retirou o copo plástico, desaparafusou a tampa, encheu o copo e soprou. O assistente estava puxando a corda de trabalho e a cesta.

Não dá nem para ver a porra do avião. E algum pescador supostamente o descobriu? Isso é cascata.

Não acha que as luzes podem ter continuado acesas por um tempo?

Não.

É, provavelmente.

Oiler secou as mãos numa toalha tirada do saco, pegou os cigarros e o isqueiro, sacudiu um cigarro para fora do maço, o acendeu e ficou olhando por cima das águas escuras. Todos eles sentados bonitinho em seus assentos? Que porra é essa?

Eu diria que já estavam mortos quando o avião afundou.

Oiler deu uma tragada e concordou com a cabeça. É isso aí. E nenhum vazamento de combustível.

Tem uma placa faltando no painel de instrumentos. E a maleta do piloto também sumiu.

Ah, é mesmo?

Sabe o que isso significa, não sabe?

Não. Você sabe?

Extraterrestres.

Vai se foder, Western.

Western sorriu.

Qual você acha que é o alcance de um desses troços?

O JetStar?

Sim.

Provavelmente pouco mais de três mil quilômetros. Por quê?

Porque a gente tem que pensar de onde ele vinha.

Sei. E mais o quê?

Acho que estão lá embaixo há alguns dias.

Puta que pariu.

Não me parecem tão bem conservados. Quanto tempo leva para um corpo subir à tona?

Não sei. Dois ou três dias. Depende da temperatura da água. Quantos tem lá?

Sete. Mais o piloto e o copiloto. Nove ao todo.

O que você quer fazer?

Ir para casa e cair no sono.

Oiler soprou no copo e tomou o café. É, disse.

O assistente se chamava Campbell. Ele examinou Western e olhou para Oiler. Isso que está lá embaixo deve ser uma merda bastante feia, disse. Não incomoda vocês?

Quer ir lá e dar uma olhada?

Não.

Porra. Eu dou cobertura daqui. Western desce com você, se quiser.

Está de sacanagem comigo?

Não estou de sacanagem.

Bom, eu não vou.

Sei que não. Mas, se não viu o que nós vimos, talvez não devesse nos dizer o que devemos pensar sobre isso.

Campbell olhou para Western. Western inclinou as folhas na xícara. Porra, Oiler. Ele não quis dizer nada com aquilo.

Sinto muito. O problema é que não posso explicar como aquele avião chegou lá embaixo. E cada vez que penso sobre todas as coisas que estão erradas, a lista aumenta.

Concordo.

Talvez nosso bondoso dr. Western aqui bole alguma coisa parecida com uma explicação.

Western balançou a cabeça. O bondoso dr. Western não tem a menor ideia.

Nem sei o que estamos fazendo aqui.

Eu sei. Não há nada sobre isso que soe bem.

Então, quanto tempo temos, duas horas até amanhecer?

Isso aí. Talvez uma hora e meia.

Não vou trazê-los para cima.

Nem eu.

Sobreviventes. Porra, estão de brincadeira, não é?

Continuaram sentados com os rostos sombreados pela lâmpada, o bote subindo e balançando com o movimento das ondas. Oiler ofereceu a garrafa térmica. Quer um pouco de café, Gary?

Obrigado.

Vamos, está quente.

Está bem.

Não vi nenhuma avaria.

É. Parecia que tinha acabado de sair da fábrica.

Quem fabrica aquele troço? O tal do JetStar?

JetStar, eu sei. A Lockheed.

Bom. É um tremendo avião. Quatro motores a jato? Qual a velocidade de cruzeiro que ele alcança, Bobby?

Western jogou fora as folhas de chá e voltou a atarraxar a tampa da garrafa térmica. Acho que uns mil quilômetros por hora.

Puta que pariu.

Oiler deu a última tragada no cigarro e o fez sair girando na escuridão. Você nunca trouxe um corpo para cima, não é?

Não. Achei simplesmente que qualquer coisa que você não quisesse fazer eu provavelmente também não gostaria de fazer.

A gente traz com uma corda e um cabresto, mas antes tem que tirar do avião. Eles ficam querendo abraçar a gente. Certa vez levamos para cima cinquenta e três de um avião da Douglas que caiu na costa da Flórida, e para mim foi o suficiente. Isso foi antes de eu ir trabalhar para a Taylor. Eles já estavam lá havia alguns dias, e você não ia querer de jeito nenhum deixar que aquela água entrasse na sua boca. Estavam todos inchados dentro das roupas, a gente tinha que cortar os cintos de segurança. Quando você acabava de cortar, eles começavam a subir com os braços abertos. Como bexigas infláveis.

Aqueles caras não parecem executivos.

Ah, é? Estão usando ternos.

Eu sei. Mas não é o tipo certo de terno. Os sapatos parecem ser europeus.

Bom, isso eu não saberia dizer. Não tenho um par de sapatos normal faz dez anos.

O que você quer fazer?

Dar a porra do fora daqui. Precisamos tomar uma chuveirada.

Muito bem.

Que horas são?

Quatro e vinte e seis.

O tempo voa quando a gente está se divertindo.

Podemos dar uma lavada no convés quando voltarmos. Jogar uma água nas roupas.

Vai ser difícil me encontrar, Bobby. Não vou voltar aqui.

Está bem.

Você acha que já teve alguém lá embaixo, não acha?

Não sei.

Está bem. Mas isso não é uma resposta. Como eles poderiam entrar no avião? Teriam de cortar para entrar, como fizemos.

Talvez alguém tenha deixado eles entrarem.

Oiler sacudiu a cabeça. Porra, Western. Nem sei por que ainda converso com você. Tudo que você faz é me dar um medão filho da puta. Gary, quer ligar o motor?

Legal.

Western guardou a garrafa térmica no saco de mergulho. O que mais?, perguntou.

Vou lhe dizer o que mais. Acho que meu desejo de permanecer totalmente ignorante de uma merda que só vai me causar problema é tão profundo quanto duradouro. Vou dizer que é simplesmente quase uma religião.

Gary tinha ido para a traseira do bote. Western e Oiler levantaram as duas âncoras, e Gary, de pé na popa, puxou a corda da partida. O grande motor Johnson pegou imediatamente, e eles seguiram em marcha lenta até se afastarem de todo da boia laranja. Gary então acelerou e eles partiram para cruzar as águas escuras a caminho de Pass Christian.

———

Descia o rio uma antiga escuna com as velas arriadas. Casco negro, linha de flutuação dourada. Passando sob a ponte e defronte à margem cinzenta. Fantasma de elegância. Deixando para trás o armazém e o píer, os altos guindastes. Os enferrujados cargueiros liberianos presos aos postes de amarração ao longo do cais na margem do lado de New Orleans. Algumas pessoas na passarela tinham parado para olhar. Coisa vinda de outros tempos. Ele atravessou a linha férrea e subiu a Decatur Street a caminho de St. Louis, entrando depois na Chartres Street. Na Napoleon House, a velha turma o saudou das mesinhas postas na calçada. Gente conhecida de outra vida. Quantas narrativas começam desse jeito?

Squire Western, chamou Long John. Voltando das profundezas tenebrosas, não? Tome um trago conosco. O sol está acima do lais da verga. Se é que não estou cruelmente enganado.

Ele puxou uma das pequenas cadeiras de madeira e depositou o saco verde de mergulho no chão de ladrilhos. Bianca Pharaoh inclinou--se e sorriu. O que você tem aí no saco, querido?

Vai viajar, disse Darling Dave.

Bobagem. O Squire não vai nos abandonar. Garçom.

É só meu equipamento.

É só o equipamento dele, disse Brat para todos na mesa.

O Count Seals se voltou, sonolento. É o material de mergulho, disse. Ele é um mergulhador.

Ooh, disse Bianca. Que bacana! Deixe eu ver aí dentro. Alguma coisa pervertida?

O cara vai trabalhar numa roupa de borracha, o que você espera? Olhe aqui, companheiro, uma caneca de cerveja preta para o meu amigo.

O garçom se afastou. Os turistas passavam pela calçada. Fiapos de suas conversas vazias pairando no ar como fragmentos de um código. Sob os pés, o lento e ritmado baque de um bate-estacas em algum lugar na beira do rio. Western olhou para seu anfitrião. Como vai, John?

Estou bem, Squire. Andei fora por uns tempos. Um pequeno desentendimento com as autoridades sobre a legitimidade de algumas receitas médicas.

Contou suas aventuras de forma casual. Blocos de receitas falsas de uma impressora em Morristown, Tennessee. Médicos de verdade, mas com os números de telefone substituídos pelos de telefones públicos em estacionamentos de supermercados. Namoradas a alguns metros de distância num carro estacionado. Exatamente. A mãe dele em estado terminal. Sim, Dilaudids. Vidros de cem pílulas. Três semanas disso em cidadezinhas do sul dos Apalaches, e depois andando de um lado para outro num quarto do Motel Hilltop, na Kingston Pike, em Knoxville. O quarto pago com um cartão de crédito roubado. Esperando pela conexão. Metade de uma caixa de sapatos cheia de narcóticos classe II com um valor de venda nas ruas superior a cem mil dólares. Ele havia tirado as roupas por causa do calor e caminhava nu, exceto por um par de botas de pele de avestruz e um chapéu preto do tipo Borsalino com abas largas. Fumando seu último Montecristo. Deram as cinco horas. E seis. Finalmente uma batida à porta. Ele abriu de supetão. Porra, onde é que você se meteu?, perguntou. Mas estava encarando o cano de um revólver de serviço calibre .38, e havia um segundo homem dando cobertura ao lado com uma escopeta. O agente do FBI mostrava o distintivo, observando aquele malfeitor alto e totalmente nu. Amigão, ele disse, viemos tão depressa quanto pudemos.

Você saiu depois de pagar fiança?, perguntou Western.

Isso.

Pensei que não pudesse sair do estado.

Tecnicamente. Mas, em todo caso, só estou aqui por alguns dias. Se é que isso vai tranquilizar você. A velha cidade estava começando a me cansar. Quando finalmente me soltaram, fui para casa, tomei um banho de chuveiro, mudei de roupa e fui para a Jackson Avenue pensando em filar um drinque quando dei de cara com uma antiga namorada. Oi, John, ela disse. É você mesmo? Não te vejo há séculos. Onde tem andado? E eu disse: Minha querida, estive na cidade das grades. E ela disse: Ah, é? Sabe que minha irmã casou com um cara de Winston-Salem? Aí pensei: realmente preciso me mandar dessa cidadezinha.

Western sorriu. O garçom trouxe a cerveja, pôs sobre a mesa e se foi. O sujeito alto ergueu a caneca. Salud. Beberam. Brat estava conferenciando com Darling Dave. Pedindo conselhos. Nesse sonho, ele disse, entrei por uma janela e porrei uma velha na cama com um martelo de carne. Ela ficou com aquelas marcas de waffle na cabeça.

Dave varreu alguma coisa invisível de cima da mesa. Isso é um pedido de ajuda, disse.

O quê?

Talvez seu corpo não esteja recebendo alguma coisa de que precisa.

É sempre sobre a liberdade, disse Bianca. Se livrar de todas essas coisas. Como a morte do pai ou da mãe.

Seals agitou-se. Um amante de pássaros. Em seu banheiro, aves de rapina taciturnas, encapuçadas como carrascos, se moviam mal-humoradas em seus poleiros. Um falcão-sacre, um falcão-lanário.

Um papagaio?, ele perguntou.

Bianca sorriu e lhe deu um tapinha no joelho. Eu te amo, disse.

Vários deles procurando emprego. John fez um gesto com a caneca. Brat quase conseguiu um, falou. Mas, claro, no último momento deu para trás.

Acabei esculhambando tudo. Me deu um troço. O cara não parava de falar sobre tal e tal diretriz. E, no final, disse: E tem outra coisa. Por aqui não olhamos para o relógio. E eu disse, bem, não posso lhe dizer como fico feliz em ouvir essas palavras. Em toda a minha vida sempre cheguei uma hora atrasado para tudo.

O que ele disse?

Ficou meio calado. Sentado lá um minuto, depois se levantou e foi embora. Estávamos em seu escritório. Passado algum tempo, a secretária entrou e disse que a entrevista tinha terminado. Perguntei se tinha conseguido o emprego, mas ela falou que achava que não. Parecia meio nervosa.

Você já arranjou outro lugar para morar?

Ainda não.

E aquelas acusações de incêndio criminoso?

Retiraram. Acharam alguns dos gatos.

Gatos?

É, gatos. O problema é que o incêndio tinha começado em seis lugares diferentes, e isso pareceu um pouco suspeito para eles. Mas aí começaram a encontrar os gatos. Era só uma questão de somar dois mais dois.

Os gatos derramaram uma lata do meu solvente de tinta, disse Bianca. Rolaram em cima daquilo. Aí foram todos para debaixo do aquecedor e pegaram fogo. E então correram por todo o apartamento.

Gatos.

Gatinhos. Você sabe, filhotes. Ela afastou as palmas para indicar o tamanho. Perguntei por que eu iria botar fogo no meu próprio apartamento. E, de qualquer forma, só estávamos alugando, porra. Como é que íamos receber algum seguro nesse caso? Quer dizer, acho que qualquer um teria entendido que os gatos pegaram fogo. O que você acha, que eles estavam por ali esperando que o incêndio começasse para se jogar nas chamas? Obviamente, os gatos pegaram fogo primeiro e causaram a coisa toda. Eles são uns porras duns idiotas.

Os gatos?

Não, os gatos não. Os merdas da companhia de seguros.

Foi muito divertido, disse Brat. Quando o oficial de justiça levantou a mão para o juramento dela, Bianca se esticou e bateu um *high five* com ele. Acho que nunca tinham visto isso antes.

Acho que a predisposição genética varia com as raças, disse John, mas em qualquer caso as tendências de autoimolação dos gatos de fato parecem ser um fator conhecido na equação felina. Registradas nos escritos de Esculápio, entre outros, na Antiguidade.

Meu Deus, disse Seals.

Embora dê a impressão de contradizer Unamuno. Certo, Squire? Sua máxima de que os gatos raciocinam mais do que choram? Sem dúvida, a existência deles é totalmente hipotética, segundo Rilke.

Dos gatos?

Dos gatos.

Western sorriu. Bebeu. Um dia frio e ensolarado na cidade antiga. Rua banhada pela luz doce do meio-dia no começo do inverno.

Onde anda o Willy V?

Instalou o cavalete na Jackson Square. Sem dúvida espera vender seus borrões coloridos aos turistas. Ele e aquele cão de caça cor de luar.

Aquele bicho vai morder a bunda de algum turista e ele acaba pegando um processo.

Ou cadeia.

Long John começara a desembrulhar um grande charuto negro. Mordeu a ponta, cuspiu fora, lambeu o charuto, o prendeu entre os dentes e procurou um fósforo. Sonhei com você, Squire.

Sonho mesmo, foi?

Foi. Sonhei que você estava andando no chão do oceano com aqueles seus pesos nos pés. Procurando Deus sabe o que na escuridão das profundezas onde só vai batiscafo. Quando chegou na beirada da placa de Nasca, havia chamas subindo do abismo. O mar fervendo. No meu sonho, parecia que você tinha chegado por acaso na boca do inferno, e achei que ia baixar uma corda para tirar todos os seus amigos que foram antes. Não baixou.

Correu o fósforo pela parte inferior do tampo da mesa e acendeu o charuto.

Você é mesmo mergulhador?, perguntou Bianca.

Não do tipo que você está pensando, querida, disse Darling Dave.

Ele é mergulhador de todos os tipos que você pensar, disse Seals, lutando para se endireitar na cadeira e apoiando uma das mãos fechadas na mesa. Qualquer porra de mergulho.

Sou mergulhador de salvamento, disse Western.

O que é que você salva?

O que me contratarem para salvar. Qualquer coisa perdida.

Tesouros?

Não. É mais coisa comercial. Cargas.

Qual foi a coisa mais estranha que pediram para você fazer?

Quer dizer, de natureza não sexual?

Eu sabia que tinha gostado dele.

Sei lá. Teria que pensar. Uns caras que eu conheço certa vez trouxeram à tona uma barcaça de merda de morcego.

Ouviu essa?, disse Seals. Merda de morcego.

Como é que você entrou nesse negócio?

Não se meta nisso, querida, disse John. Você não ia querer saber. Como ele deseja secretamente morrer no fundo do mar para pagar seus pecados. E isso é só o começo.

Ah, está ficando interessante.

Não se excite muito. Você deve ter sentido uma certa reticência em nosso amigo. É verdade que ele faz trabalhos submarinos perigosos por um bom dinheiro, mas é verdade também que tem medo das profundezas. Bem, você diria, ele superou seus temores. Nem um pouquinho. Está mergulhando numa escuridão que nem é capaz de compreender. Escuridão e um frio paralisante. Gosto de falar sobre ele, já que ele não fala sobre si mesmo. Tenho certeza de que você gostaria de ouvir sobre a parte do pecado e da expiação. Pelo menos isso. Ele é um homem atraente. As mulheres querem salvá-lo. Mas, é claro, ele está acima disso. E aí, Squire, o que você diz? Muito longe do alvo?

Vai delirando, Sheddan.

Acho que vou parar por aqui. Sei o que você está pensando. Vê em mim um ego vasto, sem estrutura ou fundamento. Mas, com toda franqueza, não tenho nem a mais remota aspiração ao grau de autoestima que o Squire possui. E entendo que isso até dá certa validade a suas opiniões. Afinal, sou apenas um inimigo da sociedade, enquanto ele é um inimigo de Deus.

Uau, disse Bianca. E voltou-se para Western com um olhar ávido. O que você fez?

O rosto fino de Sheddan ficou encovado ao tragar o charuto. Soprou a fumaça perfumada por cima da mesa e sorriu. O que o Squire nunca entendeu é que o perdão tem uma linha do tempo. Enquanto nunca é tarde demais para a vingança.

Western bebeu o resto da cerveja e pousou a caneca sobre a mesa. Tenho que ir, disse.

Fica mais um pouco, disse Sheddan. Retiro tudo que disse.

Nem em sonhos. Você sabe como eu gosto das suas conversas.

Não vai para um daqueles empregos no exterior, vai?

Não. Estou a caminho de casa e da cama.

Pegou o turno da noite?

Exato. A gente se vê por aí.

Apanhou o saco, se levantou, acenou com a cabeça para todos, subiu a Bourbon Street com o saco sobre o ombro.

Gostei do seu amigo, disse Bianca. Bunda bonita.

Você está cavando um poço seco, minha querida.

Por quê? Ele é gay?

Não. Está apaixonado.

Pena.

É pior que isso.

Como assim?

Está apaixonado pela irmã.

Uau. Ele faz parte dessa gente do alto do rio que aparece aqui nas manhãs de domingo?

Não. Ele é de Knoxville. Bem, de novo é pior do que isso. Na verdade, ele é de Wartburg. Wartburg, Tennessee.

Wartburg, Tennessee.

Sim.

Esse lugar não existe.

Temo que exista. Perto de Oak Ridge. O trabalho do pai dele era projetar e fabricar bombas enormes com o propósito de incinerar cidades inteiras cheias de pessoas inocentes enquanto dormiam em suas camas. Coisas concebidas e produzidas com muita competência. Feitas uma por uma. Como os Bentleys de antigamente. Conheci o Western na universidade. Bem, a primeira vez que o vi foi no Club Fifty-Two, na autoestrada de Asheville. Ele estava lá no palco, tocando bandolim com a banda. Bluegrass. Nunca tinha encontrado com ele, mas sabia quem era. Estudava matemática, aluno brilhante. Alguém em nossa mesa o chamou e começamos a conversar. Citei Cioran e ele rebateu com uma citação de Platão sobre o mesmo assunto. E havia aquela irmã bonitona. Acho que tinha uns catorze anos. E ele a levava para aquelas boates. Estavam claramente namorando. E ela era ainda mais inteligente que ele. E uma belezoca daquelas, de fechar o tempo. Ele ganhou uma bolsa para o Caltech, onde estudou física, mas nunca tirou o diploma de doutorado. Herdou uma grana e foi para a Europa participar de corridas de automóvel.

Ele era piloto de carros de corrida?

Sim.

Que tipo?

Não sei. Aquelas coisinhas com que eles correm lá. Ele competia no circuito de terra de Atomic Speedway, em Oak Ridge, quando cursava o secundário. Aparentemente era bom no troço.

Correu na Fórmula 2, disse Dave. Era bom, mas não o bastante.

Sim. Bem, tem uma placa de metal na cabeça por conta disso. E uma haste de metal numa das pernas. Esse tipo de coisa. Manca um pouquinho. Seja como for, talvez tenha sido só uma puta falta de sorte. Acho que ele era provavelmente um excelente piloto. Não vão amarrar uma pessoa num daqueles troços se não souber dirigir, tenha o dinheiro que tiver.

Ele ainda tem o dinheiro?

Eu estava esperando que você perguntasse. Não. Queimou tudo.

E o tempo todo trepando com a irmã.

Essa é minha refletida opinião.

Me surpreende que você nunca tenha perguntado.

Perguntei.

O que ele disse?

Não levou na boa. Negou, é claro. Ele acha que sou um psicopata, e talvez tenha razão. O veredito ainda não saiu. Mas ele é um perfeito narcisista, do tipo que não sai do armário. E, de novo, aquele sorriso modesto esconde um ego do tamanho do centro de Cleveland.

Ele me pareceu um cara bem certinho. Cheguei a me perguntar como vocês poderiam ser conhecidos dele.

O sujeito alto olhou para ela. Certinho? Você está de brincadeira comigo.

O que mais ele fez?

O que mais? Meu Deus. O cara seduz prelados e suborna juízes. É um costumeiro praticante das artes da gelignita, um platonista matemático e um molestador de aves domésticas. Em especial as dominicanas. Para não usar de subterfúgios, um fodedor de galinhas.

John?

O quê?

Você está se descrevendo.

Eu? De jeito nenhum. Bobagem. Talvez uma pata-êider. Uma vez.

Pata-êider?

Os chamados patos nupciais. *Somateria mollissima*, acho eu.

Meu Deus.

Um pecadilho de somenos quando comparado às enormidades corretamente atribuídas a seu amigo. Sonhos carregados com as queixas das aves domésticas, balbúrdia nos poleiros, um desentendimento. Depois, os golpes de asas, a gritaria. Coisa séria. Apenas sua lista de tarefas diárias. Lavar, telefonar para mamãe, foder galinhas. Estou surpreso que uma mulher experiente como você seja tão facilmente tapeada.

Tragou o charuto, pensativo. Balançou a cabeça quase triste. Seja como for, elas devem estar dispostas a suportar essas indignidades se isso significa escapar da faca no último momento. E, evidente, cumpre indagar se é adequado comê-las depois. A lei islâmica é bastante clara nesse ponto, se não me engano. Que de fato seria errado. Mas seu vizinho pode comê-las. Presumindo que ele queira. A igreja ocidental não se pronunciou sobre a questão.

Você só pode estar brincando.

Não poderia estar falando mais sério.

Bianca sorriu. Bebericou seu drinque. Me diga uma coisa.

Claro.

Knoxville gera gente maluca ou só as atrai?

Pergunta interessante. Natureza ou cultura. Na verdade, os mais loucos parecem vir das cercanias, do interior. Mas é uma boa pergunta. Vou lhe falar mais sobre isso depois.

Bem, ele me pareceu muito simpático.

Ele é muito simpático. Gosto tremendamente dele.

Mas está apaixonado pela irmã.

Sim. Está apaixonado pela irmã. Mas é claro que a coisa é ainda pior.

Bianca deu seu sorriso estranho, lambeu o lábio superior. Certo. Ele está apaixonado pela irmã e...?

Está apaixonado pela irmã e ela está morta.

———

Ele dormiu até a noite, se levantou, tomou um banho de chuveiro, se vestiu e saiu. Desceu a St. Philip Street até o Seven Seas. Havia uma ambulância parada na rua com o motor ligado e dois carros de polícia encostados no meio-fio. Gente em volta.

O que aconteceu?, Western perguntou.

Alguém bateu as botas.

O que aconteceu? Jimmy?

Foi o Lurch. Saiu dessa para melhor. Estão trazendo para baixo agora.

Quando? Na noite passada?

Não sei. Não o víamos há um ou dois dias.

Harold Harbenger estava olhando por cima do ombro de Jimmy. Não o víamos porque ele estava morto. Por isso é que não estava circulando.

Dois enfermeiros traziam a maca. Levantaram as rodas no umbral da porta e empurraram Lurch para a calçada. Tinha sido coberto com uma manta cinza da equipe de salvamento.

Lá vem ele e já se vai, disse Harold.

Está lá debaixo do cobertor, sim, disse Jimmy. Pode crer.

Sentimos o cheiro do gás. Hoje de manhã estava mesmo muito forte.

Ele selou com fita adesiva todas as portas e janelas.

Enfiou as meias debaixo da porta. Dava para ver do corredor. Foi isso que esclareceu tudo.

Vocês não pensaram em procurar por ele?

Que se foda. É viver e deixar viver, é o que eu digo.

Lá vai ele, disse Harold.

Puseram a maca na traseira da ambulância e fecharam as portas. Western observou enquanto desciam a rua. Ao entrar no bar, um detetive conversava com Josie.

Que tipo de pessoa ele era? Sossegado?

Sossegado? Coisa nenhuma!

Criador de caso?

Josie tragou forte o cigarro. Refletiu sobre aquilo. Veja bem, disse. Não sou do tipo que fala mal dos mortos. Não se sabe onde eles podem estar ou se estão ouvindo. Entende? Se você toma conta de um lugar como este, há sempre alguém que precisa acomodar. Bêbado a noite toda e gritando, coisas assim. E outras questões que prefiro não comentar. Tudo que posso dizer é que ele nunca fez nada disso.

O detetive tomou nota no seu caderninho. Sabe se ele tinha algum parente?

Não sei. Eles sempre parecem ter uma irmã em algum lugar.

Western pegou uma cerveja com Jan e foi para os fundos do bar. Red e Oiler entraram, pegaram cervejas e foram até onde ele estava. O velho Lurch, disse Oiler.

Quem diria que ele era desse tipo?

As pessoas enganam.

Western concordou com um aceno de cabeça. Não é mesmo? Você contou ao Red sobre nosso trabalhinho hoje de manhã?

Contei.

Acho que talvez seja melhor manter isso entre nós.

É capaz de não ser má ideia.

E você, Bobby? Há quanto tempo você acha que aquele avião estava lá no fundo?

Sei lá. Algum tempo. Pelo menos uns dois dias.

Quem vai fazer o salvamento?

Oiler balançou a cabeça. Não somos nós.

Por nós você quer dizer a Taylor?

Isso aí. Lou disse que eles mandaram o cheque por um mensageiro.

Eles quem?

Não sei.

Devia haver um nome no cheque.

Não foi um cheque. Foi uma ordem de pagamento.

O que você acha disso tudo?

Oiler sacudiu a cabeça.

Como poderia haver alguém no avião?

Não faço ideia.

Bom, alguém pegou a caixa-preta. O piloto simplesmente não jogou pela janela.

Não tenho opinião sobre isso. Não quero ter uma opinião.

Western assentiu. Não faz diferença. Ainda vamos ouvir mais sobre isso.

Por quê?

Acha que não vão nos fazer perguntas?

Não sei.

Claro que sabe. Pense bem.

Ele foi até o banheiro masculino no pátio dos fundos. Ao voltar, Red já tinha ido embora e Oiler estava sentado junto a uma das mesinhas.

Aonde é que ele foi com tanta pressa?

Oiler empurrou a cadeira com o pé. Senta a bunda aí. Ele disse que tinha um encontro.

Um encontro?

Foi o que ele disse.

Um encontro romântico.

É. Perguntei se ia encontrar uma putinha qualquer para chupar o pau dele num estacionamento. Sabe o que ele disse?

Não. O quê?

Disse que sim. Que tinha um encontro.

Western pegou a cerveja que Oiler tinha trazido do bar. Sacudiu a cabeça. Meu Deus.

Pois é.

Deixe eu lhe perguntar uma coisa.

Manda bala.

Vocês conversam sobre o Nã. Ou Vietnã, para quem é de fora. Mas, quando eu estou por perto, se calam. É como quando a gente entra numa sala e todo mundo para de falar.

Imagino que isso aconteça bastante com você.

Estou falando sério.

É só como as coisas são. Se você não esteve lá, não esteve. Não faz de você uma pessoa ruim.

Red me disse certa vez que você ganhou uma porrada de medalhas.

Ganhei.

Palavra errada.

Não conheço ninguém que foi ao Vietnã e ganhou qualquer coisa. Exceto um paletó de madeira.

Recebeu as medalhas por quê?

Por ser um idiota.

Eu gostaria de ouvir mais sobre isso.

Sobre ser um idiota?

Sem essa.

A troco de quê, Bobby?

Você era o atirador de helicóptero.

Sim. Ficava na porta. Num helicóptero de ataque. Difícil ser mais imbecil do que isso. Olhe, Western. Você pode inventar sua própria história. Não vai ficar muito longe da verdade.

Duvido.

Você nem sabe o suficiente para perguntar.

Qual foi a coisa mais significativa que aconteceu na sua vida?

Na minha vida.

É.

Está bem, Nã. E daí?

Então, qual foi a coisa mais importante que não aconteceu comigo?

Meu Deus.

Diga qualquer coisa. Alguma coisa. Tente fingir que não sou apenas um babaca.

Não quero ter que explicar nada.

Não precisa. Me encarrego disso.

Tudo bem. Foda-se. Estávamos tentando recolher uns caras numa zona de pouso, fomos atingidos por foguetes, descemos e eu matei um monte de amarelos, mas o único cara que saiu vivo de lá fui eu. Bom, eu e outro sujeito, mas ele acabou morrendo depois. Levei uns tiros. Só isso. Os outros ainda estão lá. Um punhado de ossos espalhados numa tremenda floresta. E certamente não ganharam nenhuma porra de medalha. O que mais?

Acho que apenas gosto de saber o que perdi.

Não perdeu merda nenhuma.

Você sabe o que estou querendo dizer.

E daí, Bobby? Você é o cara inteligente, não eu. E eu completei dois períodos de serviço. Para um fuzileiro naval, são treze meses cada um. Esse é o tipo de coisa que você faz quando tem dezoito ou dezenove anos e é burro feito uma porta.

Ele pegou a garrafa de cerveja e bebeu, recostando-se na cadeira e levantando o rótulo com o polegar. Olhou para Western.

Vá em frente.

Vá se foder, Western.

Quantas vezes você se feriu?

Tudo pode ser uma porra de um ferimento. Levei cinco tiros. Que tal isso para um imbecil? Você não acharia dois ou três o bastante? A essa altura, já deveria ser capaz de entender que provavelmente não era uma coisa boa. Houve caras que simplesmente se mandaram da guerra. Nunca se ouve falar deles. Não sei quantos conseguiram. Alguns foram andando pelo Laos até a Tailândia. Conheço um que chegou assim na Alemanha.

Na Alemanha?

É. Um camarada recebeu uma carta dele. Ainda está por lá, até onde sei.

Como se não fosse um babaca imbecil, não é?

Certo. Eles tinham um canhão guiado por radar na área das três fronteiras e voamos por ali como se não tivéssemos a menor preocupação no mundo. O primeiro tiro entrou pela frente do helicóptero de ataque e explodiu no peito do piloto. O segundo destruiu o rotor principal. De repente, um grande silêncio. Só uns ruídos de metal sendo triturado. O motor já tinha parado. Quando começamos a cair, lembro de ter pensado que sabia que aquela merda ia acontecer e agora, como tinha acontecido, não precisava mais me preocupar com ela. Então me dei conta de que estávamos levando bala do lado de uma colina e, quando olhei para Williamson, ele estava pendurado pelas correias. Mais ou menos nessa hora, o projétil de uma bazuca de fabricação soviética entrou pela cauda do helicóptero, destruiu toda aquela seção e eu fui atingido por uma porção de estilhaços de metal enquanto descarregava minha metralhadora M60 municiada por um cinto com cem balas. Mas estávamos balançando de um lado para outro e metade do tempo eu atirava contra o céu azul. Por fim, parei porque o cano estava ficando vermelho e eu sabia que logo, logo ia engasgar. A essa altura, caíamos como uma porra duma pedra. O copiloto ainda estava vivo, e vi que estava carregando o revólver. E então batemos na copa das árvores.

No topo das árvores da floresta.

Isso aí. Batemos muito forte, mas estávamos bem. Fomos arrebentando os galhos de toda aquela merda até parar a uns dois metros do chão. Consegui chegar à cabine e perguntei ao tenente se ele achava que era capaz de caminhar; ele disse que certamente ia fazer uma porra duma tentativa e me mandou tirá-lo dali de dentro. Assim, soltei a trava do cinto dele, o puxei até a porta e o empurrei para fora. Ele simplesmente desapareceu numa moita de capim. Peguei meu colete à prova de balas e minha arma, saí procurando por ele. Fazia um silêncio estranho. Quando achei o tenente, ele ainda segurava o .45 e parecia um pouco aborrecido, mas pensei que isso provavelmente era bom. Estava coberto de sangue, mas achei que a maior parte talvez fosse do capitão. Pus o cara de pé e saímos mancando pela floresta. Andamos assim por três dias, até sermos recolhidos por um helicóptero. Foi uma tremenda cagada. Havia um monte de amarelos por todo lado e não precisamos dar nem um tiro. Fomos levados num Huey até a base, puseram o tenente numa maca e o cobriram com um cobertor. O cara tinha colhões. Talvez fosse mais jovem que eu. Ou da mesma idade. Eu sabia que estava sentindo muita dor. Olhou para mim e disse: Você é um cara porreta pra caralho. Foi mandado para casa. Nunca voltei a vê-lo.

Você não estava ferido?

Tiraram uma porção de fragmentos de metal que me atingiram quando o tiro de bazuca acabou com a traseira do helicóptero. Eu não tinha comido naqueles três dias, mas nem sentia fome. Tudo que queria era dormir. Mais ou menos uma semana depois tive uma licença para descanso, e três semanas mais tarde estava de volta num AC-130, todo amarrado e pronto para morrer outra vez.

Você matou muita gente?

Meu Deus.

Western esperou. Oiler sacudiu a cabeça. Quando você vai para a guerra, não está realmente puto com ninguém. Só tenta permanecer vivo o tempo suficiente para aprender como continuar vivo. Só quando começa a ver alguns dos seus companheiros irem para as picas é que se invoca com aqueles filhos da puta. Eu me inscrevi para a segunda campanha para tentar ir à forra. É isso aí. Nada de complicado. Bem, acho que nem tudo, pelo menos.

O que é que tem mais?

Você pega o gostinho. As pessoas não querem ouvir falar nisso. É uma pena. Eu achava que meu destacamento estava cheio de veadinhos, e aí chegou um novo comandante. Wingate. Tenente-coronel. E começou a chutar o traseiro do pessoal e a anotar nomes. Dia um. Todo mundo sabia que a guerra era uma merda. No final de 1968, a coisa toda estava indo para o brejo. Só costumava rolar drogas na retaguarda, mas àquela altura elas estavam em toda parte. Os caras atirando em civis.

Te arranjavam um novo chefe de pelotão, e a primeira coisa que você tinha que decidir era se precisava liquidar o sacana para salvar o próprio rabo. O problema real era que você não podia chegar aos oficiais superiores. Uns chupadores de pau pregando medalhas no peito de outros chupadores de pau por combates que eles não conseguiam localizar num mapa de campanha. Depois que voltei para o quartel-general, levou alguns dias para me mandarem para outro posto. Sacanagem. Nunca entenderam que a gente queria ficar com os companheiros. Eu não queria ficar mudando de lugar. Uns idiotas de merda. Eu então já era sargento, por isso não podiam me mandar lavar o chão. Mas o tenente-coronel me pedia para resolver uns probleminhas para ele. Aí, certo dia, ouvi ele falando ao telefone, e mais tarde fiquei sabendo que estava falando com um coronel que trabalhava no departamento de operações, a quem ele disse que estava cagando. Vou lhe dizer uma coisa, coronel: estou aqui para matar gente. E se não matar ninguém, vai ser difícil viver com um filho da puta como eu. E se você não está aqui para matar gente, precisa me dizer. Porque não quero trabalhar para você. Então bateu com o telefone. E fiquei sabendo que ele era dos meus. Era um filho da puta que gostava da guerra. Eu estava lá para causar mortes dolorosas, essa era a única razão para estar lá. E você também não vai gostar disso. Se matei muita gente? Já me fizeram essa pergunta algumas vezes. Mas nunca um homem. Eu falei pra menina com quem estava saindo que sim, que tinha matado uma porrada de amarelos, mas não tinha comido nenhum deles. Então, o que você acha? Chega dessa merda?

Vá em frente.

Eu costumava ir todas as tardes para o hospital de campanha. Não dava para entender nada daquela enfermaria. Era simplesmente uma grande sala com paredes de madeira compensada e um caralhão de cavaletes. Nenhuma cama. Traziam as macas e punham em cima dos cavaletes. O troço era assim. Vi aquilo cheio algumas vezes. Parecia um negócio dos tempos da Guerra Civil. Uma enfermeira me disse que, ao contrário do que as pessoas costumam pensar, os caras que pisavam em minas terrestres não morriam de hemorragia depois de terem as pernas arrancadas daquele jeito, porque a explosão cauterizava os tocos. Muito útil, não é mesmo? Eu ficava deitado numa mesa só com uma toalha por cima enquanto ela tirava de dentro de mim os pedacinhos de alumínio. Ou aço. Era bonitona, e eu sabia que ela não ficava triste ao me ver entrar. Eu era um puta dum gato. Mas ela era uma oficial e eu sabia que não ia dar em nada. Perguntei uma vez se ela ia gostar de me chamar de qualquer outra coisa que não fosse minha patente. Ela quase sorriu, mas não chamou.

O que é que ela disse?

Não disse nada. Tinha visto tanto de mim que eu nem entrava na equação dela.

Doía?

Tirar uns pedaços de metal da minha bunda com umas pinças compridas? Bem, você tinha que ver a mulher. Vou dizer que para mim era como se estivesse tudo certo.

Western sorriu.

Seja como for, eu passava a maior parte do tempo dormindo. Os amarelos tinham uma operação psicológica com um helicóptero que aparecia lá pelas três da matina, quando ainda estava o maior escuro, e soltava o som de um bebê chorando. Sem trégua. Eles sabiam que não íamos mandar ninguém subir por causa daquilo. E se derrubássemos aquele troço, o mais provável era que caísse na nossa cabeça. Depois de algum tempo, passei a gostar daquilo. Simplesmente voltava logo a dormir.

Ele olhou para o bar e levantou dois dedos; alguns minutos depois, Paula trouxe duas canecas de cerveja. Oiler levantou a dele contra a luz e a examinou. Posso te contar essa merda. Mas não vai significar nada. Nem sei o que significa para mim. Se penso sobre coisas que simplesmente não quero saber, elas são todas coisas que sei. E sempre vou saber. É foda. Alguém a seu lado leva uma bala, e o som é de uma bala atingindo a lama. Bem. É assim mesmo. Você podia passar toda a vida sem saber disso. Mas ali está você. Sabendo todos os dias que está num lugar onde não deveria. Mas é ali que está sua linda bundinha.

Os meninos ricos foram para as universidades, os pobres foram para a guerra.

É, tudo bem. Eu realmente não pensava nisso.

Me conta onde você matou uma porrada de amarelos.

Matei uma porrada de amarelos.

Você esteve envolvido em outra queda de helicóptero.

Nunca estive num que não tivesse caído.

Verdade?

É. Verdade. Nesse caso, fomos chamados a uma zona de pouso onde um Huey tinha sido atingido. Iam apanhar quatro caras lá. Uma patrulha de reconhecimento de longa distância. Não dá para imaginar como eles tinham se metido numa enrascada tão filha da puta. Dois deles pisaram numa armadilha feita de bambu afiado. Não tivemos muito mais sucesso que o Huey. Bom, na verdade um pouquinho, porque o Huey levantou voo e, todo estropiado, caiu logo depois na floresta e pegou fogo. Nunca mais vimos nenhum daqueles caras. Descobrimos depois que um Huey de transporte vinha logo atrás de nós, mas, quando viram toda aquela cagada, simplesmente se mandaram. Espertinhos. Tivemos de jogar fora um monte de combustível para diminuir o peso e carregar aqueles quatro, e fiquei pensando no que aconteceria se levássemos bala. Seja como for, a cauda bateu antes na copa das árvores e caímos de nariz, os rotores estraçalhando tudo em volta. Chamávamos o outro artilheiro que ficava na porta de Wasatch, e, enquanto eu pulava para fora, ele continuou atirando. Quando o helicóptero virou de lado, um daqueles cartuchos fervendo entrou pelas costas do meu macacão de voo e doeu pra caralho. O que se seguiu foram quatro dias na selva e uma porrada de combates no caminho. Saí de lá só com um companheiro, que morreu no helicóptero em que escapamos. Você ganha uma porra duma medalha por isso? Fala sério! É isso aí, Bobby, terminei.

Qual foi a coisa que te deu mais medo?

Vivia apavorado o tempo todo.

A mais apavorante.

Acho que a sensação mais escrota era quando atiravam na gente com alguma coisa realmente ruim. Num voo, isso seria um míssil. Se um desses te pegasse, a única esperança era a reencarnação.

Atiraram em você com um míssil?

É. Eles vinham em pares. O capitão deu uma cambalhota e quase caímos na copa das árvores. Foi isso.

E que mais?

Meu Deus.

O que mais?

Um canhão sem recuo de 106 mm alvejou nossa base. Calculamos que estava a uns três quilômetros. Depois que a primeira salva de tiros nos acertou, tratamos de sair correndo. Evacuação completa. Até os novatos sabiam o que era aquela porra. É por aí.

O que você lamenta? Posso perguntar isso?

Lamento?

Sim.

Tudo aquilo.

Que tal só uma parte?

Está bem. Os elefantes.

Os elefantes?

É, a porra dos elefantes.

Não entendo.

Quando levantávamos voo de Quang Nam, víamos aqueles elefantes nas clareiras, e os machos levantavam a tromba para nós, em desafio. Pensa só nisso. Uma puta audácia. Não sabiam o que nós éramos. Mas estavam cuidando de defender as velhas senhoras. E aí a gente aparecia naquele helicóptero de combate armado com foguetes de 70 mm. A gente não podia atirar muito de perto porque o foguete tinha de viajar uma certa distância para se armar. Para acionar a ogiva com os explosivos. Nem sempre eram tão precisos. Às vezes as aletas não se abriam direito e eles saíam rodopiando como uma bexiga quando se esvazia. Podiam ir parar em qualquer lugar. Talvez por isso a gente pensava que se foda, eles têm uma chance. Mas nunca erramos. E isso simplesmente arrebentava com eles, eles simplesmente explodiam. Penso sobre isso, cara. Eles não tinham feito nada. E com quem podiam reclamar? É nisso que eu penso. É o que me causa remorso. Certo?

———

Ele não sabia que lhe perguntariam tão rapidamente. Caminhou de volta pelo Quarter. Passou pela Jackson Square. Pelo Cabildo. O cheiro forte de musgo e porão da cidade impregnava o ar noturno. Uma lua fria e da cor de um crânio furava os fiapos de nuvens mais além dos telhados de ardósia. Os azulejos e os canos no topo das chaminés. O apito de um navio no rio. Os lampiões envoltos em globos de vapor, os prédios escuros e suando. Às vezes a cidade parecia mais antiga que Nínive. Atravessou a rua e virou depois de passar pelo ferreiro. Destrancou o portão e entrou no pátio.

Havia dois homens de pé diante da porta. Ele parou. Se eram capazes de passar pelo portão, podiam entrar em seu apartamento. Deu-se conta então de que tinham estado dentro de seu apartamento.

Sr. Western?

Sim.

Será que poderíamos ter uma palavrinha com o senhor?

Quem são vocês?

Enfiaram as mãos nos bolsos do casaco e mostraram carteirinhas de couro com distintivos, voltando a guardá-las. Talvez pudéssemos entrar e conversar por um minuto.

Pule o portão. Fuja.

Sr. Western?

Está bem. Vamos entrar.

Pôs a chave na fechadura, deu um giro e abriu a porta, acendendo a luz. O apartamento tinha um único cômodo com uma pequena cozinha e banheiro. A cama podia ficar embutida na parede, mas ele sempre a deixava abaixada. Havia um sofá, um tapete cor de laranja e uma mesinha de centro com livros empilhados. Segurou a porta para que eles entrassem.

Não deixaram meu gato fugir, deixaram?

Como?

Entrem.

Eles entraram, assumindo um ar de indiferença. Ele fechou a porta, se ajoelhou e olhou debaixo da cama. O gato estava encolhido num canto da parede. Miou baixinho.

Aguenta aí, Billy Ray. Vamos comer daqui a um minuto.

Ergueu-se e apontou para o sofá. Sentem-se, disse.

Tenho que confessar que você não parece muito surpreso em nos ver.

Deveria estar?

É só uma observação.

Claro. Aceitam um chá?

Não, obrigado.

Sentem-se. Vou pôr a água para ferver.

Foi até a cozinha, acendeu o fogão, encheu a chaleira com água da pia e pôs para ferver. Quando voltou, eles estavam sentados no sofá, cada qual numa extremidade. Ele sentou na cama, tirou os sapatos, jogou para o lado, ajeitou as pernas debaixo do corpo e ficou ali olhando para eles.

Sr. Western, gostaríamos de perguntar sobre o mergulho que deu hoje de manhã.

Vá em frente.

Só umas perguntas.

Claro.

O outro sujeito inclinou-se para a frente e pousou as mãos na beirada da mesinha, uma sobre a outra. Acariciou a de baixo com a de cima algumas vezes e ergueu a vista. Na verdade, não temos muitas perguntas. Só uma, de bom tamanho.

Tudo bem.

Parece que está faltando um passageiro.

Um passageiro.

Sim.

Faltando.

Sim.

Eles o observaram. Western não tinha ideia do que queriam. Vocês têm alguma identificação?, perguntou.

Já mostramos nossas identidades.

Talvez eu pudesse ver de novo.

Os homens se entreolharam, se inclinaram e mostraram outra vez os distintivos.

Pode anotar os números se quiser.

Está bem.

Pode anotar. Não nos importamos.

Não preciso anotar os números.

Eles não entenderam ao certo o que ele quis dizer. Dobraram os distintivos e os guardaram.

Sr. Western?

Sim.

Quantos passageiros havia no avião?

Sete.

Sete.

Sim.

Quer dizer, mais o piloto e o copiloto.

Sim.

Nove corpos.

Sim.

Bom, aparentemente deveria haver oito passageiros.

Alguém perdeu o voo.

Achamos que não. Havia oito passageiros no manifesto.

Que manifesto?

O manifesto do voo.

Por que haveria um manifesto?

Por que não haveria?

Era um avião particular.

Alugado.

Se fosse alugado, teria que haver um comissário de bordo.

Eles se entreolharam.

Por quê, sr. Western?

Os regulamentos da Agência Federal de Aviação exigem um comissário de bordo em todos os voos comerciais com mais de sete passageiros.

Mas não havia mais de sete passageiros.

Você acabou de dizer que eram oito.

Eles ficaram olhando para ele. O que estava com as mãos sobre a mesa se inclinou para trás. Como é que sabe disso?, perguntou.

Sobre o comissário de bordo?

É.

Sei lá. Li em algum lugar.

Você se lembra de tudo que lê?

Bastante. Com licença. Vou pegar meu chá.

Foi à cozinha, apanhou a lata de chá, tirou as folhas picadas com uma colher, pôs num recipiente de laboratório de meio litro, derramou a água quente, repôs a chaleira no fogão, desligou o gás e voltou a sentar na cama. Eles não davam a impressão de ter se movido. O policial que vinha falando fez um aceno positivo com a cabeça. Está bem, disse. Talvez manifesto não seja a palavra certa. O que temos é uma lista de passageiros fornecida pela corporação.

Você pode ter uma lista. Não acho que exista nenhuma corporação.

E por que acha isso?

Não acho que era um voo corporativo.

Você parece ter um monte de opiniões sobre o voo.

Acho que não. Tenho perguntas sobre o voo. As mesmas que vocês.

Gostaria de compartilhar com a gente?

Ou talvez eu só tenha uma pergunta de bom tamanho.

Vá em frente.

Posso ver aqueles distintivos outra vez?

Como?

Estou só de sacanagem. Peço desculpas.

Tudo bem.

Achamos que o avião já estava na água há algum tempo. Não acreditamos que tenha sido visto por nenhum pescador. E achamos que há uma probabilidade maior do que zero de alguém ter estado ali antes de nós.

Outro mergulhador.

Outro alguém.

Bem, tinha que ser um mergulhador, não?

Será?

Você acha que alguém esteve no avião antes de você.

Foi o que pensamos.

Antes de você e seu parceiro.

Sim.

É claro que, se você tivesse tirado alguma coisa de dentro do avião, faria sentido declarar não ter sido a primeira pessoa a entrar nele.

Quantos mergulhadores de salvamento vocês conhecem?

Eles se entreolharam.

Por que pergunta?

Só por curiosidade. Nós não tiramos coisas dos aviões.

Talvez você pudesse nos contar um pouco sobre o que descobriu quando chegou ao local.

Certo. O avião estava a uns treze metros de profundidade. Parecia praticamente intacto. Quando pusemos a lanterna de mergulho junto à janela, pudemos ver os passageiros lá dentro, sentados em seus lugares. Tínhamos só um assistente, ainda novo no emprego, por isso subi e deixei Oiler entrar no avião.

E como ele entrou?

Cortou o trinco da porta com um maçarico.

O avião estava intacto.

Sim.

Nenhuma quebra no impacto.

Não vimos muitos sinais de impacto. O avião estava pousado no fundo da baía. Não parecia ter tido nenhum problema sério.

Não tinha nada de errado com ele.

Não que pudéssemos ver. Além do fato de estar dentro d'água.

Depois que seu parceiro entrou no avião, você voltou a mergulhar?

Sim. Não passamos muito tempo dentro do avião. Fomos mandados lá para ver se havia sobreviventes. Não havia.

Alguém entrou em contato com você sobre esse incidente?

Não. Têm certeza de que não querem um pouco de chá?

Temos.

Isso é coisa do regulamento?

O que é que é coisa do regulamento?

Nada. Volto já.

Foi à cozinha, pegou uma bandeja de gelo, encheu um grande copo verde com cubos de gelo e derramou o chá através de um coador. Depois ficou olhando as folhas no coador. Quem são esses caras?, se perguntou. Voltou para a sala, sentou na cama, tomou um gole do chá gelado e esperou.

Você já participou do salvamento de algum avião?

Sim. Uma vez.

Onde foi isso?

Na costa da Carolina do Sul.

Havia corpos no avião?

Não. Acho que havia quatro ou cinco pessoas a bordo, mas o avião se partiu. Alguns corpos foram bater na praia uns dias depois. Acho que nunca encontraram os outros.

Você pilota, sr. Western?

Não. Não mais.

Quando foi isso? O trabalho na Carolina do Sul.

Dois anos atrás.

Você conhece bem o JetStar?

Não. Foi o primeiro que vi.

Belo avião.

Muito bonito.

Vocês abriram o compartimento de bagagem?

Por que faríamos isso?

Não sei. Abriram?

Não.

Você sabe o que é uma maleta Jepp?

Sim. Não estamos com ela.

Mas está faltando.

Sim, estava faltando. Ela e a caixa-preta. A caixa com as informações.

Você não achou que seria importante mencionar isso?

Não achei importante mencionar nada que vocês já soubessem. Por que não me dizem qual o interesse de vocês nisso, o que pensam que aconteceu? O que já sabem?

Não temos permissão para fazer isso.

Claro.

Mas vocês não tiraram nada do avião.

Não. Nunca tiramos nada. Oiler disse que devíamos sair da água e foi o que fizemos. A água estava cheia de cadáveres. Não sabíamos há quanto tempo estavam mortos nem do que morreram. Não pegamos a maleta Jepp. Não pegamos a caixa-preta. Não pegamos a bagagem. E certamente não pegamos o corpo de filho da puta nenhum.

Você é licenciado, sr. Western?

Sim.

Há alguma coisa a mais que gostaria de nos dizer?

Somos mergulhadores de salvamento. Fazemos o que nos pagam para fazer. Seja como for, acho que vocês sabem mais sobre o que aconteceu do que eu.

Muito bem. Obrigado pelo seu tempo.

Levantaram-se simultaneamente do sofá. Como passarinhos levantando voo de um fio de alta-tensão. Western ergueu-se da cama devagar.

Talvez eu devesse realmente voltar a ver aqueles distintivos.

Você tem um senso de humor peculiar, sr. Western.

Eu sei. Me dizem isso com frequência.

Quando os homens foram embora, ele fechou a porta, enfiou uma das mãos debaixo da cama e falou com o gato até conseguir pegá-lo. Pôs-se de pé e, com ele aconchegado na dobra do braço, o acariciou. Um gato todo preto com dentes de fora. A cauda balançando. Ele era chegado a gatos. E os gatos a ele. Onde está o seu prato?, perguntou. Levou o gato até a porta e lá ficou. O ar estava frio e úmido. Continuou a acariciar o gato. Escutando o silêncio. Sentia os baques pesados do bate-estacas sob os pés calçados só com as meias. O ritmo lento. Compassado.

II

Ela disse que as alucinações começaram quando tinha doze anos. No começo da menstruação, explicou, citando o que constava da literatura médica, e observando enquanto eles anotavam em suas pranchetas. A realidade de fato não parecia interessá-los muito. Ouviam seus comentários e seguiam — em frente. Porque a busca por sua definição estava inexoravelmente enterrada na definição buscada e sujeita a ela. Ou porque a realidade do mundo não podia ser uma categoria entre outras nele contidas. Seja como for, ela nunca se referia àquilo como alucinações. E nunca havia encontrado um médico que tivesse a menor noção do significado dos números.

Isso deve ter se passado então no pequeno quarto no sótão da casa de sua avó no Tennessee, no início do inverno de 1963. Ela acordou cedo na manhã daquele dia frio para encontrá-los reunidos ao pé da cama. Não sabia há quanto tempo estavam lá. Ou se a própria questão fazia qualquer sentido. O Kid estava sentado à escrivaninha, remexendo papéis e fazendo anotações num caderninho preto. Quando viu que ela estava acordada, guardou o caderninho em algum bolso e se voltou. Muito bem, disse. Parece que ela está acordada. Ótimo. Levantou-se e começou a andar de um lado para outro com as nadadeiras atrás das costas.

Por que você estava mexendo nos meus papéis? E o que estava escrevendo naquele livrinho?

Uma pergunta de cada vez, Princesa. Tudo no seu devido tempo. Livrinho: Livro das Horas, Livro dos Outroras. Certo? Como temos que cobrir um bocado de terreno, precisamos ser rápidos. Pode haver questões sobre os qualia, por isso trate de estar preparada. Verdadeiro ou falso na interalia, quatro erradas e está reprovada. E também nenhuma múltipla escolha na múltipla escolha. Escolha uma e siga em frente.

Olhou para ela e continuou a andar. Não prestou a menor atenção nas outras entidades. Um par de anões semelhantes, usando terninhos com plastrões roxos e chapéus homburg. Uma senhora já entrada em anos, com uma base pesada de maquiagem e manchas de ruge. Vestido antigo com rendas acinzentadas na garganta e nos punhos. Em volta do pescoço, uma estola de arminhos mortos, tão achatados como se tivessem sido atropelados na estrada, com olhos negros de vidro e focinhos de brocado. Erguendo um lornhão com pedras preciosas, olhou para a menina por trás de seu véu surrado. Outras figuras ao fundo. O tilintar de uma corrente no canto mais distante do quarto, onde um par de animais com coleiras e de táxon incerto se levantou, deu umas voltinhas e deitou de novo. Um leve farfalhar, uma tosse. Como num teatro quando as luzes começam a ser apagadas. Ela puxou as cobertas até o queixo. Quem são vocês?, perguntou.

Certo, disse o Kid, parando para fazer um gesto de encorajamento com uma das nadadeiras. Vamos cuidar das questões essenciais à medida que avançamos, por isso não há necessidade de se incomodar com bobagens nessa altura do campeonato. Muito bem. Alguma outra pergunta?

O anão à esquerda levantou a mão.

Não você, seu idiota. Meu Deus. Está querendo me sacanear? Ótimo. Não havendo outras perguntas, vamos dar a partida nesse troço. Temos coisas maravilhosas para mostrar. Se alguma coisa for muito apimentada para o seu gosto, escreva num pedaço de papel, dobre ao comprido e enfie naquele lugar onde o sol nunca brilha. Tudo bem.

Deu mais uns passos à toa e voltou a se sentar na cadeira dela. Eles esperaram.

Com licença, ela disse.

A sessão de perguntas terminou, Olivia, por isso chega de perguntas. Certo? Puxou um grande relógio de um bolso e apertou o botão. A tampa se abriu e soaram debilmente alguns compassos de música, que logo cessaram. Ele o fechou e o guardou. Dobrou as barbatanas e ficou sentado, batendo de leve com um pé no chão. Meu Deus, resmungou. É como arrancar uma porra de um dente aqui. Ergueu uma barbatana até o lado da boca. Lugares, ele chamou em voz alta.

A porta do closet se abriu com um repelão e um indivíduo baixinho, usando culotes e um boné quadriculado, pulou para dentro do quarto batendo palmas. Saltou para cima da cômoda de cedro. Tinha um sorriso pintado no rosto e tiras de metal penduradas na cintura: deu uns *passinhos de dança tilintantes e levantou acima da cabeça, pelos cabos, duas frigideiras.*

Meu Deus, disse o Kid, pondo-se de pé e avançando. Pelas hemorroidas do Senhor! Não não não não e não. Pelo amor de Deus! Que merda você acha que é isso aqui? Não pode aparecer tentando vender essa bosta. Encomendamos espetáculos honestos e recebemos uma porra dum funileiro sem o lobo frontal do cérebro? Meu bom Deus. Fora. Fora. Meu Deus. Qual é o próximo? Meu Deus. Aonde precisamos ir para achar algum talento? Para a porra da Lua?

Folheou o caderninho de notas. O que temos aqui? Punch & Judy? Caras que põem furões dentro das calças? Atos de animais de natureza sugestiva? Bem, que se foda. Manda vir.

Com licença, ela disse.

O que foi agora?

Quem são vocês?

O Kid ergueu as sobrancelhas e olhou para os outros. Ouviram isso, gente? Uma beleza. Tudo bem, ouçam. Esse é realmente o tipo de coisa que a gente pode esperar, então se vocês estão por aí esperando alguma coisa parecida com um pouquinho de gratidão, melhor esperarem sentados. Está bem? Tudo bem. O que temos? Ah, esse é dos bons. Conhecemos o cara. Vamos ver.

Um homem baixinho, com um terno encolhido, camisa branca manchada e gravata verde retorcida em volta do pescoço saiu desajeitadamente do closet e começou a recitar em voz monótona: Você tem que dar corda em seus mecanismos clássicos de relógio. Juntar os pedacinhos de tempo em sua rede de pesca. Deixar toda a água escorrer. Talvez tenha de pendurar os hidrocefálicos nas vigas do teto. Mas isso não é problema. Não se importe com o assoalho. Vai tudo secar. A coisa de que estamos realmente falando é a situação da alma.

Saturação, disse o Kid.

Saturação da alma. A madeira é velha, um pouco seca e pode estar rachando. É normal que se solte uma pequena nuvem de pó. Não se torne perniciosa.

Ansiosa.

Não se torne ansiosa. Tente não se excitar. Uma palavra aos sábios: pássaro na mão.

Pássaro na mão?

Não deixe para depois o que pode fazer hoje. Ainda não estamos fora de perigo.

Que merda. Para que dizer isso?

Poupar tostões e gastar fortunas. A honestidade é a melhor política. Meu Deus. Já chega. Onde ele está aprendendo essas merdas? Será que alguém pode tirar esse doidivanas daqui? Onde está o gancho?

Com licença.

Ele olhou para a menina na cama. Na verdade, ela estava com a mão levantada. O que foi agora, pelo amor de Deus?

Quero saber o que estão fazendo aqui.

O Kid ergueu os olhos para o céu. Depois olhou para as outras entidades e sacudiu a cabeça. Voltou-se para a menina. Olhe, Princesa. Na essência, tem muito a ver com estrutura. Alguma coisa que não se vê muito por aqui, acho que até você deve concordar. Mas não se pode fazer nada antes de melhorar o clima geral. Juntar todo mundo. Um pouco de coexistência pacífica. Certo? Estamos tentando criar uma linha de base. De outro modo, tudo começa a se desmantelar. É preciso usar o bom senso. Trabalhar com os materiais à mão. Há diversos cenários ruins aqui. Por exemplo? Quer que junte os pontinhos? Isso é fácil. Nada a fazer. Mas você continua a olhar por baixo da porta, Doris, e não temos muita documentação sobre isso. Por isso, às vezes fica com a impressão de que estamos improvisando. Assim seja. A primeira coisa é localizar a linha da narrativa. Não precisa valer num tribunal. Começar a juntar seus episódicos. Suas historinhas. Você vai entender. Lembre-se simplesmente de que onde não há um linear não há delineação. Tente manter-se focada. Ninguém está lhe pedindo para assinar nada, certo? E de todo modo, você não tem muitas opções.

Virou-se para todos e fez um gesto por sobre o ombro na direção dela, usando uma nadadeira. Essa nossa titica de passarinho imagina que tem amigos do lado de fora para evitar as inclemências, mas em breve vai superar isso. Muito bem. Vamos dar uma olhada. Ver o que conseguimos.

Foi sentar de novo na cadeira. Estamos prontos, disse em voz alta. Esperaram. A qualquer momento, disse o Kid. Meu Deus. Do que estamos precisando aqui? De uma porra dum megafone? Lugares.

Dois menestréis, com os rostos pintados de preto e chapéus de palha, entraram com seus enormes sapatos amarelos, fazendo uma barulheira no assoalho a cada passo. Traziam um tamborete e um banjo. Os tamboretes eram pintados em listras vermelhas, brancas e azuis com estrelas douradas. Os menestréis vestiram os chapéus, colocaram os tamboretes um em cada lado do quarto e se sentaram. O interlocutor apareceu atrás deles, com uma cartola e um fraque que exibiam a poeira da estrada. Fez um movimento rápido com a bengala, sorriu e executou uma reverência. O Kid recostou-se na cadeira e olhou ao redor, com ar satisfeito. Muito bem, disse. Agora sim.

Sr. Bones, disse o interlocutor. O que temos no programa para esta noite?

Sim Sinhô Interlocutor, vamo fazer uma dança menstrual pra srta. Ann aqui. Tamo pensando em fazer a dança do autorretrato dos negro dos Estados Unidos e do gorgulho no trigo até que os gato da casa corram pro celeiro. E mais adiante vai ter sapateado, isso é pra ninguém sair antes da hora. Todo mundo vai ver uns passo genuíno. E depois vai ter uma conversa cheia de resposta engraçada pra senhorita ouvir no estéreo e passar o tempo nas noite que se sentir sozinha. Não é mesmo, srta. Ann?

O Kid voltou a se recostar no assento e levou uma nadadeira à altura da boca. Diga que sim, sussurrou roucamente.

Meu nome não é Ann.

Sr. Bones, está pronto pra tocar esse troço?

Sim sinhô, sim sinhô, respondeu Bones. Ergueu-se de um salto e começou a tocar o banjo. Seus olhos eram azuis e os cabelos cor de palha despontavam por baixo da aba do chapéu. Os dois acertaram o passo e dançaram de lado, atravessando o quarto e voltando.

Sr. Bones, disse o interlocutor.

Sim sinhô, sinhô interlocutor.

O papai toupeira vem fazendo um túnel por baixo do jardim, dá uma farejada e diz: Sinto cheiro de rutabaga. A mamãe toupeira vem atrás, dá uma farejada e diz: Sinto cheiro de rabanete. E o bebê toupeira também chega, dá uma farejada, e diz que sente cheiro de quê?

Diz que só sente cheiro de melaço.

Os dois caíram na gargalhada, dando gritinhos. As entidades soltaram risadinhas e o Kid, com um largo sorriso, pegou o caderninho, anotou alguma coisa e voltou a guardá-lo.

Sr. Bones.

Sim sinhô, sinhô interlocutor.

O que é que o Rastus disse para a srta. Liza quando caiu a porta de trás da caminhonete dela?

Srta. Liza, quer que ponha aí na traseira?

E o que disse a srta. Liza?

Ela disse: Rastus, seu bobinho adivinhador de pensamentos, entra logo nessa caminhonete.

Eles rodaram pelo quarto pisando forte, uivando e batendo nas costas um do outro.

Com licença, ela disse.

O Kid inclinou-se para trás e olhou para ela. O que foi agora?

Essas são as piadas mais bestas e horríveis que ouvi em toda a minha vida.

É? Então por que está todo mundo rindo? Quem é você, alguma crítica? Meu Deus.

Não tenho a menor ideia de por que estão rindo.

O Kid revirou os olhos e contemplou o teto. Voltou-se para os companheiros. Tudo bem. Façam uma paradinha, gente.

Quero saber de onde vocês vieram, ela disse.

Quer dizer, onde estivemos antes de vir para cá?

É.

Os companheiros aproximaram-se um pouco. Como se desejosos de ouvir. Muito bem, disse o Kid. Alguém se encarrega dessa?

É uma pergunta simples.

Sim, certo.

Como chegaram aqui?

Viemos de ônibus.

Vieram de ônibus.

Isso.

Não vieram de ônibus.

Não viemos? Ora, não viemos uma ova.

Não. Não vieram.

Por que não?

Não chegaram aqui de ônibus. Como poderiam vir de ônibus?

Meu Deus, Clarissa. O motorista abre a porta e a gente sobe. Qual a dificuldade?

Havia outras pessoas no ônibus?

Claro. Por que não?

E ninguém disse nada?

Dizer o quê?

Não olharam de um jeito esquisito?

De um jeito esquisito?

Podiam ver vocês?

Os outros passageiros?

É.

Quem sabe? Meu Deus. Provavelmente alguns podiam e outros não. Alguns podiam mas não viram. Aonde você quer chegar?

Bem, que tipo de passageiro pode ver vocês?

Como é que fomos empacar nesse troço dos passageiros?

Só quero saber.

Me pergunte outra vez.

Que tipo de passageiro pode ver vocês?

Acho que sei o que está acontecendo aqui. Está bem. Que tipo de passageiro?

O Kid enfiou o que seriam seus polegares nos ouvidos, sacudiu as barbatanas, revirou os olhos e balbuciou palavras ininteligíveis. Ela cobriu a boca com a mão.

Só estou de sacanagem com você. Não sei que tipo de passageiro. Meu Deus. As pessoas olham pra gente e parecem surpresas, só isso. A gente sabe que estão olhando.

O que elas dizem?

Não dizem nada. O que iriam dizer?

Elas acham que vocês são o quê?

Quem acha que nós somos o quê? Não sei. Meu Deus. Meu palpite é que acham que sou um passageiro. Claro que você pode argumentar que, se eles são passageiros, então eu talvez seja outra coisa. Mas talvez não. Não posso falar por eles. Talvez vejam apenas um sujeito pequeno mas simpático. Idade indeterminada. Ficando careca.

Ficando careca?

O Kid esfregou o crânio queloidal. O que há de errado nisso?

O fato de você não ter nenhum cabelo para perder. Só quero saber de onde vocês vêm e por que estão aqui.

É tudo a mesma pergunta. Já não tínhamos deixado isso para trás?

Vocês estão no meu quarto.

Você também. É por isso que estamos aqui. Em que outro quarto você acha que deveríamos estar? Se estivéssemos em outro quarto, simplesmente não estaríamos aqui. Olhe, ainda temos um longo caminho pela frente e estamos perdendo a luz. Por isso, se você não se importar, podemos seguir em frente?

Mas eu me importo.

A pergunta será sempre a mesma. Estamos falando aqui de graus infinitos de liberdade, por isso é sempre possível efetuar uma rotação e fazer com que tudo pareça diferente. Mas é o mesmo. Vai continuar a voltar como uma refeição mal digerida. Sei que você é chegada às pesquisas, mas isto é um pouco diferente. Você ao que parece é uma menina genial, por isso talvez entenda tudo antes que todos nós desmaiemos de tédio.

Ela sentou com as mãos cruzadas, apertando os lábios.

Acabou?, perguntou o Kid.

Não.

O Kid sacudiu a cabeça com ar de cansaço. Bom, disse. Pegou o relógio, abriu a tampa, verificou a hora e voltou a guardá-lo. Bocejou e deu um tapinha na boca com uma das barbatanas. Olhe, falou. Deixe eu explicar da seguinte maneira. Como o vigário disse para o menino do coro. Para um viajante experiente, o local de destino é na melhor das hipóteses um rumor.

Eu escrevi isso. Está no meu diário.

Parabéns. Quando você carrega um bebê nos braços, ele vira a cabeça para ver aonde está indo. Não sei por quê. Está indo para lá de qualquer jeito. Você simplesmente precisa encontrar o melhor lugar para se segurar, só isso. Você acha que há regras sobre quem pode andar de ônibus, quem pode estar aqui e quem pode estar lá. Como você chegou aqui? Bem, ela simplesmente viajou em seu ciclo lunar. Vejo que você está procurando sinais no tapete, mas, se fomos capazes de chegar aqui, podemos deixar rastros. Ou não. O problema de verdade é que cada linha é uma linha quebrada. Você refaz seus passos, e nada é familiar. Por isso, dá meia-volta para retornar, só que agora encontra o mesmo problema indo na direção contrária. Toda linha no mundo é única, e a cesura atravessa a vau um abismo sem fundo. Cada passo cruza a morte.

Ele se voltou na cadeira e bateu as nadadeiras. Muito bem, disse em voz alta. Lugares.

De manhã, ele caminhou até o French Market, comprou o jornal, se sentou no terraço sob o sol frio e tomou café com leite. Folheou o jornal. Nada sobre o JetStar. Terminou o café, foi até o meio-fio, pegou um táxi que o levou à Belle Chasse e entrou na pequena sala de operações. Lou estava sentado à sua mesa de trabalho, puxando a alavanca de uma antiquada máquina de calcular. O que você quer?, perguntou.

Preciso falar com você.

Já está falando comigo.

Sentou-se do outro lado da mesa. Lou escrevia num bloco. Olhou para Western. Pode me explicar por que eles têm um troço que se chama tonelada longa?

Não.

Pensei que você soubesse tudo.

Não sei. O que você sabe sobre aquele avião?

Lou enrolou a fita nos dedos e a examinou. Está uma merda. Que avião?

Não me sacaneia.

Western, o que eu poderia saber? As coisas vêm lá do escritório principal. Quem é que sabe de qualquer porra? Ao que parece, um mensageiro chegou aqui com um cheque e estamos conversados.

Não havia maneira de saber de quem era o cheque?

Aparentemente, não.

Sabia que não há nada nos jornais sobre o assunto?

Não leio jornais.

Não acha isso estranho?

Que eu não leia jornais?

Por que um acidente aéreo não apareceria nos jornais? Nove mortos.

Talvez apareça amanhã.

Acho que não.

Deixe eu lhe fazer uma pergunta.

Vá em frente.

Que merda você tem a ver com isso? Viu alguma lei ser violada?

Não.

Porque esse é o princípio da Taylor. Aliás, são as normas da Halliburton. Se tem algo errado, estamos fora.

É, mas parece errado.

E daí? Estamos fora do troço. Esqueça.

Tudo bem. Que horas são no seu relógio?

Que horas são no seu?

Seis para as dez.

Lou girou o pulso e olhou para o relógio. Quatro para as dez.

Preciso ir. Me conte se ouvir mais alguma coisa sobre o voo misterioso.

Meu palpite é que não vamos ouvir mais nada.

Talvez. Posso pegar um carro emprestado?

Só o caminhão-guindaste está livre.

Posso pegar?

Pode, é claro. Quando vai trazer de volta?

Não sei. De manhã.

Vai ter um encontro picante?

É. As chaves estão no caminhão?

A menos que alguém tenha levado. Não traga de volta com o tanque vazio.

Certo. Você não teria um binóculo, não é?

Meu Deus, Western. O que mais?

Abriu a gaveta de baixo da escrivaninha, pegou um velho binóculo verde-oliva do exército e pôs sobre a mesa.

Obrigado.

O Red diz que esse troço é realmente bom para pegar umas meninas.

Não duvido, considerando o tipo de meninas que ele pega.

Western dirigiu até Gretna, entrou na autoestrada rumo ao norte e então pegou a estrada que levava para o leste, para a baía de St. Louis e Pass Christian. No outro lado da ponte ficavam os pântanos, na extremidade mais baixa de Pontchartrain. Dois moradores de cabelos grisalhos, com os cigarros pendurados nos lábios, pediram carona sem muita convicção. Um de pé, o outro acocorado. Ele os viu ficarem para trás no retrovisor. O de pé se voltou preguiçosamente e fez um gesto obsceno em sua direção. Quando voltou a olhar, ambos estavam acocorados sobre os tornozelos, contemplando a estrada imóvel diante deles sob o sol matinal.

O caminhão fazia no máximo uns cem quilômetros por hora. Como uma tênue fumacinha azul subia do motor através do assoalho, ele dirigia com as janelas abertas. Examinou os pântanos para verificar se havia alguma ave, mas só viu uns poucos patos. Na outra margem do rio, uma lontra morta no meio da estrada.

Entrou em Pass Christian e foi até o cais, estacionando o caminhão e perguntando onde podia alugar um bote. Acabou com uma canoa de madeira de cinco metros, de casco redondo e com um motor Mercury de vinte e cinco cavalos. Quando saiu do estuário, era quase uma hora da tarde.

Na baía, acelerou o motor ao máximo. O baque das ondas sob o casco se estabilizou, o sol dançava na superfície da água. Nenhum horizonte ali, apenas o encontro esbranquiçado de mar e céu. Uma fina linha de pelicanos subia laboriosamente pela costa. O ar salgado era frio, e ele fechou o zíper do casaco para se proteger do vento.

Tinha pendurado o binóculo de Lou em volta do pescoço e o ergueu, examinando o mar aberto. Nenhum sinal da embarcação da Guarda Costeira. Ao atingir o conjunto de ilhas, virou para leste e acompanhou a costa sul até chegar a uma pequena baía. Reduziu a velocidade e seguiu lentamente até alcançar uma praia, onde parou.

Desligou o motor, embicou a canoa na areia, desceu, enfiou a mão debaixo da coberta da proa e a puxou para a praia. Era bem pesada. Levantou e deixou cair na areia a segunda e pequena âncora mantida na proa. Depois caminhou pela praia. Talvez uns trinta metros.

A partir daquele ponto, capim e palmeiras. Mais além, mato de carvalho. Pegadas de aves na areia dura acima da linha da maré. Nada mais. Tentou lembrar-se da última vez que tinha chovido. Voltou para a canoa, a empurrou para a água, se ajoelhou, pegou um dos remos, usou como apoio para afastá-la das águas rasas, guardou o remo de volta no fundo da embarcação, ficou de pé na popa e puxou a corda para dar partida no motor.

No fim da tarde, ele tinha praticamente circulado por todas as ilhas, desembarcando em cada praia. Encontrou restos de uma fogueira e descobriu boias de pescaria, assim como ossos e pequenos cacos de vidro colorido alisados pelo mar. Pegou um pedaço de madeira cor de pergaminho no formato de um homúnculo pálido, erguendo-o à altura dos olhos e girando na mão. Mais tarde ainda, com o sol já se pondo, desembarcou numa pequena enseada, puxou a canoa para fora d'água, desceu para a areia e, quase imediatamente, viu as pegadas. Logo acima da borda de vegetação marinha morta deixada pela maré alta. Pareciam ter sido parcialmente encobertas pelo vento, mas isso não era tudo. Algo havia sido puxado por cima delas. Foi até o limite das palmeiras, onde as pegadas voltavam, descendo para a praia. Pegadas intactas. As tiras de borracha antiderrapantes das botas de mergulho. Ficou olhando para as águas cinzentas. Olhou para o sol, examinou a ilha. Será que a fauna local incluiria cascavéis de todos os tipos? Com quase dois metros e meio de comprimento? Desenhos de diamantes nas costas, se é que se lembrava bem. Pegou um pedaço de pau, o quebrou sobre o joelho e seguiu as pegadas para dentro do mato.

Viu o que parecia ser uma trilha usada por animais atravessando o campo aberto. Carvalhos atrofiados. Galhos espalhados pelo furacão Camille. Os ventos de duzentos quilômetros por hora davam a impressão de terem cortado a Ship Island em duas partes. Podia ouvir perus gorgolejando sob os arbustos, mas não os via. Seguiu a trilha por talvez quatrocentos metros até chegar a uma clareira; preparava-se para regressar quando um ponto colorido chamou sua atenção. Saiu da trilha e avançou, afastando as palmeiras à sua frente com o pedaço de pau.

Era um bote de borracha amarelo para duas pessoas, que tinha sido esvaziado, enrolado, enfiado debaixo de uma árvore e coberto com mato. Puxou-o para fora e o examinou. Voltou-se para trás e contemplou o campo aberto. Uma leve brisa agitando os carvalhos, o tênue ruído da maré nas áreas baixas. Acocorou-se, soltou as tiras e desenrolou o bote.

Ainda estava molhado. Água do mar nos cantos. Desdobrou-o todo. Novo em folha. Passou a mão por baixo das bordas, onde se juntavam ao chão de borracha mais dura. Abriu as bolsas e verificou o que havia dentro. Numa delas, a etiqueta plástica de inspeção e nada mais. Continuou acocorado, estudando o bote. Por fim, voltou a enrolá-lo, afivelou as tiras, enfiou sob a árvore e, depois de cobri-lo com galhos e folhas mortas de palmeira, retornou à praia pela trilha. Não havia remos no bote, mas não tinha ideia do que isso significava. Chegando à praia, o sol estava bem baixo acima das águas, e ele ficou ali olhando na direção oeste, para as lentas ondas cinzentas, mais além a fina linha da costa da enseada e, no fundo, a cidade cujas luzes iriam em breve ser acesas. Sentou-se na areia. Afundou os calcanhares. Cruzou os braços sobre os joelhos, contemplou o pôr do sol e seu reflexo na água. Mais ao sul, aquela tira de terra seria o arquipélago Chandeleur. Mais além ainda, a boca de hidra do rio. E depois o México. A maré baixa lambia a praia e recuava. Ele poderia ser a primeira pessoa na Criação. Ou a última. Pôs-se de pé, caminhou até a canoa. Subiu nela e foi à popa a fim de afastá-la da areia. Usou o remo como vara nas águas rasas, e ficou vendo o vermelho intenso do poente escurecer e morrer.

Ligou o motor e seguiu devagar, margeando a ponta e a costa sul da ilha. O golfo estava calmo na última luz do dia, as lâmpadas começavam a ser acesas na costa a oeste. Deu meia-volta na canoa e acelerou aos poucos, rumando para o norte e se orientando pela iluminação da estrada elevada. Refrescou depois que o sol se pôs. O vento era frio. Ao chegar à marina já achava que o homem que desembarcara na ilha era quase certamente o passageiro.

Eram dez horas quando estacionou no pátio da Taylor. Ficou sentado em meio ao silêncio e sob as luzes de mercúrio até que voltou a dar partida no motor do caminhão, passou por Gretna e atravessou a ponte para o Quarter. Comeu um prato de feijão-vermelho e arroz no pequeno restaurante da Decatur Street, subiu a St. Philip, estacionou o caminhão e entrou pelo portão.

———

Tinha outros dois dias livres antes de iniciar um trabalho mais abaixo no rio, em Port Sulphur. No fim da manhã, caminhou pela Bourbon Street a fim de encontrar-se com Debussy Fields para almoçarem no Galatoire's. Ela já estava na fila e acenou efusivamente para ele. Num vestido caro e com sapatos com salto de dez centímetros. Os cabelos louros empilhados no alto da cabeça. Brincos que iam até os ombros. Tudo era levado à beira do limite, inclusive o decote do vestido, mas ela era muito bonita. Beijou-a no rosto. Era mais alta que ele.

Perfume gostoso, ele disse.

Obrigada. Podemos nos dar as mãos?

Acho que não.

Você não é nem um pouco divertido. Pensei que seria um encontro romântico.

Ao entrar, trocaram algumas palavras com o maître sobre a mesa. Não vou me sentar no fundo, ela disse. E não vou me sentar de cara para a parede.

Posso acomodar vocês aqui, disse o maître. Mas obviamente tem gente passando.

Gente passando não é problema, querido.

Ela pegou uma antiga cigarreira de prata na bolsa e enfiou uma das pequenas e escuras cigarrilhas que fumava na piteira de marfim e prata, empurrando o isqueiro Dunhill por cima da mesa na direção de Western. Depois que ele acendeu a cigarrilha, ela se recostou na cadeira, cruzando as notáveis pernas com um farfalhar audível e soprando a fumaça para o teto de painéis de estanho com um ar estudadamente sensual. Obrigada, querido, disse. Nas mesas ao redor, fregueses de ambos os sexos tinham parado de comer. Esposas e namoradas estavam furiosas. Western examinou-a atentamente. Nas duas horas que passaram ali, ela nem uma vez olhou para outra mesa, e ele se perguntou onde havia aprendido tal coisa. Ou os milhares de outras coisas que sabia.

Passei pela sua boate ao vir para cá. Você estava nas atrações principais.

Sim. Sou uma estrela, querido. Pensei que soubesse.

Eu sabia que era só uma questão de tempo.

Você está diante de uma mulher predestinada.

Ela se inclinou para ajeitar a tira do sapato. Quase pulou fora do vestido. Ergueu a vista na direção dele e sorriu. Me conte suas novidades, disse. Você não telefona, não escreve, não me ama mais. Não tenho ninguém com quem conversar, Bobby.

Tem o seu bando.

Meu Deus. Fico tão cansada dessas bichas. As coisas que eles falam. É tão entediante.

O garçom trouxe os cardápios. Serviu água da jarra sobre a mesa. Ela segurou a cigarrilha pequena e negra à altura do ombro como uma varinha mágica, abrindo o menu com a outra mão.

Me diga o que devo comer. Não vou querer aquela droga daquele peixe num saco.

Que tal as vieiras? As coquilles Saint Jacques.

Não sei. Todas essas conchas supostamente estão poluídas.

Eu vou comer cordeiro.

Você vai comer cordeiro e eu devo comer moluscos podres?

Ora, por que não come cordeiro também?

Obrigada.

Vai aceitar o cordeiro?

Vou.

Ótima escolha. Quer vinho?

Não, querido. Gentil de sua parte perguntar.

Ele fechou o cardápio e o largou em cima da carta de vinhos.

Não quer dizer que você não possa tomar uma taça.

Eu sei, tudo bem.

Você está com um número novo?

Sim. Mais ou menos. Tem um lápis?

Não.

Deixe-me ver se arranjo um.

Tudo bem. Posso decorar.

Ele lhe deu o número do Seven Seas. 523-9793. Ela repetiu para guardar.

É só o número do bar, disse. Mas vão me passar o recado.

Tudo bem. Vou telefonar.

Ótimo.

Ela se inclinou e bateu a cinza da cigarrilha no pesado cinzeiro de vidro. Você se lembra daquela série, *Os minutos do bicentenário*?

Aqueles fragmentos de história que foram ao ar durante o bicentenário?

É. Ouvi um novo.

Me conte.

Martha Washington e Betsy Ross estão sentadas na frente da lareira costurando a primeira bandeira e se recordando dos velhos tempos, todas as festas e danças e tudo mais. Betsy então pergunta a Martha: Ah, e você se lembra do minueto? E Martha responde: Meu Deus, querida, mal me lembro dos que fodi.

Western sorriu.

Só isso?, ela perguntou. Um sorrisinho?

Desculpe.

Não vai ficar rabugento, vai?

Tá. Vou tentar me animar.

O garçom trouxe os talheres. Outro veio com um pedaço de pão enrolado num guardanapo de pano. Quando o que servia a mesa voltou, Western fez o pedido pelos dois. O garçom fez um sinal positivo e se afastou. Ela deu uma longa tragada na cigarrilha e foi levantando a cabeça lentamente à medida que exalava. Ele nem podia imaginar o que era a vida dela.

Você acha que é errado comer um carneirinho bonito em vez de alguma coisa realmente repugnante como um porco?

Não sei. O que você acha?

Sei lá. Podiam arranjar um outro nome que não fosse chocante. Assim como vitela em vez de bezerro.

Não sei. Você já pensou em se tornar vegetariana?

Muitas vezes. Sou uma sensualista. Uma gourmand. Gourmette? Pode pedir água mineral?

Claro.

Ele chamou o garçom. Ela retirou da piteira a metade que havia sobrado da cigarrilha, derrubou o toco no cinzeiro e pousou a piteira sobre a mesa. Decidi contra o México, ela disse. Olhou para ele.

Acho que foi uma boa decisão.

Sabia que você ia dizer isso. Me lembro da nossa conversa. Significa esperar mais um ano. Pelo menos. Isso não é pouca coisa. Um ano é um ano. Vou estar com vinte e cinco. Meu Deus, como o tempo corre!

Corre mesmo. Está com medo?

Não. Não estou com medo. Estou apavorada.

Compreensível.

Dá um nervoso, não é?

Imagino que sim.

Estou com medo de tudo. Cada passo é frágil.

Não parece.

Obrigada. Eu me esforço.

Para não ter medo?

Acho que isso é generoso demais. Me esforço para não deixar que reparem. É tudo uma farsa. Mas não sei o que mais posso fazer. Tudo que você vê demandou esforço. Muito esforço.

Acredito em você. Sinto muito. Foi uma coisa errada de dizer.

Tudo bem. Algumas meninas se contentam em tomar os hormônios e manter os seus você-sabe-o-quê. Mas o gênero tem um significado. Quero ser uma mulher. Sempre tive inveja das meninas. Uma sacaninha. Isso passou. Sei que ser do sexo feminino é uma coisa mais antiga até mesmo do que ser humano. Quero ficar tão velha quanto puder. Atavisticamente feminina. Quando eu tinha sete anos, caí de uma árvore, quebrei o braço e pensei que, já que estava quebrado, podia torcê-lo de um jeito que conseguisse beijar meu cotovelo. Porque, se beijasse meu cotovelo, podia me transformar de menino em menina ou vice-versa. E acho que, como me viram mexer no braço quebrado enquanto gritava, me amarraram na maca pensando que eu estava histérica. Realmente tenho a esperança de viver até ficar velha. Aí vou poder mandar todo mundo beijar meu cu. Bem, talvez não. Provavelmente teria muitos candidatos. Ou não. Estaria velha. Contanto que não esteja pobre. Contei que minha irmã veio me ver? Não, claro que não. Minha irmã veio me ver. Esteve aqui durante uma semana. Férias escolares. Nos divertimos muito. Ela é incrível. No final, estava andando pelo apartamento só de calcinha. Isso significou muito para mim.

Ela afastou o rosto e abanou os olhos com o guardanapo. Desculpe. Fico muito emocionada com tudo que se refere a ela. Chorei uma barbaridade quando ela foi embora. Ela é bonita! E inteligente. Acho que provavelmente mais inteligente que eu.

Quantos anos ela tem?

Dezesseis. Estou tentando convencê-la a ir para a universidade. Falei que ia ajudar. Meu Deus, preciso de dinheiro. Ah, bom, água. Estou com a boca seca.

O garçom encheu os copos. Ela fez tim-tim com o copo dele. Obrigada, Bobby. Isso é muito simpático.

O garçom chegou com as travessas. Ela comeu devagar, prestando bastante atenção na comida. Você está me observando comer, disse.

Estou.

É a única coisa zen que eu realmente tenho. Fazer o que está ao alcance. Também é bom para a cintura. Adoro comer. Vai ser a minha ruína. Tudo bem, pode ficar olhando. Nem gosto de comer e falar ao mesmo tempo.

Ergueu os olhos na direção dele e sorriu. Você pode falar e eu escuto. Para variar.

Enquanto o garçom servia o café, ela pegou outra de suas pequenas cigarrilhas cubanas, que ele acendeu com o isqueiro que estava sobre a mesa. Você ainda vai de vez em quando a Greeneville?, ele perguntou.

Ela soprou uma fina coluna de fumaça por cima do ombro. Supostamente não se deve tragar essas cigarrilhas. É por isso que eu as fumo. Por isso e pelo charme envolvido, é claro. E o cheiro. Mas trago de todo modo. Um pouquinho. Elas são contrabandeadas, claro. Do México. Ou de Cuba, via México. Não. É muito difícil. Ela fica triste demais. Telefono praticamente toda semana. Oi. Como vai. Estou bem.

E você. Isso é ótimo. Talvez eu devesse ir, não sei. Nunca lhe contei realmente sobre minha vida. Não gosto de falar sobre coisas tristes.

Sua vida foi triste?

Não. Não foi. Mas ferir as pessoas é triste. Acho que lidei mal com a situação. Deveria ter dado a notícia a ela aos poucos. Apesar de não saber como seria possível fazer isso. Talvez pudéssemos ir no seu Maserati. Uma viagem de carro. Nunca fui a Wartburg. Quanto tempo levaria?

Não muito.

Tentei contar a ela. Mais ou menos. Mas é evidente que ela não ia escutar. Meu Deus. Cheguei em casa num carro alugado, desci, dei a volta até os fundos e ela estava no jardim. Eu não tinha ideia do que deveria usar. Simplesmente cheguei até a cerca e disse bom-dia. Claro que ela nem podia desconfiar de quem se tratava. Levantou a vista e disse: Sim? E eu disse: Mãe, é o William. E ela se ajoelhou na terra por um minuto, cobriu a boca com a mão e lágrimas grossas começaram a correr por seu rosto. E ela simplesmente ficou ajoelhada lá, sacudindo a cabeça de um lado para outro. Como se tivesse ouvido falar que alguém tinha morrido. Bom, suponho que alguém tivesse mesmo morrido. Por fim, eu disse que achava que ela devia entrar e ela se levantou; fomos para a cozinha e ela preparou um café instantâneo. Que eu detesto. E ficamos lá sentadas. Eu tentando sorrir para ela com esses dentes em que gastei quatro mil dólares. Estava vestida de maneira bem sóbria, mas acho que a blusa era um pouco reveladora, e, de todo modo, ela só ficou ali me olhando. No fim, falou: Posso lhe perguntar uma coisa? E eu disse que sim, claro. Pode me perguntar o que quiser. E ela perguntou: Eles são de verdade?

Bem. Mamãe estava levando tudo tão mal que decidi brincar com ela. Eu estava usando brincos de ouro com uma única pérola. Pérolas de qualidade. Japonesas. Cerca de nove milímetros, bom brilho e um belo matiz rosado. Então, peguei um deles e disse: Sim, são de verdade. Foram um presente. O que era fato. E ela ficou ainda mais sem jeito e disse: Não. Eu estava me referindo aos seus… E fez um gesto mais ou menos na direção dos meus peitinhos com as costas da mão.

Aí eu simplesmente pus as mãos debaixo deles e os suspendi quase até o queixo, dizendo: Ah, está falando deles? E ela olhou para o lado, confirmou com um aceno de cabeça, e eu falei: Sim, são verdadeiros. Tão verdadeiros quanto os hormônios e o silicone permitem. E ela começou a chorar de novo, sem olhar para mim, e por fim disse: Você tem seios.

Seios, querido. Meu Deus. Eu só conseguia pensar naquele restaurante em que costumávamos comer em Tijuana. O único lugar na cidade onde se podia encontrar um bife decente. Carne argentina. E o menu, óbvio, era em espanhol, mas eles tinham aquelas traduções para o inglês na página da frente e havia um prato chamado *pechuga de pollo*. Quando se olhava para a versão inglesa, lá estava *seios de galinha*. Acho que alguém deve ter dito a eles que peito era sugestivo. Então, seios. Meu Deus. Isso acabou comigo. Não sei por quê. Simplesmente me irritou. Olhei para ela e disse: Mãe, tente não pensar que perdeu um filho. Tente pensar que ganhou uma aberração. E aí ela realmente caiu no pranto. Foi isso. Acho que comentei com você que ela não ia a lugar nenhum comigo. Não queria ser vista comigo. Fiquei lá dois dias. Tinha uma bolsa cheia de… como é mesmo que o John chama? Verdinhas?

Verdinhas.

Provavelmente uns três mil dólares. Minha grande volta para casa. Tinha fantasiado sobre aquilo centenas de vezes. Ia levá-la a Knoxville para fazer compras na Miller e almoçar no Regas. Meu Deus. Que idiota. O que eu estava pensando? Ela me perguntou se eu usava o banheiro feminino. Será que achava que eu podia entrar num banheiro masculino com essa pinta toda? Enfim, a coisa acabou desse jeito. Um puta de um fiasco. Desculpe, estou tentando parar de dizer palavrões. Minha irmã chegou da escola uma hora depois, e é claro que não reconheceu aquela criatura sentada na cozinha com a mãe. Até que eu abri a boca. Ela tinha doze anos. Simplesmente olhou para mim e disse: William? É você? Você está linda. E aí fui eu quem caiu no choro. Meu Deus, como adoro aquela criança.

Seu pai já tinha morrido, não é?

Sim, ele morreu quando eu tinha catorze anos. Eu estava passando por uma fase terrível. Ele odiava me ver. Costumava pagar os outros meninos para baterem em mim depois da aula.

Você está brincando.

Querido, eu não brinco. Depois de algum tempo, até eles se cansaram daquilo. Não queriam mais o dinheiro do velho. E olha que eram uma cambada de merdinhas do tipo mais desprezível que se pode imaginar. Ele ficou cansado de me agredir porque tinha umas vértebras problemáticas no pescoço e toda vez que me dava uma surra ficava com dor durante dias. Eu disse a ele que aquilo era provavelmente uma herança, que ele devia ter sido enforcado numa encarnação anterior, mas, como você pode imaginar, ele não achou a menor graça. Mas ele não achava graça em nada, para dizer a verdade. O que aconteceu é que tinha um cachorro no vizinho que costumava me aterrorizar. Ele se atirava contra a cerca rosnando e babando, com uns olhos simplesmente enlouquecidos, e meu pai e esse animal horrível morreram no mesmo dia. E na manhã seguinte, quando acordei, fiquei deitada na cama e fui invadida de repente por uma paz extraordinária. Uma coisa transcendental. Não há outra palavra para descrever meu sentimento. Eu sabia que estava livre e sabia que a liberdade era exatamente o que dizem nos discursos. Vale tudo que você tiver que pagar por ela. E eu sabia que teria a vida com que tinha sonhado. Foi a primeira vez que me senti feliz, e aquilo compensou todo o resto. Tudo mesmo. Foi simplesmente uma dádiva. Fui transformada. Estava me sentindo forte. Não tinha mais raiva. Meu coração estava cheio de amor. Acho que sempre tinha estado. Desculpa. Acho que devo estar um horror.

Tirou um lenço de linho da bolsa, abriu o espelho e enxugou os olhos. Fechou o espelho, guardou, olhou para ele e sorriu. Tem certeza de que quer ouvir tudo isso?

Tenho sim.

Muito bem. Um ano depois, eu estava trabalhando em Nova York num restaurante chique e dividindo um quarto num prédio sem elevador com uma menina de verdade. Tinha quinze anos. Usava uma identidade falsa e ganhava muito bem. Além disso, estava melhorando meu inglês e começando o tratamento hormonal. Meu médico disse que eu era uma mesomorfa graciosa. E eu disse que sim, mas que ele era um puta de um sacana. Porque, àquela altura, já éramos amigos. Mas perguntei o que aquilo significava, e ele disse que significava que eu ia me tornar uma moça bonita. E eu disse que isso não bastava. Que tal espetacular? E ele sorriu e disse: Vamos ver. E vimos. Me lembro de descer certa manhã para ir à mercearia, saltitando escada abaixo. Vestia apenas calça jeans e camiseta. E meus peitinhos balançavam. Meu Deus, fiquei tão excitada! Corri para cima e desci saltitando outra vez.

Claro que, nessa época, eu já tinha começado a beber, e isso quase acabou comigo. Era uma alcoólatra nata. Por sorte, encontrei alguém. Pura sorte mesmo. Ele me levou para o Alcoólicos Anônimos. Eu tinha um problema com essa história de Deus. Um monte de gente tem. E então acordei certa vez no meio da noite e, ainda deitada, pensei: Se não existe um poder superior, então esse poder sou eu. E isso quase me fez cagar nas calças de tanto medo. Não existe Deus, sou eu quem manda. Por isso, comecei a trabalhar a sério nessa questão. Ainda estou trabalhando. Talvez tenha que ser assim. Mas já fiz algum progresso. Fiquei chateada com ele por ter me fodido do jeito que fodeu, mas talvez ele não seja perfeito como as pessoas gostam de pensar. Ele tem muita coisa para fazer, e precisa fazer tudo sozinho. Sem ajuda.

Você acredita em Deus?

A verdade?

Claro.

Não sei quem é Deus e o que ele é. Mas não acredito que tudo isso aqui apareceu por conta própria. Inclusive eu. Talvez tudo simplesmente evolua como eles dizem que acontece. Mas, se você parar para perscrutar, é inevitável que acabe chegando a alguma intenção.

Perscrutar?

Gostou? Pascal. Mais ou menos um ano depois, acordei outra vez, e foi como se tivesse escutado uma voz durante o sono e ainda pudesse ouvir seu eco me dizendo: Se alguma coisa não a amasse, você não estaria aqui. E eu disse, tudo bem. É isso. Bem simples. Talvez não pareça grande coisa. Mas para mim foi. Por isso, faço como o programa manda, Bobby. Um dia de cada vez. Preciso passar mais tempo com mulheres e é difícil. Elas se sentem ameaçadas. Ou ficamos amigas e aí, depois que conto para elas, a distância aparece. Com raras exceções. Muito raras. Estou tentando dar um jeito para que Clara venha para cá. Estudar aqui. Você pode adivinhar quem é contra. Tenho lido sobre o dimorfismo sexual no cérebro. Ele pode ser mais adaptável do que as pessoas pensam. Talvez seja possível mudá-lo. Você sabe onde essa conversa vai dar porque já conversamos sobre o assunto. Quero ter uma alma de mulher. Quero que a alma feminina me contenha. É o que eu quero e tudo que eu quero. Pensei que isso jamais estaria ao meu alcance, mas agora comecei a ter fé. É o que peço ao rezar, quando rezo. Poder atravessar a porta. Pertencer ao lado feminino. Na verdade, não tem nada a ver com sexo. Com fazer sexo. E todo o resto não passa de espuma.

Ela sorriu. Ergueu um braço magro e olhou para o fino relógio de ouro branco Patek Philippe Calatrava. Que horas são?, perguntou.

Duas e dezoito.

Muito bem.

É de antes da guerra?

É. Nenhuma complicação.

A história da sua vida.

A história da minha nova vida. Minha vida como eu quero que seja. Tenho que ir embora. Me apresento às três. Você é muito querido. Obrigada. E obrigada por ouvir toda essa novela sobre meus esforços. Não perguntei nada sobre você. Vou telefonar. Tudo bem eu telefonar?

Claro.

Ele pagou a conta e se levantaram para sair. A única coisa que não gosto quando sento na frente é que não dá para atravessar todo o restaurante.

Você já causou bastante estrago.

Eu sei. É simplesmente uma coisa com a qual tenho que viver.

Na calçada, ela o beijou nas duas faces. Todo o tempo que conheço você, nunca me perguntei o que é que você quer.

De você?

De mim, sim. Isso é muito incomum no meu caso. Obrigada.

Ele a observou até se perder em meio aos turistas. Tanto homens quanto mulheres se viravam para vê-la. Ele pensou que a bondade de Deus aparecia em lugares estranhos. Não feche os olhos.

III

Os meses de inverno se seguiram, mas o Kid parecia ter ido embora. Como ela estava fazendo cursos depois das aulas na universidade, raramente chegava em casa antes de escurecer. Então, certa noite, entrou, jogou os livros na cama e o encontrou sentado à escrivaninha. Entre, ele disse. Feche a porta. Onde esteve?

Na universidade.

Ah, é mesmo? Já passa das sete. Não acha que é um pouquinho tarde? Puxou de algum bolso o relógio e verificou a hora. Bateu com o dedo no mostrador e levou o relógio ao ouvido.

O que é que você tem a ver com a hora que eu chego em casa?

Certo. Sente a bundinha aí. Está desarrumando o lugar.

Ela empurrou os livros e se deitou na cama com as mãos sob o queixo. Isso não é se sentar. É se deitar.

Qual é a diferença?

Você não sabe prestar atenção. A posição vertical facilita o fluxo de sangue para o cérebro. Especialmente os lobos frontais. Como é obrigatório na aterrisagem dos aviões, por exemplo, em preparação para o impacto, o posterior desmembramento e a subsequente incineração. Você não estuda antropologia?

Isso não é antropologia. É só um monte de bobagens.

É, certo, certo. Trate de se sentar em cima desse rabo. Não tenho tempo sobrando para tergiversar.

Sofismar.

Isso também.

Ela sentou e tirou o sapato, que deixou cair para o lado. Cruzou as pernas e se enrolou na colcha. O Kid tinha começado a andar de um lado para outro. Meu Deus. O que eu sou obrigado a aturar. Tudo para servir uma caipira qualquer do interior. Aqui, debaixo do telhado. Enfurnado com os loucos. Bom, que se foda.

Onde estão os outros?

Que outros?

Seus amiguinhos.

Não se preocupe. Vão chegar quando for a hora. Onde eu estava?

Enfurnado com os loucos.

Certo. Talvez devêssemos seguir em frente. Onde está o seu boletim?

Desde quando o meu boletim é da sua conta?

Você tirou um oito.

O que você tem a ver com isso?

É a primeira vez, Florence.

Foi em religião.

E daí? Religião não é uma matéria?

Ela não sabe o que fala. A irmã Aloysius. Não sabe nem argumentar.

Entendo. Mas você começou a citar São Tomás de Aquino em latim, sua sacaninha convencida. Esperava o quê?

Pensei que você só ligasse para matemática.

Ainda assim é um oito. E ainda consta do boletim. Você deve achar que pode entrar no Paraíso fazendo contas.

Meu Deus. Do que você está falando?

Do pau que você levou em religião.

Não fui reprovada. Tirei oito.

Ah, não me diga. É a mesma coisa.

Pensei que estivéssemos seguindo em frente.

Certo.

Embora eu suponha que deva perguntar para onde.

Meu Deus. Os meses do inverno. Tudo bem?

Claro. Por que não? Está ficando escuro mais cedo. Talvez você tenha notado.

É? Preciso ser prudente com você. Essa pode ser uma das suas observações filosóficas.

O que você está escrevendo?

Estou apenas eliminando algumas dessas pessoas. O que procuramos aqui? Aposentadoria precoce? Onde estão essas porras de pessoas?

Não quero essas pessoas.

Ah, é? E como sabe disso? Você precisa de um descanso, Brenda. Pode não estar à beira do precipício, mas dá para vê-lo daqui. Pelo amor de Deus, será que não temos ninguém nos bastidores?

Os anões de jardim, que estavam nas sombras da escrivaninha, se apresentaram canhestramente. Meu Deus, disse o Kid. Vocês não. Onde foi que se meteu a porra do Grogan?

Bateu as barbatanas e o sem-banho saiu do closet, pondo na cabeça o flácido boné com pala. Três rolos de gordura na base do crânio. Como se a cabeça tivesse sido montada numa prensa. Segurou o boné com as duas mãos na altura do peito, baixou os olhos e fez uma reverência para a menina. Que Deus dê prosperidade aos seus, Mamãe. Voltou a pôr o boné, cruzou as mãos nas costas e começou a fazer os movimentos de pernas do Lollipop Guild na versão cinematográfica de O mágico de Oz.

Por que diabos nunca podemos ter um pouco de música? Está bem. Chega de dança. O que mais você tem para nós?

Grogan tirou o boné, segurou-o com força junto ao peito e começou a cantar, seguindo a melodia de "Molly Brannigan":

Aqueles velhos caranguejos
Estão pululando na minha calça curta de couro
Por que fui para a cama com aquela safada
É coisa que só Deus sabe
E vou para a farmácia
Comprar um pote de pomada, acho eu
Pois Molly foi embora e me deixou
Aqui sozinho com os...

Está bem, disse o Kid. Meu Deus. O que aconteceu com as baladas de amor e patriotismo? O que você está fazendo?

Ela cobriu a cabeça com a colcha. Vou embora, disse, a voz abafada sob a coberta.

Grogan tinha começado a dançar de novo. Os passos irlandeses. Dava para ouvir o barulho de seus sapatos pesados batendo no chão. O Kid lhe disse para baixar a bola. Ela não pode ver a porra dos atos com a cabeça coberta.

Não quero ver nada. Diga a eles para irem embora.

Ela vai ficar bem daqui a um minuto. Provavelmente teve um dia ruim na universidade. Ei, você aí embaixo. Não é hora de dormir. São só sete e meia.

Tenho aula amanhã.

O quê? Para com isso, Grogan.

Ela afastou as cobertas. Tenho aula amanhã.

Tenho aula amanhã, ele a imitou.

O que aconteceu com o Grogan?

Acho que foi embora. Você provavelmente o irritou.

O que eu preciso fazer para irritar você?

Trate de me aguentar. Deixe-me ver aqui no caderno.

Ah, ótimo.

O Kid folheou seu caderninho. Talvez nós tenhamos tentado lhe mostrar coisas finas demais.

Finas?

É. Às vezes é um erro tentar moldar os atos em função da plateia.

Claro.

Seja como for, estou começando a detectar um toque de lascívia nesse seu comportamento aristocrático.

Ele afastou alguns papéis na escrivaninha e se recostou na cadeira com as anotações. Meu Deus, disse. Quem é que tira essas bostas de fotos? Atos com cachorros? Estão de sacanagem comigo? A gente nunca sabe o que vai encontrar quando drena o pântano. E os nomes! Os Presumíveis? Que tal Os Refugáveis? Ou Os Supositórios? Meu Deus. Tem que haver alguma coisa aqui.

A única que me interessa é a srta. Vivian.

Sei. Mas ela não é um ato. Vamos seguir o programa.

Não é um programa. É só uma idiotice.

Certo. Que porra é essa? Malabaristas? Espere um minuto. Lá vamos nós. Essas duas parecem boas. Vindo de Snook-Cockery, no West Country. Tudo bem.

Afastou as anotações, bateu as barbatanas e se recostou na cadeira. Lugares, disse em voz alta. A porta se abriu num repelão e um par de garotas baixinhas usando vestidos de tafetá cor de marfim entrou sapateando e revirando os olhos pintados. De braços dados, começaram a cantar como loucas num tom extremamente agudo, os sapatos baratos de verniz martelando o assoalho. O Kid gemeu e levou uma barbatana à testa. Meu Deus, sussurrou. Levantou-se da cadeira e bateu as barbatanas. Chega. Obrigado. Meu Deus. Para onde está indo essa porra desse troço? Tirem essas merdinhas sépticas daqui. Nossa Senhora. Que cheiro é esse? Queijo de Liederkranz? Fora, puta que pariu. Chega. Intervalo. De volta às oito.

Bobby foi ao Seven Seas à noite e se sentou no bar, encostado à parede. Janice abriu uma garrafa de cerveja e empurrou para ele. Seu amigo está de volta, disse.

Ele se levantou para dar uma olhada por cima da cabeça das outras pessoas sentadas no bar. Oiler estava sozinho numa mesa. Pegou a cerveja e foi até lá. E aí, Bobby, disse Oiler.

O que você está fazendo?

Esperando meu hambúrguer. Senta. Quer um? Estou pagando.

Claro.

Vai lá dizer a ele. Não vou me levantar.

Western caminhou até a churrasqueira no pátio. Vão ser dois, falou.

Dois o quê?

Hambúrgueres.

Ele pediu um cheeseburger.

Está bem.

Cheeseburger?

Sim.

Com tudo?

Sim.

Batata frita?

Sim.

Voltou, deu um chute na cadeira e se sentou. Onde estão todos os malucos?

Oiler olhou ao redor do salão. Não sei. Vai ver eles finalmente vieram, pegaram a turma toda e levaram.

Tem lido os jornais?

Tenho. Comecei há pouco.

Alguma ideia de como um avião a jato de três milhões de dólares pode acabar no golfo do México com nove pessoas mortas e não aparecer no jornal?

Era o que eu ia perguntar.

Tive alguns visitantes na noite passada.

No seu apartamento?

É.

Invadiram?

O que o faz pensar isso?

O jeito como você falou.

Não. Dois caras de terno. Tinham pinta de missionários mórmons.

O que eles queriam?

Sei lá. Me perguntaram sobre o avião. Disseram que um dos passageiros estava faltando.

Você só pode estar de sacanagem comigo.

Western tomou um gole da cerveja.

Não é sacanagem?

Não.

Sou obrigado a supor que eles sabem quem está faltando.

É. Imagino que não saberiam se não soubessem quem estava a bordo. Ou não?

Pode ser. O quê? Eles acham que nós sabemos onde está o cara?

Não sei. O que eu sei é que quando uma merda esquisita dessas acontece, nunca vem sozinha.

Oiler plantou os cotovelos na mesa. Muito bem. Eles sabem quantas pessoas estavam no avião porque nós dissemos.

Acho que não.

Você está me dando dor de cabeça. O que eles falaram da maleta Jepp?

Disseram que tinha sumido.

E como eles sabem disso? Você não está de brincadeira comigo sobre essa merda, não é?

Não. Por que faria isso?

Sei lá. Você tem um cérebro estranho.

Não tão estranho.

Missionários.

É.

Estou começando a ter uma sensação ruim sobre esse troço.

Pensei que já tinha.

Então mais ruim. Ou se diz pior?

Pior.

Seja como for, você me aconselhou. Mas provavelmente já sabe o que é.

Sei.

Se você for lá dar uma olhada, esses missionários vão ficar grudados em você.

Montei umas armadilhas para eles. Se voltarem, vou saber que estiveram lá.

Claro. E depois?

Vou queimar essa ponte quando chegar lá.

Já queimou. Quando vai para Port Sulphur?

Acho que na segunda.

Não se importa de mergulhar no rio?

Não gosto. Mas tudo bem, posso fazer isso.

Por quê? É tão escuro quanto em qualquer outro lugar.

Não é só a escuridão. É a profundidade.

O grau de escuridão indica qual é a profundidade.

Talvez. Conheci um cara que mergulhou no oceano Índico e disse que a luz era boa até cento e cinquenta metros. Disse que dava vertigem quando olhava para baixo. Mas, mesmo assim, ele não conseguia mergulhar. E não era pela falta de luz.

Bem. Era pela falta de alguma coisa.

Por que começamos a falar sobre minhas fobias?

Porra, Western. Se não fosse pelas suas fobias, eu não o amaria tanto. Lá vamos nós.

O cozinheiro pôs na mesa os pratos com os cheeseburgers, tirou uma garrafa de mostarda e outra de ketchup de baixo de cada braço, além de sal e pimenta dos bolsos de trás da malcheirosa calça jeans. Algo mais?, perguntou.

Acho que temos tudo.

Oiler pegou a garrafa de plástico amarela, abriu o cheeseburger e esguichou a mostarda. Se é para comer esse tipo de coisa, então...

É impossível comer um cheeseburger decente num restaurante limpo. Quando começam a varrer o chão e lavar os pratos, esquece.

Oiler concordou com a cabeça sem parar de mastigar. Bom, esses sacanas aqui são bons pra caralho, por isso trate de aproveitar.

O melhor cheeseburger que já comi foi no salão de sinuca do Comer, na Gay Street, em Knoxville, Tennessee. Impossível tirar a gordura dos dedos mesmo usando gasolina. Você ainda não respondeu à minha pergunta.

É, eu sei. Estamos indo para a Venezuela.

Quando?

Daqui a uns dez dias. Levantou dois dedos. Logo depois chegaram mais duas cervejas. Western o observou. Qual é o trabalho?, perguntou.

Vamos substituir um conjunto de velhos flanges que estão vazando. A balsa da Taylor partiu faz dois dias e espero ficar fora algum tempo.

Quanto?

Não sei. Provavelmente dois meses.

Você corta a junção e solda um tubo novo.

É. E aí o oleoduto fica todo soldado. Nenhum problema. A Taylor desenvolveu toda a tecnologia. Fizemos as primeiras soldagens hiperbáricas num oleoduto no mar do Norte, a uns cem quilômetros de Peterhead. Não faz muito tempo. Você nunca esteve lá?

Na Escócia?

É.

Não. Nunca.

Adoro o nome. Seja como for, se você quiser dá para instalar um oleoduto dando a volta ao mundo. Basta soldar novas extensões na superfície e baixá-las para o fundo do mar. Mas não é possível juntar dois tubos. Foi o que fizemos. No fundo do mar.

Quando foi a primeira vez?

Fizemos uns testes aqui perto da Grande Isle alguns anos atrás. Foi quando usamos pela primeira vez uma plataforma Spar com o habitat submarino.

Vocês soldam os tubos no seco?

Sim, no seco. Esses troços pesam cento e quarenta toneladas. As unidades da plataforma Spar. Descem da balsa com o uso de uma grua. Estávamos soldando as pontas de dois dutos enormes. Acho que tinham quarenta e três e cinquenta e seis quilômetros de comprimento. A primeira coisa que você tem que fazer é cortar o cimento, alinhar os dutos e então cortá-los com uma serra hidráulica. Eles trazem para a superfície as duas seções de duto que sobraram e então baixam a plataforma Spar com o habitat submarino. Há outras coisas, mas basicamente você prende as pontas dos dutos nas extremidades do habitat onde estão instaladas as braçadeiras impermeáveis, drena toda a água e solda a junta de um metro e vinte e cinco. Claro que, como se trata de um duto de oitenta e um centímetros, as coisas lá dentro ficam um pouco apertadas.

Mas basicamente você está numa câmara de ar.

É. Pode almoçar lá embaixo.

A que profundidade estavam?

Cento e dezesseis metros. Tínhamos dez mergulhadores cuidando do troço, dois de nós na saturação.

Você gostou do trabalho.

Tive certeza de que tinha sido feito para isso antes mesmo de saber o que era. Mais o dinheiro.

Claro.

Sempre achei que o dinheiro não importa tanto assim para você. Talvez esse seja o problema.

Não sei. Um monte de dinheiro provavelmente me sensibilizaria, eu poderia fazer algumas coisas. Mas ninguém fica rico vendendo o próprio tempo. Nem fazendo soldagem hiperbárica.

É, acho que não. Há mais neurocirurgiões do que soldadores hiperbáricos. Mas você provavelmente está certo. Sobre ficar rico. Seja como for, posso lhe dizer que fui pobre e isso é melhor. Mesmo se não dá para ficar rico. Quer ir também?

Para a Venezuela?

É.

Você tem tanta influência assim na Taylor?

Tenho alguns favores a cobrar. O que você acha?

Acho que não. Estamos falando de que profundidade?

Cento e setenta metros.

Qual o local do pouso?

Caracas. Estamos num lugar chamado Puerto Cabello. Umas duas horas subindo a costa.

Você já esteve lá?

Ah, sim. Que tal?

Acho que não.

Podíamos ir a Caracas.

Sei.

Você poderia ir como meu assistente.

Seria uma porra de um desperdício de tempo e dinheiro.

O que importa? Podemos fazer um teste num sino de mergulho. Porra, Bobby. Não vou deixar você se afogar.

Eu sei.

Deixe-me perguntar uma coisa.

Tudo bem.

O que você acha que tem lá embaixo?

Esse não é o problema.

Eu sei. O problema é o que tem aqui em cima.

Tocou sua têmpora.

Sim, muito bem.

Você pensa demais. Não tenho certeza sobre o quê. De qualquer maneira, não sei o que se passa dentro dessa sua cabeça. Se eu tivesse o que você tem aí dentro, certamente não estaria fazendo essa merda.

Achei que você adorava o seu trabalho.

É. Sei que talvez seja o melhor que tenho ao meu alcance, e sou um filho da puta muito agradecido.

Não posso responder à sua pergunta, Oiler. Só sei que não vou. Dizer que é tudo coisa da minha cabeça não muda nada.

É. Acho que há coisas de que a gente tem medo mas simplesmente trata de fazer. Não fica sentado repassando todas as razões para não fazer. Imagine que você esteja num sino de mergulho, cheio de razões para ter medo de sair pela abertura na parte de baixo. Talvez seja uma dessas suas analogias. Se você tem medo, está ferrado. Não está em lugar nenhum. Está sempre saindo pela parte de baixo.

Western sorriu.

Você acha que, quando uma coisa o deixa apavorado, pode simplesmente se afastar dela e esquecer. Mas a verdade é que ela nem está seguindo você. Está à sua espera. E sempre vai estar.

Não sei. Acho que às vezes o medo transcende o problema. E se for de outra coisa? Isso significa que resolver o problema pode não ser de fato a solução.

Você está dizendo que a coisa de que tem medo talvez não seja realmente aquilo de que tem medo?

Acho que sim.

Bem. Não é da minha conta. Talvez aquele acidente tenha mexido com a sua cabeça. Acho que você não tinha medo de pilotar um carro de corrida a duzentos e noventa quilômetros por hora.

Talvez devesse ter tido.

Ele bebeu toda a cerveja e pôs a garrafa sobre a mesa. Mas não muda nada, não é mesmo?

Você tem uma vida peculiar, Bobby.

Já me disseram isso.

Tenho certeza que sim. Aqui está outra coisa que já lhe disseram. Isso não muda nada.

Está bem.

Os mortos não podem retribuir seu amor.

Western pôs-se de pé. A gente se vê.

Está bem.

Se cuida.

Você também, Bobby.

————

Ao voltar, ele encontrou o apartamento revirado de cima a baixo. Seu primeiro pensamento foi com relação ao gato, mas ele estava mais uma vez sob a cama. Sou eu, disse Bobby, dando umas palmadinhas no chão, mas o gato não saiu. Circulou pelo cômodo, pondo as coisas em seus lugares. Recolheu o equipamento de mergulho espalhado pelo chão, guardou no saco, fechou o zíper e o guardou de volta no closet. Pegou as roupas jogadas no chão e as empilhou na cama. Então se deteve. Sentou na beira da cama.

Não são os mesmos caras. São outros.

Foi até o closet, apanhou outra vez o saco de mergulho e o pôs junto à porta. Tirou as camisas em seus cabides de arame e as amontoou também perto da porta. Na estante mais alta, pegou a pequena mala surrada do avô, que encheu com as camisetas e meias, antes de fechá-la com um estalido.

Levou até a cozinha um saco de lona, que encheu com latas de mantimentos, café e chá. Uns poucos pratos e utensílios de cozinha. Guardou os livros numa mochila, que também pôs perto da porta. O pequeno estéreo e uma caixa de fitas. Tirou o telefone da tomada, juntou os lençóis e travesseiros numa trouxa, deu um último giro pelo apartamento. Pegou a caixa do gato. Não possuía muita coisa, mas já parecia demais. Tirou o abajur da tomada, levou até a porta e começou a carregar tudo para o caminhão, pondo as coisas na boleia ou em frente ao guindaste. Cinco viagens, e estava terminado. Ajoelhou-se e enfiou a cabeça debaixo da cama. Pôs-se a falar com o gato até conseguir pegá-lo. Vamos, Billy Ray. Nada é para sempre.

Não era o tipo de notícia que um gato gosta de ouvir. Atravessou o pequeno apartamento alisando o pelo do bicho, fechou a porta, passou pelo portão que dava para a rua, subiu no caminhão e, com o gato no colo, desceu a St. Philip Street até o Seven Seas.

Era uma da manhã. Continuou a segurar o gato. Janice, que estava tomando conta do bar, ergueu os olhos e sorriu para ele. Quem é o seu amigo?

Esse é o Billy Ray. Tem algum quarto vago lá em cima?

Tem o do Lurch. Não sei se está limpo.

Está bem. Posso ficar com ele?

Preciso perguntar à Josie.

Eu falo com ela. Olhe, tudo que eu tenho está num caminhão do lado de fora. Não quero sair procurando um motel a essa hora da noite. Se ela acertou com outra pessoa, eu saio.

O que aconteceu? Foi despejado?

Mais ou menos. As coisas dele já foram tiradas, não?

É, acho que sim. Puseram tudo em caixas e mandaram para a irmã em Shreveport. Espero que você não me envolva em nenhuma encrenca.

Nenhum problema para você. Onde está a chave?

Ela pegou a caixa de charutos debaixo do balcão, retirou a chave e a pôs diante dele. Ele a apanhou e virou o pendente de cobre na palma da mão. Número sete.

O sete da sorte.

Ele não foi tão sortudo, não é mesmo?

É, nunca se sabe. Tem andado bem cinzento por aqui. Quanto à parte da sorte, você teria que perguntar ao Lurch. Seja como for, é o último quarto no corredor à esquerda. Não creio que haja um número na porta. Tem certeza de que quer se mudar para lá?

Por quê?

Não sei. Nos quatro anos em que estou aqui, três pessoas foram embora de lá. Inclusive o Lurch. E todos da mesma maneira que ele. Talvez você queira pensar sobre isso.

Vou pensar.

Ele levou as coisas que estavam no caminhão, atravessando o pátio e subindo a escada. O quarto estava vazio, com exceção de uma cama de ferro, uma pequena mesa de madeira e uma cadeira. Uma pia e um frigobar. Uma chapa elétrica. Nenhuma roupa de cama. O lugar cheirava a mofo e gás. Ele terminou de trazer suas coisas, empilhou na mesa e fechou a porta. O gato estava investigando o cômodo. Nem um pouco satisfeito com o que via.

Ele espalhou seus lençóis, roupas e o saco de dormir em cima das molas da cama, criando uma espécie de colchão. Pôs a caixa de plástico do gato num canto, encheu com a areia que trazia num saco, e só depois desceu, pegou uma cerveja e se sentou na extremidade mais distante do bar.

Você não quer falar comigo?, perguntou Janice.

Ele pegou a cerveja, se aproximou e ocupou um dos tamboretes.

Que tal o quarto?

Tudo bem. Não tem colchão na cama.

Você vai dormir em cima das molas?

É. Mais ou menos.

Odeio isso. Especialmente se você está com alguém.

Não tinha pensado nisso.

Você aparece assim do nada, todo enigmático. Por que está mudando de pouso no meio da noite?

O apartamento foi invadido. Entre outras coisas.

Sacanagem. O que é que levaram?

Não sei. Não muito. Não tenho muito para se levar.

Oiler diz que você vive como um monge.

Acho que sim.

Por que você não convida a Paula para sair?

O quê?

Por que não convida a Paula para sair?

Acho que não.

Por que não?

Não quero me envolver com ninguém.

Sabia que ela é vidrada em você?

Não, não sabia.

Ora, para com isso.

Acho que não.

Tudo bem. Quais são as outras coisas?

Outras coisas?

Você falou em invasão, entre outras coisas.

Western inclinou a cabeça para o lado. Por quê?

Quem mais eu vou aporrinhar?

Não sei. Vou dormir.

Boa noite.

No dia seguinte, quando desceu, eram dez horas e havia gente de pé diante do bar, ainda de pijama e chinelos, tomando Bloody Marys e lendo o jornal de domingo. De sua mesa, Jimmy fez um aceno de cabeça para ele.

Você se mudou para cá.

Vocês não têm muito assunto por aqui, hein?

Provavelmente vai ser um alívio para você. Acabar logo com isso.

É, provavelmente.

Nós todos vimos que estava para acontecer.

Western sorriu, saiu e subiu a St. Philip até onde havia estacionado o caminhão.

* * *

Quando voltou à tarde, trazia um colchão e algumas sacolas de mantimentos. Estacionou em frente ao bar, desceu e pegou o colchão. Josie observou-o de trás do balcão. O colchão era difícil de carregar, mas ninguém se levantou para dar nenhuma ajuda. Ele o encostou na máquina de vender cigarros e se voltou. Quanto é que vou ficar lhe devendo?, perguntou.

Ora essa, Bobby. Trate de se mudar. Não estou preocupada com você.

Tudo bem.

Oiler esteve aqui à sua procura.

Você disse a ele que eu estava me mudando?

Não. Ele me disse.

Meu Deus.

Abriu as portas do pátio empurrando-as com os ombros e subiu laboriosamente a escada com o colchão. Depois de pôr tudo que tinha comprado no quarto, rodou com o caminhão até achar uma vaga. Em seguida, subiu a St. Philip na direção de seu pequeno apartamento, passou pelo portão, pôs a chave na fechadura e abriu a porta. Mais uma porta a ser fechada para sempre. Entrou e acendeu a luz. Ficou olhando as roupas que tinha deixado sobre a cama e então foi à cozinha. No banheiro, acendeu a luz, se curvou e abriu cuidadosamente a gaveta de baixo do lado direito. Havia deixado uma caneta esferográfica sem tampa no centro da gaveta, de modo que ela rolaria com facilidade. A caneta estava encostada na frente da gaveta. Fechou a gaveta, voltou para a sala, saiu, trancou a porta e desceu até a Decatur Street. Parou na esquina, comprou um jornal e caminhou até o Tujague's.

Às cinco da tarde de um domingo de novembro, ele era o único freguês. Havia algumas pessoas no bar em outro salão. Um garçom trouxe uma fatia de pão e um pratinho de manteiga. Serviu um copo d'água da velha jarra de vidro sobre a mesa e se afastou.

Não havia cardápio. Comia-se o que era servido. Ele comeu camarão com molho rémoulade e uma sopa de frutos do mar com arroz. A seguir, um bife de peito bovino assado com molho de rábano e frutos do mar. Bebeu um copo de vinho branco, comeu uma posta de robalo e tomou o café servido em taças de vidro. Entrou um grupo de turistas. O lugar pareceu exercer um efeito calmante sobre eles. Western conhecia a sensação. Eles examinaram as fotografias nas paredes, além das centenas de garrafinhas de bebida em exibição. Western pediu outro café e sorvete de baunilha. Ao sair, já eram quase sete horas, e ele caminhou de volta para o Seven Seas. Havia um bilhete de Red, que pôs no bolso. Então, subiu a escada, deu comida para o gato e se deitou.

Pela manhã, quando dirigiu até a Belle Chasse, ainda estava tudo cinzento na primeira luz. Estacionou o caminhão e atravessou o pátio, passando pelo tanque de treinamento e os prédios de aço. Destrancou a porta de metal e foi até a sala de operações, onde acendeu as luzes, ligou a chapa elétrica, pegou o café e os filtros.

Oiler chegou por volta das seis e meia. Imaginei que fosse você, disse.

É mesmo? Como imaginou uma coisa dessas?

Só pensei que levaria algum tempo para você conseguir realmente dormir naquele manicômio. A mudança correu bem?

Sim, tudo bem.

O que aconteceu? Teve mais visitas?

Várias, provavelmente. Meu cartão de dança está bem cheio.

Oiler se serviu uma xícara de café e ficou mexendo o açúcar com uma colher de plástico. Então foi por isso que se mudou?

Foi. De qualquer maneira, talvez fosse mesmo a hora. Jimmy disse que eu estava com o aluguel atrasado.

Jimmy saberia.

Espero que não.

Você sabia que ele já foi um velho mergulhador de escafandro?

Não. Não sabia.

Pode ser uma visão do futuro. Você deveria pensar nisso.

Ouço muito esse tipo de conselho. Estou surpreso que ninguém tenha ido visitar você.

Eu falei isso?

O quê, os missionários?

É, os missionários.

Você não contou a eles onde escondemos o passageiro desaparecido, contou?

Não. Eles tentaram arrancar a informação de mim na porrada, mas aguentei firme. No final, penduraram uma bicicleta nos meus culhões, mas apenas rangi os dentes.

Odeio quando eles fazem isso. A que horas vocês vão partir?

Só vamos amanhã.

O que houve?

Sei lá.

Acha que o avião ainda está lá?

Não sei. Seria preciso um guindaste de bom tamanho para içá-lo, e uma balsa grandinha para aguentar o peso.

Meu palpite é que estão fazendo isso de noite.

Ainda está procurando nos jornais?

Não. Desisti.

Oiler encheu a xícara e pôs de volta a cafeteira na chapa elétrica. Você sabe, esse troço todo podia simplesmente desaparecer.

Seria uma beleza, não é mesmo?

Mas você não acha que vai ser uma beleza.

Provavelmente não.

Pela manhã, eles seguiram rumo à foz do rio no velho Ford Galaxie de Red.

Qual é o motor deste carro? Um 390?

Não, é um 428. Vou tentar arranjar uns cabeçotes novos para os cilindros. Tenho um came que ainda não instalei. Você não mexe mais com carros?

Não. Desisti.

Ainda tem o Maserati.

Verdade. Não ando muito com ele. O que me preocupa. As juntas do cabeçote começam a se deteriorar e entra água nas camisas do pistão, que tendem a enferrujar. Entre outras coisas.

Por que um Maserati?

Não sei. Não é tão veloz quanto uma Ferrari Boxer. Ou um Lamborghini Countach. Mas a construção é melhor. As coisas não se soltam. Um Mangusta? Talvez. Belo carro. Os melhores freios. Dá para fazer muita coisa com aquele 351, mas seria preciso ter uma transmissão maior. E, obviamente, o 308 perde na corrida para um homem gordo. Além disso, é difícil de encontrar. Por isso o Maserati Bora. A suspensão é frouxa? Na verdade, não. Só vai até um certo ponto. A gente se acostuma com toda aquela loucura da Citroën. Na verdade, o que conta é a estética. O Bora é o mais bonito. É isso, estamos conversados.

Se eu tivesse um troço daqueles, ia gastar as rodas de tanto andar. Não duvido nada.

Qual a velocidade máxima desses carros de Fórmula?

Os da Fórmula 1 atingem uns trezentos e vinte quilômetros por hora. Não há muitos lugares onde se possa andar tão rápido. A reta Mulsanne no circuito de Le Mans. Não sei a que velocidade chegam os da Fórmula 2. Claro que não há velocímetros em nenhum deles. Depois de algumas voltas, a única coisa de que você tem certeza é que não está andando rápido o suficiente.

Qual o maior problema que você enfrentou?

Dinheiro, claro. Se está falando do carro propriamente dito, sempre há dois tipos de defeito. O tipo que você não é capaz de consertar e o tipo que você não sabia que precisava ser consertado. Se alguma coisa quebra no meio da corrida, tudo que você pode fazer é dar de ombros. Mas, se nunca acerta a suspensão, isso vai lhe custar alguns segundos por volta… Bem, nunca acertamos o carro completamente. No fim das contas, você termina se limitando a mexer na pressão dos pneus. O desbalanceamento. Você diz que é capaz de pilotar qualquer coisa, mas não funciona assim numa pista de corrida.

Já pilotou algum dragster naquelas provas de arrancada?

Não. E você?

Não. Me cago todo de medo desses troços.

Frank me telefonou um dia de manhã e disse que ia passar para me pegar, queria me mostrar um troço. Por isso fomos ver o dragster com motor dianteiro que dois irmãos tinham construído. Contornamos a casa e eles tiraram a lona que cobria o troço. Como se estivessem revelando uma obra de arte. Tinham arranjado um par de motores 391 Hemi da Chrysler, unidos por uma enorme junta universal Spicer. Depois montaram um par de turbos 671 da General Motors em cima dos motores. Nunca tinham medido a potência do troço, mas os números precisavam ser grandes. Frank disse que, na primeira vez que ligaram o motor, passarinhos caíram duros das árvores a dois quarteirões de distância. Nem tinha transmissão. Só um imenso eixo de caminhão de duas marchas da Eaton. E tudo isso montado em cima do chassi feito com ferros de ângulo e canos que eles haviam soldado. Uma coisa simplesmente incrível de se ver. Frank e eu ficamos lá olhando para aquilo, até que eu disse: O que você acha? E ele perguntou: O que eu acho? É, respondi. E ele disse: Vou lhe dizer o que acho: eu não sairia da cadeira elétrica para trepar em cima dessa porra.

Pararam no estacionamento e foram tomar um café enquanto esperavam por Russell. Ainda estava escuro. Algumas gaivotas circulavam acima das luzes do cais. O café estava bem movimentado. Red pegou um jornal, se acomodou na cadeira e olhou o cais cinzento. Esse troço deve ser um verdadeiro ferro-velho. Não sei o que eles acham que é um perigo à navegação, mas aposto que o cara adoraria deixar o troço onde está.

Concordo. Quanto tempo você acha que vamos ficar lá?

Uns dois dias. Vai depender de quanto tempo leva para a bomba esvaziar. Você vai comer alguma coisa?

Acho que não. Vou só tomar café.

Está bem. Cadê a porra da garçonete?

Quando voltaram ao cais, viam-se alguns feixes de luz na outra margem do rio. Red, com um peteleco, jogou o cigarro na água. Quer pegar o caminhão?

Me dê as chaves.

Podemos juntar nosso equipamento aqui e selecionar as coisas. Russell já devia ter chegado.

Acho que é ele ali.

Russell tinha trazido cópias dos desenhos do convés e de outras partes de velhos rebocadores. Disse que aqueles troços costumavam ser parecidos, mas não sabia se as cópias seriam úteis. Aquela belezinha fora construída nos estaleiros de Bath em 1938.

Red curvou-se e cuspiu. Sei que esses filhos da puta são pesados, disse.

Com certeza. A Taylor alugou um guindaste a vapor de duzentas toneladas montado em cima de uma balsa. Estou doido para ver a coisa funcionar. Muito bem. Vamos levar isso com a gente.

Ele enrolou as cópias e enfiou no tubo, atarraxando a tampa. Estão prontos?

Vamos nessa.

Vamos.

Passaram pelas estacas enegrecidas pelo piche, deixando uma esteira verde nas águas cor de barro, as ondinhas criadas pela embarcação quebrando na sombria floresta de estacas pulsante de vida. Desceram o rio mantendo-se perto da margem ocidental, a névoa cinza se abrindo diante da proa da lancha. Como o som do motor não permitia que ouvissem mais nada, seguiram em silêncio, apontando para os jacarés onde eles mergulhavam no rio. Ao chegarem ao local do mergulho, sentiam bastante frio e subiram ao convés da balsa, batendo os pés e movimentando os braços. Quando o sol subiu, ficaram de cara para ele como se cumprissem um ritual de adoração.

Cerca de setenta centímetros do mastro do rebocador, um pouco inclinado, eram visíveis acima da superfície do rio. A Guarda Costeira tinha assinalado o local com boias. A balsa que transportava o guindaste encontrava-se mais acima do rio que o rebocador; era enorme e tinha um aspecto desleixado. Havia luz na cabine do convés, mas aparentemente ninguém por lá.

Red fez um sinal com a cabeça na direção da balsa. Quanto você acha que isso custa por dia?

Não tenho ideia. Mas aposto que foi pago adiantado.

Sentaram-se no convés enquanto Russell repassava o mergulho. Western deitou de costas e fechou os olhos.

Está ouvindo, Bobby?

Você tem toda a minha atenção.

Qual a resposta à pergunta do Gary?

A força de tração desse troço provavelmente não é superior a trinta toneladas. Mas isso em 1938, agora deve ser menos. Impossível puxar pelas abitas. Simplesmente as arrancaria do convés. Melhor passar o cabo primeiro pela popa. Se o leme estiver muito perto do casco para permitir que o cabo passe, então vamos ter que levar uma broca até lá e abrir um buraco. Precisamos de uns cinco centímetros para o cabo.

Red se espichara de costas e estava mirando um jato a grande altitude com um rifle imaginário. Como você sugere que a gente vá medir os cinco centímetros? É um breu lá embaixo.

Trate de usar o seu pau.

Em que direção ele está apontando?

Seu pau?

Na direção da nascente do rio. Dá para ver pelo mastro.

Seja como for, o que aconteceu com ele? Alguém sabe?

O rebocador estava puxando um bom peso e eles decidiram usar mais alguns cabos — por causa das condições do tempo ou algo assim. Ele ficou enroscado e virou de lado.

Parece uma tremenda burrice.

Sempre que você perde uma embarcação no rio, a primeira palavra que aparece na sua tela é burrice. Em geral precedida de puta. O que mais?

Acho que é tudo. Perguntas?

Há alguma chance desse troço se partir ao ser içado?

Não. Os rebocadores são eternos.

Tudo bem.

Mereço nota dez?

Não sei. Ele merece um dez, Red?

Qual o peso do rebocador, Bobby?

Uma porrada de toneladas.

Então acho que merece um dez.

Os assistentes tinham trazido um par de roupas comerciais de mergulho da Viking e as puseram no convés junto com dois modelos de último tipo do capacete SuperLite 17. Red e Western ficaram só de cueca e camiseta enquanto os assistentes os ajudavam a vestir o equipamento e falavam sobre os novos fones sem fio Efrom que usariam. Como não havia visibilidade no rio, os mergulhadores ficariam unidos por uma corda de nylon de cinco metros e meio. Eles se sentaram na beirada da balsa e calçaram as pesadas botas de construção com biqueira de aço. Depois que os assistentes puseram dois pares de tanques de aço inoxidável Justus no convés atrás deles, ambos vestiram, afivelaram e ajustaram as alças, atando também os cintos com pesos. Os assistentes separaram as linhas umbilicais de cada um, fixando as de segurança. Os mergulhadores olharam para trás, ergueram os polegares e se deixaram cair nas águas do rio.

A visibilidade imediatamente caiu para zero, indo da cor de lama ao negro com menos de um metro de profundidade. As lanternas de mergulho Ikelght que normalmente usavam seriam inúteis. Geravam apenas uma difusa mancha marrom na água, e, com o braço estendido, dariam a impressão de estar a cinquenta metros de distância. Lama em chamas, segundo Oiler. O círculo lodoso de luz opaca mais acima se fechou lentamente e eles desceram no escuro, as correntes do rio os levando em direção à foz. Western testou o fone. Está me ouvindo?

Estou.

Usavam balaclavas, mas Western sentiu frio na cabeça. Uma dor aguda. Como quando se come sorvete depressa demais. Continuaram a descer em meio à escuridão total e, de repente, estavam no fundo. Mais cedo do que ele imaginava. Quase perdendo o equilíbrio, Western apoiou uma das mãos no chão. Barro arenoso sob a luva. Mais firme do que pensava. Aprumou-se e olhou na direção da nascente.

Descemos um pouco, disse Red.

Eu sei.

Inclinou-se contra a corrente. Uma pesada e infinita parede. Voltou-se, moveu o ombro para a frente e começou a caminhar na direção contrária com as pesadas botas.

Mais adiante, pôde sentir o casco da embarcação pela mudança na corrente. Como uma sombra na água em movimento. Pôs as mãos à frente do corpo. Um retorno acústico. O que tocou era a ponta do leme. Passou a mão pela superfície irregular da peça de aço, se ajoelhou e a seguiu até a areia.

Muito bem, encontrei.

Encontrou o quê?

Acho que é alguma porra duma embarcação.

Ele acompanhou o formato das profundas naceles de ferro fundido onde ficavam as hélices. Seguiu o contorno do enorme leme até enfiar os dedos na borda frontal. Red chegou a seu lado. Western soltou a corda de nylon do cinto e a enfiou no espaço entre a borda frontal do leme e o casco, repassando-a algumas vezes antes de voltar a prender sua ponta no cinto.

Acho que terminamos por aqui.

Tudo bem. Vou cortar a corda que nos une. Vou prender a minha ponta lá na frente.

Esse troço mede o quê? Pouco menos de trinta metros?

Foi o que Russell disse.

Vejo você lá em cima.

Ándale pues.

Western deu uma folga de alguns metros à corda e começou a caminhar em direção à nascente do rio. Apertou o botão do fone de mergulho. Está me ouvindo?

Estou.

Acho que estamos progredindo bem.

Sempre tem alguma coisa.

Sempre alguma coisa. Estou desligando.

Puxou a corda atrás de si, uma das mãos roçando no casco do rebocador. Um navio subia o rio e ele parou por um momento. Seus motores produziam um forte som metálico na escuridão envolvente. Dois anos antes tinha feito seu primeiro mergulho no rio, o peso das águas se movendo acima dele. Sem cessar, sem cessar. Dando uma sensação única da implacável passagem do tempo.

Chegando ao que imaginou ser a metade da embarcação, falou de novo com Red. Vou subir, disse.

Entendido.

Tirou o cinto com os pesos e o prendeu numa de suas linhas, deixando que ela se afastasse no escuro. Soltou a conexão elétrica e subiu devagar pelo casco inclinado. Passou pela intercessão entre a parte baixa do casco e o lado da embarcação até atingir a fileira de pneus acorrentada na parte superior, onde ficava a amurada. Tomou impulso no convés, subiu mais rápido, chegou à superfície do rio, abriu as mãos e boiou de costas, deixando-se levar lentamente. Um dos assistentes chegou à borda da balsa e atirou uma corda perto dele. Western a pegou, e o assistente, tendo feito um sinal positivo com o polegar, ajustou a corda no cabo-guia do guincho, ligou o motor, e ele desceu o rio de costas até ser içado aos poucos.

Os assistentes o ajudaram com os tanques e o capacete, enquanto alguém lhe trazia um café. Ele pôs a caneca no convés, tirou as luvas e ficou observando o rio até que Red chegasse à superfície. Amarrou o troço?, perguntou.

Tudo pronto, Bobby.

Então içaram Red, que entregou a corda principal enquanto os assistentes retiravam seu capacete. Docinho de coco, ele disse.

Você alguma vez esbarrou lá embaixo com alguma coisa que não sabia o que era?

Ainda não. Já pensei nisso. Vi uma tartaruga num zoológico da Califórnia que, segundo constava da plaquinha, pesava uns cento e vinte quilos. Tinha a cabeça do tamanho do seu punho. Eu preferia não ter visto aquilo.

É, disse Western. Acho que crescem ainda mais.

Sério?

Assim como os tubarões-do-zambeze.

Tubarões-do-zambeze?

É.

Bom, eles não subiriam tanto o rio.

Já foram apanhados bem ao norte, em Decatur, Illinois.

Entregaram um café a Red, que foi tomando aos goles. Ele olhou para Western. Você está querendo me meter medo, Western. Voltou-se e olhou para Russell. Quando é que vai levantar aquele troço?

No Zambeze, eles vão até as cachoeiras. Comem tudo no rio.

O quê?

Os tubarões-do-zambeze.

Na África?

Na África.

Besteira. Naquele rio tem crocodilos de mais de seis metros. Como é que vão comer um troço desses?

Simplesmente cortam a barriga. Comem primeiro as entranhas.

Besteira.

Os leões não bebem água do Zambeze ao sul das cachoeiras.

Mais besteira ainda.

Eu sei. Pelo menos sobre os leões. Acabei de inventar isso. Mas pode ser verdade.

Passaram as cordas pelo guincho e, depois que os cabos apareceram, trataram de amarrá-los e observar enquanto mergulhavam no rio. Prenderam a linga e, no começo da tarde, boa parte da cabine de comando estava fora d'água. O operador do guindaste aumentou a potência do mecanismo, fazendo com que a balsa tremesse mas aguentasse o tranco. Red debruçou-se para fora da balsa e cuspiu no rio. As cabines desses troços são sempre altas, disse. É preciso ver por cima de tudo.

Acho que é isso mesmo.

Quanto tempo ainda vamos ficar por aqui?

Por quê? Tem algum encontro picante?

Nunca se sabe.

Acredito que vai levar a noite toda.

Ah, bom.

A que horas querem a gente aqui amanhã de manhã?

Quando amanhecer.

Ótimo.

Está pronto?

Sou um filho da puta sempre pronto.

Hospedaram-se num motel de estrada. Quer tomar alguma coisa?

Acho que não. Estou bem cansado.

A gente se vê de manhã.

Western fechou a porta, deixou o saco cair no chão, tomou um banho de chuveiro e se esticou na cama. Dormiu por oito minutos e, tendo acordado, ficou olhando para o teto. Depois de algum tempo, se vestiu e foi para o bar. Ainda era cedo. Sentou-se num canto, e a garçonete, depois de passar um pano na mesa, colocou sobre ela um guardanapo de papel e ficou olhando para ele.

Você é casada?, ele perguntou.

Vai fazer o pedido ou não?

Me traz uma garrafa de Pearl.

Ela trouxe a cerveja e um copo. Voltou a olhar para ele. Mas aposto que você é, não?

Casado?

É.

Sou. Estou casado para sempre. Sempre estarei.

Então por que me perguntou se eu era casada?

Só queria saber como funciona a coisa. Para pessoas normais.

Está dizendo que eu não sou normal?

Não, meu Deus, não. Eu.

Você não é normal?

Não.

Qual é o seu problema?

Não sei bem.

Tem certeza de que é casado? Porque eu não sou.

Eu não devia estar incomodando.

Não está.

Não estou tentando passar uma cantada em você.

Não sei se está ou não. Só sei que não está fazendo a coisa da melhor maneira.

Pela manhã, sentaram-se no convés da balsa, tomaram café e comeram sanduíches levados na lancheira. Observaram enquanto o rebocador e o operador do guindaste içavam as grades da água. O motor engasgou de novo, e ele voltou a diminuir a marcha. A chaminé soltou fumaça branca, os cabos estalaram e a longarina produziu uma série de ruídos graves de catraca. O convés da balsa se inclinou lentamente. Então parou. Western observava com atenção os cabos. Olhou para Red, que segurava o sanduíche e, após algum tempo, voltou a mastigar. Russell chegou perto deles e se acocorou.

Quanta água tem dentro daquele troço, Western?

Quer uma resposta rápida?

Sei lá. Alguma coisa razoável.

Acho que o corte transversal no centro do convés não deve ter mais que cinquenta metros quadrados. Baixa para zero nas extremidades, por isso temos de dividir ao meio no sentido do comprimento. seiscentos e oitenta metros cúbicos. Como são mil litros por metro cúbico, seiscentos e oitenta mil litros.

Russell pegou um lápis e um caderninho do bolso da camisa e cruzou as pernas.

São quinze horas, disse Western. Só que vai levar um pouco mais que isso. O cálculo considera a vazão declarada das bombas, mas elas não vão operar na capacidade máxima. E estamos presumindo que nenhuma dará defeito.

Red voltou a comer o sanduíche e sacudiu a cabeça. Russell guardou o caderninho.

Mas não antes do café da manhã.

É só um palpite.

Claro. Você não vai querer que as bombas fiquem sugando ar.

Quando chegaram à marina, as luzes estavam começando a ser acesas ao longo da costa. Western jogou os sacos de mergulho no cais e Gary desligou o motor.

A que horas querem me ver amanhã de manhã?

Cedo.

Estarei aqui.

Os dois puseram os sacos de mergulho nos ombros e caminharam para o estacionamento. Está com frio, não é?, perguntou Red.

Sinto frio na cabeça.

É. Depois de um certo nível de frio, é difícil se sentir aquecido outra vez.

Roupas de mergulho.

É. São um pé no saco.

Roupas para ursos. Roupa de baixo térmica.

Estou sabendo.

Chegando ao local do salvamento na manhã seguinte, havia uma lancha amarrada à extremidade da balsa e duas moças bem bonitas, usando calças jeans, sentadas no convés bebendo cerveja.

Red pôs-se de pé e jogou uma corda no convés. Olhou para Western. Encomendou essas duas aí?

Não. Mas estou vendo nosso operador de guindaste com novos olhos.

As mulheres são enganadoras.

Ah, isso são.

Sempre ouvi dizer que se sentem atraídas por equipamentos pesados.

Acenaram para as duas moças, que retribuíram os gestos. Metade do rebocador estava fora d'água. As bombas de sucção funcionavam sem parar.

Você acha que ele realmente acredita que vai fazer esse troço voltar a operar?

O rebocador?

É.

Não sei.

Vocês querem uma cerveja? Uma das moças segurava uma garrafa.

Não, obrigado. Onde é que está nosso amigo?

Já vai voltar. Estamos fritando uma porção de camarões.

De onde vocês vêm?

Biloxi.

É um mundo maravilhoso.

O quê?

Adoro Biloxi.

Biloxi?

Talvez ele esteja descansando da labuta.

Talvez esteja descansando para enfrentar a labuta.

Acho que há uma coisa sobre o negócio de salvamentos que ainda não entendemos direito.

Foram de lancha na direção da nascente do rio até Socola e beberam cerveja num pequeno bar do outro lado da rua do cais. Red olhou pela janela incrustada de areia.

Acha que a lancha está segura?

Acho que sim. Aqui não roubam barcos. Só roubam todo o resto. É uma questão de honra para eles.

Não roubar barcos?

Não. Roubar todo o resto.

Você acha que aquilo estava no contrato dele? Putinhas para o operador de guindaste?

Pode ser.

Já pensou em trabalhar em outra coisa?

O tempo todo.

Conversa fiada.

Quando desceram o rio, o rebocador estava suspenso pelos cabos e se ouvia música na cabine do piloto da balsa. Encostaram a lancha e a amarraram. O operador de guindaste tinha ligado uma chapa a gás e estava fritando uma boa porção de camarões no que parecia ser a tampa de uma lata de lixo.

Quando é que você vai botar esse troço no convés da balsa?

Logo que a sua merda de tripulação chegar.

Para instalar os calços?

É. Quer camarão?

Claro. Você pensa em levar esse troço até Venice?

Se puder, acho que sim. Pegue um prato. Tem molho ali.

Qual é o seu nome?

Richard.

Eu sou o Red.

Tudo bem, Red?

Tudo bem.

Tem cerveja ali no isopor?

Claro. Sirva-se.

O que aconteceu com as moças?

Não aconteceu nada com elas. Só estão esperando que eu assovie.

Ah, legal. Esses camarões estão uma delícia.

E que tal seu companheiro?

Pega um prato, Bobby. Está muito bom.

Quando entrou no Seven Seas, Janice acenou para ele. O Oiler telefonou para você. Disse que vai ligar outra vez amanhã à noite, por volta das sete, horário daqui, se tiver oportunidade.

Onde ele estava?

Num navio. A chamada foi transmitida por um radioamador.

Isso foi tudo que ele falou?

Tudo que eu consegui entender. A ligação estava péssima.

Obrigado, Janice. Como vai o sr. Billy Ray?

Acho que vai ficar feliz em ver você.

Obrigado.

Subiu para o quarto, deu comida ao gato e se esticou na cama com o animalzinho sobre o estômago. Você é o melhor gato que existe, disse. Acho que nunca conheci um melhor.

Pensou em sair para comer alguma coisa. Depois pensou em ver o que havia no frigobar. Então caiu no sono.

Conversou com Russell de manhã. A balsa havia atracado em Venice depois do anoitecer. Tinham passado o rebocador para um caminhão-cegonha e o levado para o pátio, onde ele foi retirado com o guindaste da empresa e instalado sobre suportes de madeira. Russell disse que havia peixes mortos no porão e uma tartaruga já bem grande.

À noite, ele desceu e esperou no bar até depois das dez, mas Oiler não telefonou. Saiu, comeu alguma coisa, voltou, e Janice lhe entregou um pedaço de papel com um número. Debbie?, ela perguntou.

Debbie.

Ele foi até o telefone público e fez a ligação.

Querido.

Oi.

Tive um sonho com você e acordei preocupada.

Sonhou com o quê?

Você está bem?

Muito bem. O sonho era sobre o quê?

Sei que você não acredita em sonhos.

Debbie.

Sim.

O sonho.

Está bem. Era muito estranho. Um prédio estava pegando fogo e você usava uma roupa especial. Uma roupa especial à prova de fogo. Parecia uma roupa de astronauta e você ia entrar no prédio para salvar aquela gente. E simplesmente entrou no meio daquele tremendo fogaréu, desapareceu, e um dos bombeiros que observavam falou: Ele não vai escapar. Aquela roupa é uma R-210 e ele iria precisar pelo menos de uma R-280 neste caso. Aí acordei.

Ele apoiou o cotovelo na pequena prateleira da cabine, o fone no ouvido.

Bobby?

Estou aqui.

O que você acha que isso significa?

Não sei. O sonho é seu.

Foi muito, muito realista. Quase telefonei para você na hora.

Acho que é melhor eu ficar longe de prédios em chamas.

Está fazendo alguma coisa perigosa?

Não mais que o normal.

Isso não é um não. Suponho que você nem se dê conta de que tem uma pulsão de morte.

Eu tenho uma pulsão de morte?

Tem.

Acho que preciso supervisionar melhor suas leituras. Acredita mesmo em sonhos, não é?

Não sei, Bobby. Você está me perguntando se eles podem prever coisas?

É.

Imagino que sim, às vezes. Acredito na intuição feminina.

Está aprimorando isso?

Sempre.

O que é que você acha que eu devo fazer?

Não sei, querido. Apenas ser cuidadoso.

Muito bem. Serei.

Western esperou. Que silêncio, ele disse.

Conheço você, Bobby. Você não é nem mesmo um fatalista.

Nem mesmo.

Sei que você não acredita em Deus. Mas não acredita sequer que exista uma estrutura no mundo. Na vida de uma pessoa.

É só um sonho.

Não é só isso.

Então é o quê? Você está chorando?

Desculpe. Estou sendo boba.

O que mais?

Por que haveria mais alguma coisa?

Não sei. Há?

Não sei, Bobby. É que tenho pensado muito em você ultimamente. Quantos amigos você tem que conheceram Alicia?

Uns poucos. Você. John. Pessoas em Knoxville. Sobretudo você e John. A família, é claro. Não quero falar sobre ela.

Tudo bem.

Você só está sendo mórbida. Te pego amanhã, se quiser.

Não tenho nenhum tempo livre.

Vou telefonar.

Combinado. Tenho que desligar. Não estou tentando preocupá-lo, Bobby.

Eu sei.

Está bem.

Na manhã seguinte, quando entrou no escritório de Lou, ele levantou a vista e o examinou. Depois se recostou na cadeira. Bom, vejo que você ainda não sabe.

Acho que não.

Red acabou de sair. Está a caminho do bar.

Tudo bem. Saber o quê?

Sinto muito, Bobby. Oiler morreu. Não há outra maneira de dizer isso.

Western sentou numa das pequenas cadeiras de metal. Ah, meu Deus, disse. Aqueles filhos da puta.

Sinto muito, Bobby.

Você falou com alguém?

Falei. Eu tinha o telefone da irmã dele. Ela mora em Des Moines, Iowa.

É professora.

Acho que sim. Ninguém respondeu ainda.

O que aconteceu?

Não sei. É difícil obter respostas claras dessa gente. Morreu no sino de mergulho. Já o trouxeram para a superfície.

Pensei que ele estava em saturação.

Sei lá. Quem são esses filhos da puta de que você está falando?

Não me dê atenção. Vão enterrá-lo no mar. Você vai ver. Ele não vai voltar para casa.

Como sabe disso?

Você vai ver.

IV

Talvez tenha sido um cachorro que a acordou. Alguma coisa na rua à noite. Depois o silêncio. Uma sombra. Quando ela se virou, havia algo no peitoril da janela. Agachado na banqueta com as mãos agarrando os joelhos e um olhar malicioso, a cabeça se movendo lentamente. Orelha e olhos de duende, frios como pedras-pomes na luz de mercúrio do quintal que iluminava o vidro. Ele se mexeu e virou de costas. Um rabo de couro deslizou sobre seus pés de lagarto. Os olhos cegos a procuraram, a cabeça girando sobre o fino pescoço onde se via uma coleira de ferro negro. Ela seguiu aquele olhar sem pálpebras. Alguma coisa nas sombras mais além da luz que penetrava pela lucarna. Uma baforada do vazio. Um negrume sem nome ou medida. Ela enterrou o rosto nas mãos e sussurrou o nome do irmão.

Eles chegaram alguns dias depois. Nenhum dia especial. Na primavera. As flores de corniso pintando de branco os bosques até mesmo depois de escurecer. Ela havia se sentado diante da penteadeira que pertencera à bisavó e fora tirada da casa no condado de Union à noite, enquanto as águas subiam. Examinou-se no espelho amarelado e cheio de manchinhas. A ligeira deformação da superfície fazia do seu rosto perfeito um retrato pré-rafaelita, longo e levemente distorcido. Atrás dela viu uma horda pálida de antigos familiares. Vestidos nas roupas com que foram enterrados, nada mais que ossos sob os farrapos mofados. Suplicando silenciosamente. Ela quase sorriu para eles, que foram se desvanecendo até o espelho refletir apenas o rosto dela. Na gaveta da penteadeira havia um maço de cartas atadas com fita de seda azul. Velhos selos e algo escrito em tinta marrom com uma pena. Endereçado a uma casa cujas pedras agora jaziam no fundo lodoso de um lago. Um pente e uma escova de casco de tartaruga. Uma bolsa de mão, feita de um tecido bordado com fios de ouro e prata, e certa vez levada a um baile onde foram feitas promessas não cumpridas.

Um pequeno sachê de cetim com o tênue perfume de lavanda bolorenta. Ela pouco se recordava da mulher que no passado ali se sentara no dia do casamento. Um aroma duradouro. Uma voz na escada que disse queimei uma rosa num prato e esqueci?

O Kid transferiu um chaveiro de uma nadadeira para a outra, o guardou de modo a não ser visível, passou a nadadeira à frente do corpo na altura da cintura e a abriu para mostrar que as chaves tinham desaparecido. Oi, Belezinha, disse. Sentiu minha falta?

Não, ela respondeu. Voltou-se no gasto banco de veludo. Onde estão seus amigos?

Decidi fazer primeiro uma inspeção do terreno. Para ver se a barra estava limpa.

Limpa de quê?

O Kid a ignorou. Andou de um lado para outro, as nadadeiras cruzadas às costas. Foi até a janela e parou. Bem, disse. Você sabe como estão as coisas.

Não. Não sei. Como estão?

Mas o Kid parecia imerso em pensamentos. De pé, com o rosto sem queixo sustentado por uma barbatana, balançou a cabeça. Como se diante de uma má perspectiva.

Você é um poço de falsidade, ela disse. Acha que não percebo que isso é só para me impressionar?

O quê?

A introspecção. A consulta a uma voz interna.

Como se não houvesse nenhuma, suponho.

É.

Hmm.

Você nem me deixa preocupada. Não passa de um aborrecimento. Você e seus atos. Seus ultrapassados artistas do Chautauqua.

Meu Deus, Jessica. Que tal me dar um desconto? Não é que eu esteja seguindo um manual. Que tal começarmos de novo? Que tal: Olá, entre. Fique à vontade. Mi casa es su casa. Esse tipo de coisa.

Você não está em casa. Não quero você aqui.

Sei, mas a questão na verdade não é essa. Se eu não estivesse aqui, não haveria essa conversa sobre eu estar aqui e ser bem-vindo ou não. Pensei que você fosse o gênio que dizem ser.

Gostaria que você se ouvisse.

Não é o que todos nós gostaríamos?

Há quanto tempo está aqui?

Não muito. E você?

Eu moro aqui.

Sinto que a qualidade das respostas espirituosas vem declinando. Que tipo de remédio estão dando a você, Gostosa?

Não estou tomando remédio nenhum, se é que isso é da sua conta. Não pensei que você fosse voltar.

Sei. Bem na hora, como se pode ver. Pensamos que você precisaria de um tempo para se aclimatar. Providenciamos para que o sr. Bones a supervisionasse durante vinte e oito dias. Você nunca esteve longe dos nossos pensamentos. O amigo Bones achou que podia estar se sentindo meio mal naqueles dias de muito calor, mas não imaginamos que fosse nada preocupante. Ele suspeitava de um ataque de vox populi acompanhado de cãibras. O que, obviamente, suscita a velha questão das aflições internas e externas, e como traçar a linha divisória. Sempre um problema. Nem tudo que é malcheiroso é uma recordação. Por exemplo, o odor das comadres de hospital nos corredores, como as que se encontram no degelo da primavera em latitudes mais frias. Farrago, na Dakota do Norte, ou alguma dessas caixas de esgoto pútridas onde tendem a se reunir os doentes mentais. Bem distante e muito tempo atrás. Como diz a canção.

Ele se voltou para observá-la. Talvez seja melhor não revisitar esses locais. Ou visitá-los previamente. Deixar o gato escapar do saco. Os peidos do gato sem dúvida vêm depois. De qualquer modo, você não deve dar ouvidos àquilo em que acredita. Vai arranjar sarna para se coçar. Como vão os cálculos?

Suponho que agora você queira conversar comigo sobre essas idiotices sem nexo.

Só queria saber se você vem encontrando números para tudo, nada mais.

Ela pousou a escova e olhou para o closet antes de olhar de novo para o Kid. Não pensava que você estivesse aqui sozinho.

Seu problema é não saber quando está com sorte. Alguém fica debaixo do ônibus, o motorista para e o sujeito se levanta. Você imagina que ele vai pedir socorro, mas então vê que está procurando em sua lista de locais de chegada a fim de encontrar uma forma de fazer a transição imediata entre geografia e destino. Se é que me entende.

Não entendo.

Tudo bem. Voltaremos a isso mais tarde.

Sem dúvida. Suponho que você veio de ônibus de novo.

Meu Deus. Não de ônibus de novo. Suponho que com uma indumentária imprópria para andar de ônibus. Como você chegou aqui?

Já lhe disse. Eu moro aqui.

Ah, é mesmo? Você disse à sua avó que queria morar num bosque com os guaxinins, e ela a levou ao dr. Hard-Dick para que ele examinasse sua cabeça. Mas não foi só isso que ele examinou, não é?

Você não sabe nada sobre isso. E o nome dele é dr. Hardwick.

Está bem, que seja.

E você vem aqui enquanto eu estou na universidade. Fica remexendo os meus papéis.

Você nunca vai à universidade. Está sempre matando aula. Seja como for, já pensou no assunto?

Você está lendo meu diário.

É mesmo? Pensei que eu não passava de um delírio assustador. O que aconteceu com essa ideia? Acho que devo evitar repetir para você as coisas que diz, senão vai me acusar de ler seu diário. Mas digamos apenas que foi alguma coisa sobre um pequeno autoarconte moderno que escapou das altas cavernas de morcegos avoejando em seu quarto de adolescente. Bem, não faltam mistérios, não é verdade? Antes de adentrar a fundo no pantanal das vozes acusatórias, talvez seja útil nos recordarmos de que não há maneira de representar erroneamente o que ainda está por acontecer.

Sabe que eu ainda não falei a meu irmão sobre você?

É mesmo? Não sei como interpretar isso. Você acha que ele a mandaria para o dr. Dickhead? Assim como sua avó? O que se diz por aí é que seu precioso Bobby, na melhor das hipóteses, não passa de um tremendo punheteiro.

Você não sabe nada sobre meu irmão.

Ótimo, suponho que isso seja bom. Lealdade. Não precisamos debater as cláusulas do contrato. Podemos deixar isso para outro dia.

Claro. Você não acha que eles estão ficando impacientes lá dentro? Estou ouvindo gente bufando.

Eles sabem que estou aqui.

Imagino que, mais cedo ou mais tarde, você vai gastar todos os seus truquezinhos. O que acontece depois?

O tempo dirá.

Sua sombra se movendo no chão, quando você passa diante do abajur, é um belo toque, mas não me convence.

Acredito que seja apenas uma observação elementar. Bom, você não pode dizer que não nos esforçamos.

Ou o fato de que você escurece um espelho.

Sim, mas ele pode nublar um espelho?

Não sei. Não sei e não me importa. Não é relevante.

Ou Lucy ou Mabel. Talvez eu devesse me dar um beliscão.

Para ver se está sonhando.

E suponho que essa não seja uma indagação razoável. Bom, não vamos nos cansar discutindo isso. Há questões mais espinhosas a examinar. Quando é que você volta à universidade? Sua avó não pode dizer eternamente que você está doente, você sabe bem disso.

Eu sei.

Você tem uns horários estranhos.

Sou uma garota estranha.

Passa a noite toda garatujando cálculos em seu bloco amarelo. Talvez devesse contar carneirinhos. Ou, no seu caso, quem sabe computar os carneirinhos. Para as pessoas numericamente iluminadas.

Anotei sua sugestão.

Ou simplesmente ficar sentada olhando para o nada. Acredito que isso seja parte do modus. Como é que você sabe que tudo não passa de um monte de bobagens?

Impossível saber. É isso que você está tentando descobrir.

Quando chega o Bobby Shafto?

Daqui a duas semanas.

E aí?

O que quer dizer com e aí?

Quais são suas intenções, é o que quero dizer com e aí.

Minhas intenções?

É.

Ele é meu irmão.

Como se você não tivesse dado em cima dele. Para usar uma expressão casta.

Você não sabe do que está falando. Seja como for, não é da sua conta.

Bom, você me conhece.

Não, não conheço você.

É mesmo? A criaturazinha esquisita que fala besteiras sem parar, não é verdade? Temos aqui um probleminha. Dezesseis doces anos, nunca foi beijada e é caída pelo irmão. Ulalá. Já pensou em sair para um encontro normal?

Com quem? Ou o quê? E não tenho dezesseis anos.

Talvez baste fazer um esforço.

Um esforço?

Para ser normal. O que há de errado em ser líder de torcida? Como lhe pediram para ser. Tal como sua mãe.

Assim eu ficaria livre de você?

Nunca se sabe.

Acho que eu sei. Isso aí é algum tipo de animal?

Pode ser. Vez por outra aparece alguma coisa que dá a impressão de ser única. Pior para o pessoal da biologia. De todo modo, precisamos melhorar a iluminação aqui.

Se você estivesse falando do quarto vizinho, será que eu ia conseguir ouvi-lo?

Meu Deus. Que quarto vizinho? Você está no sótão.

Qualquer outro quarto. Algum calabouço da minha escolha.

Aonde você quer chegar com isso?

Por que não é capaz de responder à pergunta?

Está bem. Você só pode ouvir o que está escutando. Se está escutando uma conversa num cômodo e para a fim de começar a escutar uma conversa diferente, você não sabe como faz isso, simplesmente faz. Está tudo na sua cabeça. Não é como mover os globos oculares. Suas orelhas ficam paradas.

E daí?

Daí é isso.

Estou pensando.

Ah, é mesmo? Me avise quando acabar.

Ainda estou preocupada com o troço do ônibus.

Meu Deus, tende piedade de mim.

Vocês ocupam os assentos?

Assentos?

Viajam sentados?

Sim, a menos que estejam todos tomados. O que pode acontecer. Tento evitar isso. Segurando nas alças, meus pés ficam mais de vinte centímetros acima do chão.

Alguém alguma vez já tentou sentar em cima de você?

Aonde você quer chegar, Gretchen?

Já tentaram?

É claro. A gente precisa estar alerta à sombra de alguma bunda colossal pairando acima de nós. Cobrindo o sol. A gente está lá, lendo o jornal, e a luz esmaece. Não se pode tomar nada como certo. Claro que eu sou muito ágil, como você deve ter reparado.

Então você está no ônibus.

Será que podemos sair da porra desse ônibus?

Você está no ônibus. Você e seu bando de hortes.

Cuidado com a gramática, Belezinha. Horte significa bando.

Você e suas hortes. E conversam?

Às vezes. Talvez. Claro.

Eles podem ouvir vocês?

Os outros passageiros?

É.

Sei lá. Veja o parágrafo C acima. É tudo a mesma pergunta. Talvez possam, se escutarem. Dependendo daquilo que estão interessados em escutar. E de quem vem.

Eles podem ouvir vocês, sim ou não?

A ponto de se meterem na conversa para dar uma opinião?

Não. Nada disso. Deixe-me fazer uma pergunta diferente.

Pergunte o que quiser.

Você está recebendo instruções?

Eu o quê?

Está recebendo instruções? Escutando alguém? Alguém o aconselha?

Puta que pariu. Seria bom. E você?

Não. Não sei. Não saberia fazer sentido de uma coisa assim.

É. Nem eu. O que mais?

O que mais?

É.

Não sei o que mais.

É, talvez. Tudo bem. Então não deixaram você viver nos bosques, por isso agora está aqui neste sótão.

É.

Por quê?

Porque meu tio Royal, que é meio surdo, vê televisão metade da noite e grita com ela.

Grita com a televisão?

É.

Que tal você tocando o violino até altas horas?

Está certo. Isso também.

Então o querido Bobby vem para casa nas férias de Natal, instala o assoalho, puxa um fio elétrico do andar de baixo para acionar uma ou duas lâmpadas, mais o estéreo. Janelas com as persianas fechadas. Nunca se sabe se alguém vai passar pelo quintal, no meio da noite, com pernas de pau de três metros. Obviamente, ela ainda tem que descer uma escada estreita para escovar os dentes etc. E, obviamente, tem umas correntes de ar desgraçadas lá em cima, apesar do isolamento de fibra de vidro que ele instalou. O único calor que chega é o que vem do andar de baixo. Talvez ele pudesse pôr uns plásticos cobrindo as janelas, o que você acha?

Gosto como está.

É, suponho que assim mantenha os drinques gelados no peitoril. Quem sabe você poderia até pendurar uns presuntos nas vigas do teto.

Você esqueceu de mencionar o closet.

E é claro que ele instalou um closet. Onde ele aprendeu carpintaria?

Sozinho. Ele sabe fazer qualquer coisa.

Ah, é? Bom, isso ainda vamos ver.

O que está querendo dizer com isso?

O que você acha que estou querendo dizer? Vai ver é simplesmente coincidência que o querido Bobby tenha conseguido colocar você aqui em cima sozinha.

Coincidência com o quê?

Você sabe muito bem. Ou quer que eu explique?

Minha vida privada não é da sua conta.

É? Bem, o pequenino está tudo menos chocado. O que você pensa que estou fazendo aqui, Hortense?

Não tenho ideia.

Tudo bem. Meu Deus, faz frio neste lugar.

É, posso ver a sua respiração no ar. Grande coisa. É tudo jogo de cena. Não estou impressionada.

Sim, está bem. Então sobre o que mais você quer conversar?

Sua partida?

Acabei de chegar.

A que horas é o primeiro espetáculo? Acho que já está tarde demais para uma matinê.

Ah, é? Quem sabe eu possa dar alguns passinhos. Não é fácil entretê--la, sabe?

Realmente não consigo imaginar você dançando.

É. Às vezes é difícil dizer quando um sujeito está dançando. Pode ser um número que você não conheça.

O Kid havia parado e estava junto à janela da lucarna, contemplando o campo que escurecia. O vento, cantando nos beirais de estanho, sacudiu o vidro nos caixilhos e cessou em seguida. A garota o observou. Minha avó vai me chamar para jantar, disse. Mas o Kid parecia desatento. Sei, respondeu. Tudo bem. Ela se voltou na direção do espelho e, por um momento, pensou que ele havia ido embora, porém ali estava seu reflexo, a figura pequena emoldurada na última luz do dia. Observando-a.

O propósito de todas as famílias, em suas vidas e em suas mortes, consiste em criar o traidor que por fim apagará a história de todos para sempre. Alguém tem comentários a fazer?

Eu tinha uma boa razão. De qualquer modo, tinha doze anos. Descobriu alguma outra coisa?

As genealogias são sempre interessantes. Pode-se remontar tudo a algumas trilhas de pedra num desfiladeiro. Você está prestes a cochilar e, de repente, se vê no meio da maior confusão. Quando olha no espelho, todos aqueles Vergangenheit Volk estão olhando de volta. Pelo menos não vieram de ônibus. Você vai ficar feliz em saber disso. Ou assim acho eu. Onde seus estudos aparecem nessas histórias? Será que os reflexos também viajam à velocidade da luz? O que seu amigo Albert acha? Quando a luz atinge o espelho e começa a vir na direção oposta, será que não precisa antes dar uma parada? E então tudo deve depender da velocidade da luz, mas ninguém quer falar da velocidade da escuridão. O que existe numa sombra? Elas se movem na velocidade da luz que as projeta? Qual a profundidade que alcançam? A que profundidade você pode cravar seus compassos? Você escreveu em algum lugar nas margens que, quando se perde uma dimensão, termina toda a pretensão à realidade. Exceto para aquilo que pertence à matemática. Existe aqui uma via do tangível para o numérico que não foi explorada?

Não sei.

Nem eu.

Os fótons são partículas quânticas. Não são pequenas bolas de tênis.

É, disse o Kid. Puxou de dentro das roupas o relógio e verificou a hora. Talvez seja melhor você ir comer. Precisa manter a energia se pretende arrancar dos deuses os segredos da criação. Ao que se sabe, eles são uns caras bem ranhetas.

Ele fechou o relógio e o guardou. Sacudiu a cabeça. Meu Deus, disse. Para onde vão os dias?

À noite ele desceu para o bar, onde tomou cerveja e comeu hambúrguer. Ninguém lhe dirigiu a palavra. Ao sair, Josie inclinou o queixo em sua direção. Sinto muito, Bobby, disse. Ele assentiu com a cabeça. Subiu a rua, os velhos paralelepípedos molhados pela umidade. New Orleans. 29 de novembro de 1980. Esperou num cruzamento. Os faróis do carro que se aproximava duplicados nas pedras escuras e úmidas. Uma sirene de navio no rio. O ritmo regular do bate-estacas. Sentiu frio ali parado sob a chuva fina, atravessou a rua e seguiu adiante. Chegando à catedral, subiu os degraus e entrou.

Velhas acendendo velas. Os mortos ali lembrados de que não tinham quem chorasse por eles e, em breve, não teriam ninguém. Seu pai estava em Campaña Hill com Oppenheimer, no Trinity Site. Teller, Bethe, Lawrence, Feynman. Teller distribuía frascos de óleo bronzeador para se protegerem do sol. Usavam óculos de proteção e luvas. Como se fossem soldadores. Oppenheimer fumava um cigarro após o outro, tendo mau hálito e péssimos dentes. Os olhos eram incrivelmente azuis. Um certo sotaque. Quase irlandês. Se vestia bem, mas as roupas ficavam penduradas no seu corpo. Não pesava nada. Groves o contratara porque tinha visto que ele não se deixava intimidar. Isso era tudo. Muitas pessoas altamente inteligentes achavam que ele era o homem mais inteligente que Deus jamais criara. Sujeitinho esquisito, esse Deus.

Houve gente que escapou de Hiroshima e correu até Nagasaki para ver se seus entes queridos estavam a salvo. Chegando na hora exata para serem incinerados. Meu pai foi lá depois da guerra com uma equipe de cientistas. Disse que estava tudo enferrujado, coberto de ferrugem. Havia carcaças queimadas de bondes nas ruas. O vidro derretera nas esquadrias e se acumulara nos tijolos. Os esqueletos carbonizados dos passageiros, sem roupas nem cabelos, continuavam sentados sobre as molas enegrecidas, com tiras de carne cozida penduradas nos ossos. Os olhos tinham fervido nas cavidades. Lábios e narizes transformados em vapor. Sentados ainda em seus assentos, rindo. Os vivos caminhavam por ali, mas não havia nenhum lugar para onde ir. Entraram aos milhares no rio e lá morreram. Eram como insetos, porque nenhuma direção era preferível a outra. Pessoas cheias de queimaduras rastejavam em meio aos cadáveres como um espetáculo de horror em um imenso crematório. Simplesmente achavam que o mundo havia acabado. Mal lhes ocorria que aquilo tinha a ver com a guerra. Carregavam nos braços a pele dobrada, como roupa suja, para que não se arrastasse nos escombros e nas cinzas. Passavam umas pelas outras sem qualquer propósito em suas inúteis idas e vindas pelas ruínas fumegantes, os que viam em nada melhor que os cegos. As notícias de tudo isso não foram além da cidade por dois dias. Os sobreviventes com frequência recordavam tais horrores com um certo toque estético: naquele fantasma fúngico que brotara na madrugada como uma flor de lótus maligna e nos sólidos derretidos que antes se considerava impossível derreter residia uma verdade que silenciaria a poesia por mil anos. Como uma imensa bexiga, eles costumavam dizer. Como uma criatura marinha. Balançando ligeiramente no horizonte próximo. Então o ruído indescritível. Viram pássaros no céu da madrugada pegar fogo e explodir silenciosamente, caindo na terra em longos arcos como fogos de artifício extintos.

Ele ficou sentado por um longo tempo no banco de madeira, curvado como qualquer outro penitente. As mulheres se moviam em silêncio pelos corredores. As pessoas acreditam que a perda daqueles que amaram as absolvem de tudo o mais. Deixe-me lhes contar uma história.

Havia trinta e sete cartas dela, e, embora ele soubesse cada uma de cor, as lia seguidamente. Todas, exceto a última. Ele lhe perguntara se ela acreditava na vida após a morte, e ela respondera que não descartava a hipótese. Podia ser. Só duvidava que seria para ela. Caso existisse um céu, não seria sustentado pelos corpos em contorção dos amaldiçoados? Por fim, ela dissera que Deus não estava interessado em nossa teologia, apenas em nosso silêncio.

Quando saíram da Cidade do México, o avião levantou voo em meio ao crepúsculo azulado até reencontrar a luz do sol. Ao se inclinar para descrever uma longa curva sobre a cidade, a lua caiu diante da janela da cabine como uma moeda atirada ao mar. O cume do Popocatépetl varou as nuvens. Os últimos raios do sol fazendo a neve brilhar. Longas sombras azuladas. O avião tomou lentamente o rumo norte. Bem abaixo, o quadriculado da cidade, de um roxo profundo, se assemelhava à placa-mãe de um computador. As luzes começavam a ser acesas. Uma vantagem para o lusco-fusco. Iztaccíhuatl ficando para trás. As trevas iminentes. O avião estabilizou-se a uma altitude de vinte e sete mil pés, seguindo para o norte através da noite mexicana enquanto as estrelas giravam na sua esteira.

Ela tinha dezoito anos. Chovera sem parar no dia do seu aniversário. Eles ficaram no hotel, lendo antigas edições da revista *Life* que encontraram numa loja de velharias. Ela se sentou no chão e repassou devagar as páginas enquanto tomava chá. Mais tarde, quando foi bater à porta dele, as luzes do corredor estavam acesas no meio do dia. No final do corredor, as cortinas eram levantadas pelo vento. Foi até lá e ficou olhando para fora. Um pátio cinzento e vazio. As cortinas estavam pesadas por causa da chuva e do peitoril molhado, mas tinha parado de chover. Havia uma escada de incêndio do lado de fora da janela, os degraus de ferro com um matiz arroxeado devido à água que os cobria. No pátio abaixo, um barracão feito com placas de zinco apodrecidas, um cão latindo. A luz fria perturbando o ar. Vozes em espanhol.

Quando acordou, ela estava recostada em seu ombro. Pensou que ainda dormia, mas ela olhava para fora da janela. Podemos fazer o que quisermos, disse.

Não, ele respondeu. Não podemos.

Na luz moribunda, um rio feito uma corda de prata esgarçada. Lagos encravados em profundos desfiladeiros de pedra, embranquecidos pela capa de gelo. Montanhas em chamas no poente. As luzes de navegação do lado esquerdo foram acesas. As do lado direito eram verdes, como num navio. O piloto as apagava em meio às nuvens por causa do reflexo. Mais tarde, quando acordou, bem ao norte, uma cidade no deserto era visível sob a asa, deslizando para a escuridão como a Nebulosa do Caranguejo. Um punhado de diamantes sobre o veludo negro do joalheiro. Os cabelos dela eram como finas teias de aranha. Diáfanos.

Fazia frio em Chicago. Homens maltrapilhos em volta de uma grade de onde saía vapor quente nas primeiras horas da manhã. Quando criança, ela tinha pesadelos e subia na cama da avó, que lhe dizia que estava tudo bem, que não passava de um sonho. E ela dizia que sim, era apenas um sonho, mas não estava tudo bem. Na última vez em que foram à Cidade do México, ele a deixara no hotel e fora ao escritório da companhia aérea confirmar as reservas. Ao voltar, teve de contar que o escritório estava fechado, que a companhia falira e que suas passagens não valiam nada. Foram para El Paso de ônibus. Vinte e quatro horas. A fumaça dos cigarros mexicanos como um aterro sanitário fumegante. Ela dormia com a cabeça no colo dele. Uma mulher dois assentos à frente ficava se voltando para trás e olhando para ela. Para os cabelos dourados derramados por cima do braço da poltrona.

Mi hermana, ele disse.

Ela olhou de novo. ¿De veras?

Sí. De veras. ¿A dónde va?

A Juárez. ¿Y ustedes?

No sé. Al fin del camino.

Seu pai nasceu em Akron, Ohio, e a avó do lado paterno morreu lá em 1968. Sua irmã telefonou de Akron. Queria saber se ele vinha ao enterro.

Não sei.

Acho que devia vir.

Está bem.

Chegou atrasado, usando calça jeans e um casaco preto. Como toda a família estava morta havia muito tempo, compareceram ao funeral apenas ele, a irmã e umas oito ou dez mulheres idosas, além de um velho que não sabia ao certo onde estava. Ele se encontrou com a irmã na porta e saíram juntos.

Você vai ao cemitério?

Vou aonde você for.

Por que simplesmente não vamos embora? Está de carro?

Não.

Bom. Vamos.

Foram até um café na Washington Street. Você não trouxe aquele vestido preto.

Não tenho nenhum vestido preto. Bem, agora tenho.

Há quanto tempo está aqui?

Uns dez dias. Ela não tinha ninguém, Bobby.

Cuidar do futuro…

Fui instruída a lhe dizer que tem um monte de ouro enterrado no porão da casa.

Ouro?

Ela falou muito sério. Não largou minha mão.

E estava lúcida?

Sim.

Eles demoliram a casa. A autoestrada vai passar pelo terreno.

Eu sei. Mas não demoliram o porão.

Você está falando sério?

Podemos tomar um chá?

Ele a levou ao aeroporto à noite, dirigiu de volta para o motel e, no dia seguinte, foi até a casa. Só restava o caminho entre a calçada e o lugar onde ficava a porta da frente. Ele se sentou e examinou as ruínas da antiga vizinhança. Pelo menos não havia ninguém por perto. Como era sábado, as motoniveladoras estavam estacionadas num lamaçal cerca de um quilômetro e meio mais ao sul. Percorreu o velho caminho de concreto rugoso onde costumava brincar com seus caminhõezinhos e olhou para o porão. As paredes eram de pedrinhas de calcário cinza. A escada de madeira erguia-se no céu cinzento e vazio. O chão era de concreto, mas estava todo rachado e não parecia muito sólido. Muito bem, ele disse. Que se foda.

Voltou duas horas depois com um detector de metais alugado, além de uma marreta de dois quilos, uma enxada e uma pá. Desceu até o porão e começou a vasculhar o solo. Obteve vários registros, retirou a poeira e marcou os locais no chão com um lápis preto. À noite, cavou seis buracos no solo, quebrando o concreto arenoso e retirando o barro. Encontrou uma grande lima, a cabeça de um martelo, a hélice de um avião. Uma engrenagem antiga de ferro. Uma peça de ferro fundido com duas faces em que se lia a marca Brown & Sharpe. Não tinha ideia do que se tratava.

Jogou as ferramentas, uma a uma, para fora do porão e subiu a escada balouçante com o detector de metais; juntou tudo, pôs na mala do carro alugado, dirigiu até o motel e foi dormir.

Tencionava devolver o detector na manhã seguinte, pegar um voo e deixar a cidade, porém teve um sonho com a avó que o acordou. Contemplou a sombra das molduras da janela no alto da parede, projetada pelos spots de luz instalados em meio aos arbustos no lado de fora. Depois de algum tempo, se levantou, pegou um copo de plástico na cômoda e, ainda de cuecas, foi até as máquinas de refrigerantes no corredor aberto; pegou gelo, uma lata de suco de laranja, voltou e ficou sentado no escuro.

Ela havia trabalhado nas fábricas de tecidos em Rhode Island quando criança. Ela e a irmã. No final daqueles dias de doze horas de trabalho, liam uma para a outra à luz de velas, num quarto onde dava para ver o vapor saindo das bocas. Whittier, Longfellow e Scott, mais tarde Milton e Shakespeare. Tinha trinta anos quando se casou e teve um único filho, o pai dele. O marido era um químico e engenheiro que obteve diversas patentes sobre o processo de vulcanização da borracha e utilizava o porão como laboratório e oficina. Era um lugar mágico, e, mesmo quando criança, Western tinha acesso a ele.

No sonho, a avó o chamou lá de cima enquanto ele estava sentado diante da bancada de trabalho do avô. Indo até o pé da escada, ele a ouviu dizer: Você estava tão quieto! Só queria saber se ainda estava aí.

Tomou o café da manhã no motel e dirigiu de volta até a casa. Conferiu o mostrador do detector de metais e então passou a placa seguidamente sobre o concreto atrás da escada. Vinte minutos depois estava ajoelhado, remexendo o barro bolorento no fundo do buraco que havia cavado. O que retirou lá de dentro foi um pesado cano de chumbo com quarenta e seis centímetros de comprimento.

Raspou a terra e os restos da velha estopa em que o cano havia sido embrulhado. Tinha menos de quatro centímetros de diâmetro e era fechado nas duas extremidades com tampas fêmeas. As roscas eram seladas com chumbo branco. Dava para ver a beirada, que tinha adquirido um tom amarelado com o passar dos anos. Pôs-se de pé, levou o cano até a parede e encontrou um espaço nas pedras para encaixar a tampa, tentando depois fazer girar todo o cilindro, mas a tampa não cedeu. Sacudiu o cano: dava a impressão de ser totalmente sólido.

Havia ao todo dezesseis deles. Enterrados em três buracos. Encostou-os na parede e cavou um pouco mais com a pá, mas não havia mais nada ali. Fez outras varreduras com o detector, cobrindo uma área maior, porém nada mais foi registrado. Perdera toda a noção de tempo.

Como os canos eram pesados demais para serem jogados por cima da parede, levou um de cada vez pela escada e pelo caminho para amontoá-los junto ao carro. Deixou a marreta e a enxada no porão, pôs o detector no assento de trás do carro, abriu o porta-malas e ali depositou os canos. Ao terminar, a traseira do carro estava visivelmente mais baixa.

A loja em que alugara o detector já estava fechada. Ele foi então até a loja de ferragens, onde comprou dois grandes alicates de pressão, dirigindo depois de volta ao motel.

Estacionou o carro tão perto da porta quanto pôde, entrou, pôs sobre a mesa a sacola com os alicates e se deitou na cama a fim de esperar pelo cair da noite. Não conseguiu dormir e, após algum tempo, se levantou, tirou os alicates das embalagens de plástico transparente e as jogou no lixo junto com a sacola, saindo então para observar o anoitecer em Akron.

Pegou os canos de dois em dois, os empilhou junto à porta e voltou para fechar a mala do carro. Entrou no quarto e trancou a porta. Sentou-se no chão com os alicates de pressão, alargou as mandíbulas, ajustou-as às tampas nas duas extremidades, aparafusou as mandíbulas e as fixou de modo a formar um ângulo de noventa graus entre os alicates. Colocou o cano sobre o tapete, pisou num dos alicates e se inclinou para pegar o outro com as duas mãos, pressionando-o com o peso do corpo. Os alicates rasparam a tampa, deixando fios de metal brilhante nos dentes. Apertou ainda mais as mandíbulas, voltou a fixá-las e fez pressão sobre os alicates: dessa vez a tampa começou a girar lentamente. Uma tira de chumbo branco saiu em espiral da rosca.

Empurrou os alicates para o chão, soltou as mandíbulas apertando o botão e voltou a aplicar os alicates. Mais alguns giros e a tampa pareceu suficientemente solta. Pôs o cano de pé, girou os alicates com as mãos, tirou a tampa, descansou as ferramentas no chão, virou o cano de cabeça para baixo e, segurando com firmeza, o sacudiu.

O que caiu no tapete foram punhados de moedas de ouro de vinte dólares com a águia dupla, tão reluzentes quanto no dia em que foram cunhadas na Casa da Moeda dos Estados Unidos.

Ficou ali sentado, olhando para as peças de metal. Pegou uma moeda e examinou as duas faces. Nada sabia sobre elas. Quanto poderiam valer. Caso pudesse mesmo vendê-las. Nunca tinha ouvido falar em Saint-Gaudens. Sua estranha saga como artista. Empilhou-as como fichas de pôquer. Havia duzentas. Três mil e duzentas ao todo? Valor de face, sessenta e quatro mil dólares. Valeriam isso? Dez vezes mais? Iria descobrir que não estava nem perto da cifra verdadeira.

Passou as duas horas seguintes desatarraxando as tampas dos outros canos. Ao terminar, canos e tampas estavam amontoados junto à parede e, espalhado no chão, havia um volume de ouro capaz de encher pelo menos a metade de uma banheira. Verificou as datas e não encontrou nenhuma posterior a 1930, supondo ter sido esse o último ano em que foram enterradas. Apanhou um punhado de moedas, sopesou-as e olhou para a pilha. Imaginou que deveria haver uns cinquenta quilos de ouro ali no chão do motel. Levantou-se, pegou no armário o cobertor extra, cobriu as moedas e foi para a cama.

Acordou às quatro e vinte da madrugada e acendeu a luz. Saiu da cama, puxou o cobertor e ficou contemplando as moedas. Surpreendido por já saber que iria comprar um revólver.

De manhã, esvaziou a mala e nela carregou o ouro para o carro, quatro viagens ao todo. Despejou o ouro no porta-malas, espalhou as roupas por cima, fechou o compartimento de bagagem e voltou para o quarto. Atarraxou as tampas de qualquer maneira e arrumou os canos no chão do carro, no lado do passageiro. Pôs meia dúzia de moedas no bolso, entrou no carro e foi tomar o café da manhã.

Procurou por comerciantes de moedas no catálogo telefônico. Havia dois. Anotou os endereços. Dirigiu até a primeira loja, estacionou e entrou.

O sujeito foi cortês e útil. Explicou que havia dois tipos daquela moeda. As Saint-Gaudens — ou Standing Liberty — e as Liberty Head. As Saint-Gaudens eram as mais valiosas.

Se me permite perguntar, como chegaram às suas mãos?

Eram do meu avô.

São muito bonitas. Não deveria carregá-las no bolso.

Não?

O ouro é muito delicado. Duas dessas parecem recém-cunhadas. O que chamamos de Flor de Cunho. Não circularam. Bem, na vida real há diversas classificações, mas essa é a mais alta.

Ele examinava as moedas com uma lupa. Muito boas, disse.

Anotou cifras num bloco enquanto as estudava. Então fez a soma. Empurrou o bloco na direção de Western. Ao sair da loja dez minutos depois, ele tinha mais de 3 mil dólares no bolso. Sentou-se no carro e fez os cálculos mentalmente. Então voltou a calcular.

Depois de devolver o detector de metais, comprou na loja de ferragens quatro sacos de lona branca usados por pedreiros, com fundos, tiras e alças de couro. Rodou até encontrar um terreno baldio, onde jogou os canos no meio do mato. Vendeu mais uma dúzia de moedas na outra loja especializada da cidade e, naquela noite, pagando em dinheiro, comprou um Dodge Charger preto 1968, com um motor Hemi 426, que registrava no velocímetro seis mil e quatrocentos quilômetros. Tinha coletores de escape e carburadores gêmeos quadrijet Holley acoplados a coletores de admissão Offenhauser. Pediu que o vendedor devolvesse o carro alugado, comprou um revólver especial de aço inoxidável Smith & Wesson .38, com um cano de dez centímetros e, durante as duas semanas seguintes, cruzou o Meio-Oeste vendendo moedas em lotes de poucas dúzias. Tinha uma tranca para o volante, mas carregava tudo à noite e dormia ao lado do revólver. Possuía um guia de colecionadores de moedas e se sentava no motel à noite separando e colocando as moedas em pequenos envelopes de plástico, que depois guardava no saco de pedreiro. De poucos em poucos dias, levava as moedas e as notas pequenas para um banco, trocando-as por notas de cem dólares. Desceu até Louisville e começou a cruzar o país. Ao chegar a Oklahoma, tinha novecentos mil dólares numa caixa de sapatos com a tampa presa por elásticos, além de um saco ainda cheio de moedas. Como o Charger corria como um rato escaldado, ele havia sido parado uma vez pela Polícia Rodoviária, e passara a dirigir com mais cuidado desde então. Não tinha ideia de como explicaria o conteúdo do porta-malas a um policial. Foi a Dallas, San Antonio, Houston. Quando chegou a Tucson tinha vendido tudo, com exceção de alguns punhados de moedas. Hospedou-se no Arizona Inn, levou todo o dinheiro para o quarto, o empilhou na cômoda e dividiu no olhômetro a pilha em duas iguais. Guardou-as em dois sacos vazios e afivelou as tiras. Telefonou então para o bar de Jimmy Anderson. Ela atendeu. Meu Deus, disse.

Deus está?

Chega às sete. Em que posso ajudá-lo? Bobby? É você mesmo?

Sim.

Onde está?

No Arizona Inn. Tenho algum dinheiro para você.

Não preciso de nenhum dinheiro.

Um bocado de dinheiro. E comprei um carro para você.

Silêncio do outro lado da linha.

Está me ouvindo?

Estou.

Como é que você sabia que eu ia procurar?

Porque pedi para você fazer isso.

V

O Kid estava sentado diante da escrivaninha usando um fraque e uma cabeleira postiça de palhaço. Óculos sem aros e uma barbicha rala colada ao queixo. Ela se sentou na cama e esfregou os olhos para espantar o sono. Está querendo se passar por quem?, perguntou.

Ele verificou a hora e pôs o relógio sobre a escrivaninha. Ajustou os óculos e folheou as páginas de seu caderno de notas enquanto fumava um cachimbo de barro. Muito bem, disse. Ele tentou tomar liberdades com sua pessoa?

O quê?

Tentou tirar seus peitos do pé?

Tirar o quê?

Suas impronunciáveis. Tentou puxá-las para baixo?

Impronunciáveis. Não é da sua conta. E o doutor fumava charutos, não cachimbos.

Houve alguma manipulação digital?

Você fica ridículo com essa roupa.

Será que houve tentativas de babar na sua xoxotinha?

Você é nojento. Sabia?

Você disse a ele para parar?

Se importa de ir embora, por favor?

O Kid olhou para ela por cima dos óculos. Ainda não faz uma hora. Algum suor noturno?

Eles prescreveram antipsicóticos e ela os tomou durante uns poucos dias até ter a chance de ler sobre o assunto. Quando chegou à discinesia tardia, jogou todos os medicamentos na privada e deu descarga. O Kid voltou no dia seguinte, andando de um lado para outro. Ela já estava vestida para sair com o irmão. Fique à vontade, ela disse.

Sim, muito bem. A que horas devo esperá-la?

Tarde.

———

Quando voltavam, preparavam chá e se sentavam conversando sobre matemática e física até que a avó descia de camisola para servir o café da manhã. Quando ele foi para o Caltech, no outono, já tinha mudado seu objeto principal de matemática para física. As razões que deu em uma carta foram as melhores que lhe ocorreram, mas não eram o motivo real. O verdadeiro motivo foi que, conversando com ela naquelas noites quentes à mesa da cozinha da avó, conseguira entrever o cerne profundo dos números e soubera que aquilo estaria para sempre fora de seu alcance.

———

O Kid estava junto à janela. Faz frio lá fora, disse. O que você está escrevendo?

Estou tentando ignorá-lo.

Boa sorte com isso. Onde arranjou essa caneta estilosa?

Era do meu pai. Ganhou do presidente Eisenhower.

Ah, é? Nenhum desertor de fato naquele grupo, não é? Suponho que não ache isso estranho. O que vocês dois vão fazer amanhã? Não sei, você sabe? Sei lá. Que tal explodirmos o mundo? Olhe, é uma ideia.

Afastou-se da janela e recomeçou a andar de um lado para outro. Franziu a testa e apoiou uma barbatana na palma da outra. Podemos ter noções muito diferentes sobre a natureza da próxima noite, ele disse. Mas, quando escurece, isso importa?

Não sei.

Uma pessoa solitária como você sempre questiona qual o rumo desse navio e por quê. Existe um denominador comum na existência? Perguntas cruciais podem nos fazer parecer idiotas. Está me seguindo?

Sem dúvida.

Boa menina. Onde eu estava?

Fazendo papel de idiota.

Certo. Claro, a pergunta que me vem à mente é quem é o convidado ideal.

Do universo?

É. Somada à pergunta sobre onde realmente estamos. Não são problemas estáticos, uma vez que não existem coisas estáticas. Será que o convidado ideal é o próximo numa sequência de próximos? Foi isso que você imaginou? Ou que talvez o jogo tenha sido manipulado?

Mais tautologias.

E daí? O que há de errado nisso? Pelo menos não têm uma grafia difícil. Será que você pode de fato escrever e conversar ao mesmo tempo?

Depende da conversa.

Deixe-me ver.

Ela virou o bloco, o empurrou por cima da cama e ele se inclinou para ler. Meu Deus, ele disse. Que merda é essa?

Taquigrafia. De Gabelsberger.

Parecem vermes que escaparam de um vidro de tinta. Você sabe que esse troço vai para seu arquivo, não sabe? Você escreve enquanto tem suas conversinhas com o dr. Hard-Dick? Por que tenho a sensação de que ele ao menos merece algum respeito?

O pouco respeito que recebe é por se tratar de um médico, enquanto você não passa de um anão. E o nome dele é Hardwick.

Meu Deus.

Sinto muito. Não deveria ter dito isso.

Já ouvi falar que a cavalo dado não se olha os dentes, mas não em golpear os dentes dele com uma pá.

Sinto muito.

Bem. Provavelmente isso tem a ver com o fato de ele estar sempre dizendo coisas ruins sobre mim. Seja como for, eu realmente não sei como você consegue lidar com alguém que a considera o produto de um fígado desregulado. Ele provavelmente não entende que, se você tirar do menu tudo que é difícil de engolir, vai sobrar um almoço muito parco.

Me desculpe por tê-lo chamado de anão. Gostaria de apagar o que falei.

Sei. Mas isso não me vai fazer ficar nem um pouco mais alto, não é? De todo modo, você precisa pensar mais sobre sua história recente antes de querer que eu saia dela. Tem certeza de que está registrando tudo isso?

Não se preocupe. Aqui não tem wi-fi. Tudo é recuperável.

Talvez. Claro que há sempre a chance de que alguma coisa seja reconfigurada em outro formato por hackers instalados em algum lugar do circuito.

Vou para a cama.

Ela apagou o abajur na mesinha de cabeceira e, no escuro, onde a luz de mercúrio apenas emoldurava a janela, tirou a calça jeans, o suéter e as meias, enfiando-se debaixo das cobertas e mantendo os ouvidos bem abertos. Podia sentir que ele se aproximava. Escute, Belezinha, ele sussurrou. Você nunca vai saber do que o mundo é feito. A única coisa certa é que não é feito do mundo. Ao se aproximar de uma descrição matemática da realidade, você não tem como deixar de perder o que está sendo descrito. Toda pesquisa desloca seu objeto. Um instante no tempo é um fato, não uma possibilidade. O mundo levará sua vida. Mas, acima de tudo e por fim, o mundo não sabe que você está aqui. Você acha que compreende isso. Mas não compreende. Não no fundo do coração. Se compreendesse, ficaria em pânico. E não está. Ainda não. Agora, boa noite.

———

Ela fechou a porta às suas costas e se encostou na madeira. A fumaça de um cigarro subia da luminária na escrivaninha. O Kid estava sentado com os pés para cima. Usando um elegante chapéu de abas ajustáveis.

Não se levante, ela disse.

Não se preocupe. Ninguém vai se levantar.

Era uma piada.

É, claro. Seu batom está borrado.

Ela atravessou o quarto e se sentou na cama. Usava uma blusa de lamê prateado e minissaia de seda azul bem justa. Meias pretas e sapatos com salto de sete centímetros. Jogou para trás os cabelos louros, tirou um estojo de maquiagem da bolsa, abriu e limpou os lábios com um lenço.

Que figura, disse o Kid. Tirou o cigarro do prato sobre a escrivaninha, deu uma longa tragada e soprou a fumaça para o lado. Que figura! Onde você estava?

Dançando.

Ah, é?

Sim. Eu não sabia que você fumava.

Foi você quem me fez fumar. Onde está seu querido Bobby?

Foi dormir.

O Kid puxou o relógio e abriu a tampa. Notas tênues de sinos badalando. Acho que vocês foram comer alguma coisa depois que as boates fecharam.

Talvez. Não é da sua conta.

Você bem que podia me dar algum crédito, sabe? Depois de tudo que fiz por você.

Tudo que fez?

É.

Você conspurcou minha alma.

Meu Deus. Você tem uma memória bem curta. Como pode dizer uma merda dessas? Esse comentário foi pra valer? Espere um minuto. O queridinho Bobby vai subir, não é?

Não.

O objeto de seus sórdidos afetos. Estou ouvindo os passos dele na escada.

Você é repugnante.

A totalmente devotada. Muito bem. Acho que é melhor eu dar o fora.

Você é cheio de merda. Não tem ninguém na escada. Vou dormir.

Meu Deus. O que está fazendo?

Me despindo.

Você não pode fazer isso.

Então veja só.

O Kid cobriu o rosto. Meu Deus, disse. Aonde é que você vai agora?

Ela atravessou o quarto com as roupas sobre o braço. Vou pendurar minhas coisas. Por quê? Tem alguém lá?

Ela abriu a porta do closet, pôs os sapatos na prateleira, pendurou a saia e a blusa, fechou a porta, atravessou de volta o cômodo com as roupas de baixo, subiu na cama, puxou as cobertas e apagou o abajur na mesinha de cabeceira. Boa noite, disse.

Cobriu a cabeça com a colcha e ficou escutando. Passado algum tempo, afastou as cobertas. O Kid continuava sentado à escrivaninha. Por quanto tempo você vai ficar sentado aí?

Não sei. Está silencioso.

Você não tem outros clientes para ver?

Não.

Desculpe se fui má com você.

Sério?

É.

Tudo bem.

Agora vou dormir.

Ótimo. Boa noite.

Boa noite.

———

Ela voltou para a mesa depois de preencher os formulários e a enfermeira passou os olhos por eles antes de lhe entregar mais outro.

Será que eu não posso simplesmente escrever Façam como quiserem e assinar?

Não. Não pode.

Deram-lhe uma chave para o armário, uma camisola, um par de chinelos e a mandaram para o fim do corredor. No vestiário, ela se despiu, dobrou as roupas, guardou no armário, vestiu a camisola, achou as tiras e deu o laço. Depois se sentou no banco e pensou no que tinha acabado de fazer. Entrou uma mulher que lhe deu um breve sorriso e abriu um armário na ponta da fileira. É como o céu, ela disse. Troca-se tudo por uma camisola.

Você alguma vez brincou de céu quando era criança? Se vestiu com os lençóis e ficou zanzando?

Não, disse a mulher, dando-lhe as costas e começando a se despir. Vestiu a camisola, amarrou as tiras, calçou os chinelos, fechou a porta do armário e o trancou. Quando passou arrastando os pés com a chave na mão, a moça lhe disse que devia prender a chave na camisola com um alfinete para não a perder, porém a mulher seguiu direto para o corredor.

Passado algum tempo, ela se pôs de pé, fechou a porta do armário e o trancou. Em seguida, prendeu a chave na camisola, calçou os chinelos e saiu.

No consultório, sentou-se numa maca enquanto uma enfermeira tomava sua temperatura, pulso e pressão. Você não é de falar muito, disse a mulher.

Eu sei. Tenho muitas razões para ficar calada.

A enfermeira sorriu. Envolveu o braço da moça com um tubinho de borracha, deu o nó, o puxou e deixou que estalasse. Inseriu um catéter intravenoso e o fixou com esparadrapo. Um auxiliar a levou na cadeira de rodas para o corredor.

Um quarto branco e frio. Depois de algum tempo, entrou uma mulher que examinou sua ficha hospitalar. Como você está?, perguntou.

Estou bem. Até agora sem problemas. Quem é a senhora?

Sou a dra. Sussman. Por que você está sozinha?

Não estou sozinha. Sou esquizofrênica. Vão raspar meu cabelo?

Não. Não vamos.

É a senhora que vai me fritar?

Ninguém vai fritá-la. Tem alguma pergunta a fazer?

Vocês têm um extintor de incêndio?

A doutora inclinou a cabeça e olhou para ela com atenção. Acho que sim. Por quê?

Para o caso de meu cabelo pegar fogo.

Seu cabelo não vai pegar fogo.

Então para que serve o extintor de incêndio?

Você está brincando?

É. Mais ou menos.

Não tem nenhuma pergunta?

Não.

Nada que gostaria de saber? Não é curiosa?

Não posso responder isso sem ser grosseira. De todo modo, não estou aqui por causa do que quero saber. É exatamente o oposto.

Que medicação vem tomando? Não há nenhuma anotação aqui.

Eu sei. Joguei na privada e dei descarga.

A médica estudou a ficha presa a uma prancheta. Bateu de leve com a caneta no lábio inferior. A enfermeira havia entrado e estava fixando uma seringa no catéter intravenoso. Olhou para a doutora.

Joguei fora, ela repetiu.

Sim. Eu ouvi.

Será que isso significa que vão aumentar a potência do choque?

Não.

A médica saíra de seu campo de visão ao se posicionar atrás dela. A enfermeira pegou um frasco de vidro no balcão. Depois de abri-lo, começou a esfregar um gel eletrolítico em suas têmporas. O gel era frio.

Onde está a doutora?

Estou aqui, disse a médica.

Vou desmaiar agora.

Sim. Está tudo bem.

Ao acordar na sala de recuperação, não tinha a sensação de que o tempo passara. Era de noite. No início, pensou que estava na cama de casa. Mas tinha na boca uma proteção de borracha para os dentes. Cuspiu-a fora. Havia um cheiro de queimado no escuro. Algo desagradável e ligeiramente sulfuroso. Pegou a pulseira de plástico com seu nome. Sou eu. Posso checar e confirmar.

A porta estava aberta. Uma luz no corredor. Passado algum tempo, se sentou. A cabeça doía. Em meio aos farrapos queimados e enegrecidos, as hortes cauterizadas fumegavam ao pé da cama. Com uma fina camada de cinza, mas ligeiramente luminosos por causa disso. Davam a impressão de estar desanimados, aborrecidos, raivosos. O Kid caminhava de um lado para outro. Tinha o rosto negro por conta da fuligem. Seus cabelos esparsos tinham sido queimados e reduzidos a restolhos, e saía fumaça de seu casaco. Ela cobriu a boca com a mão.

Muito bonito!, ele disse. Bonito pra caralho.

Me desculpe.

Acha isso engraçado?

Não.

Que porra você estava pensando?

Não sei.

Olha só essa merda. Acha isso divertido?

Sinto muito, de verdade.

Pelo amor de Deus, temos gente na porra da enfermaria de queimados. Para não falar no cheiro.

Eu não sabia.

Devia ter perguntado. Meu Deus. Ele afastou o rosto e cuspiu uma gosma cheia de cinzas. Olhou para ela e sacudiu a cabeça. O amontoado de quimeras enegrecidas se balançava e fervia sob a luz do corredor.

Me desculpe, ela disse. Sinto muito, de verdade.

Ah. Isso é ótimo. Ouviram, camaradas? Ela sente muito! Puta que pariu. Sente muito? Por que não falou isso antes? Bem, que se foda. Para os diabos com essa merda.

John Sheddan saiu numa tarde fria de sexta-feira e seguiu para o centro de Knoxville a fim de ver se descolava uma cerveja. Nas horas seguintes, pegou emprestado duzentos dólares. Com eles, comprou remédios que só podiam ser vendidos com receita médica e levou para Morristown, onde revendeu por trezentos dólares. De lá, foi ao jogo de pôquer de Bill Lee, ganhou setecentos dólares e teve relações sexuais com uma menor de idade no banco de trás do carro de um amigo. Voltou então para Knoxville e pegou um avião no aeroporto McGhee Tyson, chegando a New Orleans bem antes da meia-noite. Western encontrou-o quase por acaso. Passando pela Absinthe House, viu o chapéu dele sobre uma mesa junto à janela. Entrou e se pôs a observá-lo até que Sheddan baixou o jornal e ergueu a vista. Lord Wartburg, ele disse.

Mossy Creek.

Achei que estava sendo observado. Sente-se. Você não lê os jornais?

Não. O que aconteceu?

Nada. Simplesmente meu trabalho em curso sobre sua personalidade.

Western puxou a cadeira e se sentou do outro lado da pequena mesa de madeira, Quando foi que você chegou?

Sheddan dobrou o jornal e olhou o relógio. Umas dez horas atrás. Acabei de me levantar. Adoro esta cidade. Só não achei ainda um jeito de ganhar a vida aqui.

É uma cidade difícil.

É. Não se pode confiar nas pessoas, Squire. Honra entre ladrões é coisa do passado.

Você está de sacanagem comigo.

Nem um pouco. Onde está a porra do garçom? Já almoçou? Não, claro que não. São estranhas, as pessoas que aparecem por aqui.

Eu, por exemplo.

Não. Você não. Deixe eu pagar a conta. Vamos almoçar num lugar simpático.

Almoçaram no Arnaud's. Sheddan estudou a carta de vinhos, sacudindo a cabeça. Impressionante. Quem paga esses preços, Squire? Meu Deus. Bom, deve haver alguma coisa interessante aqui. Um Beaujolais despretensioso. Fique longe dos Villages e vai se dar bem.

Então você não vai comer peixe?

Vou. É o que servem aqui. Mas nem por isso uma pessoa é obrigada a beber algo insípido. A lagosta é uma exceção, claro. Aí não cabe nenhum tinto. Sempre gostei deste lugar. É como uma porra dum cenário de cinema. E não muda nunca. Lembra uns poucos restaurantes na Cidade do México. Brat diz que é como comer numa barbearia.

Sheddan tinha virado seu copo d'água de cabeça para baixo, mas o garçom chegou alguns minutos depois, endireitou o copo e o encheu, fazendo o mesmo com o de Western.

Com licença, disse John.

Pois não, senhor.

Pode por favor levar esse copo?

O senhor não quer água?

Não, não quero.

O garçom levou o copo na bandeja e John voltou a se debruçar sobre a carta de vinhos. Dali a alguns minutos, outro garçom apareceu, encheu um copo d'água e o pôs sobre a mesa. Sheddan ergueu a vista. Com licença, disse.

Pois não, senhor.

Não tenho nenhuma queixa sobre os garçons daqui. Vocês todos têm o direito de servir água sem parar. Meu problema é que não quero água. Será que podemos chegar a uma moratória? Quem sabe negociar? Estou disposto a ir até a cozinha e conversar com todo mundo.

Perdão?

Não quero água.

O garçom fez um aceno positivo e levou o copo. Sheddan sacudiu a cabeça. Puta que pariu, disse. Como explicar a incessante oferta de água neste país? Se você realmente precisa de alguma coisa — um drinque, por exemplo —, não consegue que venham à sua mesa nem usando um sinalizador naval. Isso costumava deixar Churchill furioso.

Fechou a carta de vinhos e olhou em volta. É bom estar aqui cedo. As pessoas esquecem que esta cidade é um porto. Na verdade, invadida por turistas. Gente estranha de todos os tipos. As ruas cheias de pessoas perturbadas. Há pouco, na Absinthe House, tenho quase certeza de que vi, sentado no bar, com roupas mal-ajambradas, um lêmure anão de orelhas cabeludas dos planaltos de Madagascar. Ao lado de um marinheiro e preso por uma correia a um tamborete, bebendo cerveja de uma tigela. E me ocorreu que aquela criatura exótica tinha certa vantagem em sua singularidade quando comparada ao turista médio — que, a meu ver, cada vez mais se assemelha a alguma coisa vislumbrada numa viagem de drogas que deu errado. Há restaurantes elegantes nesta cidade, inalterados há mais de um século, onde garçons de libré servem pratos de culinária sofisticada a imbecis que preferem jantar vestindo moletons de ginástica, quando não roupas de baixo. Ninguém parece achar isso estranho. O que você vai pedir? Quer um coquetel?

Acho que só o vinho.

Muito bem. Vamos pedir o peixe?

Estou pensando no pargo.

Boa escolha. Talvez devamos repensar o vinho.

Voltou a abrir a carta e pousou o queixo sobre uma das mãos. A questão, Squire, é que enquanto antes eles costumavam ser confinados em hospícios estatais ou nos porões e sótãos de casas de campo afastadas, agora circulam à vontade. O governo paga para que viajem. Aliás, também paga para que procriem. Já vi famílias inteiras aqui que só podem ser explicadas como alucinações. Hordas de débeis mentais babando e se arrastando pelas ruas. Falando coisas absurdas. E, óbvio, nenhuma loucura é tão grave ou perniciosa que não possa escapar ao apoio dessa gente.

Ergueu a vista. Sei que você não compartilha da minha postura, Squire, e entendo que ela deveria ser um pouco moderada quando reflito sobre minhas próprias origens. Nunca nos afastamos muito de como fomos criados, segundo dizem os sulistas. Mas você chegou a olhar em volta ultimamente? Acho que sabe como é burra uma pessoa com cem de QI.

Western olhou para ele cautelosamente. Suponho que sim, respondeu.

Pois bem, metade das pessoas é mais burra do que isso. Onde você acha que essa coisa toda vai acabar?

Não tenho ideia.

Acho que tem. Sei que acredita que somos diferentes, eu e você. Meu pai era dono de uma loja no interior, e o seu fabricava aparelhos caros que fazem um barulhão e vaporizam as pessoas. Mas nossa história comum transcende muitas coisas. Conheço você. Conheço certos dias da sua infância. Praticamente aos prantos por causa da solidão. Encontrando determinado livro na biblioteca e o agarrando com toda a força. Levando para casa. Procurando um lugar perfeito para ler. Quem sabe debaixo de uma árvore. Junto a um riacho. Juventudes imperfeitas, claro. Preferindo um mundo de papel. Marginalizados. Mas conhecemos outra verdade, não é mesmo, Squire? E não há dúvida de que muitos desses livros foram escritos para evitar pôr fogo no mundo — que era o real desejo de seus autores. Mas a questão crucial é saber se somos os últimos de uma linhagem. Será que as crianças do futuro sentirão desejo por alguma coisa à qual nem podem dar um nome? O legado da palavra é uma coisa frágil, a despeito de todo o seu poder. Mas sei qual é a sua posição, Squire. Sei que há palavras faladas por homens há muito mortos que jamais se apagarão em seu coração. Ah, o garçom.

Western observou com certa admiração enquanto ele comia. O entusiasmo e a competência com que tratava das coisas. Dividiram uma garrafa de Riesling para a qual Sheddan exigiu um balde de gelo. Dispensou o garçom e serviu o vinho a Western. Importante estabelecer as regras logo de saída. Me desculpe. Nem pense em derramar o vinho na porra dos nossos copos. Vejo sua expressão. Mas a verdade é que tenho poucas exigências. Pense nisso. Fique ligeiramente à frente da onda. Tente manter à distância as tristezas mais comuns. Não encare a sorte de frente. Saúde.

Saúde.

As variedades alemãs tendem a ser um pouco doces. Coisa que eu aprecio. Os franceses preferem os brancos, que podem ser usados também para limpar janelas.

Está muito bom.

A última vez que almocei aqui foi com o Seals. Algumas semanas atrás. Pensei que seríamos colocados para fora.

Expulsos?

É.

O que aconteceu?

O restaurante estava cheio e alguém soltou um peido realmente bárbaro. Pavoroso. Olhei para as mesas em volta e as pessoas estavam ali sentadas com os olhos vidrados. Então o Seals jogou o guardanapo na mesa, empurrou a cadeira para trás, se levantou e quis saber quem tinha feito aquilo. Meu Deus. Vamos esclarecer isso direito, ele disse. E aí começou a apontar os possíveis culpados e a exigir que admitissem. Foi você, não foi? Meu Deus. Tentei fazer com que ele se calasse. A essa altura, vários sujeitos grandalhões e mal-encarados tinham se levantado. O gerente chegou na mesma hora, e fizemos o Seals se sentar, mas ele continuou resmungando e todos se levantaram de novo. Vocês sabem o que eu acho especialmente irritante?, ele disse. É ter que compartilhar as mulheres com vocês. Ouvir uns merdas botando banca e ver uma graciosa moçoila se inclinando para a frente, prendendo a respiração, com aquele frisson quase incontido com que todos nós estamos familiarizados, a fim de absorver sem cessar um monte de asneiras e babaquices como se fossem as palavras dos profetas. É doloroso, mas ainda acredito que devemos ter alguma compreensão para com as queridinhas. Afinal, tiveram muito pouco tempo para trocar aquelas bocetinhas por alguma coisa de substância. Mas me incomoda que vocês, uns trogloditas, tenham até mesmo o direito de contemplar aquela gruta sagrada enquanto babam, grunhem e tocam uma bronha. Sem falar em se reproduzir. Bom, que se foda. Malditos sejam vocês. Não passam de uma cambada de racistas mentecaptos que, por questão de princípio, odeiam a excelência. E embora possamos desejar cordialmente que vão todos para o inferno, vocês se recusam a ir. Vocês e seus nauseabundos filhotes. Claro que, se todo mundo que eu desejo que estivesse no inferno de fato estivesse lá, eles teriam de encomendar mais carvão de Newcastle. Já fiz dez mil concessões à sua cultura de bosta e vocês ainda não fizeram uma única à minha. Só resta encostarem suas taças na minha garganta aberta e brindarem à saúde uns dos outros com o sangue do meu coração.

Ah, Squire, muito bem. Eu lhe conto tudo e você não me conta nada. Não faz mal. Conheço sua história. Um homem quebrado na roda de tortura da devoção. Você é uma tragédia grega que ainda não foi descoberta, Squire. Claro que sua história ainda pode aparecer. Um manuscrito mofado e com manchinhas marrons no cofre da biblioteca antiga de alguma cidade da Europa Oriental. Apodrecendo, mas ainda passível de ser reconstituído. Digo que conheço sua história, mas é claro que exagero. Bem que gostaria de vislumbrar por um momento aquelas degenerações dentro da família com relação às quais você se mostra tão circunspecto. Aposto que faria os gregos parecerem autores de novelas para a televisão.

Vai delirando.

Sempre imaginei que você voltaria para a ciência.

Acho que não era o que o meu coração pedia.

O que o seu coração pedia?

Outra coisa.

Me sinto velho, Squire. Todas as conversas são sobre o passado. Uma vez você me disse que preferia nunca ter acordado depois do acidente.

Ainda teria preferido.

Quando tiver noventa anos, vai estar chorando pelo amor de uma criança. Isso pareceria impróprio. Eu mesmo estou longe de desconhecer o pesar e a dor. Só que a origem desses desconfortos nem sempre é clara. Sempre achei que reduzir tudo a um único problema poderia tornar a coisa mais palatável. Às vezes queria ter uma irmã morta para me lamentar. Mas não tenho.

Nunca sei se devo levar a sério o que você diz.

Eu não podia estar falando mais sério.

Provavelmente é verdade. Mais uma esquisitice com que tenho de lidar.

Esquisitice, é? Pelas calcinhas celestiais de Maria, Squire! Hoje encontrei um homem chamado Robert Western cujo pai tentou destruir o universo e cuja suposta irmã provou ser uma ET que morreu pelas próprias mãos. E quando refleti sobre sua história, me dei conta de que tudo que considerei verdadeiro com respeito à alma humana talvez não valha nada. Atenciosamente, Sigmund.

Você não sabe nada sobre minha irmã.

Isso é verdade. Ou qualquer irmã. Nunca tive uma. Ou amei. Acho que não. Bem, talvez.

Onde está a srta. Tulsa?

Foi à Flórida visitar os parentes. Você me vê desfrutando um breve período de liberdade. Não de todo indesejado, como pode imaginar. Tome um pouco mais de vinho, Squire. Vamos mudar de assunto.

Western pôs a mão em cima do copo. O amigo alto sorriu. Você não me leva a sério. Mas ainda vou falar por um tempo. Talvez você seja apenas um colecionador de tristezas. Esperando que subam os preços no mercado.

Não sou triste, John.

Bem, você é alguma coisa. O quê? Um estudo sobre remorso? Isso é clássico. O fundamento da tragédia. A alma do drama. Enquanto o sofrimento é somente o tema.

Não tenho certeza de que entendo o que diz.

Irei mais devagar. A vida é feita de sofrimento. Uma vida sem sofrimento não é vida. Mas o remorso é uma prisão. Uma parte de você, uma parte a que dá grande valor, está para sempre empalada numa encruzilhada, que você não consegue mais encontrar e nunca será capaz de esquecer.

Você tem uma licença oficial para dizer essas coisas?

Vamos tomar café. Você está começando a ficar sentimental.

Bem, não vou duelar com você em seu próprio terreno. Você é um homem chegado às palavras, eu sou chegado aos números. Mas acho que ambos sabemos o que vai prevalecer.

Bem dito, Squire. De fato sabemos, infelizmente.

O garçom chegou com as xícaras e um bule de café. Sheddan retirou o invólucro de um charuto e cortou a ponta com um dispositivo que carregava no chaveiro. Acendeu o charuto, soprou, o examinou a certa distância e só então pôs entre os dentes. O outro bônus, claro, é que o almoço mais cedo não atrapalha a sesta. Vi a Pharaoh outro dia. Perguntou por você.

Viu quem?

Bianca. Ela é uma moça interessante. Você devia sair com ela. Acho que está doida para dar uma trepada.

Acho que não.

Sério?

Sério.

Você ia ser fodido primorosamente. Posso garantir.

Tenho certeza que sim.

Uma vez perguntei a ela o que queria fazer que ainda não tinha feito.

E?

Ela pensou um bocado. Não sei, disse. Trepar na lama? E eu disse não. Além disso. Talvez alguma coisa de natureza não sexual. Bem. Ela disse que essa era uma pergunta difícil. Não via como podia ser interessante. E falou literalmente: As fantasias das pessoas não costumam ser interessantes. A menos quando são algo verdadeiramente doentio, distorcido e depravado. Então, é óbvio, a gente se interessa. A gente se importa.

A gente se importa?

Palavras dela. Ela foi com os seus cornos. Avisei que você era um caso complicado. Para dizer o menos. Bem, não é que eu não me compadeça da sua situação, Squire. E é claro que o mundo da aventura amorosa atualmente não é para os fracos. Até os nomes das doenças dão medo. Que porra é clamídia? E quem deu esse nome? Seu amor provavelmente não parecerá uma rosa rubra, mas uma irritação de pele bem vermelha. A gente anseia por uma simpática garota à moda antiga com gonorreia. Você não acha que essas belezocas deviam ser obrigadas a pendurar suas calcinhas pestilentas num mastro? Como a bandeira de um navio afligido pela peste? Só posso ser curioso com relação ao que um tipo analítico como você pensa sobre o sexo frágil. Os murmúrios ininteligíveis. A patinha sedosa em sua cueca. Olhos sedutores. Criaturas de toque doce e hábitos sanguívoros. O que vai de encontro à sabedoria popular é que o macho é que é mesmo o esteta, enquanto a fêmea é atraída pelas abstrações. Riqueza. Poder. O que um homem busca é, pura e simplesmente, a beleza. Não há outra forma de dizer isso. O farfalhar das roupas femininas, o aroma da mulher. Os cabelos dela escorrendo sobre seu peito nu. Categorias praticamente sem sentido para uma mulher, sempre perdida em cálculos. O fato de que o homem nem sabe dar nome àquilo que o escraviza mal alivia sua carga. Sei o que você está pensando.

O que eu estou pensando?

Alguma coisa na linha do libertino que no fundo despreza as mulheres.

Não estou pensando nisso.

Não?

Estou pensando, de um modo vago e não estruturado, sobre a bizarra concatenação de acontecimentos que devem ter conspirado para criá-lo.

Sério?

Sério.

Bem, imagino que somos muito parecidos. Não encontrei um mistério maior na vida do que eu próprio. Numa sociedade justa, eu seria confinado em algum lugar. Mas, na verdade, o que de fato ameaça o transgressor da lei não é a sociedade justa, mas a decadente. É nela que ele vê que está lentamente se tornando indistinguível dos cidadãos comuns, é nela que se vê cooptado. Hoje em dia é difícil ser um devasso ou um salafrário. Um libertino. Um pervertido? Um tarado? Você só pode estar de brincadeira. As novas normas praticamente eliminaram essas categorias da linguagem. Por exemplo, não se fala mais em mulher perdida. Prostituta? Todo o conceito perdeu sentido. Nem se pode mais ser viciado em drogas. Na melhor das hipóteses, é um usuário de drogas. Usuário? Que merda é essa? Passamos de drogados a usuários de drogas em apenas alguns anos. Não é preciso ser um Nostradamus para ver onde isso vai dar. Os mais hediondos criminosos exigindo respeito. Assassinos em série e canibais defendendo o direito de ter seus estilos de vida. Como todo mundo, eu tento entender onde me situo nesse zoológico. Sem malfeitores, o mundo dos honestos é despido de todo significado. Quanto a mim, se não puder ser o inimigo jurado do decoro, ao mesmo tempo que saboreio seus frutos, não vejo onde me situar. O que você recomendaria, Squire? Ir para casa, encher a banheira de água quente, entrar nela e abrir uma veia? Não faz mal, vejo que você pondera os méritos de fazer tal coisa. Curto a vida, Squire. Contra todas as probabilidades. Seja como for, Hoffer tem razão. Uma sociedade só começa a ter um grave problema quando o tédio se torna seu traço mais geral. O tédio leva até mesmo as pessoas mais mentalmente tranquilas por caminhos que jamais imaginaram.

O tédio?

Squire, sou um canalha quase sem igual. Mas, nos dias de hoje, as pessoas decentes efetivamente atraem comentários. Não sabemos o que pensar delas. Elas têm poucos amigos, enquanto eu tenho mais amigos do que sei o que fazer com eles. Por que será?

Não sei.

Acho que é porque as pessoas estão entediadas pra caralho. Não vejo outra explicação. E pode mesmo haver alguma coisa contagiosa nisso. Sem dúvida, há manhãs em que acordo e vejo um tom de cinza no mundo que não parecia perceptível antes. Já tivemos essa conversa. Eu sei. Os horrores do passado perdem a intensidade e, nesse processo, não nos deixam ver um mundo que corre veloz rumo às trevas que se situam além da mais amarga especulação. Sem dúvida será interessante: quando o início da noite universal for por fim reconhecido como irreversível, mesmo o mais frio cínico ficará assombrado com a celeridade com que todas as regras e restrições que sustentam este edifício instável serão abandonadas, e todas as aberrações acolhidas. Será um tremendo espetáculo. Embora breve.

É essa sua nova preocupação?

Foi forçada sobre mim. O tempo e a percepção do tempo. Acho que são coisas muito diferentes. Uma vez você me disse que um instante no tempo era uma contradição, porque não pode haver coisas imóveis. Que o tempo não pode ser reduzido a uma brevidade que contradiz sua própria definição.

Eu disse isso?

Disse. Sugeriu também que o tempo pode ser incremental em vez de linear. Que a noção do mundo infinitamente divisível causava certos problemas. Enquanto, por outro lado, um mundo descontínuo suscita a questão do que o conecta. Algo para refletir. Um pássaro preso num celeiro que se move através dos feixes de luz pássaro por pássaro. Cuja soma é um pássaro. Hora de ir.

Acha que estou entediado?

Não. As pessoas brilhantes com frequência têm uma carga pesada. Mas o tédio raramente é parte dela. Está tudo bem. Fico sempre feliz de enxergar um pouquinho mais fundo. Você nega sua irmandade, insistindo, a seu modo astuto, que nossas genealogias e nossas posições socioeconômicas nos separaram no nascimento de uma forma que não pode ser violada. Mas eu lhe digo, Squire, que termos lido algumas dezenas de livros em comum constitui uma força mais potente que o sangue.

O que mais?

Nada mais. Não acho que seja *Schadenfreude* derivar um certo prazer ao distinguir em você, de vez em quando, uma pequena dose de inveja. Só uma centelha. Que logo passa.

Você acha que eu tenho inveja de você?

É irritante, não é?

Deus me ajude.

Sheddan sorriu. Deu uma baforada no charuto, que em seguida afastou e examinou. Soprou de leve a cinza. Não é comum que as pessoas apreciem o que têm. Sobretudo algo tão estranho e raro como uma nobre desgraça. Se alguém deve ser infeliz — e todos são —, então é melhor ser admirado do que objeto de pena. Por mais que detestemos arrastar esse manto.

Acho melhor a gente ir. Preciso dormir um pouco.

Claro, eu também.

Obrigado pelo almoço.

De nada. É ótimo ter vários benfeitores entre os quais escolher.

Folheou um maço de cartões de crédito e pôs um sobre a mesa. Dou gorjetas tão altas que os garçons costumam ficar surpresos. Os turistas, como você pode imaginar, são uns avarentos. Certa vez você me contou sobre um sonho de que talvez não se lembre. Muito curioso. Estávamos nos movendo ao longo de um muro de pedra num lodaçal de cinzas. Um cenário de ruína. Havia flores escuras em cima do muro. Flores carnívoras, você pensou. Negras, como se feitas de couro. Como a boceta de uma cadela, você disse. Ficamos sentados nos escombros esperando. Finalmente, o telefone tocou. Lembra?

Lembro.

Atendi, ouvi, disse não e desliguei. E, no sonho, você me perguntou o que tinham dito e eu falei que queriam saber se sabíamos alguma coisa sobre eles. Respondi que não. E eles disseram: Era o que pensávamos. E desligaram. Foi você quem sonhou. No entanto, se eu não tivesse dito o que eles falaram, você saberia?

Sei lá.

Nem eu. Por que você acha que sua vida interior é uma espécie de passatempo para mim?

Não faço a menor ideia.

Sem dúvida você vê nisso algo sinistro. Não é?

O garçom chegou e levou o cartão. Ao voltar, o sujeito alto se curvou, assinou com o nome de um desconhecido e fechou a pequena pasta de couro. Sorriu. Fique sabendo que vou morrer antes de você. E que bem pode me invejar por isso. Há alguma coisa na vida a que você renunciou, Squire. E embora eu talvez inveje sua postura clássica, a verdade é que não invejo muito. Trimálquio é mais sábio que Hamlet. Muito bem. Vamos?

Quando Western atravessou as portas do pátio pela manhã, Asher estava sentado numa mesa de canto com a sacola na cadeira ao lado. Não ergueu a vista do jornal que vinha lendo. Western foi até o bar, pegou duas cervejas e voltou.

Bobby.

A história fatídica está evoluindo?

Ah, sim.

Em que parte você está?

O que sabe sobre o Rotblat?

Não muito.

Seu pai o conhecia?

Claro. Mas não me lembro que ele tenha vindo alguma vez à nossa casa. Tinham opiniões diferentes sobre as coisas. Por quê?

Estava apenas me perguntando se seu pai alguma vez falou alguma coisa sobre ele. Sobretudo sobre a mulher dele. Por que ela foi para a câmara de gás enquanto ele ficou em casa.

Você acha que ele deveria ter voltado para a Polônia e morrido junto com ela?

Sim. Você não?

Sim. O que mais?

Você teria feito isso?

Não fiz.

Seu pai achava que Russell era um idiota?

Não. Achava que ele era um lunático.

Seu pai nunca foi a Pugwash?

Não. Alguns a chamavam de Pigwash, lavagem de porco.

Asher cruzou as botas na cadeira vazia. Era magro, pele e osso, cabelos de um louro avermelhado. Devido a seu casaco de couro e botas surrados, Western sempre achava que ele parecia mais um geólogo de campos de petróleo. Folheou algumas páginas de seu caderno de notas. Deu uma pancadinha com o lápis no queixo e olhou para Western. Como vai você, Bobby?

Não muito bem. Estou com câncer de pâncreas. Talvez tenha seis meses de vida.

Asher aprumou-se na cadeira. Meu Deus, disse. O que aconteceu?

Estou de sacanagem com você.

Porra, Western. Isso não é engraçado.

Acho que não.

Você tem um senso de humor de merda. Sabia?

Já me disseram. Talvez eu só quisesse ver se você estava ouvindo.

Estou ouvindo.

Talvez devamos seguir em frente.

Meu Deus. Tudo bem. Vamos voltar ao Chew.

Vamos.

Ele estava na Universidade de Chicago?

Sim, depois na Universidade da Califórnia em Berkeley.

Você disse que foi ele quem atraiu seu pai. Rumo ao esquecimento. Entendi bem?

Não sei. Isso provavelmente é um pouco forte. Meu pai era um homem independente. Muita gente achava a teoria da matriz S razoável. Promissora, mesmo. Foi simplesmente superada pela cromodinâmica quântica. Por fim, pela teoria das cordas. Supostamente.

Ainda estávamos no início da década de 1960, não?

Sim.

A teoria das cordas está começando a parecer uma matemática infindável.

Suponho que essa seja a queixa principal. Uma das primeiras coisas que apareceram nas equações foi uma partícula de massa zero, carga zero e spin igual a dois. Muito promissora.

Um gráviton?

Sim. Uma criatura imaginada mas nunca vista. Não conheço muito sobre a teoria das cordas, mas é uma teoria física, não matemática. Continua a receber diferentes números de dimensões. Teve um bocado de apoio, mas não de todo mundo. Se levantam a questão na presença de Glashow, ele provavelmente sai da sala. Witten diz que saberemos alguma coisa dentro de vinte anos.

Esse é o poema de Glashow? A última palavra não é Witten?

É. Ou acho que é. As minibiografias ainda fazem parte do projeto?

Fazem. Eu só não sei bem onde colocá-las. O Russell sabia alguma coisa de física?

Não.

Por isso é que seu pai desprezava ele?

Não.

É correto dizer que não entendemos totalmente o mundo quântico porque não evoluímos dentro dele. Mas o verdadeiro mistério é o que atormentou Darwin. Como podemos vir a conhecer coisas difíceis que não têm valor para nossa sobrevivência. Os fundadores da mecânica quântica — Dirac, Pauli, Heisenberg — nada tinham para guiá-los a não ser uma intuição sobre como devia ser o mundo. Começando numa escala que mal se sabia existir. Algumas anomalias fantasmagóricas. O que é isso? Ah, isso é uma anomalia. Uma anomalia? Sim. Muito bem. Foda-se.

Einstein trabalhou com Boltzmann?

Não sei. O que ele recebeu de Boltzmann foi a suspeita de ambos de que as leis da termodinâmica podem não ser fixas em determinada escala. Ehrenfest teve a mesma ideia. Uma ideia muito destrutiva.

Ehrenfest trabalhou com Boltzmann?

Eu diria que não.

O que tinham em comum?

Ambos se suicidaram.

Meu Deus, Western.

Não foram só os dados quânticos que perturbaram Einstein. Foi toda a noção subjacente. A indeterminação da própria realidade. Ele tinha lido Schopenhauer quando jovem, mas achava que havia superado essa fase. Agora ele estava de volta — alguns diriam — sob a forma de uma teoria física inquestionável.

Mas isso não o impediu de contestar, não é?

É.

O que mais?

No caminho para o infinito podemos muito bem descobrir novas regras.

Você tem os papéis do seu pai?

Não.

Não estão em Princeton?

Nem todos.

Onde estão?

Alguns estavam na casa da minha avó no Tennessee. Sobretudo os papéis do Lago Tahoe.

Estavam.

É, foram roubados.

Roubados?

É.

Da casa da sua avó?

É.

Quem os roubaria?

Não faço ideia. Não deixaram bilhete.

Você os leu?

Passei os olhos por alguns. Ficavam numa caixa de pão. Quando ele deixou o programa de Teller e voltou para a física de partículas, descobriu que as coisas tinham avançado um bocado.

A teoria da matriz S.

Western deu de ombros.

Asher voltou a cruzar as pernas e mais uma vez bateu com a ponta de borracha do lápis no queixo. Um grande progresso.

Palavra perigosa. Witten disse que a teoria das cordas poderia estar meio século à frente do seu próprio tempo.

Suponho que a esperança é que ela se transforme numa espécie de teoria de tudo.

Quem sabe? Feynman disse certa vez que estávamos descobrindo agora as leis fundamentais da natureza e que esse dia nunca voltaria. Feynman é um cara brilhante, mas acho que essa é uma afirmação meio questionável. Caso a ciência por algum milagre avance no futuro, vai descobrir não apenas novas leis da natureza, mas novas naturezas regidas por leis. As últimas linhas do livro de Dirac são: "Parece que se fazem necessárias algumas ideias físicas essencialmente novas". Bom, elas sempre surgirão.

O que aconteceu com a teoria de Kaluza-Klein?

Ainda está por aí. Reapareceu nas teorias de reunificação modernas. A questão, obviamente, é se essas teorias têm algum valor. A teoria original era uma construção elegante. Einstein ficou atraído. Escreveu uma boa dissertação sobre ela. Com desenhos e tudo. Mas acabou enxergando a maioria dos problemas que ela tinha, e com o tempo a abandonou. Sei que meu pai desencavou o estudo de Kaluza escrito em 1921. Havia uma teoria de campo com cinco dimensões, era um trabalho e tanto. Incluía uma teoria geral relativista da gravidade. Foi o que atraiu Klein, e, quando saiu, a versão de Kaluza-Klein incorporava a mecânica quântica. De Broglie se interessou. Foram tempos animados no terreno da física.

Como na maldição chinesa?

Algo assim. A razão das partículas puntiformes é que, se você enfia alguma coisa feia ali — tal como a realidade física —, as equações não funcionam. Um ponto sem existência física deixa você sem uma localização. E uma localização sem referência a outra localização é algo que não pode ser expresso. Algumas das dificuldades com a mecânica quântica residem no problema de aceitar o simples fato de que não há informação independente do aparelho necessário para percebê-la. Não há céus estrelados antes do primeiro ser senciente dotado de olhos para vê-los. Antes disso, tudo eram trevas e silêncio.

E pur si muove!

Se move. Seja como for, toda a ideia das partículas puntiformes é contrária ao bom senso. Algo está lá. A verdade é que não temos uma boa definição do que é uma partícula. Em que sentido um hádron é "composto" de quarks? Estamos forçando o reducionismo além de seus limites? Não sei. A opinião de Kant sobre a mecânica quântica — e vou citar — era "aquilo que não está adaptado a nossos poderes de cognição".

A opinião de Kant sobre a mecânica quântica?

É.

Meu Deus, Western.

Você não acha que ele está falando do sobrenatural, acha?

Provavelmente não.

Para o cético, todos os argumentos são circulares. Acho que vale até para essa afirmação. De todo modo, não quero entrar numa especulação inócua sobre a mecânica quântica. É a mais exitosa teoria física que já tivemos. Se há qualquer coisa de errado com Copenhague é que Bohr tinha lido um monte de filosofia ruim. Talvez devêssemos seguir em frente.

Muito bem. Chew.

Bom. Talvez não tão longe.

Está brincando?

Não.

Chew achava que a teoria da matriz S era a que levaria adiante a física de altas energias?

Sim.

E levou?

Foi a teoria da semana. Durante cerca de um ano.

Imagino que não seja uma piada.

Duas. Desculpe. Na verdade, teve origem com Heisenberg no começo da década de 1940. Com Wheeler ainda antes.

Mas agora estamos na década de 1960.

Sim. O zoológico das partículas. A teoria quântica de campo ficou na mira deles por um tempo, mas eles deviam saber que não ia funcionar. A teoria da matriz S era muito ambiciosa. Chew gostava de chamá-la de teoria "bootstrap", ou autossuficiente. A versão dele, pelo menos. A coisa pegou, e Geoffrey Chew esteve no comando do barco.

E seu pai embarcou totalmente?

Sim.

Ele conhecia David Bohm?

Conhecia. Gostava muito dele.

Imagino que tivessem opiniões políticas muito diferentes.

De fato. David foi ao encontro de Einstein certo dia para tentar explicar por que as objeções dele à mecânica quântica estavam erradas. Passaram duas horas no escritório de Einstein no Instituto de Estudos Avançados de Princeton, e, segundo Murray, quando Bohm saiu, tinha perdido a fé. Ele escreveu um livro muito bom sobre mecânica quântica em que tentou explicar tudo, mas isso não ajudou, e ele passou o resto da vida tentando encontrar uma descrição clássica que se encaixasse na teoria. O equivalente quântico a descobrir a quadratura do círculo. Nesse meio-tempo, foi expulso do país pelo Departamento de Estado.

Variáveis ocultas.

Sim, muito bem ocultas. O problema é o oposto das integrais de caminho do Feynman. Não é possível visualizar a teoria de Feynman, mas a matemática é sólida. É possível visualizar variáveis ocultas. Isto é, dá para ver como elas poderiam funcionar. Mais ou menos. Pode-se fazer um desenho. Mas elas não funcionam.

Western parou. Asher escrevia em seu caderninho. Não levantou a vista.

A teoria bootstrap foi eclipsada pela chegada do quark?

Na verdade, antes. Murray e Feynman dividiam uma secretária no Caltech e tinham muito ciúme do trabalho um do outro. Sobretudo Murray. No entanto, no dia em que Murray apresentou o estudo sobre as oito dimensões, George Zweig encontrou Feynman andando pelo corredor curvado e sacudindo a cabeça. Ao se cruzarem, George o ouviu resmungar para si mesmo: Ele está certo. O filho da puta tem razão. Pouco tempo depois, quando George estava no Cern, acordou certa noite com a suspeita de que os núcleons não eram partículas básicas.

E ele teve essa ideia do nada?

Não exatamente. Mas é uma ideia bem simples. Que os núcleons sejam compostos, como se verificou, de partículas menores. Grupos de três. Para os hádrons. Todos praticamente idênticos. Ele os chamou de ases. Me contou que não acreditava que ninguém mais pudesse ter aquela intuição e que tinha todo o tempo do mundo para formalizar a descoberta. Não sabia que Murray estava nos seus calcanhares e que tinha menos de um ano no país. Por fim, Murray chamou as partículas de quarks — com base numa linha de *Finnegans Wake*, o livro de Joyce, em que ele se refere ao queijo cottage. Três quarks para o sr. Mark. Ele varreu o campo, ganhou o prêmio Nobel, e George teve de fazer terapia. Mas saiu da coisa melhor do que entrou.

Essa história é verídica?

Pode pesquisar. Bem, provavelmente não. Não toda a história. Mas é verdade também que Murray apresentou a teoria originalmente como especulativa. Como um modelo matemático. Mais tarde, sempre negou isso, mas li os estudos. George, por outro lado, sabia que era uma teoria física sólida. E de fato era.

Feynman foi o conselheiro universitário de George?

Foi.

Então a teoria bootstrap se autodestruiu?

Murray diz que ela se transformou na teoria das cordas. Com o passar do tempo. Mas, de todo modo, se tornou irrelevante, devido ao sucesso da teoria de gauge.

O que aconteceu com Chew?

Ainda está em Berkeley. Teve uma boa carreira. Mas nada como imaginou. E a teoria das cordas ainda é um pântano matemático.

Os papéis de mais alguém foram roubados? Além dos do seu pai?

Não que eu saiba. Mas não tenho certeza.

Você deu uma olhada neles? Nos papéis da caixa de pão.

Dei. Eram sobretudo a respeito da força fraca. As pessoas achavam que a teoria das forças terminaria se assemelhando à eletrodinâmica quântica, mas meu pai não pensava diferente. Achava que o fato de essa abordagem funcionar para a eletrodinâmica quântica não significava nada. A teoria de Yang-Mills já circulava havia alguns anos, mas ninguém sabia o que fazer com os bósons que vinham com ela.

Achava-se que eles não teriam nenhuma massa, não é?

É.

Como o fóton?

Sim, como o fóton. A mediação estava naquelas partículas que vieram a ser chamadas de bósons W e Z.

Os bósons vetoriais de Yang-Mills?

É. Glashow formulou uma teoria de gauge que incluía as partículas W e o que ele chamava agora de partícula Z. Por ora, nenhuma explicação de verdade para as massas. Eram assim porque eram. Então, em 1964, Higgs apresentou seu mecanismo e Weinberg compreendeu que, se fosse possível utilizá-lo para romper a simetria, ele poderia ser usado para chegar à massa dos bósons vetoriais. Ou o inverso. Atribuiu-se inicialmente à partícula W uma massa de 40

GeV, e de 80 GeV à partícula Z. Acho que mais tarde se descobriu que elas tinham massas de 80 e 91. Weinberg publicou o que é hoje um trabalho famoso sobre esse problema em 1967, e ninguém o leu. Exceto meu pai. A teoria ainda dava origem àquelas infinidades de que ninguém conseguia se livrar. Acho que o trabalho mereceu cinco citações em cinco anos. Aparentemente, não havia como equacionar a renormalização com Yang-Mills. Por fim, 't Hooft conseguiu fazer isso em 1971, mas, nesse meio-tempo, meu pai já tinha visto a construção se rachando e atacou o problema de Higgs sem sucesso. Acho que usou a palavra "incoerente".

Ele parecia estar depositando um bocado de fé numa teoria não comprovada.

A de Higgs?

É.

Ele era um pouco como Dirac. Ou Chandrasekhar. Tinha uma fé inquebrantável na estética. Achava o trabalho de Higgs elegante demais para estar errado. Você pode acrescentar à lista dele a teoria da Grande Unificação de Glashow. Adorável. Mas errada.

A de Higgs está errada?

Não sei. Enquanto isso, o que estava acontecendo no mundo real é que Weinberg se dera conta de que a partícula Z de Glashow tinha de estar certa. Todos a odiavam. O problema era que tinha massa demais. Era simplesmente grande pra caralho. O bóson Z é mais pesado que alguns átomos! Mas, mesmo que fosse possível lhe imprimir a velocidade necessária num acelerador, ainda havia o problema de que não tinha carga. Apesar disso, Weinberg especulou que, naquelas colisões de neutrinos e núcleons que davam origem à partícula W e geravam um lépton com carga oposta, de vez em quando teria de aparecer uma partícula Z. E como ela não tinha carga, isso significava que um neutrino que a atingisse continuaria a ser um neutrino. A carga é conservada na interação fraca como em qualquer outra interação. Você não veria um lépton com carga oposta à da partícula W porque ela não seria uma partícula W. Seria a partícula Z. Ele imaginou que você não veria nada, e era isso que devia procurar. Ou então que veria apenas uma explosão de hádrons, o que seria a assinatura da Z que todo mundo dizia que jamais seria encontrada.

Asher mordeu o lápis. Beleza, disse.

De todo modo, eventos de corrente neutra foram finalmente registrados no Cern e no Fermilab. Partículas Z. Houve alguma confusão de início, mas logo desapareceu. Weinberg, Glashow e Abdus Salam simplesmente ganharam o prêmio Nobel pela nova teoria da força eletrofraca.

O primeiro passo na Grande Unificação?

Bem, talvez.

O que aconteceu com seu pai?

Morreu.

Eu sei.

Deixou Berkeley e se instalou numa cabana nas Sierras. Quando fui lá pela primeira vez, ele já estava doente. Fomos juntos a um hospital em La Jolla. Por que La Jolla, não sei. Aí ele voltou para as Sierras. Acho que foi a La Jolla mais uma vez. Não havia razão para ter nenhuma esperança. Na última vez em que o vi, subi até lá e passei um dia com ele. Ele havia coberto as paredes da cabana com registros das velhas colisões de partículas no Bevatron. Perdeu muito peso. Não tinha muito a dizer. Os registros eram coisas da década de 1950. Suponho que deviam obedecer a alguma sequência. Talvez eu pudesse ter prestado mais atenção. Como ele não parecia muito a fim de falar sobre aquilo, não insisti. Era bonito lá em cima. Havia trutas-douradas nos lagos. É uma espécie, não uma cor. Foi a última vez que o vi. Alguns meses depois, estava morto.

Em Juarez, no México.

É.

O que aconteceu com a cabana?

Pegou fogo.

Alguém morava lá?

Não.

Como é que pegou fogo?

Sei lá. Talvez tenha sido atingida por um raio.

Um raio?

Pode-se supor.

Você abandonou os estudos depois disso?

Sim.

Por quê?

A história da física está cheia de pessoas que desistiram e foram fazer outra coisa. Com raras exceções, têm algo em comum.

O quê?

Não eram suficientemente boas.

E você?

Eu era bom. Podia fazer aquilo. Apenas não no nível que realmente importava.

E seu pai?

A maioria dos físicos não tem nem o talento nem os colhões para encarar os problemas realmente difíceis. Mas mesmo separar o problema significativo dos milhares que existem é um talento pouco comum.

O que o levou aos registros do Bevatron?

Não sei. Acho que passava o tempo matutando sobre as leis do universo. Será que elas são imutáveis? As coisas que no passado deram a impressão de estar resolvidas. Haverá de fato partículas totalmente sem massa? Deixando de lado a invariância de gauge? Tem certeza? Se houvesse léptons com uma massa de dez elevado à máxima potência negativa, o quão próximos eles chegariam da velocidade da luz? Seria mensurável?

O que mais?

Não sei. Será que os valores das constantes não deveriam de algum modo saber o que estava para acontecer?

Isso soa como Penrose.

É, talvez.

O que mais?

Sei lá. Stückelberg.

Stückelberg?

É.

Quem é ele?

Pois é!

Então?

Stückelberg foi um matemático e físico suíço que apareceu no laboratório de Sommerfeld alguns anos tarde demais. Mas formulou a maior parte do modelo de intercâmbio de partículas das forças fundamentais, trabalhou por um bom tempo na matriz S e no grupo de renormalização. A lista é extensa. Uma teoria de perturbação covariante para os campos quânticos. O modelo de intercâmbio do bóson vetorial — que deixou de lado e posteriormente valeu o prêmio Nobel a Hideki Yukawa. Nenhum reconhecimento. E aí, o que dizer? Roubei a coisa toda de um cara chamado Stückelberg? O mecanismo abeliano de Higgs. Mesmo a interpretação do pósitron como um elétron viajando para trás no tempo. Talvez algo impossível de provar, mas uma percepção que podia figurar no raro panteão das teorias que dão forma ao mundo. Teoria mais tarde atribuída a vários outros. Nenhum reconhecimento. Trabalho pioneiro na renormalização. Idem. Talvez você queira mencioná-lo. Ninguém mais fez isso.

Como se soletra o nome dele?

Do jeito como se fala.

Certo.

Western soletrou.

Muito bem. De volta às constantes.

Tudo bem.

Como seria uma explicação para as constantes?

Não sei.

Bem, entendo. Por que Dirac simplesmente não disse que a partícula que ele havia descoberto era um antielétron? Ele já devia saber disso em 1931.

Murray lhe perguntou isso. Alguns anos depois.

O que ele respondeu?

Disse: Pura covardia.

Asher sacudiu a cabeça. Western quase sorriu.

Estar errado é a pior coisa que pode acontecer com um físico. É quase o mesmo que estar morto.

Eu sei.

A gente se pergunta sobre pessoas que nunca publicam nada. Wittgenstein, por exemplo. Por que será? Uma boa parte dos papéis do meu pai se foi. Por isso, um bocado do que ele era é algo que jamais saberei.

Isso é doloroso para você?

Tudo é doloroso para mim. Acho que talvez eu seja simplesmente uma pessoa dolorida.

Eles ficaram em silêncio.

Desculpe, disse Western. Tenho que ir.

Você realmente acredita na física?

Não sei o que você quer dizer com isso. A física tenta traçar um retrato numérico do mundo. Não sei se isso chega a explicar alguma coisa. Não se pode ilustrar o desconhecido. O que quer que isso signifique.

Se eu entendesse de física, sem dúvida trabalharia no campo. De um jeito ou de outro.

Western assentiu com a cabeça. Afastou a cadeira e se levantou. Bom. Na minha experiência, as pessoas que dizem "de um jeito ou de outro" raramente sabem o que pode ocorrer. Não sabem que pode ser muito ruim. A gente se vê por aí.

––––––––

Ele pediu a Janice para cuidar do gato, pôs algumas coisas em duas pequenas malas de couro mole e, à noite, pegou um táxi até o espaço no Airline onde guardava o carro. Chuck, que estava no escritório, veio até a porta e apontou para as duas maletas de Western. Vai levar esses troços numa viagem de carro?

Vou.

E para onde está indo?

Wartburg, Tennessee.

A que distância fica de Roosterpoot, Arkansas?

É um lugar de verdade.

E o que é que tem lá?

Minha avó.

Um longo caminho, não? Ela está pensando em bater as botas e deixar alguma grana para você?

Não que eu saiba.

Quantas horas de estrada?

Não sei. Uns mil quilômetros.

Vai levar quanto tempo?

Talvez umas seis horas.

Não fode.

Cinco e meia?

Cai fora daqui.

Ele pôs as maletas diante do espaço reservado, abriu o cadeado, levantou a porta de metal e acendeu a única lâmpada no teto. Como o carro tinha uma capa de proteção, caminhou ao longo da parede até a parte da frente do veículo, soltou as tiras, dobrou a capa por cima do capô e do teto de aço inoxidável, levou-a para fora e sacudiu. Em seguida a dobrou, levou-a de volta para dentro e a guardou numa prateleira junto com o carregador de bateria. Levantou o capô, desconectou os grampos do carregador e do relé, verificou com uma vareta o óleo e a água no radiador. Em seguida baixou o capô, contornou o carro, se esgueirou para dentro, pôs a chave na ignição e deu partida no motor.

Fazia seis meses que o carro estava parado, mas o motor pegou sem problema. Ele pressionou de leve o acelerador, conferiu os mostradores no painel, engrenou a marcha a ré e saiu lentamente do depósito. Desceu do carro, apagou a luz, baixou a porta, trancou o cadeado, ajeitou as maletas no assoalho do veículo, sentou-se ao volante e deu umas aceleradas no motor. Uma fumaça branca se espalhou pelo pátio de carga. O motor estabilizou e o carro ficou ronronando. Ele gostava de pensar que o tridente que identificava o Maserati era a função de onda de Schrödinger. Claro que também podia ser o símbolo dos baús de Davy Jones. Sorriu, engrenou a primeira, fez a manobra e saiu pelo portão.

Estava escuro quando chegou a Hattiesburg. Acendeu os faróis no lusco-fusco e dirigiu até a fronteira do Alabama a leste de Meridian em exatos sessenta minutos. Quase cento e oitenta quilômetros. Como eram cento e dez quilômetros até Tuscaloosa numa estrada reta e vazia, exceto por algum caminhão ocasional, acelerou o Maserati e cobriu os sessenta e quatro quilômetros até Clinton, no Alabama, em dezoito minutos, atingindo a zona vermelha do velocímetro duas vezes ao alcançar duzentos e sessenta quilômetros por hora. A essa altura, avaliou ter provavelmente usado toda a sua sorte com a polícia rodoviária do estado e os radares de velocidade das pequenas cidades que havia atravessado a toda, passando a seguir sem pressa por Tuscaloosa e Birmingham para cruzar a fronteira do Tennessee um pouco ao sul de Chattanooga cinco horas e quarenta minutos depois de deixar New Orleans.

* * *

Era uma e dez da manhã quando saiu da autoestrada e desceu a rua principal de Wartburg, deserta àquela hora. Tudo fechado. Fez um retorno na Bonifacius e, pegando a Kingston Street, passou pelo prédio do Tribunal de Justiça e saiu para o campo. Além da lua acima dos morros enegrecidos a oeste, não havia nada mais que o som dos pneus com gomos salientes na estrada asfaltada de mão dupla. Atravessou a velha ponte, pegou a estradinha da fazenda e seguiu adiante. Ao estacionar diante da casa, apagou os faróis e ficou sentado no escuro com o motor em ponto morto. Havia uma lâmpada de mercúrio nos fundos, mas nenhuma luz nas janelas, a casa silenciosa. Ficou ali sentado por um tempo. Depois, voltou a acender os faróis, deu meia-volta e dirigiu em direção à cidade.

Um carro da polícia o seguiu até o limite da cidade, retornando em seguida. Ele desceu a autoestrada 27 para o sul na direção de Harriman, parando num motel bem na entrada da cidade. Eram duas e meia. Foi até a porta da recepção, apertou a campainha e aguardou. Estava bem frio ali fora. Podia ver o vapor da respiração. Apertou de novo a campainha e, depois de algum tempo, um homem abriu a porta.

Preencheu a ficha e a empurrou por sobre o balcão. O homem a pegou e se afastou para examiná-la. Era baixinho, de pele cinzenta. Não dava a impressão de sair muito.

Tive um irmão que morou em Monroe, na Louisiana. Na verdade, morreu lá.

Curvou-se e olhou para fora, vendo o Maserati iluminado pela fraca luz vermelha no estacionamento. Carro japonês, disse. Minha sobrinha tem um. Bom, vivemos num país livre, não é?

O carro não é japonês.

Então é de onde?

Italiano.

Ah, é? Bom, também lutamos contra aqueles filhos da puta. São quinze dólares e setenta e um centavos com o imposto.

Ele pagou, pegou a chave, dirigiu até o quarto e foi para a cama.

Pela manhã, de volta a Wartburg, tomou um café da manhã tardio no pequeno restaurante e leu o jornal da cidade. No estacionamento, dois adolescentes examinavam o carro. Os fregueses olhavam para ele de vez em quando enquanto comia, e, depois de algum tempo, a mais jovem das duas garçonetes chegou para servir mais café.

Aposto que aquele carro lá fora é seu.

Western levantou a vista. Ela tinha pontos recentes na cabeça. Serviu o café, pôs o bule sobre a mesa e tirou o talão de pedidos do bolso do avental. Deseja mais alguma coisa?

Acho que sim. Estou com muita fome.

Ele estudou o menu. Muita gente pede o wartbúrguer?

Sim. É bem popular.

Fechou o menu. Acho que vou embora enquanto estou ganhando. Olhou para ela.

Você não é daqui, é?

Nem pensar. Odeio este lugar.

Ouvi dizer que tem muitas festas aqui.

Em *Wartburg*? Onde ouviu isso? Está de brincadeira comigo, não é?

Você tem um namorado em Petros.

Marido. Como sabe disso?

Sei lá. Não está usando a aliança.

Eu uso. Mas não quando estou trabalhando.

Com que frequência o vê?

Duas vezes por semana.

Ele já viu esses pontos?

Ainda não.

O que você vai contar para ele?

Como você sabe que não foi ele quem fez isso?

Ele é médico?

Você sabe o que estou querendo dizer.

Foi ele?

Não. Já disse. Ele nem viu ainda.

Então o que é que você vai contar para ele?

Você é um bocado enxerido, não é? Vou dizer que escorreguei e caí, se é que é da sua conta.

Só queria saber se você tinha uma boa história.

O que faz você pensar que preciso de uma boa história? Você não sabe o que aconteceu.

Você precisa de uma história?

Talvez. Por que deveria falar sobre isso com você?

Por que não?

De onde você é?

Daqui mesmo.

Não, não acredito.

New Orleans?

Não sei. É de lá?

Se isso lhe agrada.

Ela olhou para o balcão e de volta para ele. Você é mesmo um espertalhão, não é?

Sou.

E bonitão.

Você não fica atrás. Quer sair comigo?

Ela mais uma vez olhou para o balcão e para ele. Não sei, sussurrou. Você me deixa um pouco nervosa.

É parte da minha estratégia. Faz bem para a libido.

Faz bem para *o quê*?

Por que ele está preso? Homicídio culposo?

Como é que você sabe disso? Falou com a Margie?

Quem é Margie?

Aquela ali em pé. O que ela disse sobre mim?

Disse que eu devia convidar você para sair.

Vou dar um pontapé na bunda dela.

Estou brincando. Ela não disse nada.

Melhor assim. Deseja mais alguma coisa?

Não, obrigado.

Ela destacou o talão do bloco e o pôs sobre a mesa. Você é mesmo de New Orleans?

Sou.

Nunca fui lá. Você é apostador?

Não. Sou mergulhador submarino.

Você é bem engraçadinho, sabia? Tenho que servir aqueles fregueses.

Está bem.

É sério o que você falou?

Sobre o quê?

Sobre sairmos juntos.

Talvez. Não sei. Você me deixa um pouco nervoso.

Isso talvez seja bom para aquele troço de que você falou. Se é que você tem esse troço.

Quanto você quer que eu deixe de gorjeta?

Sei lá, querido. O que o seu coração mandar.

Está bem. Quer jogar cara e coroa para ver se é o dobro ou nada?

Como é que eu ia saber quanto estava apostando?

Que diferença isso faz? Vai ser o dobro ou nada.

Combinado.

Você joga.

Por quê?

Eu posso ter uma moeda com os dois lados iguais.

Ah, sei. Conhecendo você, pode mesmo.

Ela pegou uma moeda de vinte e cinco centavos no bolso do avental, jogou para o alto, aparou com um tapa no antebraço e olhou.

Cara, ele disse.

Ela ergueu a mão. Coroa.

Quer repetir?

Quero.

Jogou de novo a moeda para cima, ele voltou a pedir cara e deu coroa.

Mais uma vez?

Quanto é que eu tenho agora?

Quatro vezes o que tinha no começo.

Isso eu sei, aprendi a contar. Você só quer continuar a dobrar até que eu perca.

Exatamente.

Bem, acho que vou parar por aqui.

Espertinha.

Tenho que servir aquelas pessoas. Quanto ganhei?

Ele tirou um maço de notas do bolso. Eu ia deixar dois dólares. Então você ganha seis.

Não, nada disso. Ganho oito.

Só verificando sua matemática.

Eu era boa em matemática na escola. Odiava era inglês.

Entregou à mulher uma nota de vinte dólares, e ela estava prestes a procurar o troco no bolso do avental.

Está tudo certo, ele disse. Guarde.

Bom, obrigada.

De nada.

Eu não sabia se você era algum espertalhão.

Agora sabe.

Mais ou menos.

Como você se chama?

Ella. E você?

Robert.

Estou livre hoje à noite.

Seu marido vai me dar um tiro.

Meu marido está na penitenciária.

Você não chegou a me contar como arranjou esses pontos.

Talvez conte quando o conhecer melhor.

Ele se levantou do banco. Até logo, srta. Ella.

Tchau.

Atravessou o estacionamento, pegou o carro e deu a partida. Chegando à rua, viu que ela o observava da janela, erguendo o lápis num gesto de despedida.

Parou no caminho de entrada debaixo dos velhos castanheiros e desligou o motor. Já não se via o carro da avó. Ficou ali sentado, examinando o lugar. Uma casa velha de fazenda feita com ripas de madeira, alta e branca. Precisando de pintura. Pensou ter visto as cortinas se moverem na janela da sacada. Desceu do carro e ficou contemplando os campos. Ao longo das colinas atrás da casa, o inverno deixara os bosques escuros e nus, tudo estranhamente silencioso. Podia sentir o cheiro das vacas. O rico aroma dos buxos. Ao fechar a porta do carro, viu, no outro lado do riacho, três corvos alçarem voo das árvores sem fazer ruído, desaparecendo nos acinzentados vales hibernais.

Abriu a porta de tela, deu uma batidinha no vidro, fechou a porta de novo e ficou esperando. As vacas tinham saído do estábulo e o observavam. Muito pouco havia mudado. Nada era igual. A porta se abriu e uma moça olhou para ele. Sim?, perguntou.

Oi. A sra. Brown está?

Não, não está.

A que horas ela volta?

Disse que lá pelo meio-dia. Foi ao cabeleireiro na cidade.

Western olhou na direção do estábulo. Depois para a moça. Volto mais tarde, disse.

Não quer deixar recado?

Não, obrigado. Ela vai saber quem eu sou. Vou deixar o carro aqui e dar uma volta. Sou o neto dela.

Ah. É o Bobby.

Isso.

Não quer entrar?

Não, tudo certo. Volto daqui a pouco.

Está bem. Falo para ela.

Obrigado.

Pegou uma das maletas de couro mole no chão do carro e, com a porta aberta, se sentou na larga soleira atapetada para trocar de sapato. Depois fechou a porta do carro e saiu andando.

Chegou ao riacho e seguiu para dentro do bosque, atravessando nas pedras chatas abaixo do antigo vertedouro de madeira. As tábuas do vertedouro estavam enegrecidas e encurvadas pela passagem do tempo, e a água que corria sobre elas também parecia escura e pesada. Do moinho nada restava exceto as pedras da fundação e o eixo enferrujado que sustentava a roda, assim como seus suportes também enferrujados. Afastou-se do caminho e ficou sentado em meio aos choupos, contemplando o laguinho. Ele havia participado das finais da Feira de Ciências do estado aos dezesseis anos. Seu projeto fora um estudo do laguinho. Desenhara em tamanho natural todas as criaturas visíveis naquele habitat, de mosquitos e neurópteros a aracnídeos, crustáceos, artrópodes e nove espécies de peixe, chegando depois aos mamíferos — ratos-almiscarados, martas e guaxinins — e pássaros — martins-pescadores, patos-carolinos, mergulhões e falcões. Tal como Audubon, desenhara a grande garça-azul curvada sobre as águas, por ser grande demais para a folha de papel. Duzentas e setenta e três criaturas, com os nomes latinos, em três rolos de doze metros de cartolina. Levou dois anos para completar a tarefa, mas não venceu. Mais tarde, recebeu ofertas de bolsas em biologia, mas então, já profundamente envolvido com a matemática, os ecossistemas de laguinhos não passavam de um entusiasmo infantil.

Ficou ali sentado por um longo tempo. Um rato-almiscarado tinha caído na parte mais funda da água, perto da represa, e nadou em sua direção. De fora, só o nariz e um V cada vez mais largo na superfície. *Ondatra zibethicus.* Certo inverno, os ratos haviam construído no laguinho uma casa de gravetos e juncos trançados que era uma miniatura perfeita de uma casa de castores. Ele perguntou ao professor de biologia se aquilo significava que o conhecimento dos ratos-almiscarados e dos castores decorria de uma origem comum, mas o professor pareceu não entender a pergunta. Ele tinha ido de bote até a casinha e cortado um pequeno buraco na cúpula com um serrote, estudando o interior da construção com uma lanterna. Uma cama de capim e o aroma doce e quente que subiu dali o fizeram parar onde estava, escarranchado no banco do pequeno bote. Uma recordação havia muito esquecida o invadiu: ele era um menininho de quatro anos, de pé no assento dianteiro do Studebaker 1936 que o pai usara ao longo de toda a guerra. A mãe, sentada a seu lado em seu melhor vestido e casaco, tinha molhado o lenço com a língua a fim de limpar o queixo e a boca do filho, ajustando seu boné enquanto o pai dava marcha a ré e a casa de madeira compensada em que moravam ia ficando para trás diante deles. O perfume dela naquele dia foi o que inundou suas narinas. Os ratos-almiscarados consertaram o telhado perfeitamente. Mas nunca construíram outra casa na represa do moinho.

Como as nuvens haviam coberto o sol, o frio apertou. O rato-almiscarado se fora, o vento agitava as águas. Ele se pôs de pé, limpou a calça e seguiu pela margem oeste do riacho. Chegando à cerca, tomou a trilha que subia a montanha, caminhando em meio aos azevinhos e loureiros naquela vertente norte. Viu os troncos cinzentos de velhos castanheiros, mortos havia cinquenta anos ou mais. Atingiu o topo em menos de uma hora e se sentou numa tora quebrada sob o sol incerto, contemplando a paisagem abaixo. Dava para ver a casa da avó, o estábulo, a estradinha e, mais ao longe, as pequenas fazendas vizinhas, os campos divididos pelas cercas e os bosques. As colinas ondulantes e os cumes ficavam a leste. Em algum lugar ainda mais além de tudo aquilo estava a instalação de Oak Ridge de enriquecimento de urânio, que levara seu pai para aquele local ao sair da Universidade Princeton em 1943, e onde ele conheceu a rainha da beleza com quem iria se casar. Western entendia plenamente que devia sua existência a Adolf Hitler. Que as forças da história que tinham dado origem à sua vida conturbada passavam por Auschwitz e Hiroshima, os eventos gêmeos que selaram para sempre o destino do Ocidente.

Um gavião surgiu dos bosques e foi subindo sem esforço, deu meia-volta, flutuou de banda sustentado pelo vento, deu outra volta, subiu de novo e ficou pairando. Gavião-pintado. *Buteo platypterus*. Passou tão perto que ele pôde ver seu olho. Onze milímetros. Os olhos da grande coruja-orelhuda tinham vinte e dois. O mesmo que os do veado de rabo branco. Mas ricos em bastonetes. Caçador noturno. O gavião deu meia-volta, mergulhou acompanhando a encosta e voltou a subir, mantendo-se contra o vento. Imóvel. Você deveria ter migrado a essa altura. O gavião fez mais uma volta e se foi. Ele voltou a localizar a casa da avó. O telhado de metal verde. A chaminé de tijolos vermelhos precisando de reparos nas juntas. Seu carro no caminho de entrada. A que distância ficava? Pouco mais de três quilômetros? Levantou-se e caminhou pela crista do morro. O vento era frio apesar do sol. Havia cocô de raposa na trilha. Um cartucho de calibre doze pisado na terra. Pequenas e retorcidas árvores cravavam suas raízes nas pedras e apontavam para onde o vento havia soprado.

Desceu da montanha por uma trilha diferente, atravessou o riacho e chegou à estradinha oitocentos metros abaixo da casa. Quando se aproximou, a avó saía do estábulo. Usava macacão, chapéu de jardinagem, um casaco grosseiro de brim e carregava leite num balde de aço inoxidável coberto com um pano. Não parou de rir ao vê-lo.

Encontrou-se com ela no portão, pegou o balde, ganhou um abraço apertado. Ah, Bobby, estou tão feliz de ver você!

Como vai, vovó Ellen?

Não pergunte.

Certo.

Bom, pode perguntar um pouquinho.

Você está bem?

Não vou me gabar, Bobby, mas ainda estou em cima da terra.

Ele se voltara para cuidar do portão. Me dê isso aqui, ela disse.

Entregou o balde a ela enquanto passava a tranca. Simplesmente odeio ver alguém pondo um balde de leite no chão.

Ele sorriu, deu meia-volta, pegou de novo o balde e caminharam até a casa.

Como está o Royal?

Ela sacudiu a cabeça. Não vai lá muito bem, Bobby. Não sei o que vou fazer com ele se ficar mais maluco do que está. Fui ver um lugar em Clinton, mas acho que não gostaria que alguém me metesse lá dentro. Há um outro em Nashville para onde ele podia ir. Me disseram que é bastante bom, mas fica muito longe. E nem sei por quanto tempo mais vou poder dirigir. Esse é o problema. Não sei, Bobby. Podemos acabar lá juntos. No momento, só estou rezando.

Ela passou um pano no fundo do balde, pôs o leite no resfriador de aço galvanizado que ficava na varanda dos fundos e tirou as botas verdes de borracha que iam até os joelhos. Elas são do Royal. Mas estou usando porque são fáceis de tirar e, de todo modo, não estou indo longe.

Entraram na cozinha. Detesto perguntar às pessoas quanto tempo vão ficar porque parece que você não quer recebê-las. Mas não vai fazer comigo o que fez da última vez, vai? Só tomar uma xícara de café e ir embora?

Não. Posso ficar alguns dias.

Ela tirou o chapéu, soltou os cabelos, despiu o casaco e o pendurou num suporte perto da porta, onde havia outros. Fique à vontade, disse. Vou subir e me livrar desse macacão. Odeio ordenhar no meio do dia, mas às vezes não se tem escolha. Tire o casaco e relaxe, Bobby.

Está bem.

Ele puxou uma cadeira, tirou o casaco de couro, pendurou no encosto e se sentou. As cadeiras tinham sido feitas de freixo colhido nas montanhas, cada peça moldada num torno de pedal em algum outro mundo nem mesmo possível de imaginar. Os assentos eram de junco trançado, muito gastos e remendados aqui e ali com pedaços de corda. Quando ela voltou, se dirigiu à geladeira. Sei que você não comeu. Deixe-me preparar alguma coisa.

Não precisa preparar nada.

Eu sei. O que você quer comer?

Um sanduíche de tomate do quintal com pão branco, maionese, sal e pimenta. E fatias de ovo cozido por cima.

Tivemos nosso último tomate aqui faz umas seis semanas. Mas sua ideia parece boa, e tenho alguns tomates comprados no mercado.

Não estou com fome, vovó Ellen. Espero pelo jantar.

Bom, pus o feijão no fogo. A filha do Bart trouxe presunto do campo e eu estava pensando em fazer biscoitos e molho.

Parece ótimo.

Aceita um chá gelado?

Claro.

Ficaram sentados à mesa, tomando o chá em copos verdes e altos que tinham ganhado num parque de diversões.

Como você consegue peças para esse troço?, ele perguntou.

Que troço?

A geladeira.

Não preciso de peças. Ela simplesmente funciona.

Incrível.

Nunca entendi por que também chamam isso de refrigerador. Em vez de apenas frigerador. Ela não faz o trabalho duas vezes. Disso eu sei.

Boa pergunta.

Royal ainda chama de caixa de gelo.

Bem, ao menos não chama de piano.

A avó riu e depois cobriu a boca com a mão. Bem, ela disse. Seja como for, ainda não. Melhor eu me calar. Aonde é que você foi hoje de manhã?

Ao laguinho.

Meu Deus. O tempo que você passava naquele laguinho! Costumava encher a geladeira de garrafas e jarras. As coisas que tinha lá dentro! Chegou a um ponto em que eu tinha medo de abrir a porta.

Você foi tremendamente compreensiva.

Sempre achei que você seria médico.

Desculpe.

Não falei com más intenções, querido.

Eu sei.

Não tem razão nenhuma para se desculpar.

Western enxugou as gotas de água no copo com as costas do indicador. Sim, tudo bem.

O quê?

Nada.

Nada o quê?

Nada. É que eu simplesmente não penso assim.

Não pensa assim o quê?

Que não tenho por que me desculpar. Ela não respondeu. Depois disse: Bobby, o que está feito, está feito. Não se pode mudar.

Mas isso não chega a ser um grande consolo, não é? Ele empurrou o copo e se levantou da cadeira. A avó se esticou para pousar a mão em seu braço. Bobby, ela disse.

Tudo bem.

Posso dizer uma coisa?

Sim. Claro.

Não acho que o bom Deus deseja que alguém sofra desse jeito.

De que jeito, vovó Ellen?

Desse jeito.

Bom, também acho que não.

Você sabe que me preocupo com você.

Ele parou e deu meia-volta. Descansou as mãos no encosto da cadeira e olhou para a avó. Você acha que ela está no inferno, não acha?

Isso é uma coisa abominável de se dizer, Bobby. Abominável. Você sabe que eu não penso isso.

Desculpe. É assim que eu sou. Ou sei lá o quê.

Não acredito nisso.

Está bem.

Por favor, não vá embora, querido.

Estou bem. Vou voltar.

Desceu pelo caminho de entrada e começou a andar pela estradinha asfaltada. Não tinha ido longe antes que um carro parasse e um homem olhasse para ele por cima dos óculos parcialmente abaixados.

Quer uma carona?

Não, senhor. Obrigado por ter parado.

O homem olhou para a estradinha. Como se avaliasse as chances de Western de encará-la. Tem certeza?

Tenho. Só estou dando uma caminhada.

Caminhada?

Sim, senhor.

O carro partiu, mas voltou a diminuir a marcha. Quando Western ia ultrapassá-lo, o homem se curvou para vê-lo melhor. Sei quem é você, disse. Como se houvesse identificado um criminoso de guerra nazista perambulando pelas cercanias de Wartburg, Tennessee. Então se afastou de vez.

Ao voltar para casa uma hora depois, pegou as maletas no carro, trancou o capô, fechou a porta do carro e entrou. Tirou o casaco do encosto da cadeira. O sol não tinha voltado e ele sentia bastante frio. A avó esperava na sala de estar. Você não alugou meu quarto, alugou?, ele perguntou.

Ainda não.

Quem era aquela moça que vi aqui?

Chama-se Lu Ann. Vem umas duas vezes por semana.

Onde está o Royal?

Deitado na cama. Temos horários diferentes.

Western entrou no corredor e subiu uma estreita escada de madeira.

Seu quarto ficava nos fundos da casa e era pouco maior que um closet. Pôs as maletas no chão e olhou pela janela. Um pica-pau se movia ao longo do galho de nogueira que ficava acima do telhado. Naquela parte do país, um "martelador-amarelo". Deu meia-volta e se sentou na pequena cama de metal. Cobertor cinzento de tecido grosseiro. Num nicho na parede, alguns de seus livros, três grandes taças prateadas que havia ganhado em corridas de stock car. Uma estátua do Sagrado Coração. Um modelo da Ferrari Barchetta 1954 construído a partir de desenhos de fábrica. A carroceria era feita de alumínio de calibre dezesseis martelado sobre blocos de carvalho que ele tinha talhado. Na parede acima da cama havia um grande quadrado de tecido laqueado extraído da fuselagem de um avião. Era amarelo-claro e tinha o número 22 pintado em azul.

Levantou-se e pegou os *Princípios da mecânica quântica* de Dirac, quarta edição. Folheou-o. As margens cheias de anotações, equações.

Checando o trabalho de Dirac, Deus nos acuda! Fechou o livro, o pôs de lado, sentou-se com os cotovelos pousados nos joelhos e baixou a cabeça até cobri-la com as mãos.

Quando a avó o chamou para jantar, ele estava deitado na cama com um pé no chão. O quarto escuro, exceto pela luz que vinha do corredor. Apanhou o livro de Dirac do chão, tirou o material de barbear da maleta e foi até o banheiro.

Quando desceu, Royal estava sentado na cabeceira da mesa da sala de jantar com um guardanapo sob o queixo. Esperou que Bobby contornasse a mesa e ficasse diante dele para não ter de girar a cabeça. Oi, Bobby, disse.

Como vai, Royal?

Vou bem. E você?

Tudo certo.

Ainda vive do outro lado do oceano?

Não. Moro em New Orleans.

Fui lá uma vez. Faz tempo.

Gostou?

Não posso dizer que gostei tanto. Me puseram em cana lá.

O que você fez para ser preso?

Papel de bobo. Havia ratos do tamanho de cachorrinhos de estimação. Jogávamos clipes de papel neles com elástico e nem olhavam para nós. Estavam sempre na maior correria. Indo para algum lugar. Sei lá onde.

A avó entrou, trazendo tigelas de purê de batata e feijão. Western se levantou e a seguiu até a cozinha.

Posso ajudar com alguma coisa?

Leve esses, ela disse.

Entregou-lhe uma travessa de presunto fatiado e uma tigela de biscoitos com um pano por cima, indo atrás dele com o molho e um prato de milho. Levou depois o café e se sentaram, ele e a avó frente a frente, Royal na cabeceira. Inclinaram a cabeça enquanto a avó rezava, agradecendo também pela vinda de Bobby. Western deu uma olhada na direção do tio. Estava de olhos fechados. Quando a avó Ellen agradeceu a Deus por ter mandado Bobby até lá, ele assentiu com a cabeça. Sim, ele falou. Ficamos contentes com isso. Então se serviram e começaram a comer.

Onde você encontrou o milho, Ellen?

Tirei do freezer, Royal. Esperava que fosse de onde?

Não entendo por que não se pode congelar tomates.

Nem eu. Só sei que não dá.

Por que não se pode congelar tomates, Bobby?

Sei lá. Dá para congelar a maioria das frutas. Frutas vermelhas.

Você acha que tomate é uma fruta?

Certamente. Acho que também poderíamos dizer que é uma fruta vermelha.

Uma fruta vermelha?

É.

Bem, já ouvi essa história de fruta antes. Que ninguém me provou. Você acredita mesmo nisso?

Pertence à família das solanáceas. Que inclui a beladona. Os espanhóis o trouxeram do México.

Do México?

É.

Royal parou de mastigar e ficou olhando para o prato. O que você está dizendo é que não havia tomates até que Colombo viesse aqui e trouxesse.

É. O mesmo em relação às batatas, ao milho e a metade das outras coisas que comemos.

Batatas?

Exatamente.

Deixe-me perguntar uma coisa.

Vá em frente.

Com o que você acha que os italianos faziam molho se não havia tomates?

Sei lá.

O que você acha que os irlandeses comiam se não havia batatas? Sabe no que você está pensando?

No que eu estou pensando?

Tabaco.

Pode ser.

Walter Raleigh levou o tabaco com ele. Por isso costumava haver aqueles cigarros Walter Raleigh. Conheci gente que fumava. Tinha o retrato dele no maço. As pessoas ganhavam cupons quando compravam e depois podiam trocar por coisas.

Que tipo de coisas?

Não sei. Talvez torradeiras.

Western passou manteiga num biscoito e completou com uma colher do rico molho vermelho. Está uma delícia, vovó Ellen.

Muito obrigada.

E o milho?

O quê?

E o milho?

Royal mastigou. É, quem sabe ele levou o milho. Tem gente que chama de milho dos índios.

E os feijões?

Os feijões?

É, os feijões.

Royal assentiu com a cabeça. Bem, até onde eu sei, as pessoas comem feijão desde o primeiro dia da Criação. Acho que Adão já comia feijão. Ele e Eva. Comiam uma boa porção e ficavam lá sentados, peidando um na frente do outro.

Royal!

Bobby sorriu. Royal espetou com o garfo uma fatia de presunto na travessa e tratou de cortar a fina crosta de gordura. Sacudiu a cabeça. É preciso tomar cuidado com o que se diz nesta casa. Você vai ver. Ergueu a vista. Sou um prisioneiro aqui, Bobby. É a verdade pura e simples. Nunca vou a lugar nenhum. Nunca vejo ninguém. Não tenho com quem conversar. Sacudiu de novo a cabeça, mastigando.

Eu já disse que posso levá-lo à casa dos Eagle. A hora que você quiser.

Não quero me sentar e conversar com aqueles velhos babacas.

A avó olhou para Western.

Bem, não quero. Que horas são?

Quase seis.

Royal pôs-se de pé e arrancou o guardanapo do pescoço.

Royal, você não comeu quase nada.

Vou levar comigo.

Desapareceu na sala de estar com o prato e o garfo. Dali a poucos minutos, ouviram a televisão.

Ele fica lá sentado discutindo com o aparelho. Você vai ver com seus próprios olhos.

Ele me pareceu bem.

Você não viu nem o começo. Às vezes pensa que estamos de volta ao condado de Anderson. E faz apenas trinta e oito anos que saímos de lá.

Podiam ouvir Royal resmungando na sala de estar.

Acho que ele gostaria de estar de volta ao condado de Anderson.

Bem, eu também. Por todo o bem que isso poderia me fazer.

Sei que você sente falta da casa.

Ela assentiu com a cabeça. Meu avô e meu tio construíram aquela casa com dois negros em 1872. Obviamente, começaram a cortar a madeira antes. Cada pedacinho de pau veio da propriedade. A estrutura foi montada com vigas e traves. Eles derrubaram nogueiras e álamos durante quase um ano, depois traziam as toras em cima de paletes com a ajuda de seis mulas. Algumas tinham oito metros de comprimento, duas pessoas não conseguiam abraçá-las. Havia fotografias delas no velho armário que ficava na sala de estar. Instalaram uma serra a vapor no meio do bosque, a um quilômetro e meio da casa. Entravam com as toras e saíam com a madeira serrada, pilhas e pilhas delas. E punham para secar num armazém tosco, não sei quanto tempo levavam para cortar a primeira tábua. Também não entendo como sabiam fazer aquilo tudo, Bobby. O que eu quero dizer é que eles eram capazes de fazer qualquer coisa. Não possuíam nem um livro. Apenas a Bíblia, é claro. Acho que nunca pegaram numa folha de papel. Sempre pensei no fato de Deus não nos permitir ver o futuro como uma coisa boa. Aquela casa foi a coisa mais linda que vi na vida. Os assoalhos eram de tábuas sólidas de nogueira, algumas com quase setenta centímetros de largura. Tudo aplainado à mão. E tudo agora no fundo de um lago. Não sei, Bobby. A gente tem que acreditar que existe o bem no mundo. Tem que acreditar que o trabalho das nossas mãos vai trazer o bem para nossas vidas. Posso estar errada, mas, se uma pessoa não acredita nisso, então não vai ter uma vida. Poderá até dizer que tem. Mas não vai ser verdade. Bom, veja só, estou ficando cada vez mais boba.

Isso não é bobagem, vovó Ellen.

De qualquer forma, eram tempos de guerra. Sei que muita gente ficaria feliz em trocar uma fazenda no fundo de um rio pela volta de um filho que nunca mais veriam. Isso e mais alguma coisa. Ainda assim, tentamos manter a casa. Mas eles simplesmente a tomaram. Tinham o que chamavam de negociadores, mas não havia o que negociar. Eles simplesmente tentavam nos obrigar a assinar os papéis e parar de criar caso. Receber logo o primeiro pagamento. O que chamavam de estipulação. Se resistíssemos, éramos levados aos tribunais, e acho que alguns receberam mais do que o governo queria pagar, mas, quando o dinheiro chegou, o preço da terra já tinha dobrado, daí que acabaram com menos de todo jeito. Eram duas semanas de aviso prévio. E os moradores já tinham que ter ido embora passado esse tempo. Não era permitido nem mesmo tirar a mobília, mas a maioria tirava. Saíam no meio da noite. Como ladrões. Moramos numa casa alugada em Clinton até março de 1944. Foi difícil. Sei que famílias foram arrancadas de suas fazendas na década de 1930 pela Tennessee Valley Authority, se mudaram para o condado de Anderson e foram arrancadas outra vez de lá. Famílias foram tiradas de suas propriedades no Parque Nacional das Montanhas Great Smoky na década de 1930, pela TVA também nessa década, pela bomba atômica na década seguinte. No final, não possuíam mais nada.

É claro que vai, gritou Royal. Seu filho da puta mentiroso.

A avó Ellen sacudiu a cabeça. O que me dava mais pena eram os lavradores que arrendavam parte das terras. Já não tinham nada para começar. Viviam em barracões em muitas daquelas fazendas. Não havia previsão de nenhuma ajuda para eles, simplesmente tinham que ir embora. E, óbvio, não tinham para onde ir. Algumas das famílias eram de gente de cor. Várias acabaram nos bosques, vivendo como animais. E foi também um inverno frio. Dava para ver as pessoas atravessando as estradas à noite, iluminadas pelos faróis dos carros. Famílias inteiras. Carregando cobertores. Panelas e frigideiras. Havia quem os procurasse para doar um pouco de farinha e fubá. Café. Às vezes um pedacinho de carne. Penso naquelas crianças até hoje.

Se você não é um filho da puta mentiroso, Jesus Cristo nunca viveu.

Me desculpe, disse a avó.

Empurrou a cadeira para trás, se levantou e foi até a porta da sala de estar. Royal, ela disse, você pode praguejar se for preciso, mas nunca cometa uma blasfêmia na minha casa. Não vou tolerar isso.

Royal não respondeu.

Ela voltou e se sentou. Não fico junto com ele lá. Vejo as notícias no meu quarto. Em geral, subo logo depois que termino de lavar a louça, enquanto ele fica lá metade da noite. Aos urros.

Western ficou no pequeno quarto ouvindo o vento assoviar do lado de fora. Havia fechado a porta do corredor, e, como não havia aquecimento no quarto, esfriou muito. Sua mãe tinha dezenove anos quando foi trabalhar na Y-12, a fábrica de separação eletromagnética. Um dos três processos necessários para separar o isótopo 235 de urânio. Os trabalhadores eram levados para o complexo de fábricas em ônibus, sacudidos na estrada de terra recém-aberta, enfrentando a poeira ou a lama, a depender do tempo. Era proibido conversar. A cerca de arame farpado estendia-se por quilômetros, os prédios eram de concreto, coisas maciças, monolíticas e em geral sem janelas. Estavam fincados num grande campo de lama, além do qual havia um perímetro de árvores destroçadas e retorcidas, tendo sido derrubadas com motoniveladoras a fim de limpar o terreno. Ela disse que as construções pareciam ter acabado de brotar do chão. Não havia como explicar sua aparição. Olhou para as outras mulheres no ônibus, mas todas pareciam ter se abandonado, dando-lhe a impressão de ser a única que, embora não soubesse do que aquilo se tratava, entendia perfeitamente que não era coisa de Deus, e que, apesar de já ter transformado na lama da origem dos tempos tudo que estava acima da superfície daquele terreno, ainda faltava muito para terminar seu serviço. Estavam só no começo.

Os prédios continham mais de mil e seiscentos quilômetros de tubos e duzentas e cinquenta mil válvulas. As mulheres sentavam-se em tamboretes e monitoravam os mostradores à sua frente, enquanto átomos de urânio corriam pelas pistas dos espectrômetros de massa chamados calutrons, onde eram medidos cem mil vezes a cada segundo. Os ímãs que os impulsionavam tinham dois metros e treze de diâmetro, suas bobinas feitas de quinze mil toneladas de prata sólida emprestadas pelo Departamento do Tesouro norte-americano porque todo o cobre havia sido usado no esforço de guerra. Uma mulher mais velha lhe contou que, no primeiro dia em que todas chegaram a seus postos de trabalho, sem a menor noção do que aquilo significava, os engenheiros haviam acionado uma série de interruptores e se ouviu o som de um enorme dínamo. Nesse momento, centenas de grampos saltaram dos cabelos das mulheres e atravessaram o salão como vespas.

Ela entrou com as outras num posto de segurança, onde recebeu um crachá com sua fotografia numa pequena moldura de metal negro e duas canetas pretas. Já tinha passado pelos exames de segurança e saúde. No vestiário feminino, recebeu um armário, dois macacões brancos e duas botas de tecido branco que cobriam os sapatos. Mais tarde, passaram a trabalhar com suas próprias roupas. A ninguém foi dito o que estavam fazendo. Com base em instruções simples, elas se sentavam em seus postos durante oito horas por dia, sob o brilho intenso de luzes fluorescentes, observando um mostrador e girando um botão. Se falasse com alguém, podia perder o emprego. Ou até ser presa. As canetas eram dosímetros de radiação.

Ela ficou lá por seis meses, até que, certo dia, um grupo de físicos parou atrás de seu posto. Falavam uma língua que ela não entendia. Um deles então se dirigiu a ela em inglês.

Não posso falar com você, ela sussurrou.

Sei que não. Quero que me telefone.

Inclinou-se e pôs sobre o painel um pedaço de papel com um número de telefone escrito a lápis.

Você me liga?, ele perguntou.

Ela não respondeu.

Espero que sim, ele disse. Ela afastou os olhos dos mostradores por um momento, mas ele já se fora com os outros. Foi a primeira vez que viu seu pai. Ambos morreriam de câncer. Tinham morado em Los Alamos. Depois no Tennessee. Seu pai tinha um casamento anterior, mas nunca lhe contou isso porque ela era católica. Western descobriu que a primeira esposa do pai ainda estava viva e morava em Riverside, Califórnia; anos depois, Alicia foi conhecê-la. Ela concordou com um encontro num café do centro. Isso vai ser breve, ela disse. E foi.

A avó lhe contou que, desde a primeira vez que a filha viu o futuro marido, soube que nada voltaria a ser igual. Na primeira vez em que o levou para casa, não sabia o que ia acontecer. Tentei rezar, mas não sabia o que pedir a Deus. Eu não devia estar contando isso a você.

A senhora não disse nada de ruim.

Não. Mas pensei.

Western dormiu. Acordou de novo. Você não devia ter vindo, disse a si mesmo.

Levantou-se, vestiu o casaco de couro por cima da camiseta e ficou olhando pela janela. Sua respiração embaçou o vidro. A luz da lâmpada a vapor projetava as formas da casa e das árvores através do campo em direção à estrada. Deu meia-volta e desceu o corredor. As luzes permaneciam acesas, e ele desceu a escada de meias, cueca e casaco. Royal dormia na poltrona da sala de estar. A tela cinzenta do aparelho de televisão exibia números na parte inferior e emitia um zumbido grave e contínuo. Foi até a cozinha e abriu a geladeira. Na cesta de baixo havia algumas cenouras: pegou uma e fechou a porta. Diante da pia, olhou para fora pela janela enquanto comia. Gosto de terra. Algum animal atravessava o campo mais além do estábulo. Possivelmente uma raposa. Ou um gato. Mais alguns anos e a avó teria partido, a propriedade seria vendida, ele jamais voltaria ali. Chegaria o tempo em que todas as lembranças daquele lugar e daquelas pessoas seriam eliminadas dos registros do mundo.

A noite era fria. E muito silenciosa. Ele havia comido toda a cenoura, com exceção do talo. Então o comeu também. Gosto de terra, amargo. Muito amargo. Subiu e se deitou.

Fez longas caminhadas pelos bosques. Não viu alma humana. Naquela parte do mundo, um homem andando pelos bosques no outono era visto com desconfiança se não carregasse um rifle, e ele portaria um se os ladrões que tinham invadido a casa dois anos antes não houvessem roubado todos. Levaram seu bandolim Gibson. As bijuterias da avó. Assim como todos os papéis guardados no velho armário da sala de estar. Quando perguntou à avó sobre isso, ela apenas sacudiu a cabeça.

Vasculhou as coisas no closet. Recordações da juventude. Fósseis, conchas, pontas de flechas num vidro. Um gavião-miúdo carcomido pelas traças. Supôs que deveria ter compreendido a natureza do roubo ao tomar conhecimento dele, porém não foi o que aconteceu.

Royal mostrou-se tão estranho quanto sua avó alertara. Levantava-se da cadeira e exigia saber a opinião de gente morta havia muito tempo. Olhou pela janela para o Dodge verde da avó Ellen e perguntou a ela quando tinha trocado de carro, embora ela já o possuísse havia onze anos.

Dirigiu até Knoxville. Dia plúmbeo e chuvoso. Como era difícil manter limpo o para-brisa dentro do carro, levou uma pequena toalha. O Maserati era um veículo estranho, cheio de componentes hidráulicos franceses. O pedal do freio era duro, levava tempo para se acostumar com ele. Desceu a Gay Street e tomou a Cumberland Avenue. Não conhecia quase ninguém na cidade. Tudo tinha um aspecto cinzento e decadente. Seguiu até a autoestrada Alcoa e acelerou o carro até duzentos e quarenta quilômetros por hora, deixando em sua esteira uma fina pluma de vapor d'água.

De manhã, saiu de casa bem cedo, caminhou pela estrada até a ponte e a atravessou para chegar à velha pedreira, seguindo as marcas quase apagadas do caminho através dos bosques. Alguns corvos abandonaram as árvores no morro acima dele, alçando voo em silêncio. Mais adiante, viu grandes blocos quadrados. As pedras eram da mesma cor que os troncos das árvores, a pedreira formava um anfiteatro cercado de vegetação. Um piso de pedra lisa, dois níveis mais elevados e um laguinho cujas águas paradas, profundas e negras refletiam a paisagem. Os paredões se erguiam de três lados, os blocos talhados com sulcos nos pontos onde brocas tinham sido usadas para abrir os buracos nos quais se enfiava a dinamite.

Atravessou uma parede baixa de blocos serrados do outro lado do laguinho e se sentou como tinha feito numa noite de verão, anos atrás, para ver a irmã interpretando sozinha o papel de Medeia no chão da pedreira. Ela vestia uma túnica feita de lençóis e portava uma coroa de madressilva sobre os cabelos. As luzes da ribalta eram latas de fruta com farrapos embebidos em querosene, e folhas de alumínio faziam as vezes de refletores. A fumaça negra subia até as folhas de verão mais acima, fazendo-as tremelicar, enquanto, calçando sandálias, ela se movia pelo chão de pedra varrido. Tinha treze anos. Ele estava no segundo ano de pós-graduação no Caltech e, vendo-a naquela noite de verão, soube que estava perdido. Com o coração na boca. Sua vida não mais lhe pertencia.

Terminada a apresentação, ele se pôs de pé e aplaudiu. O eco seco morreu nos paredões da pedreira. Ela fez duas reverências e se afastou para uma área escura, as sombras das árvores curvando-se sob a luz tremeluzente da lanterna que levava. Ele ficou sentado nas pedras frias, as mãos cobrindo o rosto. Sinto muito, menina. É tudo escuridão. Sinto muito.

Na última noite da visita, sentaram-se para jantar e comeram em silêncio. A avó havia preparado filé de frango e biscoitos com molho branco. Royal ficou remexendo a comida, descansou o garfo e olhou para a parede, o guardanapo ainda preso ao pescoço. É um vácuo atrás do outro, isso é que é, disse. Não é um só, como diz o bom livro. Você acha que o vácuo é só o vácuo, mas não é. Ele continua.

Coma alguma coisa, Royal, a avó falou. Você precisa comer. Em vez de querer contrariar o que está na Bíblia.

Comeram. Western olhou para a avó.

Você acha que pode haver papéis dela aqui?

Até onde eu sei, Bobby, não há nenhum.

Pensei de repente que você poderia ter encontrado algum.

Ela sacudiu a cabeça. Eles foram de quarto em quarto. Você pode verificar. Sabe disso.

Está bem.

Que papéis?, perguntou Royal.

Os papéis de Alice.

Alice morreu.

Sabemos que ela morreu, Royal. Já está morta há dez anos.

Dez anos, disse Royal. Não parece possível. Fria e morta.

De repente, ele começou a chorar. Western olhou para a avó. Ela se levantou da mesa e foi para a cozinha.

Mais tarde, depois que Royal tinha ido para a sala de estar, ele e a avó ficaram sentados à mesa da cozinha, tomando café. Fico feliz que você tenha vindo, Bobby, só queria que ficasse por mais tempo.

Eu sei. Mas tenho que ir.

Você acha que esta família é amaldiçoada?

Western ergueu a vista. Amaldiçoada?

É.

Você acha?

Às vezes.

O quê, por causa dos pecados dos pais?

Ela deu um sorriso triste. Não sei. Você acredita em Deus, Bobby?

Não sei, vovó Ellen. Você me perguntou isso antes. Eu lhe disse que não sei nada. O máximo que posso dizer é que acho que ele e eu temos mais ou menos as mesmas opiniões. Pelo menos nos meus melhores dias.

Bom, espero que isso seja verdade. Acho que essa é a outra coisa pela qual eu responsabilizaria seu pai. E sei que não me cabe sair por aí culpando ninguém.

Qual é a outra coisa?

O efeito que ele exerce sobre Eleanor. Tentando confundi-la. Fazendo-a chorar, duvidar da própria fé.

Foi a razão do divórcio deles?

Não sei. Indiretamente, talvez.

E qual seria a razão direta?

Acho que você sabe.

Ele quase não parava em casa.

Bem.

Você acha que eles não se combinavam?

Acho. Claro que ela era bastante inteligente também.

Por que você acha que eles se casaram?

Não sei, Bobby. Tempo de guerra. Muita gente jovem que de outro modo teria esperado se casou. Ele gostava de mulheres bonitas. E ela era a mais bonita de todas.

Mas isso não foi muito bom para ela, não é?

Raramente é.

Acredita mesmo nisso?

Acredito. A beleza faz promessas que ela mesma não é capaz de cumprir. Vi muitos exemplos disso. Duas vezes nesta casa.

Ela serviu mais café.

Sinto falta do forno a lenha, disse Western.

Eu sei. Não se encontrava mais ninguém que cortasse a lenha para ele.

Posso perguntar uma coisa?

Claro, Bobby.

Do que você se arrepende?

Bom. Acho que você sabe do que me arrependo.

Quero dizer, as coisas que poderia ter feito de outro jeito. Ou não ter feito. Esse tipo de remorso.

A avó voltou-se e contemplou através da janela os campos que escureciam, a mão na altura da boca. Não sei, querido. Não muita coisa. Acho que as pessoas lamentam mais o que não fizeram do que o que fizeram. Todo mundo tem coisas que deixou de fazer. Não podemos ver o que vem pela frente, Bobby. E mesmo que pudéssemos, nada garante que faríamos a escolha certa. Acredito na vontade de Deus. Tive horas sombrias e dúvidas sombrias nessas horas. Mas nunca duvidei da vontade de Deus.

Tendo terminado, ela afastou a xícara. Cruzou as mãos e olhou para Western.

Não queria fazer você se sentir mal, ele disse.

Você não fez isso, Bobby.

Quer ver umas fotografias?

Ah, Bobby!

O quê?

Pensei que havia lhe contado.

Contado o quê?

Eles levaram.

Os álbuns de fotografia?

É. Pensei que havia lhe contado.

Não.

Desculpe, querido.

Tudo bem.

Sinto muito.

Levaram tudo que estava no armário?

Sim. Esvaziaram as gavetas e deixaram no chão.

Então eles levaram o rifle do vovô e as espingardas. Meu bandolim. O tipo de coisa que ladrões costumam pegar e pôr no prego. E então levaram todos os documentos da família. Você não achou isso estranho?

Achei. Nada jamais apareceu nas lojas de penhor. Checaram todas em Knoxville.

Não eram ladrões, vovó Ellen. Aquelas coisas não iam ser penhoradas. Estão no fundo do lago. Provavelmente na ponte da autoestrada 33, junto com sei lá mais o quê.

O que você está dizendo, Bobby?

Nada. Está tudo bem.

Não, o que você está querendo dizer?

Nada.

Tem a ver com o seu pai, não é?

Não sei. De verdade. Não devia ter falado nada.

Sua avó pousou a palma da mão sobre a mesa como se estivesse prestes a se levantar, mas continuou sentada. Deu a impressão de estar mais do que cansada.

Está se sentindo bem?

Estou, Bobby. Não ligue para mim. Às vezes me sinto sozinha, só isso. Voltou-se e olhou para ele. Você alguma vez se sente só?

Ele teve vontade de dizer que não conhecia outro estado existencial. Vez por outra, respondeu.

A avó nascera em 1897. McKinley era o presidente, o país estava prestes a entrar em guerra com a Espanha. Não havia eletricidade, telefone, rádio, televisão, carros, aviões. Nem aquecimento central ou ar-condicionado. Na maior parte do mundo, nada de água encanada ou banheiro. A vida mudara pouco desde a Idade Média. Ele a observou. Ela afastara o rosto. Sacudiu a cabeça. Ele não entendeu o que aquilo significava. Mas então ela o encarou. Temos razão para temer alguma coisa, Bobby?

Não. Você, não.

E você?

Ele foi embora bem cedo, sem se despedir. Pela janela, contemplou por um breve instante o alvorecer cinzento. O riacho coberto com um manto de névoa, as pálidas formas dos choupos. A geada nos campos. Nada se movia. Pendurou uma maleta no ombro, pegou a outra e desceu a escada.

Pôs as maletas no carro, voltou à cozinha, encheu duas panelas com água quente da pia e derramou sobre os vidros dianteiro e traseiro a fim de derreter a fina camada de gelo. Deixou as panelas nos degraus da varanda, subiu no carro, ligou o motor e os limpadores de para-brisas. Deu marcha a ré até a estrada, fez a manobra e rumou para a autoestrada.

Pegou a I-40 na direção oeste até o planalto de Cumberland, chegando a Crossville em quarenta minutos. Uma camada de neve cor de areia ladeava a estrada. Fazia muito frio. Tomou o café da manhã numa parada de caminhões. Ovos e mingau de milho. Linguiça, biscoitos e café. Pagou e saiu. No estacionamento, um homem estava postado com os braços por cima do teto de aço inoxidável do Maserati enquanto sua namorada tirava uma foto.

––––––

Chegou ao Quarter às quatro da tarde, estacionando o Maserati em frente ao bar. Pegou as maletas e entrou. Harold Harbenger estava sentado na extremidade do balcão e ergueu uma das mãos num cumprimento. Como se estivesse esperando lá aquele tempo todo. Oi, Bobby, ele falou.

Por onde você andou?, perguntou Josie.

Fui ver minha avó.

Em Knoxville?

É.

Josie sacudiu a cabeça. Knoxville, ela disse.

Alguém veio me procurar?

Acho que não. Pode checar com a Janice. Alguém estava procurando por mim em Knoxville?

Western sorriu. Meu palpite é que você espera que não. A que horas fecha o banco?

Na Decatur?

É.

Às quatro. Olhou para o relógio. São quatro e dez.

Eu sei. E a que horas abre?

Provavelmente às dez.

À noite, ele levou o carro de volta para o depósito, o cobriu, ligou o carregador da bateria, tomou um táxi de volta para o Quarter e jantou no Vieux Carré. Voltou ao bar, subiu a escada e foi dormir, com o gato ronronando junto às suas costelas.

Nos sonhos, às vezes a via com um sorriso que procurava recordar, enquanto ela, quase num cantochão, pronunciava palavras que Western mal conseguia seguir. Sabia que o rosto adorável em breve só existiria em suas recordações e sonhos, porém logo depois em lugar nenhum. Ela vinha seminua, envolta em faixas de tafetá ou talvez na túnica grega feita de lençóis, atravessando um palco de pedra sob as esfumaçantes luzes da ribalta. Ou, levantando o capuz da túnica, os cabelos louros caíam sobre o rosto ao se curvar sobre ele em meio aos lençóis úmidos e pegajosos, sussurrando: Eu teria sido seu beco das sombras, a guardiã daquela única casa em que sua alma está a salvo. E, todo o tempo, o clangor como o de uma fundição, e negras figuras em silhueta cercando os fogos alquímicos, as cinzas e a fumaça. Embora o chão estivesse emporcalhado com as formas natimortas de seus esforços, eles ainda labutavam, a lama crua e em parte consciente tremendo, rubra, na autoclave. No soturno recesso, eles se amontoavam em torno do cresol, empurrando-se e gritando, enquanto o lúgubre heresiarca, embrulhado em seu manto negro, os instigava a trabalhar. E então, que coisa indescritível é aquela que se ergue pingando, que rompe a crosta e o cálix da infernal marinada? Acordou suando, acendeu o abajur na mesinha de cabeceira, girou o corpo para plantar os pés no assoalho, cobriu o rosto com as mãos. Não tenha medo por mim, ela havia escrito. Quando é que a morte fez mal a alguém?

Pela manhã, foi ao Monde, tomou café e leu os jornais. Às dez, atravessou a rua e entrou no banco, um velho prédio de pedra branca em estilo revivalista que contrastava estranhamente com a arquitetura do Quarter. Herança de Latrobe. Foi até a escrivaninha nos fundos do vestíbulo, assinou o livro de registro, entregou sua chave e seguiu o funcionário até o cofre-forte, onde ele abriu o portão e o convidou a entrar com um gesto. Passaram por uma série de portas de aço que se abriam automaticamente até chegarem ao seu número, quando o funcionário enfiou as chaves, abriu a porta e puxou para fora uma caixa de aço cinza esmaltada a fim de colocá-la sobre a mesa que ficava atrás dos dois. Abriu uma das fechaduras, devolveu as chaves, deu meia-volta e saiu do recinto.

Western girou a chave e abriu a tampa. Dentro da caixa havia um gordo envelope pardo. Retirou-o, abriu o fecho de barbante e pegou as cartas. O diário dela para o ano de 1972. Examinou o interior do envelope, recolocou as cartas ali dentro, enrolou o barbante, pôs o envelope sobre a mesa, fechou e trancou a caixa e a enfiou de volta em seu lugar. Bateu a pequena porta de aço e passou a chave. Deu meia--volta e saiu com o envelope, assinando o livro de registro no vestíbulo e agradecendo ao funcionário.

Esticou-se na pequena cama e pegou ao acaso uma carta do envelope, abrindo-a para ler. Apesar de saber todas de cor, leu com atenção. Ronronando, o gato andava de cá para lá na beira da cama.

Não sabia onde estavam suas próprias cartas. Talvez não quisesse saber. Dobrou a carta e recolocou dentro do envelope, pegando outra da parte de baixo da pilha. Aos doze anos, ela tinha uma fotografia de Frank Ramsey, numa moldura barata, em sua mesa de cabeceira. Queria saber se era possível estar apaixonada por alguém que já tinha morrido. Disse que, dentro de catorze anos, teriam a mesma idade. Ele parou de ler. Era difícil ler as últimas. As cartas em que ela dizia estar apaixonada por ele. Guardou-as no envelope de papel pardo e o fechou, enfiando embaixo do colchão. Desceu para o bar.

Com um gesto do queixo, Josie fez sinal para que ele se aproxi-masse.

Alguém telefonou para você. Aqui está.

Ela lhe passou um pedaço de papel com um número. Ele olhou os dois lados.

Homem ou mulher?

Homem.

Obrigado.

Chamou o número, mas ninguém atendeu.

Alimentou o gato e foi até o banheiro. Trancou a porta, abriu o antigo armário de remédios de metal e viu que havia ali velhos frascos de vidro, assim como alguns tubos retorcidos e vazios de pasta de dente. Voltou ao quarto, pegou a sacola de suprimentos, retornou ao banheiro, recolheu tudo que havia no armário, dobrou a sacola e jogou na cesta de lixo. O armário estava afixado à parede por quatro parafusos. Pegou um pedacinho de papel na cesta de lixo e o apertou com força sobre a cabeça de um dos parafusos, conseguindo obter uma boa impressão de seu formato. Colocou o papel no bolso da camisa, fechou o armário e saiu.

Voltou ao quarto depois de comprar na loja de ferragens da Canal Street um conjunto importado e barato de chaves de soquetes de 3/8". Elas vinham numa pequena bandeja, e havia até mesmo uma pequena catraca com uma extensão. Apanhou o maço de cartas debaixo do colchão e voltou ao banheiro. Trancou a porta, abriu o armário de remédios, encontrou o soquete certo e, depois de ajustá-lo na extensão e na chave, removeu os dois parafusos inferiores. Tendo posto a tampa de borracha na pia para evitar que os parafusos caíssem no ralo, retirou os dois de cima enquanto segurava o armário pelo espelho até apoiá-lo finalmente no chão. A placa de gesso da parede tinha sido cortada para chegar aos suportes de madeira. As extensões a que o armário havia sido aparafusado se projetavam para fora pela largura da placa, sendo fácil enfiar o maço de cartas entre as tábuas. Os buracos na parte de trás do armário tinham o formato de fechadura, então ele deixou os parafusos ligeiramente soltos, de modo que pudesse pendurar o armário sobre suas cabeças e não precisasse usar uma chave de fenda para retirá-lo de novo. Pegou alguns frascos de vidro da cesta de lixo e os repôs no armário, fechando a porta.

Foi até o supermercado, comprou uma dúzia de latas de comida de gato, voltou e subiu para o quarto. Pôs as latas sobre a mesa, ergueu o gato por baixo das pernas dianteiras e o olhou nos olhos. O animal ficou pendurado em suas mãos como se não tivesse ossos. Pestanejou pacificamente e olhou para o lado.

Vigilância, Billy Ray. Vigilância. E comida de gato.

Depois de alimentar o bicho, desceu e chamou Lou, mas ele já tinha saído para o trabalho. Foi para a rua e caminhou pelo Quarter. O intenso cheiro úmido. Cheiro de óleo, do rio e dos barcos. Whitman tinha morado por um tempo na casa da esquina. Luzes nas janelas varando o lusco-fusco. Os velhos lampiões da Chartres Street como gaze ardente em meio ao nevoeiro. O Ford Shelby deu vinte e seis voltas no circuito e depois não apareceu. Estava escuro demais para ver qualquer fumaça, mas ele examinou o lado oposto do oval à procura de sinais de fogo. Caminhou até os boxes, onde Frank aguardava que os carros reaparecessem. Nenhuma bandeira na pista. Até então, tudo bem. Sei que você está esperando que não seja o motor.

Minha esperança é que não seja o carro.

Não era. Os dentes da engrenagem da caixa de câmbio tinham começado a se romper até que o mecanismo travou de vez, quando então a junta universal traseira se soltou e o eixo de transmissão saiu rolando ruidosamente pela pista. Adams parou na grama, soltou o cinto de segurança de três pontos, desceu do carro e atravessou o campo com o capacete debaixo do braço. Disse a Frank que o carro havia se desfeito como uma caixa de papelão sob uma pancada de chuva. Foram para um bar na cidade, Adams ainda vestido em seu Nomex, e sentaram em uma cabine reservada. Adams ergueu a mão. Quero um uísque duplo com água. Ou, melhor, triplo. O que vocês vão tomar?, perguntou.

A corrida estava sendo televisionada, mas eles não podiam ver direito de onde estavam sentados. Mais tarde, Western foi até a chicana e se sentou no gramado, vendo os carros se aproximarem enquanto reduziam a marcha e freavam com os faróis se movendo de um lado para outro, os discos dianteiros se aquecendo até ficarem rubros como o sol, com centelhas saindo das beiradas. Eles voltavam a ficar escuros quando as pastilhas se soltavam e os carros aceleravam para sair da curva em terceira, aumentando a marcha ao entrarem uivando na reta.

VI

Desde o dia em que ela tinha ficado no vestíbulo da igreja da Imaculada Conceição com as colegas, todas de branco como crianças mortas num sonho, os sapatos de couro brancos, as coroas, véus e livros de oração brancos com fivelas douradas, que elas apertavam entre a palma das mãos ao rezar, desde aquele dia, o Deus de sua inocência havia se retirado lentamente de sua vida. Num sonho, ela o vira chorando sobre o barro frio de seu corpo infantil numa encruzilhada sem nome, ajoelhado para tocar em sua obra morta. Até que finalmente o Kid apareceu com seus companheiros. Sobre a natureza daquilo de que Deus poderia fugir ou desejaria abandonar só havia silêncio, mas ela pensava que ela e os visitantes do seu sótão poderiam muito bem ser candidatos. O Kid e seus assemelhados feitos de sombras tinham atravessado um vasto deserto. Uma paisagem lúgubre e interminável. Ela a imaginava viva, enxergava pouco mérito naquele panorama. Recitou seus pecados de virgem através do látice. Uma vez. E outra. E então nunca mais. O inferno durou mais tempo. Ela viu os ressurrectos sendo vomitados do poço do inferno a fim de vagarem pelas ruas de olhos vazios e ainda fumegando. Piscando, desacostumados à luz. Acordava de sonhos de luta. Lutas de chumbo. Alguns se sentaram, e ela prestava atenção para ouvir o som da chuva sobre o telhado de metal, mas a chuva cessara durante a noite e agora só se ouviam os pingos d'água dos beirais. Alguma coisa na estrada. Alguma coisa vindo. Alguma besta suarenta, alguma abominação encapuzada e chiando, caminhando pesadamente pela trilha. Apenas o mais tênue movimento do ar como um gradiente da maldade que escapara da toca e rastejava em direção a seu solitário posto avançado.

Quando sua tia Helen veio visitar e perguntou à menina o que ela queria ser quando crescesse, ela respondeu: morta.

Estou falando sério.

Eu também.

Não, está sendo irreverente e mórbida. E então: o que gostaria de ser? Atacada por uma doença terminal?

A tia se levantou e saiu do quarto.

Quando ela acordou de novo, o Kid andava para cá e para lá no quarto, e um homem magro, em mangas de camisa, mexia no que parecia ser um antigo projetor de cinema montado sobre um tripé de madeira. O Kid fez um gesto com a nadadeira em direção ao aparelho. Essas coisas malditas, disse. Um pé no saco. O que você acha, Walter? Ainda essa semana?

O projecionista não respondeu. Deu um puxão no boné e se curvou para ver qual era o problema. A fumaça branca de seu cigarro subia em espirais no feixe de luz. Ela ficou sentada, agarrada ao travesseiro. O Kid olhou de relance em sua direção. Sem pressa, ele disse. Temos luzes e quimeras, mas, é claro, a ação é sempre um problema totalmente à parte.

O que você está fazendo?

Tentando botar essa bosta de projetor para funcionar. Pode dormir mais um pouco, se quiser. É capaz de demorar um bocado.

O projetor fez um barulho de matraca, o retângulo de luz amarela na parede do sótão começou a piscar. Por um instante apareceu o número oito, seguido de sete, seis... E aí tudo ficou negro. Meu Deus, disse o Kid. Será que alguém pode acender as luzes do quarto?

Ela acendeu o abajur na mesinha de cabeceira. O que você está fazendo?, perguntou.

O Kid virou uma velha caixa de charutos em cima da escrivaninha e remexeu ali dentro. Escolheu alguns rolos de filme, desenrolou um pedaço e o examinou contra a luz. Impossível saber o que temos aqui. Velhos filmes de oito milímetros. Esses troços não veem a luz do dia desde o tempo em que os animais falavam.

Que troços?

Bem conservados, em geral. Considerando as circunstâncias. Meu Deus. Que tal esse grupinho? É tudo genética, não é mesmo? Espere só até ver alguns desses cidadãos.

Você quer dizer que eu sou só genética.

Sei lá. Essa é uma boa parte da razão para estarmos aqui, não é? Caramba! Olha só esse aqui! De qualquer modo, se quisermos entrar em guerra aberta contra esses putos, vamos precisar de alguma coisa além dos tipos de sangue. O que você acha, Walter? Alguma novidade?

O projecionista empurrou o boné para trás, enxugou o suor da testa com um movimento circular do ombro e tirou uma chave de fenda do bolso traseiro.

O Kid desenrolou o filme, que ficou pendurado, numa hélice bamboleante. Sacudiu a cabeça. Recue mais um pouco e você verá gente sentada em volta da fogueira vestindo peles de leopardo. Opa! O que é isso?

A luz na parede piscou e voltou a se apagar.

Alarme falso, disse o Kid. Enrolou de novo o filme e pegou outro carretel. Paciência nunca foi meu forte. Provavelmente verei meu fim antes que esta coisa termine. Por outro lado, tenacidade. Meu Deus. Como é que as galinhas conseguiram cagar aqui?

Que coisa?

O quê?

Que coisa? Você disse "esta coisa".

Esta coisa?

Você disse "antes que esta coisa termine". Que coisa?

Talvez tenha me expressado mal.

Não, não é verdade. Que coisa?

Meu Deus. Eu já devia saber. Está bem. Desligue, Walter. Simplesmente tire essa porra da tomada. Tudo bem. Foda-se. Voltou-se na direção da moça. Olhe. O que há de errado numa historinha? Você devia se considerar sortuda por nós termos trazido esse troço. Ataque de madrugada no galinheiro. Tudo coberto de poeira. Titica de galinha. Apesar de tudo que você leu, algumas coisas realmente não têm números. Mas é pior que isso. Algumas coisas não têm nenhuma designação. De qualquer natureza. Como isso é possível, ela pergunta. Bom, é bem simples, diz o sujeitinho que veste uma túnica e nunca se abala. O nome é o que se acrescenta depois. Depois de quê? Depois que aparece na tela. Sua tela, minha tela, todos nós projetamos. Conseguimos algumas imagens espasmódicas de homens e mulheres, mas eles não têm nome. Costumavam ter, mas não têm mais. A última testemunha capaz de dar um nome a seus rostos está encaixotada debaixo da terra ao lado deles; e, se não carece também de um nome, logo deixará de tê-lo. Então. Quem são eles? O fato de que outrora pertenciam à categoria dos dignos de nomenclatura não passa de um pequeno consolo. Pequeno consolo para quem? Ora, puta que pariu! Você simplesmente joga as mãos para o alto. Não precisa ter um nome, é o que diz. Está bem. Não precisa ter um nome para quê?

Deambulou. Parecia pensar.

Mais do mesmo, ela disse. Suponho que esteja ruminando.

Talvez. Acho que, se você tivesse uma musa, não precisaria de mim.

Não preciso de você. Você não passa de um grande incômodo. Não é nem engraçado.

Sei. Você já disse.

Por que eu não tenho uma musa?

Onde arranjaria uma? Você é única. Tem sorte de não ter nascido com duas cabeças.

Obrigada. Que coisa?

O quê?

Que coisa? A que seria seu fim antes que terminasse.

Meu Deus. Ela não sai dos trilhos, hein? Por falar em tenacidade. Por que não podemos apenas seguir em frente? Fazer do meu jeito, para variar.

Sempre fazemos do seu jeito.

Estou tentando cuidar de você, srta. Esquisita. Pensa que é fácil? Walter vai arrumar o aparelho e vamos ver um pouco de história, só isso. Talvez uma breve digressão filosófica enfatizando a importância de uma postura neutra. Vamos começar com os sem nome e desconhecidos, aí é menos provável que você diga que já lhe falei. A numeração e a denominação são duas faces da mesma moeda. Cada um fala a linguagem do outro. Como o espaço e o tempo. Em última análise, é claro que teremos de lidar de frente com essa coisa da matemática. Que não vai embora por conta própria.

Por que eu sou única?

O Kid parou, abriu as barbatanas, olhou para cima num gesto de súplica e voltou a caminhar.

Ninguém é totalmente único.

Não. Só você.

Somente eu.

É.

Mas você não é capaz de dizer em que sou única.

Bem, acho que poderíamos dizer que era a única de certo tipo. Mas, obviamente, você tem razão. Não há tipos. O que nos leva ao paradoxo de que, se não há tipos, não pode haver um.

Um como número ou um como ser?

Os dois. Não se pode ter nada até que apareça outra coisa. Esse é o problema. Se só existe uma coisa, não se pode dizer onde ela está ou o que é. Não se pode dizer se é grande ou pequena, que cor tem, quanto pesa. Não se pode dizer se é. Nada é coisa nenhuma a menos que haja outra coisa. Então temos você. Bom, temos?

Ninguém é tão único.

É mesmo?

Você não pode me comparar com uma entidade qualquer flutuando sozinha no vácuo.

Por que não? Olhe. Vamos ver alguns filmes. Está bem? Uma imagem vale por mil palavras. Esse tipo de coisa. Vinte e quatro por segundo. Ou são dezoito? Na verdade, achamos uma velha Kodak de dar corda numa das caixas.

Filmes.

É.

De quê?

É o que veremos. Como dizia o cartaz na agência funerária. Por que simplesmente não pomos para rodar?

Pensei que o projetor não estivesse funcionando.

Então você não confia no Walter?

Por que ele está vestido desse jeito?

Não sei. Anda com um pessoal mais velho. Pode perguntar a ele se quiser, mas não é de muita conversa. Espere. Temos ação. Apague a luz, sim?

Ela desligou o abajur. Na parede, o retângulo de luz amarela piscou e os números apareceram dentro de círculos. Oito, sete, seis. O ponteiro de um relógio girou dentro do círculo e apagou o número.

Por que o seis foi apagado?

Shh. Meu Deus.

Se o projetor estivesse de cabeça para baixo, você saberia.

Calada.

E, além disso, não há mesmo o nove.

Pode calar a boca, pelo amor de Deus?

Os números foram baixando até dois. Uma sombra se projetou sobre a tela. Todos se abaixando aí na frente!, ordenou o Kid. O projetor continuou a fazer seu ruído de matraca. Pálidas figuras começaram a surgir com movimentos espásticos. Roupas de fabricação caseira. Sorrisinhos frouxos. Alguns fizeram caretas para a câmera. Ou acenaram, vencendo o abismo dos anos.

Quem é essa gente?, ela perguntou.

Podemos ter silêncio na sala de projeção? Meu Deus.

Por que estão acenando?

Quer que façam o quê? Mandem um cartão-postal? Trate de calar a boca, está bem?

O filme seguiu matraqueando. Queimaduras e bolhas apareceram e sumiram. Homens e mulheres em roupas de verão. Chapéus de palha e bonés. O enterro de uma criança. Um pequeno caixão apanhado na traseira de uma carroça por homens de macacão. Ela viu um homem levar um tombo fatal ao cair de um andaime de madeira crua, enquanto um pastor apertava a Bíblia contra o peito e erguia uma das mãos. Ao mesmo tempo, um xerife de terno amassado tirou o relógio do bolso do colete. Ela viu um grupo de homens em mangas de camisa com os paletós dobrados sobre os braços, os chapéus nas mãos. Suas cabeças pareciam ter barbantes presos em volta delas.

Quem são eles?, ela perguntou num sussurro.

Trate de ficar quieta, sim?

Duas mulheres de pé, sorrindo no gramado em frente à casa de sua avó em Akron. Acho que as conheço, ela disse. O carro na entrada da casa. Ela o tinha visto em velhas fotografias. Era alto e preto. Isso é clássico, disse o Kid. Válvulas desmodrômicas.

Pode parar a projeção? Rebobinar?

Não dá para rebobinar. Meu Deus. Talvez você devesse prestar mais atenção na primeira vez.

Pode passar mais devagar?

Como se faz isso?

Ela não respondeu. Tentou se lembrar de quando a câmera cinematográfica havia sido inventada. Viu gente num lago com os braços estendidos. As velhas roupas de banho de lã preta. Viu uma criança que poderia ser seu pai. Andando na direção da câmera. Sombreada pelo sol. Criatura de luz. Sua mãe na frente da casa em Los Alamos. Neve no chão e sulcos de lama fazendo uma curva rumo à estrada, neve mais além nas montanhas. Roupas congeladas penduradas nos varais do quintal, rígidas como cadáveres. A mãe se afastou da câmera e gesticulou para que parasse de filmá-la. Puxando o casaco em volta do corpo a fim de ocultar sua condição.

Essa sou eu dentro dela.

É. Suponho que, por enquanto, sem nome.

Se Bobby era Bobby, eu era Alice.

Isso soa bem idiota.

Era mesmo idiota.

Finalmente ela própria. Girando com os pés em ponta na roupa de balé durante o recital numa igreja em Clinton, Tennessee, em outubro de 1961.

Pare agora, ela disse. Pode fazer parar?

Bom, sem dúvida, disse o Kid. Sempre se pode parar. Tem certeza de que é o que quer fazer?

Sim, por favor.

Tudo bem. Foda-se. Desligue. É assim mesmo. Meu Deus. Os agradecimentos que recebo.

O projetor estalou e parou, a luz piscou e se apagou. Ela acendeu o abajur. O Kid voltou-se na cadeira e sacudiu a cabeça. Você realmente me diverte muito, ele disse.

Fico feliz em saber disso.

É, mas não preciso que me divirtam. Tudo não passa mesmo de um negócio obscuro. Pegue um monte de fotografias, junte umas às outras, faça correr a certa velocidade — e o que é isso que se assemelha à vida? Bem, é uma ilusão. Como? O que é isso? Bem, quem se importa se é possível trazer de volta os mortos? Claro que eles não têm muito a falar. O que eu posso lhe dizer? Telefone antes de cavar. Você acha que o truque é embarcar numa realidade colateral. Se não for capaz de enxergar a falácia. A malevolência relevante. Você pode introduzir alguns novos vetores, mas isso não significa que aquela gente vá completar o percurso. Será que essa é uma boa ideia? E se as pessoas quiserem voltar?

Não podem.

Boa garota. A questão é que você nunca vai ter uma tela em branco. E, claro, não é o que está na tela, e sim quem pôs lá. Se olhar e não houver nada na tela, você mesma vai pôr alguma coisa. Por que não?

Suponho que eu mesma.

Certo. Qualquer que seja o bolorento sinistralium em cujo caldeirão você possa ter sido preparada. Não vamos nem tentar eliminar suas noções sobre o que você pode escolher em meio ao que é e ao que não é. Vamos tentar expressar as coisas em seus termos. Em nosso próprio interesse. Vamos reduzir ao mínimo as distorções. Se quiser eliminar o filhinho da puta por não valer nada, essa é sua prerrogativa. Aqui por acaso? Sem dúvida. Talvez uma mudança de dieta possa resolver o problema. Corte as gorduras saturadas, e nenhum lanchinho antes da hora de dormir. Podemos trabalhar nisso. Quem sabe identificar algumas das atuais ameaças que rondam pelos bosques à noite.

Não quero identificá-las. Só quero que tratem de ir embora.

Olhe, por que não deixamos o aparelho esfriar? Temos mais alguns rolos.

Como posso saber que não são simplesmente coisas compradas numa loja de quinquilharias? Ou alguma coisa que você criou às pressas? Algumas dessas pessoas parecem mais velhas do que Edison.

Parecem agora.

E não são divertidas. São tristes. Você disse que os mortos não são amados por muito tempo. Que notou isso em suas viagens.

Você poderia abrir um pouco o seu coração.

Abri o meu coração. E deu nisso. De qualquer forma, algumas coisas não podem ser consertadas. E a história não é para todos.

Meu Deus. Onde está meu lápis? Preciso anotar essas declarações.

E por que você zomba de mim?

Quem disse que é zombaria?

Você sem dúvida sabe quem aqui tem uma figura ridícula.

Será? A quem você vai perguntar? E não me chame de Shirley.

Não tenho nenhuma razão para acreditar que aqueles são de fato minha gente.

É? Bem, trata-se de uma criança sábia.

E não finjo saber o que não sei. Não sou uma pessoa desonesta.

O que suponho não seja o meu caso.

Eu nunca disse que você era desonesto. Disse que era um filho da puta mentiroso.

Meu Deus. Terminou?

Você que me diga.

Você não acha que podia haver alguém com uma pequena Kodak de dar corda escondida no casaco? Aquela era você no palco ou não era?

Como posso saber?

Quantas pessoas havia na plateia?

O quê?

Quantas pessoas havia na plateia? É uma pergunta honesta.

Não sei.

Sem dúvida sabe. Não foi há tanto tempo assim. Agite o aspersório.

Oitenta e seis.

Esse não é o código das coisas descartadas? Seja como for, provavelmente está certo. E, de todo modo, mesmo que você quisesse ver mais, não sei de que serviria, se você acha que é tudo falso.

Exatamente. Não quero ver mais.

Pensei que éramos todos amigos aqui.

Não, não pensou. E que ataque de madrugada foi aquele no galinheiro?

O quê?

Você disse que tinha titica de galinha nas latas dos filmes.

Disse?

Falou num ataque de madrugada.

Figura de linguagem. O quê? Você acha que foi alguma missão secreta?

Quem atacaria um galinheiro?

Boa pergunta. Combater o fogo com fogo. Ladrão de galinhas. Nada de novo.

Ele caminhou até a janela e olhou para fora.

Ela ergueu a vista. Havia um baú no galinheiro. Caindo pelas tabelas. Bobby tinha usado umas tábuas dele. Havia uma porção de coisas lá dentro. Caixotes com potes de conserva. Móveis velhos. Um sofá de crina de cavalo do qual Bobby tinha cortado pedaços de couro para fazer mocassins de índio quando era criança. O baú era um velho malão usado em viagens de vapor, continha um monte de papéis, coisas do meu pai na universidade. Algumas cartas. Da casa de Akron. Acho que ele pensava em examiná-las. Mas morreu. E todos os papéis foram roubados.

Ah, um dia deplorável.

Foi um dia deplorável. Dos mais deploráveis.

É, está bem. Pensei que você não gostasse de refletir sobre as infelicidades da família. De macacões à revista Time *em duas gerações. Uma mais para o esquecimento. Fim de papo. Bom, que se foda. Se soubéssemos para onde todos estavam indo, saberíamos o que levar na viagem. Mesmo assim, não se deseja perder a fé.*

Perder a fé em quê?

Alguma coisa sempre pode aparecer.

Não vai aparecer nada. Quantos mais?

Quantos mais o quê?

Filmes.

Sei lá. Alguns carretéis.

Vá em frente.

Sério?

O projetor já deve estar frio.

É mesmo. Vi Walter abanando com o boné. Não sei por que eu me aporrinho. Não é que não tenha sido avisado.

Avisado sobre o quê?

Sobre você, Peitinho de Tulipa.

O que você ganha me chamando desses nomes?

Os nomes são importantes. Estabelecem os parâmetros para as regras de engajamento. A origem da linguagem reside no som específico que designa a outra pessoa. Antes que você faça alguma coisa com ela.

É possível ter uma conversa sem ser grosseiro.

É mesmo? Bom, precisamos atrair sua atenção. Você parece pensar que ouvir é opcional, por isso nós temos que tentar acabar com isso.

Nós?

Eu e meus assistentes.

Seus assistentes?

O que há de errado nisso?

Por que você nunca me chama pelo meu nome correto?

Não sei. Acho que gostava mais quando você era Alice. Parecia uma moça mais pragmática. Com Alice tínhamos apenas malícia. Com Alicia precisamos chamar a milícia. O que há num nome? Um bocado, pelo que vimos. Quer ver mais um pouco ou não?

Seus assistentes não vêm, não é?

Positivo. Hoje é cinema. Está pronta?

Sim, estou. Sem dúvida.

Aí, garota! Apague a luz, sim?

Ela esticou o braço e apagou o abajur. Muito bem, exclamou o Kid. Bote para rodar.

Ele chegou a Paris no outono de 1969, vindo de barco de Londres. A última coisa que Chapman lhe disse foi a velha máxima sobre corrida de automóveis: sujeitos velozes, sujeitos ricos e idiotas. Às vezes é possível encontrar os três dentro de um único Nomex.

Onde eu me encaixaria?

Você chegou tarde demais. Os tempos do corredor cavalheiro ficaram para trás. Vi uma porção de caras ricos e burros se tornarem pobres e inteligentes. Tudo nas corridas é uma questão de escolha. Exceto os grandes freios. A única vantagem que você pode ter é que, nas competições de Fórmula, há de fato um substituto para a potência dos motores. Chama-se engenharia.

Ele saiu da Gare du Nord carregando as duas maletas de couro e ficou parado na noite parisiense. Permaneceu ali um bom tempo. Simplesmente organizando a porra dos pensamentos. Por fim, pegou um táxi e deu ao motorista o endereço do Mont Joli, na Rue Fromentin, perto de Pigalle. Como o hotel era muito frequentado por artistas em excursão, todas as manhãs havia malabaristas, hipnotizadores, dançarinos exóticos e cães adestrados no café do vestíbulo. Ele alugou uma garagem no Nono Arrondissement e começou a colecionar ferramentas. O carro chegou num caminhão-cegonha uma semana depois, Armand no dia seguinte. Todos os dias, pegava o ônibus para atravessar os tristes subúrbios, abria a porta e vestia o macacão. Como a Lotus ficava suspensa por macacos, ele e Armand se deslocavam pelo chão de concreto usando esteiras sobre rodas de uso mecânico, ajustando o caster e o camber, alinhando as rodas. Depois recalibravam a injeção e a ignição do pequeno motor berrante. Transportavam o carro até a pista no semirreboque de Armand, revezando-se na direção com os novos ajustes. Levavam o carro de volta para a garagem muitas vezes depois do anoitecer.

Naquelas primeiras noites, ele ficava sozinho, sentado no banco, reconstruindo o motor sobressalente. Chapman já fizera o trabalho nas máquinas e pusera as mangas nos cilindros. Tudo era de alumínio, com grandes espaços livres. Ele apertava os parafusos da biela e media o alongamento com um aparelho. Checava o manual e media de novo. Havia um aquecedor a parafina na oficina, mas sentia frio o tempo todo. Ele e Armand almoçavam num botequim a dois quarteirões da garagem. Os fregueses locais ficavam impressionados ao ver no meio deles dois americanos vestindo macacões manchados de óleo.

Ela saiu da escola e foi para Paris. À noite, ele a levava para jantar no Boutin, na mesma rua do hotel. Miller costumava comer lá na década de 1940. Um maravilhoso prato de vitela com molho cremoso por sete francos. As prostitutas não tiravam os olhos de cima dela. A primeira corrida foi em Spa-Francorchamps, e a Lotus correu como um trem por vinte e sete voltas até parar de estalo quando a bomba de injeção de gasolina falhou.

Ele a levou ao Institut des Hautes Études Scientifiques, acharam um quarto para ela e se despediram. Chapman mandou o outro carro em março. Ele e Armand viajaram por toda a Europa num caminhão--cegonha de terceira mão, dormindo nele mesmo ou em hotéis baratos, comendo bem. Fizeram boas corridas, mas não ganharam uma só vez. No fim da temporada, venderam o carro, e, em novembro daquele ano, ele recebeu uma carta de John Aldrich, convidando-o a dirigir, no ano seguinte, carros de Fórmula 2 para a equipe March. Ele não tinha certeza por quê. Encontrou-a para jantar em Paris, e ela falou febrilmente sobre ideias matemáticas que, para Western, ameaçavam abandonar qualquer tipo de realidade de que ele participava.

———

Quando entraram na sala de operações, Lou estava ao telefone. Ele fez um aceno de cabeça, desligou e olhou para Western. O filho pródigo. Está de volta?

Sim, estou de volta. Tem alguma coisa para mim?

Não.

Por que não posso ir para Houston?

Porque não estava aqui quando organizamos a equipe. Talvez o nosso Red aqui possa explicar.

Tive que ir ver minha avó.

Você já disse isso. E nós tínhamos que ir para Houston.

Quando eles partem?

Já foram, hoje de manhã. A maioria.

Você não tem nada mesmo?

Nada que eu recomendaria.

O que tem que não recomendaria?

Lou empurrou a cadeira para trás e olhou com atenção para Western. Tem uma empresa em Pensacola que está procurando um mergulhador. Não sei nada sobre eles. Talvez nem o paguem.

Qual é o serviço?

Você vai ter que perguntar. Querem alguém para encontrar a equipe deles numa plataforma autoelevatória. Levam você até lá de helicóptero.

Por quanto tempo?

Uma semana. Talvez. Eu levaria uns pares de meias extras.

Como posso chegar a Pensacola?

Isso seria por sua conta. Ninguém vai pagar.

Tudo bem.

Tudo bem? É isso?

É.

Lou sacudiu a cabeça. Copiou o número de telefone no bloco, arrancou a folha e passou para Western. Fique à vontade, disse.

Western olhou o número. Se você achou que era tão duvidoso, por que anotou o número deles?

Adoro este trabalho. Olhe. Tenho certeza de que você sabe que a diretriz da companhia é administrar o negócio tendo em vista a conveniência e a diversão dos empregados. A Taylor só deseja que vocês sejam felizes. Se puderem ganhar uns dólares nas horas vagas, não tem nenhum problema.

Red acenou com a cabeça na direção da folha. Aceita um bom conselho, querido?

Claro.

Faça uma bolinha com esse troço e jogue naquela cesta ali.

A que profundidade eles vão estar trabalhando?

Não sei. Como é uma plataforma autoelevatória, não pode ser muito fundo. Meu palpite é que vão desmontar algumas plataformas.

Desmobilizar definitivamente?

É.

O que você acha, Lou?

Eu só iria se alguém apontasse um revólver para a minha cabeça. Talvez você devesse ouvir o Red. A primeira regra num serviço arriscado é saber com quem você está trabalhando.

Red assentiu. Estou de pleno acordo.

———

O helicóptero desceu em meio às nuvens que cobriam parcialmente a área logo acima da torre de perfuração. A plataforma, com todas as luzes acesas, parecia uma refinaria em contraste com o negrume do mar. Os faróis de aterrissagem do helicóptero iluminaram a letra H no local do pouso, onde também se lia o nome da plataforma. Caliban Beta 11. O piloto aterrissou no convés, desligou o motor e olhou de lado para Western. Certo, disse ele. Você sabe que isso não vai ser moleza, não é?

Tudo bem.

Já esteve num troço desses antes?

Já, uma vez. Por quê?

Porque, se o mar ficar agitado, ninguém vai poder desembarcar aqui.

Você acha que tem alguém vindo para cá?

Eu ficaria surpreso.

Western alcançou o saco de mergulho atrás do assento e desceu. A leve porta de alumínio assoviou ao vento, que gemia na estrutura de metal e nas torres de iluminação, assim como nos grandes guindastes Link-Belt.

Posso levar você de volta se quiser, disse o piloto. Não vai me custar nada.

Obrigado, está tudo certo.

Depois que ele fechou a porta, o piloto se inclinou, passou a tranca, puxou a alavanca do controle coletivo e o helicóptero levantou voo. Western continuou onde estava, as roupas tremulando na esteira do rotor, enquanto observava com os olhos semicerrados o aparelho subir até a altura das luzes da plataforma e depois fazer uma curva na direção da costa da Flórida com os faróis de navegação perdendo o brilho e por fim se apagando no céu escuro.

Pendurou o saco no ombro e caminhou pela passarela de aço na direção da cabine, abrindo a porta também de aço e passando por cima da soleira a fim de chegar à escada. Fechou a porta e a trancou com um giro da roda, curvando-se sobre a mesa para tirar as botas de construção com biqueiras de aço, que deixou no chão. A sala de operações ficava logo à esquerda. Voltou a pendurar o saco no ombro e desceu de meias a escada rumo aos cômodos inferiores.

Tudo lembrava um navio. Os corredores estreitos, as divisórias de aço cinzento. Mas não era um navio, e, exceto pela pulsação grave e contínua do motor primário nas profundezas da plataforma, não se ouvia nenhum som nem se via nenhum movimento.

Encontrou o refeitório e a cozinha, abrindo a geladeira para pegar algumas fatias de carne enlatada e pão de fôrma. Preparou um sanduíche com mostarda e serviu um copo de leite. Deixou o saco sobre a mesa de piquenique de madeira e deu uma olhada nas acomodações. Quartos pequenos com beliches afixadas no chão. Diminutos banheiros com chuveiros de aço e pequenos vasos sanitários de aço inoxidável do tipo usado nas penitenciárias. Foi até a escada com o leite e o sanduíche. Olá!, disse em voz alta.

Não sabia ao certo como voltar à cozinha. Caminhou pelos corredores, subiu e desceu as escadas de aço, finalmente chegou a uma porta que dava para fora. Comera quase todo o sanduíche e bebera o leite. Deixou o copo vazio num canto, terminou o sanduíche e então girou a grande roda de ferro para abrir a tranca da porta.

O vento arrancou a porta de suas mãos e a jogou contra a antepara. Saiu, fechou a porta às suas costas, atravessou a passarela e desceu a escada de aço. Abaixo dele estava o piso da broca. A torre erguia-se na noite ventosa, e, nas luzes superiores, pássaros surgiam em silêncio, imobilizavam-se contra o vento, davam meia-volta e eram imediatamente sugados pelas trevas. Encostou-se na antepara com o casaco inflado pelo vento. Partículas de sal no ar o picavam. Toda a plataforma parecia estar à deriva no mar noturno.

Levantou a gola do casaco e seguiu pelo convés. Olhou através de uma das janelas de vidro grosso aparafusadas à moldura de aço. Já estava com frio, os dentes começando a bater. Continuou ao longo da antepara até encontrar o heliponto, entrou pela mesma porta que havia usado no início, desceu a escada e pegou seu saco na mesa do refeitório.

Seguiu pelo corredor, entrou na cabine mais próxima do refeitório, pôs o saco sobre a pequena mesa e acendeu a lâmpada. Sentou na cama e se recostou na fria parede de metal. Sentiu um ligeiro tremor elétrico. Achou que o ajudaria a cochilar. Aprumou-se, abriu o saco, tirou o casaco de nylon com forro de lã e o estendeu sobre a cama. Levantou-se e voltou à cozinha. Procurou uma garrafa de cerveja na geladeira e no armário, mas não havia bebidas nas plataformas. Apanhou uma lata de damascos e buscou em vão um abridor. Por fim, furou a lata com um cutelo, pegou uma colher e voltou para o quarto, comendo os damascos sentado na cama. Estavam gostosos. Comeu mais alguns, levou a lata de volta para a cozinha e guardou na geladeira. Circulou pelo convés inferior, olhando nas cabines. Parou para escutar. Olá!, gritou mais uma vez.

Voltou para a cama e pegou uma edição de bolso do *Leviatã* de Hobbes, que nunca tinha lido. Apanhou o travesseiro da cama de cima, amaciou os dois travesseiros, deitou-se e começou a ler. Ao fim das primeiras vinte páginas, descansou o livro sobre o peito e fechou os olhos.

Ao acordar, ainda tinha o livro sobre o peito. Ficou escutando. O som da tempestade lá fora abafado pela estrutura. Algo mais. Sentou-se, fechou o livro, girou o corpo para plantar os pés no chão. Duas e vinte da manhã. Encostou a mão no aço frio da antepara. O pulsar profundo nas entranhas da plataforma. Uns dois mil cavalos-vapor. Levantou-se e, de meias, caminhou até a sala de estar. Ligou a televisão. Estática e neve branca. Tentou vários canais e por fim desligou.

Foi até o corredor e abriu a porta que dava para fora. Vendaval. O vento silvando. O mar abaixo era um negro caldeirão, os pássaros haviam desaparecido. Fechou a porta com esforço e a trancou. Voltou para a cozinha, pegou a lata de damascos, seguiu para o quarto, sentou na cama, comeu mais alguns damascos e pousou a lata com a colher na mesinha.

Na primeira vez em que a viu no hospital, ela veio arrastando os pés pelo corredor calçando os chinelos de papel que lhe haviam sido fornecidos. Com um sorriso débil, tomou a mão dele. Ao voltar, no dia seguinte, ele lhe entregou um embrulho, mas ela não quis aceitá-lo.

Por quê?, perguntou.

Sei o que tem dentro.

O quê?

Chinelos.

Verdade.

Gosto desses. Desculpe, Bobby. Foi simpático da sua parte trazê--los. Mas não quero, não desejo ser diferente.

Mas você é diferente.

Não. Não sou. Em todo caso, se quisesse ser quem eu sou, não seria a mesma pessoa usando chinelos especiais.

Melhor mudarmos de assunto.

Ele ficou deitado no beliche com o braço sobre os olhos. Não morrerei por ti, ó mulher com o corpo de um cisne. Fui criado por um homem astucioso. Ah, finas palmas das mãos. Ah, seios brancos. Não morrerei por ti.

Caiu no sono voltado para a fria parede de aço, o rosto coberto com as mãos.

Dormiu, voltou a acordar e ficou escutando. A vibração nas paredes. Achou que o que estava ouvindo agora era a tempestade. Levantou-se, foi até a casa do guindaste e olhou pela janela. Borrifos de água salgada varrendo as passarelas e a superestrutura. Vapor em torno das luzes de sódio. Girou a roda de ferro, empurrou a porta com o ombro e se encostou nela. Lá fora, na noite de chuva torrencial, ouvia-se um gemido contínuo e agudo. Fechou a porta com um puxão e girou a roda. Meu Deus, disse.

Desceu e circulou pelas acomodações da tripulação no terceiro convés. Em certo momento, as luzes piscaram. Ele parou e permaneceu imóvel. Não faça isso, disse.

A iluminação voltou a se estabilizar. Ele deu meia-volta, retornou à cabine, tirou uma lanterna do saco, enfiou no bolso de trás e saiu de novo. Ao voltar, trazia uma tigela de sorvete e, sentado na cama de pernas cruzadas, retomou o livro de Hobbes. Dormiu com as luzes acesas e, ao despertar, já era dia.

Subiu ao convés superior e ficou observando a tempestade. Lençóis de água varriam os conveses. Toda a plataforma tremia, as ondas lambendo as amuradas da ponte, vindas de doze metros abaixo e voltando a cair. Ele regressou à cabine, pegou o material de fazer a barba e a escova de dentes. Mas continuou sentado. Tinha um mau pressentimento, e não se tratava da tempestade. Uma sensação ruim. Tentou lembrar o que o piloto do helicóptero tinha lhe dito. Não era muita coisa.

Passado algum tempo, foi à cozinha, encontrou alguns ovos e preparou o café da manhã, além de uma xícara de chá, sentando-se à mesa para comer. Então parou. Havia uma xícara de café vazia sobre o balcão. Não se lembrava de tê-la visto antes. Será que teria reparado nela? Devia estar lá. Pôs-se de pé e segurou a xícara, mas obviamente estava fria. Sentou-se outra vez e comeu os ovos.

Deixou a xícara, o prato e os talheres na pia e subiu para a sala de estar. Tentou ligar de novo a televisão. Nada. Ajeitou as bolas na mesa de sinuca e jogou uma partida de Bola 8, andando de meias em volta dela. A mesa tinha um canto inclinado e tabelas bastante gastas. Encaçapou todas as bolas, repôs o taco no suporte, desceu e deitou na cama. Levantou-se e fechou a porta. Não havia como trancá-la. Pôs a escova de dentes na bolsa com o material de fazer a barba, pegou uma toalha no saco, foi até o banheiro e tomou uma chuveirada num dos compartimentos de aço. Depois se barbeou e escovou os dentes. Voltou e vestiu uma camisa limpa. Foi até a cozinha, pegou alguns hambúrgueres no freezer e os deixou descongelando sobre o balcão. Subiu até a sala de operações, sentou e ficou contemplando a borrasca. Havia alguém na plataforma com ele.

Desceu e dormiu na cama com a mesinha empurrada contra a porta. Ao acordar, no fim da tarde, a mesa tinha sido afastada uns vinte centímetros. A vibração da plataforma era sentida em todo o chão. Olhou em volta da cabine. O que mais fizera vibrar aquele pedaço de chão? Levantou-se, foi até a cozinha, pegou o cutelo, voltou, sentou na cama e sopesou o objeto nas mãos. Empurrou a mesa de volta contra a porta e tentou ler. Retornou à sala de operações. A tempestade continuava quase inalterada, a escuridão começava a cobrir o golfo vinda do oeste. Muitas luzes externas estavam apagadas. Ficou ali observando o mar distante até ele se tornar negro.

Circulou pelas acomodações dos conveses inferiores com o cutelo na mão. Mais tarde, subiu à cozinha, fritou dois hambúrgueres, preparou sanduíches com mostarda, sentou à mesa e comeu, junto com um copo de leite. A superfície do leite no copo se encrespou em infindáveis ondinhas. Olhou para o cutelo sobre a mesa. Henckels. Solingen. Daria para enfiar aquilo no crânio de alguém? Sem dúvida. Por que não?

Tentou pensar em quem poderia saber que ele estava indo para a Flórida. E se a plataforma afundasse durante a tempestade? Já tinha acontecido. Quem ao menos saberia que ele estava ali? A companhia aérea o levara até Pensacola. Depois disso, nada. O helicóptero? Gulfways? Será que era mesmo isso?

A plataforma não vai afundar durante a tormenta. O que eles querem? O que quem quer? Você entraria num helicóptero com qualquer pessoa? Foi o que ele fez. Mais um dia. Dois, no máximo.

Voltou à cabine com o cutelo na mão, empurrou a mesa contra a porta, deitou na cama e fechou os olhos. Isso é realmente uma idiotice, murmurou.

Era quase meia-noite quando acordou. A cama tremia e ele pensou que esse era o motivo pelo qual havia despertado. A mesa estava quase no centro da cabine. Será que as luzes iam se apagar? Nenhuma razão para isso. Tudo na plataforma tinha um comando independente.

Sentou-se. Estava com frio e imaginou que talvez tivesse sido acordado pelo frio. Se houvesse alguém na plataforma, já teria aparecido àquela altura. Que tipo de mar faria afundar uma plataforma elevatória?

Caminhou pelo corredor, abriu a porta de metal e contemplou a ventania uivante. Voltou a fechar a porta, regressou à cabine e sentou na cama. Longas horas ainda antes do amanhecer.

Eles poderiam simplesmente caminhar pelo corredor com um detector barato de infravermelho. Parar diante da cabine em que houvesse um corpo quente.

Obrigá-lo a ir até o chuveiro? Para minimizar a limpeza posterior? Fazê-lo tirar as roupas?

Ficou sentado à escuta. Observando o fino feixe de luz debaixo da porta.

Ele bateria à porta?

Para quê?

Esperaria que a luz fosse apagada?

Ele poderia trazer comida e água e fazer uma barricada na porta.

Mais dois dias? Quem sabe.

Ele sabia que não ia fazer nada.

———

A tripulação voltou no dia seguinte, no meio da manhã. Descendo a escada só de meias, seguiram direto para a cozinha. Quando os beliches terminaram de ser ocupados, o corredor ficou vazio. Ele subiu até a sala de comando do sistema de elevação, abriu a porta e saiu para o convés. O vento ainda soprava, e as águas escuras ainda batiam forte, mas o pior da borrasca havia passado. Corpos de pássaros marinhos mortos espalhavam-se pelo convés da sonda de perfuração.

Ele almoçou com a tripulação. Um grupo simpático, em nada surpreso de vê-lo ali. Voltou para a cabine e esperou a chegada do bote de mergulho, mas ele não veio. Foi até o escritório do operador da sonda, que nada sabia sobre o desmonte de nenhuma plataforma. Alguém tinha recolhido os pássaros mortos e os jogado ao mar. Observou a plataforma entrando lentamente em ação. O grande bloco amarelo móvel tremeu nos cordames. A sonda já operava no meio da tarde e não parou mais durante a noite, nem iria parar nos dias e noites seguintes. Ele ficou deitado na cama, ouvindo a voz do operador no interfone. A voz do sujeito que examinava a lama para ver se trazia vestígios de gás ou petróleo. Os tripulantes iam e vinham diante da sua porta a caminho da cozinha. Suas vozes eram um bálsamo. Fazer parte de uma equipe. Uma comunidade de homens. Algo praticamente desconhecido por ele ao longo da maior parte da vida. Dormiu e acordou, dormiu e acordou. As vozes soaram a noite toda. Estamos girando a cem rotações por minuto. Dois pontos estão a setecentos.

O ideal é chegar a uns cento e vinte. Se for rápido demais, começa a bambolear e vai desligar ao bater na parede. Estou cagando para o que você faz no buraco.

Então o que podemos botar lá?

Acho que mais ferro.

Está me ouvindo?

Sim.

Três ou quatro. Talvez cinco.

Acho que está chegando a oitenta e dois. Oitenta e dois. Mas continue a perfurar.

Está bem. Ponha uma só.

Quantas seções tem lá?

Trinta. Trinta e uma agora.

Só restam umas cinco seções de tubo de perfuração.

Qual a junta que você está usando?

Noventa e nove.

Noventa e nove. Qual o peso da lama?

Dez e cinco.

Precisa ser certificado.

Dormiu e acordou. Quatro para as quatro. Silêncio do lado de fora. O interfone grasnava baixinho. Temos uma pequena mudança de formação. Estamos detectando um pouco de dolomita. Cerca de quatro zero sete. Mil cento e noventa e sete. É quase calcário. De qualquer modo, não há muita diferença. A cor mudou um pouquinho. Só um pouco mais cristalina que o calcário. Se você pegar um pedaço, pode ver até o meio. Metade dolomita, metade calcário. No começo, pensei que era xisto.

Parece estar perfurando melhor. Peças maiores. Dá para ver as marcas dos dentes onde a broca mordeu. Garanto que está com um bom apetite.

Às cinco, ele se levantou, foi até o refeitório, comeu uma tigela de sorvete e conversou com dois dos operários que estavam lá tomando café. Onde é que anda sua gente?, eles perguntaram.

Vêm amanhã. Assim espero.

Eles assentiram com a cabeça. Mas você é pago pelo tempo que ficar aqui, certo?

Certo.

Bom para você.

Voltou para a cabine e se deitou na doce escuridão. A tempestade havia passado. A pulsação profunda do motor primário fazia com que a tigela se movesse lentamente sobre a mesa. Abaixo deles, a broca girava a mil e seiscentos metros de profundidade nas trevas inimagináveis do interior da terra.

O cara da broca diz que ela pifou.

Vamos dar uma parada, podemos mudar a broca.

Oi, quem é que está registrando a lama?

Estou aqui.

Vamos nos encontrar no piso de perfuração. Onde você está?

Aqui junto ao kelly. Estou indo aí.

Ele continuou deitado com o cobertor grosseiro por cima da cabeça. Notícias de outro mundo.

Formação diferente. Quem sabe xisto. Botei outra vez em zero o marcador de giros. É a formação chamada trípoli.

Qual foi a profundidade da última pesquisa?

Seis mil setecentos e setenta e um. Um grau.

O próximo kelly desce para quanto?

Sete mil quatrocentos e trinta e três.

Mais um ou dois? Ou três?

Três.

Quando acordou de novo era quase de manhã. O interfone estava calado. Então veio a voz do perfurador. Não está perfurando muito bem. Doze a quinze metros por hora? Vamos circular por lá uns quinze minutos. Pare e observe. Garanta que não está vazando nem nada do tipo. Se estiver tudo bem, vamos em frente e pomos o slug nele.

Ele cochilou.

Operador de guindaste? Como está o mar?

Cinco ou seis.

Não tem nada no fundo, disse o sujeito que registrava a lama.

Faz um buraco para mim.

———

Quando entrou no bar, Janice ergueu a vista e, com um movimento circular do dedo, indicou que ele deveria ir até a extremidade do balcão. Ele a seguiu e depositou o saco no chão.

O que foi?

Você não vai ficar feliz.

O que aconteceu?

Alguém entrou no seu quarto.

Onde está Billy Ray?

Não sei. Já procurei em toda a vizinhança.

Western afastou a vista.

Sinto muito, Bobby. Ele talvez ainda apareça.

Você viu quem foi?

Não. Harold notou que a porta estava entreaberta e deu umas batidinhas. Subi e fiquei com a impressão de que alguém tinha remexido as suas coisas. Procuramos por ele em toda parte. Venho andando pelas redondezas todas as noites, chamando Billy Ray, Billy Ray. Sei que as pessoas acham que sou louca. Sinto muito, Bobby.

Bom, vou subir.

São aqueles sujeitos que vieram aqui, não é?

Imagino que sim.

Ela examinou o rosto dele. Western pegou o saco. Realmente não sei. Não sei o que eles querem. Nem sei quem são.

Você vai dar parte à polícia?

Sei lá, Janice. Não sei mesmo.

Vagou pelas ruas batendo com uma colher na tigela de Billy Ray. Como um mendigo errante. Nunca mais o viu.

———

Quando voltou ao bar dois dias mais tarde, dois homens o esperavam sentados numa mesa no canto mais afastado. Vestiam camisas brancas e gravatas pretas, as mangas enroladas até os cotovelos. Pareciam estar bebendo água. Ambos o viram ao mesmo tempo e se entreolharam. Western foi até o bar, pegou uma cerveja com Janice, atravessou o salão até onde os sujeitos estavam sentados, puxou uma cadeira com o pé e pôs a cerveja sobre a mesa. Bom dia, disse.

Eles responderam com acenos de cabeça. Esperaram que Western dissesse alguma coisa, mas ele nada falou. Tomou um gole de cerveja.

Prefere ir para outro lugar?

Por quê?

Só queremos lhe fazer algumas perguntas. Quer ver nossas identidades?

Não. Vocês querem mostrar?

Estamos aqui apenas fazendo nosso trabalho, sr. Western.

Está bem.

Você não sabe quem nós somos.

Não me interessa quem são.

Por quê?

Mocinhos, bandidos. É tudo a mesma coisa.

É?

É.

Acho que devíamos ir a algum outro lugar.

Não vou a lugar nenhum com vocês. Acho que sabem disso.

O senhor é algum tipo de fanático, sr. Western?

Sou. Acho que dá para dizer isso. Realmente acredito que minha pessoa me pertence. Duvido que isso caia bem com gente como vocês.

Nem bem nem mal. Só queremos lhe fazer algumas perguntas sobre o caso em que estamos trabalhando. Gostaríamos de saber se poderia dar uma olhada em algumas fotos.

Western tomou um gole de cerveja. Está bem. Amigos meus?

Tendemos a pensar que não. Mas não sabemos.

E enquanto eu vejo as fotos, vocês vão ficar me observando.

O senhor se importa com isso?

Nenhum problema.

Um dos homens pegou um envelope pardo no bolso do casaco, tirou o elástico que o mantinha fechado, pôs o envelope sobre a mesa e retirou dele um maço de fotografias, que entregou a Western.

Querem que eu as examine?

Por favor.

Western começou a folhear o maço. Eram reproduções. Todas do mesmo material e com o mesmo brilho. Olhou o verso das fotos. Cada qual tinha um número de quatro algarismos no canto superior esquerdo. Repassou-as lentamente. Homens brancos, jovens, a maioria vestindo ternos. Em geral, de aspecto europeu. Alguns usavam chapéus.

Estão em alguma ordem específica?

Não.

A foto seguinte era do seu pai. Pôs de lado. Acho que sabemos quem é este, não?

Sim.

Quantos vocês reconhecem?

Preferimos não dizer.

Nem eu.

Não vai olhar o resto?

Estou só de sacanagem com vocês.

Porque poderíamos intimá-lo judicialmente.

Poderiam, mas não vão fazer isso.

Por que não?

Somos adultos, Walter. Não sei do que se trata tudo isso, mas tenho certeza de que vocês não querem ver nos jornais.

Não me chamo Walter.

Desculpe. Quis dizer Fred.

Também não me chamo Fred. Vamos ver as fotos.

Ele olhou as restantes. Havia outro rosto familiar, cujo nome não sabia. Pôs sobre a mesa. Esse sujeito é familiar. Trabalhava no laboratório. Ainda jovem. Não sei o nome dele. Se é que soube algum dia.

Isso é tudo?

É.

Western juntou num maço as fotos espalhadas sobre a mesa, acertou as pontas, partiu ao meio, embaralhou e devolveu ao sujeito.

O senhor joga cartas, sr. Western?

Já joguei. Não mais.

Por quê?

Encontrei alguns jogadores.

É um bom motivo.

Quem é o cara?

Que cara?

O que está faltando. O 4226.

O sujeito virou as fotos e repassou uma a uma até chegar ao número. O que está faltando, ele disse.

É.

Como se lembrou desse número?

Não costumo me lembrar das coisas.

Não sabemos se ele é alguém.

Está bem, certo. E me diriam se fosse?

Não.

Muito justo.

Tudo bem. Obrigado pelo seu tempo, sr. Western.

De nada. Vou voltar a vê-los?

Provavelmente não.

Sabem quem são todas essas pessoas?

Não estamos autorizados a dizer.

O sujeito arrumou o maço de fotografias, guardou no envelope, passou o elástico por cima, deu uma batidinha com o envelope na mesa e olhou para Western. O senhor acredita em extraterrestres, sr. Western?, perguntou.

Extraterrestres?

É.

Pergunta estranha. Hoje de manhã, não acreditava.

O sujeito sorriu e se pôs de pé ao mesmo tempo que seu companheiro. Que até então não abrira a boca.

Obrigado, sr. Western.

Western assentiu com a cabeça. Vocês são sempre bem-vindos pra caralho.

———

O escritório de Kline ficava no segundo andar, e Western, tendo subido a escada, bateu à porta. O nome em dourado e preto no vidro fosco. Esperou e bateu de novo. Tentou abrir a porta, que estava destrancada, a antessala vazia, porém viu Kline sentado no escritório com paredes de vidro mais ao fundo, falando ao telefone. Ele acenou com a cabeça para Western e fez um gesto para que se aproximasse. Western fechou a porta às suas costas. Havia um papagaio numa gaiola num canto do escritório. Jornais no chão. O papagaio se abaixou para examiná-lo, levantando depois o pé para coçar o alto da cabeça. Kline desligou o telefone e se levantou. Western, ele disse.

Isso mesmo.

Entre.

Ele atravessou o escritório, trocaram um aperto de mãos e Kline indicou uma cadeira. Sente-se. Sente-se.

Western empurrou a cadeira para trás e se sentou. Fez um sinal com a cabeça na direção do pássaro. Ele fala?

Até onde eu sei, agora é surdo-mudo.

Agora?

Herdei do meu avô. Minha família tinha um parque de diversões. Ele fazia um dos atos. Meu avô morreu e o papagaio nunca mais falou. Era como se fosse o relógio dele.

Essa história é verdadeira?

É.

O que é que o papagaio fazia? No parque de diversões?

Andava de bicicleta. Em cima de um arame.

Ele ainda sabe andar de bicicleta?

Não perguntei a ele. Embora supostamente seja uma coisa que a gente nunca esquece.

Ele não pareceu gostar de mim.

Não gosta de ninguém.

Eu deveria perguntar quanto você cobra.

Quarenta paus por hora. Incluindo conversas telefônicas.

Já estamos contando o tempo?

Ainda não. Preciso saber qual é a sua.

Costuma lidar com casos malucos?

Sim. Você é um deles?

Acho que não. O que faz com eles? Os doidos.

Vou empurrando com a barriga e tomo o dinheiro deles.

Você só pode estar brincando.

Estou.

Você disse ao telefone que não trata de divórcios. Do que mais não trata?

Kline inclinou a cadeira um pouco para trás e retornou à posição normal. Vai ser alguma coisa estranha, não é? É para lá que estamos caminhando?

Não sei.

Por que não conta logo? Sendo tão econômico quanto possível.

Tudo bem.

Western começou com o avião e terminou com a plataforma, além dos dois homens em mangas de camisa no Seven Seas. Kline permaneceu sentado, as pontas dos dedos de uma das mãos pressionando as da outra. Ouviu com atenção. Quando Western terminou, houve um momento de silêncio.

É isso, disse Western.

É isso que você faz? Mergulha para recuperar coisas?

Exatamente.

Você é um refugiado do sistema universitário.

Imagino que sim.

Faz análise?

Não. Acha que eu deveria fazer?

É uma pergunta de praxe. Fez mestrado em psicologia?

Física.

O que é um glúon?

A partícula de troca nas interações de quarks.

Certo.

Você sabia a resposta?

Na verdade, não. Só achei que era um nome estranho. Sabe o que eu fazia antes de entrar neste ramo?

Não. Não acho que fosse um policial.

Era cartomante.

Verdade?

Tudo é verdade.

Foi no parque de diversões?

Foi. Era uma empresa de família. Um bando interessante. Imigrantes da Baviera. Steuben. Possivelmente ciganos no Velho Mundo. Não tenho certeza. Fixaram-se no Canadá. Nasci em Montreal. Mais tarde, a garotada às vezes me procurava e dizia que queria entrar para o circo, e eu falava que não. Mandava embora.

Você odiava o trabalho.

Não, adorava. Você está fugindo?

Não sei. Acho que não. Ainda não.

O que é que não está me contando?

Uma porção de coisas. O que quer saber?

O que aconteceu com você.

Alguma coisa aconteceu comigo?

Acho que sim.

E se eu preferir não lhe contar?

Então é melhor que não conte.

Tive uma irmã que morreu.

De quem era muito próximo.

Sim.

Faz quanto tempo?

Dez anos.

Mas você não quer falar sobre isso.

Não.

Tudo bem.

Já está contando o tempo?

Chegando perto.

Você normalmente entrevista seus clientes desse jeito?

A que jeito você se refere?

Sei lá. De um modo tão pessoal?

Talvez não.

Por que eu?

Você é interessante.

Mas há algo em mim que não é acessível.

Kline olhou para o relógio. Talvez devêssemos começar. É surpreendente o que as pessoas contam sobre si mesmas quando estão pagando.

Muito bem. Você realmente lia a sorte das pessoas?

Sim.

Tinha o dom para isso?

Não sei se é um dom. É sobretudo bom senso. Observação. Insight.

O que é que eu não estou lhe contando?

Não sei. O que é que nunca contou a ninguém?

Provavelmente um monte de coisas.

Além daquelas de que pode sentir vergonha.

Ainda assim, um monte.

Acho que há coisas que guardamos para nós mesmos por razões que desconhecemos.

Quando eu tinha treze anos, encontrei um avião caído no bosque.

E nunca contou a ninguém.

Não.

Havia alguém no avião?

Sim, o piloto.

Estava morto?

Estava.

E você estava sozinho?

Sim. Bem, tinha meu cachorro comigo.

Por que não contou a ninguém?

Sei lá. Fiquei assustado.

Nunca tinha visto um homem morto antes?

Não.

Há quanto tempo ele estava morto?

Não sei. Alguns dias. Uma semana. Fazia frio. Inverno. Neve no chão. Ele estava caído por cima dos instrumentos. O avião tinha batido numa árvore.

Havia gente procurando pelo avião?

Havia. Foi numa floresta nacional no leste do Tennessee. Tinha nevado e não era fácil localizá-lo.

Quanto tempo levou até encontrarem?

Talvez uma semana. Acho que foi uma semana depois.

Essa é uma história estranha.

Imagino que sim.

O que mais?

Acho que o mais estranho é que eu conhecia o avião. Sabia o que era.

Conhecia o avião?

Sim. Nunca tinha feito um modelo, mas conhecia aquele tipo de avião.

Você construía modelos de avião?

Construía. Era um aparelho bem exótico. Um Laird-Turner Meteor. Um velho avião de corrida com a cabine fechada.

O que ele estava fazendo numa área tão remota?

A caminho de uma reunião em Tullahoma, Tennessee.

Como é que você chegou a mim?

O quê?

Como achou o meu nome?

Na lista telefônica.

Por que eu?

Por que não?

Simplesmente fechou os olhos e lá estava eu?

Achei que provavelmente fosse judeu.

Sério?

É.

Apesar da grafia.

Sim. Você é judeu?

Sou. Sabe quantos judeus são detetives particulares?

Não.

Eu.

Não pode ser!

Não. Mas fica perto.

Por quê?

Acho que é uma profissão sem charme.

Mas não para você.

Aparentemente, não. Você acha que está correndo perigo?

Não sei. Não sei o que faria se corresse.

O avião submerso. Você voltou para procurá-lo?

Sim. Tenho quase certeza de que a boia foi retirada. Sei lá. Talvez eu não a tenha visto. O mar estava muito agitado.

Acha realmente que havia alguém na plataforma de petróleo?

Achei. Agora não tenho tanta certeza.

O avião de corrida no meio da neve, no bosque. Você também voltou para ver?

Voltei.

No dia seguinte?

Dois dias depois.

Levou o cachorro?

Não.

Por que não?

Porque parecia que ele ficava nervoso.

Acha que ele sabia que havia um homem morto dentro do avião?

Acho que sim.

E como ele poderia saber?

Não faço ideia.

Você levou alguma coisa?

Se peguei alguma coisa?

Do avião.

Sim.

O quê?

Cortei um pedaço de pano da fuselagem. Com o número 22. Um quadrado grande. Como uma bandeira.

Era um avião bem exótico.

Era mesmo. Uma beleza. Muito veloz. Tinha um motor radial Pratt & Whitney de catorze cilindros, mil cavalos-vapor de potência. Era de 1937. Os motores dos carros da Ford naquela época tinham oitenta e cinco cavalos-vapor. Os melhores da linha V-8. Os mais baratos, apenas sessenta. Dava vontade de falar com os caras que tinham projetado aquilo.

O avião?

É. Eram os Leonardos do século xx. Ou marcianos.

Então, o que você pensou quando o viu caído no bosque?

Achei que era coisa mais estranha que já tinha visto.

Devo dizer que encontrar aviões com corpos dentro é uma experiência bastante inusitada. Mas para você parece ser um lugar-comum.

Lugar-comum?

Do ponto de vista estatístico. Milhões de vezes mais do que a experiência do cidadão típico.

Acha que sou supersticioso?

Mergulho submarino profundo, corrida de automóveis. O que é isso? Atração pelo perigo?

Não sei.

O que quer que eu faça por você?

Que me diga o que devo fazer para continuar vivo.

Isso de um cara saído da lista telefônica.

Sim.

Eu diria em princípio que, quanto mais a sério levar essa questão, mais chance tem de continuar vivo.

Tudo bem.

Você anda armado?

Não. Tenho uma arma. Acha que devo andar com ela?

Estatisticamente isso reduz a expectativa de vida, em vez de aumentar. A verdade desagradável é que, se alguém estiver tentando matá-lo, não há muito que você possa fazer para evitar isso. A única coisa realmente segura seria desaparecer. E mesmo assim, não há garantia.

Pensei nisso. Parece uma coisa a fazer em última instância.

E é. A última menos uma.

Sim.

Os ímpios fogem quando ninguém os persegue. Chamam você de Bobby, certo?

Certo.

O que é que você fez?

Eu gostaria de saber. Você tem muitos clientes que temem pela própria vida?

Alguns.

Que tipo de clientes?

Mulheres. Na maioria.

Mulheres com maridos?

Ou namorados.

Já perdeu alguma?

Já. Uma.

O que aconteceu?

Deixaram o cara sair da prisão. Não se deram ao trabalho de avisar ninguém. Duas horas depois, ela estava morta. Sua irmã era bonita.

Era. Como sabe disso?

Porque a beleza tem o poder de causar um sofrimento que vai além das outras tragédias. A perda de uma grande beldade pode pôr uma nação de joelhos. Nenhuma outra coisa é capaz disso.

Helena.

Ou Marilyn.

Bem, não quero falar sobre ela.

Eu sei.

Onde estamos?

Mesmo que você não queira fugir do país, uma nova identidade resolveria alguns dos seus problemas imediatos. Mas você provavelmente teria de se mudar. Como não sabe o que querem de você, fica difícil dizer que tipo de esforço poderiam empregar para encontrá-lo.

Mas, se quiserem encontrar alguém, encontram?

Ah, com certeza.

Acho que a ideia de que o governo dos Estados Unidos assassina seus cidadãos com frequência é parte de uma fantasia paranoica de certos grupos políticos.

Eu concordaria com isso. A menos que você seja um dos escolhidos para ser assassinado.

Meu problema é que não tenho informação suficiente.

Seu problema é não ter nenhuma informação. Eu não iniciaria uma investigação tendo apenas o que você me disse. Seria um investimento sem garantia de chegar a lugar algum. Ninguém pode lhe dizer como lidar com um inimigo que desconhece inteiramente. O melhor conselho que eu poderia lhe dar seria desaparecer. Uma estratégia bastante eficaz contra todos os adversários, nacionais ou estrangeiros.

Sei. Um amigo me disse certa vez: Prefiro uma boa fuga a uma má resistência. Estamos falando sobre uma nova identidade, certo?

Sim. Se quiser que eu arranje isso, posso providenciar sem cobrar honorários. Você teria um passaporte, uma carteira de habilitação e um cartão da previdência social. Cobertura total, como dizem os do ramo. Vai custar mil e oitocentos dólares. Nesse caso, um pouco menos.

Você faz esse tipo de coisa?

Não.

Eu poderia escolher meu nome?

Não. Não poderia. O telefone está prestes a tocar.

O quê?

O telefone vai tocar.

O telefone tocou.

Meu palpite é que isso não passa de um truque barato.

Exato.

Mil e oitocentos.

Sim. É um pouco caro. Mas a melhor opção. Você na verdade pode se tornar outra pessoa por quase nada. E então pode ir embora. Só não deixe que tirem suas impressões digitais em lugar nenhum.

Você não vai querer minhas impressões digitais?

Não.

Kline pôs-se de pé e olhou para fora da janela. O avião de corrida, ele disse.

O que é que tem?

Você sabia de alguma coisa que ninguém mais no mundo sabia.

É, acho que sim.

Kline assentiu com a cabeça. Podia ver o rio por cima dos telhados. Os armazéns, o cais, partes dos navios entre os prédios. Voltou-se e olhou para Western. Qual era o número no estabilizador vertical?

No Laird?

É.

Você é piloto?

Já fui.

Era ns 262 Y.

Essas pessoas acham que você sabe alguma coisa que na verdade não sabe.

É como você está vendo a situação?

Há alguma outra maneira de vê-la?

———

Ele e Red se sentaram a uma pequena mesa nos fundos do bar. Red tomou um gole da cerveja e a pousou sobre a mesa ao lado das chaves.

A mãe dele disse que vai chamar a polícia. Mas, se a polícia o encontrar, é capaz de levá-lo em cana.

Por conta de quê?

Porra, Bobby. Acha que precisam procurar muito?

É, tem razão. Por que você não vai?

Tenho medo do que posso encontrar.

Que ele esteja morto por aí.

Não. Que esteja vivo em algum lugar. Lafayette. Aparentemente ele está vivendo num trailer a uns treze ou quinze quilômetros da cidade.

É tudo que você sabe.

É uma cidade pequena. Alguém lá o conhece.

Tenho certeza de que isso é verdade. Muito bem.

Muito bem? Sério?

É.

Você é foda. A velha disse que quer uma foto dele segurando um jornal como fazem nos filmes, mas eu disse a ela que não tenho uma câmera. E não tenho. Disse que ia dar um jeito de ele assinar um pedaço de papel. Talvez o jornal. Isso serviria, não é?

E se eu descobrir que ele está morto?

Não sei. Não vou telefonar à mulher para dizer que seu queridinho está morto. Não vou mesmo.

Bom. Tire a chave daqui.

Dois dias depois, dirigindo em meio aos pântanos de Lafayette no que era pouco mais que uma trilha aberta por tratores na terra negra — bosques de carvalhos e canais de águas paradas com tocos de cipreste aflorando acima do lodo verde —, ele chegou a uma encruzilhada e ali ficou com o motor em ponto morto. Quando se chega a uma encruzilhada, é preciso decidir. Enveredou pela trilha à direita. Nenhuma razão. Seguiu aos arrancos e derrapagens nos pontos lamacentos da estradinha. Poças de lama negra. Biguás cinzentos empoleirados nas toras acima do pântano. Tartarugas.

Uns três quilômetros adiante, a estrada terminava num terreno desmatado onde se via um trailer adernado na lama. As rodas semienterradas, os pneus apodrecendo. Uma caminhonete. Desligou o motor e continuou sentado ao volante. Então desceu, fechou a porta e perguntou se havia alguém em casa.

Alguns pássaros voaram. Encostou-se no para-lama do caminhão, observando a cena. Uma rede estendida entre duas árvores, com algumas das cordas penduradas no ponto onde haviam se rompido e de onde alguém tinha caído. Uma mangueira de plástico enrolada. Uma banheira de ferro galvanizado. Uma pele de jacaré pregada a uma árvore com os pés projetados para fora. Depois de algum tempo, chamou de novo.

A porta foi aberta com um repelão que a jogou contra a parede do trailer. Um homem barbudo, de olhar tresloucado, apareceu no umbral com as pernas afastadas e um rifle na altura dos quadris. Quem é você?, perguntou com voz gutural.

Meu Deus, disse Western. Não atire!

Western?

Eu mesmo.

De onde você veio?

Fui enviado numa missão de socorro.

Trouxe uísque?

Trouxe.

Vá entrando, seu filho da puta. Melhor que um anjo. Onde está a birita?

Western abriu a porta do caminhão e pegou a garrafa de bebida atrás do banco. Fingiu que ela escapava de suas mãos e a agarrou com força.

Deixa de sacanagem, Western. Entra logo.

Como vai você?

Uma merda. Vamos entrando.

Na sala de estar do trailer, ele se sentou num sofá embolorado com as molas destruídas. O lugar cheirava a coisa podre. Olhou em volta. Meu Deus, disse.

Borman encostou o rifle num canto e se sentou diante dele numa espreguiçadeira quebrada, plantando os pés em cima de um pufe de plástico. Pegou a garrafa, desatarraxou a tampa e a jogou para o outro lado da sala. Tomou um gole, piscou um dos olhos e, esticando bem o braço, passou a garrafa para Western. Uau, ele disse.

Imagino que não tenha copos.

Estão na cozinha.

Western começou a se levantar.

Acho que você não vai querer ir lá.

Voltou a se sentar.

Não é uma coisa boa de se ver. A pia está tão entupida de pratos que a gente tem que ir lá fora para dar uma mijada.

Tudo bem.

Eu costumava deixar os pratos no quintal. Alguma coisa sempre vinha e limpava tudo. Aí alguma outra coisa começou a levar os pratos. Talvez um urso, sei lá.

Western tomou um gole e devolveu a garrafa. Borman bebeu. O líquido marrom borbulhou na garrafa. Quando a baixou, um terço do conteúdo tinha desaparecido, e seus olhos estavam marejados. Enxugou a boca e ofereceu a garrafa. Porra, Western. Já bebi coisa pior que isso. Toma aqui.

Para mim chega.

Vai me deixar beber sozinho como se fosse um bêbado ordinário?

Você é um bêbado ordinário.

O que está fazendo aqui?

Sua família tem telefonado. Red não sabe o que dizer a eles. Por exemplo, se você está vivo ou não.

Mas ele mesmo não quis vir, não é?

Disse que da última vez que o procurou, foi na Califórnia e você o fez tomar um porre e entrar numa briga. Ele acabou preso e, quando finalmente voltou para casa, seis dias depois, tinha dois dentes faltando e estava com gonorreia.

Quando encontrar com o Red, diga que falei que ele é um tremendo maricas.

Vou dar o recado.

Sabe o que ele me disse uma vez?

Não. O que ele disse uma vez?

Que tinha visto um cara na Índia beber um copo de leite com o pau. Acredita nisso?

Meu Deus.

Borman bebeu. Western apontou para a parede. O que é aquilo?, perguntou.

O quê?

Ali na parede. O que é aquilo?

Não sei. Parece vômito seco. Tem certeza de que não quer outro gole?

Não. Obrigado. Este lugar está horroroso.

É o dia de folga da arrumadeira. Espere. Não se mexa.

O quê?

Não se mexa.

Meu Deus, Borman. Abaixe essa porra.

Borman havia posto a garrafa entre as pernas e apanhado uma pistola em algum lugar na espreguiçadeira, apontando a arma para a cabeça de Western.

Meu Deus, Borman.

Não se mexa. A explosão no trailer foi ensurdecedora. Western se jogou no chão. Cobriu a cabeça com as mãos. Os ouvidos zuniam e ele tinha batido com a cabeça na mesa. Pôs a mão para ver se havia sangue.

Seu louco filho da puta. Qual o seu problema?

Peguei você, seu filho da puta. Porra, Western. Levanta.

Você está louco?

Era só chumbinho.

Western se levantou e olhou para a parede às suas costas. As paredes do trailer estavam todas perfuradas por aglomerados de buraquinhos, com manchas marrons aqui e ali entre eles. Olhou então para Borman, que estava baixando o cão de uma Walther P38. Baratas, ele disse. É guerra, Bobby. Eu não faço prisioneiros. Levanta, caralho. Não está ferido.

As merdas dos meus tímpanos estão zumbindo como um tambor.

É mesmo? Acho que me acostumei.

Ninguém se acostuma. Fica surdo.

Eu queria que você tivesse me trazido uma caixa de SR 4756 e algumas espoletas. Tenho aqui um velho Lee Loader em algum lugar. Poderia recarregar esses troços com areia do rio. Fechar com cera. Quando essas filhas da puta descobrirem que estou sem munição, vão tomar conta do lugar. Vai ser um problema.

Quando descobrirem que você está sem munição?

É.

Borman?

Só me resta uma caixa. Do chumbinho.

Borman?

O quê?

Eles vão vir e vão levá-lo. Entende?

Acha que estou ficando louco?

O que mais posso pensar?

Você é um cara inteligente, Western. Acha que não vão vir de qualquer jeito? Não pode ver o futuro? Não é preciso. Já está aqui. Ainda tenho cinco caixas de cartuchos de cento e oitenta grãos para o rifle e talvez umas oito de cartuchos para a espingarda. Há um barril de água de duzentos litros debaixo da casa e mantimentos suficientes para aguentar um bom cerco. Frutas secas. Rações do exército. Umas duas caixas. Tem um alçapão lá. Um barril enterrado no solo. É como uma espécie de esconderijo para caçadores de patos. Pedras empilhadas em volta. Seteiras nas posições mais importantes.

Ele bebeu. Olhou para Western. Um clarão de glória, Bobby. A opção final. É tudo que resta.

Western tinha se levantado do chão e cutucava a orelha com um dedo. Você está doido de pedra.

Borman sorriu. Bebeu. De repente, se inclinou para a frente e voltou a empunhar a pistola. Não se mexa, disse baixinho.

Western mergulhou no sofá com as mãos tapando os ouvidos. Depois de algum tempo, ergueu a vista. Borman tinha desabado na espreguiçadeira, rindo sem fazer nenhum som, sacudindo os ombros.

Você é um filho da puta doente. Sabia?

Ah, cara, disse Borman, chiando.

Posso lhe perguntar uma coisa?

Claro.

Quando foi que você viu alguém aqui pela última vez?

Defina alguém.

Qualquer um. Um ser humano.

Defina ser humano.

Estou falando sério.

Eu também.

Há quanto tempo está aqui?

Não sei. Seis, oito meses.

Sério? Com tudo isso?

Tudo isso o quê?

As armas, o poço e tudo o mais.

Não. Estou só de sacanagem com você, Bobby. Quer dizer, mais ou menos.

Aquela caminhonete é sua?

É.

Parece estar parada há muito tempo.

O pântano não é bom para as máquinas.

Acho que não foi muito bom para você.

Eu estou bem.

É?

Sério.

Borman, acho que você não está entendendo. Está faltando uma tecla. Isso não é estar bem. Muito longe disso.

Borman refletiu, reclinando-se na espreguiçadeira. Olhando para o teto. Para os corpos secos das baratas vitimadas pelos tiros. Tomou outro gole do uísque. Por que não ficamos aqui simplesmente sentados, bebemos um pouco de uísque e relaxamos? Batendo um papo à toa.

Você tem dinheiro?

Borman esticou uma perna para meter a mão no bolso. Um pouco, Bobby. De quanto você precisa?

Porra, Richard. Não preciso de nada. Só queria saber se você tinha algum.

Tenho sim.

Como é que sai para comprar mantimentos?

Tem um coroa que vive a uns quatro quilômetros daqui. Ele tem um carro. Vamos juntos, ele toma um porre daqueles e eu dirijo de volta.

Ofereceu de novo a garrafa, mas Western sacudiu a cabeça.

Porra, Bobby. Tome um gole. Você precisa se soltar um pouco. Vai dar tudo certo.

Western pegou a garrafa, tomou um gole e a devolveu. Tem certeza de que não perdeu completamente o juízo aqui?

Não tenho certeza de nada. Você tem?

Provavelmente não.

Quer saber quando foi a última vez que vi alguém? Eu poderia perguntar qual foi a última vez que você não viu ninguém. A última vez que ficou sozinho. Enquanto escurecia. E depois clareava. Pensou na sua vida. Onde andou e para onde vai. Se há alguma razão para qualquer coisa.

E há?

Acho que, se há uma razão, então isso seria apenas mais uma coisa a se pensar. Minha teoria é que a gente provavelmente inventa razões depois que decide o que vai fazer. Ou não fazer.

Olhou para Western.

Continue, disse Western.

Ah, disse Borman. Jogou alguma coisa invisível para trás do ombro, levantou a garrafa e bebeu. Refletiu. Quando é que você foi a Knoxville pela última vez?

Não faz muito tempo.

Knoxville, Borman disse. Foi Red mesmo quem mandou você aqui?

Foi.

Filho da puta do caralho. Temos uma longa história.

Quer voltar comigo?

Borman examinou o rótulo da garrafa de uísque. Acho que não, respondeu.

Tudo bem.

Vou lhe contar quem veio aqui.

Quem?

Oiler.

Oiler?

Oiler.

Quando?

Um tempo atrás. Fomos à cidade e tomamos um porre.

Oiler morreu, Richard.

Borman ficou imóvel. Curvou-se, pôs a garrafa no chão e olhou pela pequena e suja janela. Puta que pariu, disse.

Sinto muito.

Isso é mesmo uma merda.

Eu sei.

O que aconteceu?

Acidente de mergulho. Lá na Venezuela.

Faz quanto tempo?

Alguns meses.

Borman sacudiu a cabeça. É mesmo uma merda.

Eu sei.

Porra, odeio essa merda.

Esticou o braço e ofereceu a garrafa. Western hesitou, porém Borman deu a impressão de que manteria o braço estendido para sempre. Aceitou, tomou outro gole e devolveu a garrafa. Ele era um filho da puta dos bons, disse Borman.

Verdade.

Borman pressionou os olhos com a palma das mãos. Quantas pessoas você conhece que não são uns babacas?

Sei lá. Umas poucas.

É mesmo? Oiler é o único que me ocorre.

Bom, aqui estamos eu e você.

Borman bebeu, pousou a garrafa num joelho e a segurou pelo pescoço. Porra, Western. Você *nem* chega a ser um babaca.

Não progredi o bastante.

Não.

Sou apenas um bosta ordinário.

Não sei.

Mas não um sacana.

Não.

Nem um escroto.

Borman sorriu. Não. Você não é um escroto.

Talvez algum tipo de merda?

Sei lá. Merda tem que vir acompanhado de alguma outra palavra.

Um doente de merda?

É. Doente de merda. Pobre de merda, imbecil de merda.

Você acha que eu sou um imbecil de merda?

Não sei que tipo de merda você é.

Mas de algum tipo?

Com certeza.

E você é um doente de merda?

Provavelmente.

Qual é a pior coisa que alguém pode ser?

Borman refletiu. Um canalha. Não há escapatória para isso.

Desprezo total.

Total.

Nenhuma desculpa?

Para isso, não.

Você é um filho da puta?

Eu? Sem dúvida.

Cem por cento?

Cem por cento. Folheado a ouro e com garantia.

É por isso que está aqui?

Quer saber se Deus me mandou aqui para apodrecer nos pântanos porque eu era um filho da puta?

Exatamente.

É bem provável.

Você acredita em Deus?

Porra, Bobby. Quem sabe?

Se uma pessoa chama outra simplesmente de merda, isso significa apenas que esqueceu de dizer qual tipo de merda?

Simplesmente já indica um tipo.

Long John é um filho da puta?

Não. Ele é patético demais.

É um doente de merda?

Deixe eu explicar melhor. Se você procurar doente de merda no dicionário, vai encontrar o retrato dele. Puta que pariu, odeio isso que aconteceu com o Oiler.

Quer ir até a cidade? Comer alguma coisa?

Acho que sim. Claro.

Traçou o resto do uísque e, debaixo da espreguiçadeira, pegou um par de sapatos de boliche vermelhos e azuis com o número 9 atrás do calcanhar.

O que é isso?

Sapatos.

É o único par que você tem?

Algum problema?

Não. O que aconteceu com seus sapatos normais?

Botas. Um belo par de botas de caubói. Meu palpite é que estão por aí em algum boliche.

Eu não sabia que você jogava.

E não jogo. Está pronto?

Saíram para o quintal e ficaram olhando para a caminhonete de Borman. Borman não dava a impressão de ter acabado de beber quase uma garrafa inteira de uísque.

A bomba de combustível estava pifando e eu continuei a acionar. Até que finalmente pipocou através do carburador e quebrou metade dos dentes da engrenagem de partida.

Não o volante do motor?

Não, graças a Deus. Tirei o motor de arranque. Está aí pelo chão.

Podíamos levar a caminhonete a uma oficina e dar uma geral. Não ia ser muito caro.

Sei. E o que fazer sobre os pneus?

Western olhou para os pneus. É, disse.

Que se foda, Bobby. Deixa a filha da puta aí. Um dia desses arrumo tudo.

Está pronto?

Sim. Você é capaz de querer me sequestrar.

Vou trazê-lo de volta. Porra, Borman. Pouco me importa se você resolver deitar aí no chão e morrer.

Assim é que fala um cavalheiro. Tudo bem. Vou só trancar a casa.

Trancar?

É.

Está bem.

Borman olhou em volta. Aqui por perto morreu o último pica-pau-bico-de-marfim. Provavelmente há uns trinta anos. Ainda fico escutando, para ver se aparece um deles. Isso lá faz algum sentido? Eles desapareceram para sempre.

Não sabia que você era um observador de pássaros.

Não sou. Observo o sempre.

Sempre é muito tempo.

Não me diga! Tenho sonhos estranhos, cara. Às vezes com animais. Eles vestem túnicas como as dos juízes e tentam decidir o que fazer comigo. No sonho, não sei o que fiz. Só que fiz alguma coisa. Você deve estar certo. Talvez eu precise sair daqui.

Foram até um café na Fourth Street, comeram filés porterhouse com batatas assadas e torta quente de maçã com sorvete de baunilha.

Borman foi ao balcão e voltou com dois charutos, entregando um a Western, que sorriu e sacudiu a cabeça.

Foda-se, disse Borman. Melhor para mim. Qual é a sua? Treinando para ser esteta?

Asceta.

Que seja.

Nunca fumei charuto. Você está pensando no Long John.

É. Misturo os dois o tempo todo.

Arrancou a ponta do charuto com uma mordida e a cuspiu. Acendeu, apagou o fósforo e pôs no cinzeiro. Recostou-se, expelindo a fumaça. Odeio esta cidade de merda.

Vá para outro lugar.

Certo. Podia voltar para a porra de McMinnville.

Vá para outro lugar. O mundo é vasto.

É, mas depois você cai dele. Li em algum lugar que em Júpiter, ou sei lá onde, se você tivesse uma luneta suficientemente potente, poderia olhar por ela e ver a parte de trás da própria cabeça. Isso é verdade?

Não sei. Talvez. A gravidade lá é bastante forte, talvez pudesse retorcer a luz desse jeito. Em teoria, suponho que seja possível. Claro que você não conseguiria segurar a luneta, porque ela ia pesar duzentos e tantos quilos. E não teria como ficar de pé, respirar, nem nada do tipo. Provavelmente, se olhasse para baixo, seus globos oculares pulariam das cavidades e cairiam no chão, se quebrando como ovos.

Você gosta dessa merda, não é?

Western deu de ombros. É interessante. Eu costumava ser bom nisso.

É? Eu era um bom jogador de beisebol. Bem razoável. Cheguei a jogar nas ligas inferiores. Um ano. Entendi que nunca iria para a principal e parei por ali. Sabia que o Oiler tocava clarinete?

Sabia, sim.

Estranho pra caralho.

Acho que não é algo que teríamos esperado dele.

As pessoas são uma porra dum enigma, sabia?

Western tomou um gole do café. Talvez seja a única coisa que eu sei.

Você ainda toca?

Não.

Esperava que ainda tocasse.

Por quê?

Sei lá.

Acha que não é coisa de macho?

Você sabe que não acho isso. Vi você em ação certa noite no Wayside Inn.

Western sorriu. Não me lembro de ter causado muito estrago.

Talvez não. Mas lembro de você fazer o pessoal dançar quando uma porção de caras não conseguia isso.

Ignorância pura.

Seja como for, você é uma porra dum enigma.

Sou?

É.

É o que o Sheddan diz.

Bom. O Sheddan deve saber.

E você não é?

Caralho, Bobby. Eu sou mais divertido que dez de você juntos. Quadradão como você é, nem *entendo* como consegue se dar com metade dos doidões com quem anda. Quer uma cerveja?

Claro.

Você devia fumar esse charuto.

Me dá aqui.

Borman passou-lhe o charuto, erguendo depois a mão para chamar a garçonete.

Não é uma questão de educação. Sheddan teve uma educação muito boa. Aliás, boa pra cacete. Mas há coisas sobre você que não são verdadeiras nem para ele nem para mim. Ou Red.

Por exemplo?

Talvez seja apenas porque as pessoas dizem coisas sobre você que não falam na sua cara.

Coisas ruins?

Não. Apenas coisas sobre você que podem ser verdadeiras. Você acha que é capaz de aprender tudo sobre si mesmo por conta própria?

Não. Não acho isso.

A garçonete trouxe as cervejas. Western pegou os fósforos e acendeu o charuto. Sacudiu o fósforo até apagar. Você acha que não há coisas sobre o Long John que as pessoas dizem pelas costas dele?

Na verdade, não. Acho que, na maioria das vezes, mal podem esperar para contar as novidades para ele.

Então me dê um exemplo.

De quê?

De alguma coisa que alguém tenha dito sobre mim. Não precisa poupar meus sentimentos.

Porra, Bobby. Estou cagando e andando para os seus sentimentos.

Como é que entramos neste assunto?

Não sei.

É porque você acha que não vamos voltar a nos ver?

Não acho isso. Tudo bem. Aqui está uma. Que você sai do chuveiro para dar uma mijada.

Isso é assim tão ruim?

Eu não disse que era ruim.

Quem falou isso?

Fui eu.

Por que não telefona para a sua mãe?

Não tenho telefone.

Tem um telefone público na parede perto do banheiro.

Vou telefonar para ela, Bobby.

Eu gostaria de poder telefonar para a minha.

Sou um fracassado, Bobby, fim de linha. Sempre fui. Talvez eu simplesmente não soubesse disso.

O que você acha que vem por aí?

Borman sacudiu a cabeça.

Então?

Cara, você olhou à sua volta ultimamente? O que acha que vem por aí? O Natal? Nem se pode mais contratar gente para acompanhar um enterro. Daqui a pouco vão bolar um jeito de simplesmente nos dissolverem. Seu cérebro para de funcionar e, vapt-vupt, só sobra um par de sapatos e roupa suja empilhados na calçada.

Você me surpreende. Esta aqui é sua parada final?

Provavelmente. Talvez não. Velho cedo demais e inteligente tarde demais. A gente não sabe de nada até a coisa aparecer na nossa frente. Você me disse uma vez que talvez o fim da estrada não tenha nada a ver com a estrada. Talvez nem saiba que havia uma estrada. Está pronto?

Western tomou o resto da cerveja e pôs o charuto aceso no cinzeiro. Pagou a conta, deixou uma gorjeta e se levantou.

Eles saíram do café e pararam junto ao meio-fio. Vá em frente, disse Borman. Não vou voltar.

Quer que eu busque você mais tarde?

Não. Estou bem. Vou ver minha viúva.

Alguma coisa séria?

Na verdade, não. Ela é o que poderíamos chamar de uma mulher mais velha. Mas uma alma alegre. Sempre pronta para uma daquelas trepadas hardcore de antigamente.

Quantos anos ela tem?

Setenta e três.

Porra, Borman!

Borman sorriu. Estou de sacanagem. Não sei a idade dela. Talvez quarenta. Ruiva. Má como só ela.

Mordeu o charuto e passou os olhos pela rua. Coçou a barba. Agradeço por você ter vindo, Bobby. Diga ao pessoal que ainda estou vivo e ainda louco.

Posso perguntar uma coisa?

Claro.

Imagine que você se meteu numa encrenca e só pode fazer um telefonema. Para quem você ligaria, eu ou o Sheddan?

É, boa pergunta.

Como é que você vai voltar para o trailer?

Ela tem carro.

E depois?

Depois nada.

Como é que vai fazer para comprar comida?

Ela me arranja alguma coisa.

Posso te dar uma grana.

Tem certeza?

Claro.

Tudo bem. Não sou orgulhoso.

Western pegou duzentos dólares e lhe entregou.

Obrigado, Bobby.

O que você vai fazer?

Não sei. Esperar.

Pelo quê?

Não sei.

Quando vai saber?

Quando chegar a hora.

Sabe, não acredito que eu poderia viver como você está vivendo.

Eu sei. Bem, espere até precisar.

Sheddan disse que o viu em New Orleans mais ou menos um ano atrás com um mulherão. É essa mesma?

Não. Aquela era a Jackie.

O que aconteceu com ela?

Chegou a estação quente e tive de deixá-la ir embora. Era um tremendo pé no saco. Quando baixava o santo, parecia um pitbull drogado com pó de anjo.

Então por que você se sentiu atraído?

Era uma mulher interessante. Não atrapalhava em nada o fato de ser a melhor chupadora de pau que já conheci. Mas era interessante. Não dava para saber o que ela ia fazer. Gosto disso numa mulher. Certa noite, me chupou numa cabine telefônica na Bourbon Street. Uma daquelas que são todas de vidro da cintura para cima. Tive de fingir que estava no telefone. As pessoas passando. Então pensei: que se foda. Liguei para o John Sheddan e contei que estava recebendo um boquete numa cabine telefônica.

Você não vai me apresentar?

À minha viúva? Não.

Ela tem mesmo setenta e três anos?

Não. Acho que não tem nem quarenta. Só estou querendo afastar você da caça. Você está me confundindo com o Jerry Merchant. Se elas não vivessem de pensão, ele nem se interessava. Uma vez entrei no quarto que dividia com ele em cima do Napoleon quando ele estava com a avó de alguém na cama. Ela tentou se cobrir com os lençóis, mas ele jogou tudo no chão e ficou lá rindo. Ela parecia uma daquelas pessoas mumificadas que encontram na porra dos pântanos. Cobriu o rosto com as mãos. Como se isso fosse ajudar. Eu não quis nem pensar nele submetendo a velha às indignidades sexuais que ele curte. Evidente que, quanto mais eu tentava não pensar naquilo, mais pensava. Se cuida, Bobby.

Você também.

Ele ficou observando enquanto Borman descia a rua. Caminhando com passos largos nos sapatos de boliche. Sujo, desgrenhado e lépido. Chegando à esquina, Western imaginou que ele daria uma olhada para trás e acenaria, mas ele não fez nada. Entrou na Rue Principale Quest e desapareceu. Western foi até o caminhão e rumou de volta a New Orleans.

VII

Ela tinha dormido com o livro aberto no edredom a seu lado, mas deve ter acordado durante a noite e apagado o abajur. Ao despertar de novo, o dia clareava palidamente na janela, e o Kid lia sentado à escrivaninha. Ela se ergueu e puxou os cabelos para trás. O que você está lendo?, perguntou.

Novas informações. Ajeite seu penhoar, está bem? Meu Deus.

Ela fechou o penhoar.

Que bom que você acordou. Surgiu uma coisa. Captamos um sinal. Faixa quatro. Isso acabou de chegar. História estranha.

O que foi?

O Kid fez um gesto indicando todo o quarto. Ela se voltou para olhar. Sob o teto baixo, dois homens com aqueles chapéus de oleado mais compridos nas costas. No chão, entre eles, um baú com ferragens de latão que era usado nas viagens de navios a vapor.

Quem são eles?

Bem interessante. Não sabemos a quanto tempo remonta. Estava no fundo do porão e só Deus sabe por onde andou. Tudo bem, amigos.

Eles trataram de abrir os pesados fechos de latão. Tudo coberto de azinhavre. O baú estava posicionado na vertical e eles o abriram pelos lados, como um livro. De dentro dele saiu um homenzinho, que se espreguiçou, sacudiu o corpo, levou uma das mãos à nuca e moveu a cabeça lentamente de um lado para outro. Recuou um passo e assumiu uma postura de boxeador, lançando uma rápida série de socos curtos. Depois avançou e parou, a boca soltando estalos como se fosse de madeira. Ou como se mascasse chiclete.

O baú era forrado com um estampado de lã e o próprio ocupante vestia um terno feito do mesmo tecido, com colete e boné combinando com o paletó e a calça. Usava um plastrão amarelo e uma corrente prateada de relógio com uma série de penduricalhos — medalhas religiosas, prêmios escolares, moedinhas prateadas. Um pequeno selo trazia o nome de uma companhia de laticínios. Ela se embrulhou mais no penhoar e se inclinou na cama para vê-lo melhor. Parecia um boneco. Feito de madeira. A boca se abriu e fechou com um estalido, os olhos eram brilhantes e vidrados. Curvou o corpo, mais uma vez ergueu os punhos e depois recuou, com seu sorriso artificial.

Não temos o programa, disse o Kid. Há algumas tomadas nas costas do paletó, um painel de acesso. Não sabemos o que está faltando. Achamos que você gostaria de dar uma olhada. Tem um jeito de coisa feita à mão.

Quer que eu faça o quê?

Não sei. Faça algumas perguntas. Vou ficar sentado aqui tomando notas.

Que tipo de pergunta?

Pergunte o nome dele.

O boneco estava encostado no baú aberto, com um pé cruzado sobre o outro. Tinha um ar atrevido e um tanto perigoso.

Qual é o seu nome?, ela perguntou.

Puddentain. Pergunte de novo e vou dizer a mesma coisa.

Qual é o seu nome?

Puddentain. Pergunte de novo...

Está bem, disse o Kid. Acho que entendemos.

Que coisas são essas penduradas na corrente do seu relógio?

Lenhadores do Mundo. A Imaculada Conceição. Uma chave da irmandade Phi Beta Kappa. Provavelmente adquirida numa loja de penhor.

Ele continua a me olhar fixamente.

Fixamente?

É.

É um boneco.

Eu sei. Tem uma aparência familiar.

Ela desceu da cama e se sentou de pernas cruzadas no chão. Talvez seja uma boa ideia não chegar perto demais, disse o Kid.

Acho que ele não gosta de mim.

E daí? Pensei que você fosse lhe fazer algumas perguntas.

De onde você vem?, ela perguntou.

O boneco inclinou a cabeça. Olhou para o Kid. Quem é essa putinha gostosa?

O Kid sussurrou para ela por trás da barbatana: Pode ser um programa de Conselheiro Particular. Muitas opiniões. Não significa que ele tenha um cérebro.

Vai tomar no cu, disse o boneco.

Ele é muito mal-educado.

Por que não dirige a mim seus comentários, Lourinha?

Quem são os Lenhadores do Mundo?

Quem sabe?, disse o Kid. Alguma coisa a ver com árvores.

É uma irmandade, disse o boneco, seu merda com cara de maluco.

Ele tem parafusos na cabeça. Parece todo aparafusado. Como se tivesse sofrido um acidente.

Provavelmente pertencia a algum menino.

Talvez ele se meta em brigas.

Bingo, disse o boneco. Fez fintas, soltou um uppercut e voltou a mascar chiclete. Estalidos.

Ele parece estar esperando alguma coisa.

Esperando por você, Docinho de Coco.

O boné dele sai?

Não sei. Provavelmente é pregado. Não acho que você deva se aproximar muito.

Não vou.

Pode crer, disse o boneco.

Você viaja bastante?

Claro.

Que tipo de lugares visita?

Claro.

Vai ver deixaram ele cair de cabeça, disse o Kid.

O que mais tem no baú?

Sei lá. Pode ser um conjunto de pilhas. Um transformador. Quem sabe alguma coisa bonitinha como um reator?

O que você faz lá dentro?

O que eu faço? Porra nenhuma. Está pensando que eu faço o quê? Não passa de uma merda usada para viagens. A que horas você larga o trabalho?

Você acha que ele é anatomicamente correto?

Claro, disse o boneco. Bolas de vidoeiro e um pau com mecanismo de relógio.

Ela olhou para o Kid. Não sei o que fazer com ele.

Talvez devêssemos estar gravando esses troços.

Você não sabe nada sobre ele?

Bom, além de não saber quem ele é, de onde veio ou o que quer fazer, o resto é fácil. Há manchas de água no baú que sugerem um desastre no mar. Não sei se nosso Cabeça de Pau sofreu uma imersão durante suas viagens. Pode ter um ou dois circuitos enferrujados. Pergunte a ele qualquer outra coisa.

Faça isso, disse o boneco.

Ele tem um sotaque meio sulista. Qual a sua idade?

Não sei. Os papéis foram perdidos em trânsito.

Fala qualquer outra língua?

Claro. Holandês antigo e latim vulgar. Toco o saltério de doze cordas e a lira patológica, mas também sei peidar em quatro oitavas. E você, Bijuzinho?

Sabe matemática?

Posso contar para a frente sem me repetir e para trás sem começar de novo. Pode me testar quando quiser.

Sabe resolver problemas?

Claro. E você, Belezinha?

Ela se voltou na direção do Kid. O que diz ali no baú?

O que diz o quê?

Tem um rótulo no baú.

Ah, sim. Diz progenia da Western Union.

Progenia?

Propriedade. Propriedade da Western Union.

Os dois sujeitos, vestindo as capas impermeáveis, continuavam à espera. Poças d'água acumuladas em volta das botas de marinheiro.

Onde foi que você arranjou esse terno?, ela perguntou.

É o meu terno. Que negócio é esse de saber onde eu arranjei? Já vem comigo.

É isso, disse o Kid. Fechou o caderno de anotações. Foda-se. Não se pode ganhar todas. Levem embora essa porra.

Eles avançaram, inclinaram o baú e um deles pegou o boneco.

Crandall?, ela perguntou.

Eles pararam. Olharam para ela e para o Kid.

Levem essa porra embora.

Crandall, é você?

O que é que está acontecendo com essa mulher?

Crandall, sou eu. A Alice. Cresci muito.

E Bob é a porra do seu tio. Me tira daqui. Meu Deus.

Desculpe, Crandall. Eu só tinha seis anos. Por favor, não vá embora.

Os estivadores aguardaram. Olharam para o Kid.

Minha avó costurou esse terno. Com as sobras das velhas cortinas do banheiro do andar de cima. Fez até o boné.

Será que alguém pode me explicar por favor o que essa babaquinha está falando?

Por favor, não vá embora.

Viajar os sete mares para isso? Meu Deus.

Chega, disse o Kid. Puta que pariu. Vamos seguir o programa. Não falei isso? Seguir o programa à risca? É tão difícil assim? Foda-se. Levem essa porra embora.

Ele encontrou o amigo alto em um de seus bares prediletos, recostado na cadeira e com os pés cruzados em outra bem distante. O chapéu caído sobre um dos olhos. Um Macanudo Prince Philip entre os dentes. Mal ergueu a vista. Sente-se, ele disse. E nada de papo furado. Estou de péssimo humor.

De novo?

Suponho que você esteja percebendo uma tendência. Não responda a isso.

Belas botas.

John as examinou. As aparências enganam. Apertadas, para falar a verdade. Feitas à mão pela Scarpine and Sons de Fort Worth. Eles têm meu molde no arquivo. O que você vai beber?

Nada, obrigado.

Um café?

Não.

Como queira.

Tudo bem. Onde está hospedado?

Você pode me encontrar no Burke and Hare. Hospedagem para cavalheiros pobres.

Vi um velho amigo seu há uns dois dias. Ele perguntou por você.

Sheddan tirou o charuto da boca e o examinou. Não pode ser muito velho, porque senão já estaria entre os falecidos.

Borman.

Pensei que ele estava mesmo entre os falecidos. Ainda está com Dame Jaquelyn?

Não. Deixou-a por uma outra, a quem chama de viúva.

Bem, tem a quem substituir. Dos sapatos às calcinhas. Na última vez em que vi Lady Jaquelyn, ela tinha deixado de lado as roupas e usava lonas. Toldos. Tudo isso me traz à mente imagens que é melhor não recordar. Os seios monumentais balançando pela rua como um saco de gatos sendo levados para o rio. Nem queira pensar nisso. Sacudindo para todos os lados naquela roupa de baixo igual a uma tenda. Como um ator tentando achar de volta o caminho do palco em meio às cortinas. Fungadas. Gritos de descoberta. A ousadia da coisa era de tirar o fôlego. Sente-se, Squire, pelo amor de Deus.

Western sentou-se. E qual o motivo dessa triste meditação?

Tulsa foi embora.

Sinto muito.

Deu no pé. Bateu asas e voou. É difícil mantê-las entretidas, Squire. Não param de subir as apostas. Você pensa que fez um trabalho decente de homem ao fodê-las, mas isso é só o começo. Meu Deus, as encrencas em que um homem se mete. Ao chegar a certa idade, você imagina que é capaz de superar essas coisas, e aí vê que não consegue. O que estamos buscando? Não é a graça nem a salvação, e é ridículo demais pensar que é o amor. Os antigos diziam que há verdade na uva. Deus sabe que procurei. Suponho que, quando um homem está enjoado de boceta, é porque está enjoado da vida, mas acho que essas putas enfim acabaram comigo. Mas como somos trouxas, meu Deus! Por causa de algo que deveria ser entregue com o leite da manhã. Como diria Crowley. Meu Deus. Por que estou perguntando a você?

Não sei.

Sheddan deu uma baforada no charuto. Sacudiu a cabeça. Uma mulher que nem era tão sensual. Bonita, mas de um jeito estranho. Incisivos como os de um felino do Jurássico. Um homem não deveria ignorar esse tipo de sinal.

Pleistoceno.

O quê?

Felinos do Pleistoceno.

Sim, está bem. Encontre alguma coisa que seja uma aliteração.

Segurou a base do copo e o fez girar lentamente. Os cubos de gelo apontaram para o norte. Quanto mais doces, Squire, mais letais. Ah, de vez em quando se encontra alguma que mostra quem é. De certo modo, é revigorante. Uma sacana declarada, e então tudo certo, não se pedem favores. Colhões ressecados amarrados numa corda presa à cabeceira da cama. Mas essas outras... De sorriso tímido, olhos baixos. Meu Deus, livre-me delas!

O que foi feito de nosso cavaleiro, John? Esse é um retrato sombrio.

Eu já lhe disse. Não estou de bom humor. Mas, no fundo do coração, sei que há mais sabedoria na tristeza que na alegria. Talvez você possa entender por que me ressinto de ser chamado de cínico.

Me explique.

Não vem ao caso. Qual o adjetivo mais comumente associado a cinismo?

Sei lá. Vulgar?

Não. Nem sequer se trata de cinismo, e certamente não tem porra nenhuma de vulgar. Bom, que se foda. Seja como for, é possível se queixar amargamente do sexo frágil e ainda manter uma relutante admiração por ele. Eu diria mesmo que quem nunca contemplou a ideia de matar uma mulher provavelmente nunca amou. O que você vai fazer pelo resto da noite?

Não sei. Por quê?

Pensei que poderíamos desmembrar uma porção de crustáceos. Acompanhados de um Montrachet gelado.

Enquanto debatemos as verdades.

É.

Acho que vou passar.

Tenho uns cartões novos para cobrir a despesa.

É gentil da sua parte. Mas estou cansado e você está aborrecido.

Como queira, Squire. Mas uma boa refeição pode fazer milagres pelo estado de espírito de um homem.

Fico surpreso com a sua liberdade de movimentos. Você não é obrigado a se apresentar ao agente da condicional de vez em quando?

Estou trabalhando nisso.

A Judy está ajudando?

Não. Tive que deixá-la ir embora.

Teve que deixá-la ir embora?

É.

Você a despediu?

Sim.

Mas ela estava trabalhando para você pro bono.

Meu Deus, Squire. E isso deveria servir como garantia contra dispensa? Tive que assumir a porra toda.

O quê? Vai fazer sua própria defesa?

Acho que dá para dizer assim. Estou comprando o juiz. O interessante é que estão me deixando pagar em prestações. Cortesia do intermediário, é claro: o meritíssimo recebe o dele na bucha. Gosto da simplicidade da coisa. Nunca entendi por que não se pode comprar a justiça, inclusive com um financiamento razoável. O que ela tem de tão especial?

Agora você está sendo cínico.

Nem um pouco.

Você me acha ingênuo.

Não acho que você seja ingênuo. Você é ingênuo. E isso não tem nada a ver com a minha compreensão das coisas. Por que não toma um café?

Aceito.

Sheddan pediu o café e mais um gim-tônica. O garçom fez um gesto positivo com a cabeça e se afastou.

Você acha que ela se mandou para sempre?

Tulsa?

É.

Provavelmente é melhor para mim. Quién sabe. Certa vez propus casamento a uma mulher. Num restaurante.

E?

Ela pegou a bolsa e foi embora.

Nada mais?

Nada mais.

É uma história estranha.

Foi o que pensei. Uma noite dessas desestrutura a gente.

Desestrutura?

É.

Você estava falando sério?

Sobre a proposta de casamento?

É.

Claro.

Há quanto tempo conhecia a mulher?

Sei lá. Dois, três dias.

Você está de sacanagem.

Não sei, Squire. Talvez um ano.

Achou que ela ia dizer sim?

Achei. Idiota.

Eu a conheço?

Não. Isso foi na Califórnia. Você estava na Europa.

Suponho que tenha visto nela de repente uma sabedoria da qual não suspeitava.

Isso é cruel, Squire. Mas tem uma ponta de verdade. Percebi que, embora me achasse divertido, ela tinha outros planos para a vida.

E você sabe o que aconteceu com ela?

Sim. É cirurgiã cardíaca no Johns Hopkins.

Sério?

Cem por cento.

Interessante.

O garçom chegou com as bebidas. À sua saúde, disse John.

E à sua.

Não atravessamos os dias, Squire. Eles nos atravessam. Até a última impiedosa volta da engrenagem.

Não tenho certeza de que percebo a diferença.

Estou querendo dizer que a passagem do tempo significa irrevogavelmente a sua própria passagem. E depois nada. Imagino que deveria ser um consolo compreender que ninguém pode ficar morto para sempre quando não há um sempre em que se possa continuar morto. Bom, estou vendo seu olhar. Sei que você me vê afundado num pântano cognitivo, e estou certo de que caracterizaria como o suprassumo do solipsismo a ideia de que o mundo termina com você. Mas não tenho outra maneira de enxergar as coisas.

É só que não tenho certeza de como isso iria alterar o que quer que fosse.

Eu sei. Mas posso ouvir os dados depois de lançados como qualquer um.

Em última instância, não há nada a saber e ninguém que saiba.

Em última instância, é isso mesmo.

Você está se afastando de nós, John?

Sheddan sorriu. Bebericou. Acho que não. Mesmo que todas as notícias do mundo fossem uma mentira, não se seguiria que há uma verdade contrafactual a ser ocultada com uma mentira.

Acho que concordo. Mesmo tendo um toque de indolência. Os gregos, suponho.

Deve ser. Claro que, possivelmente, de origens mais humildes.

Como Mossy Creek.

É. Você já pensou em como seria se encontrasse hoje, pela primeira vez, uma pessoa que já conhece há muito tempo? Conhecê-la de novo?

Você acha que elas seriam muito diferentes se não conhecesse a história delas?

Acho.

E qual seria a diferença de quando as conheceu pela primeira vez?

Não é essa a questão. Estamos falando de como são hoje. Só que com um passado desconhecido por nós.

Não entendo.

Deixa para lá. Que tal outro café?

Preciso ir.

Vá então com minha bênção, viejo. O mundo é um lugar esquisito. Estive em Knoxville há pouco tempo e um bêbado foi atropelado por um ônibus. Estava deitado na calçada, para onde tinha sido levado, as pessoas em volta dele. Na Gay Street, em frente à loja da S & W. Alguém tinha ido telefonar. Aí me abaixei e perguntei se ele estava bem. É claro que não estava, tinha acabado de ser atropelado por um ônibus. Ele abriu os olhos, me encarou e disse: Meu tempo terminou. Meu Deus. Será que meu tempo terminou? A ambulância o levou e vasculhei os jornais por vários dias sem encontrar nenhuma notícia sobre o incidente.

Talvez ele tenha sido mandado para lhe trazer uma mensagem.

Talvez. A vida é breve. Carpe diem.

Ou talvez você deva simplesmente ficar de olho nos ônibus.

Sheddan tomou um gole da bebida e pôs o copo sobre a mesa. Ônibus, ele disse.

Tenho que ir.

Os amigos estão sempre lhe dizendo para tomar cuidado. Ficar de olho. Mas pode ser que quanto mais você faça isso, mais exposto se torne. Talvez o melhor a fazer seja apenas se entregar a seu anjo. Posso até começar a rezar, Squire. Não tenho certeza para quem. Mas é possível que alivie um bom peso dos ombros. O que você acha?

Acho que deve seguir seu coração.

Tomou o resto do café e se levantou. Os lampiões haviam sido acesos na Bourbon Street. Chovera mais cedo e a lua brilhava na rua molhada como uma tampa de bueiro de platina. Se cuida, John.

Você também, Squire. Ou acabei de fazer uma recomendação contra isso?

———

Não conseguiu dormir. Acostumara-se a caminhar pelo Quarter a qualquer hora, naquele que seria o último ano em que tal coisa seria possível antes que os assaltantes tomassem o controle das ruas. Não sabia o que fazer com as cartas da irmã. Não procurou Kline para tratar da permissão do porte de arma. Duvidava que isso ajudaria em alguma coisa. Lou deixou mensagens no bar, mas ele não voltou a trabalhar. Janice observava suas idas e vindas. Red estava na Argentina. Río Gallegos. Onde os ventos sopravam os móveis de varanda e gatos mortos por cima dos fios de iluminação.

Viu Valovski no bar uma ou duas vezes. Certa manhã, nos limites do Quarter, viu alguém que julgava conhecer.

Webb, ele disse. É você mesmo?

Webb voltou-se e o encarou.

Sou Bobby Western.

Porra, Bobby. Sei quem você é. Como vai?

Tudo bem.

O que anda fazendo?

Não muito. E você?

O mesmo.

Ainda trabalha com caminhões?

Não. Larguei há mais ou menos um ano. Fodi o pé. Pisei de mau jeito ao descer o meio-fio e acabei torcendo ou coisa assim. Não endireitou desde então. Acabei pedindo as contas. Estava atrasando todo mundo. Era a coisa justa a fazer. Recebo algum dinheiro da cidade.

Eram bons empregos.

Como sempre dissemos. Cem dólares por semana e toda a comida que quiséssemos.

Western pediu um café e o balconista foi pegar.

Tem um cigarro aí, Bobby?

Não. Não fumo.

Faz bem.

Deixe eu lhe comprar um maço.

Porra, Bobby. Está tudo bem.

O que você fuma?

Camel. Sem filtro.

Western foi até a máquina de cigarros na extremidade do balcão, depositou três moedas de vinte e cinco centavos e puxou a alavanca. O maço escorregou para dentro da bandeja junto com o troco. Ele pegou um jornal, voltou e pôs os cigarros sobre o balcão. Webb assentiu com a cabeça e apanhou o maço. Obrigado, Bobby. Bem legal da sua parte.

De nada.

Tentei largar esses troços. Não sei se é possível. Você nunca fumou?

Nunca.

Parei de beber. Assim de estalo. Mas acho que põem heroína nesses troços.

A bebida era um problema?

Não sei. Acho que era. Eu acordava em lugares estranhos. Certa vez, acordei no carro estacionado de alguém e pensei: bem, e se você acordar morto? Isso mexeu comigo. Quer dizer, você acha que se tomar um porre e bater as botas vai ficar sóbrio antes de encontrar Jesus?

Boa pergunta. Não sei.

Pensei nisso. Aparecer diante dele bêbado. O que ele diria? Porra, o que você diria?

Acho que a alma não fica de porre.

Webb refletiu. Bem, ele disse, talvez a sua não fique.

Acendeu o cigarro e apagou o fósforo soprando a fumaça. Western abriu o jornal e passou os olhos por ele. Encarou Webb. Você alguma vez teve a sensação de estar sendo perseguido por alguém?

Webb deixou cair o fósforo no cinzeiro. Ainda queimava lentamente. Não sei, ele disse. Fui casado uma época. Isso conta?

Acho que não.

Por quê? Acha que tem alguém atrás de você?

Não sei. Só fico me perguntando se talvez um monte de gente não sinta a mesma coisa.

Sem nenhuma razão?

É.

Webb deu algumas tragadas. Como a maioria das pessoas, gostava de ser consultado. Tive um tio que era um figurão. Capaz de roubar um forno ainda quente. Nem falava com você se o assunto não fosse furto. Seja como for, estavam o tempo todo atrás dele, mas ele não parecia se incomodar muito.

Chegou a ser preso?

Claro. Também não parecia chateado com isso. Eu já fui em cana uma vez. Bebedeira e perturbação da ordem. E vou lhe contar, Bobby, não quero repetir a dose.

O que aconteceu com o seu tio?

O açúcar acabou com ele. Perdeu uma perna por causa disso. Terminou como segurança em Houston, no Texas. Estava no emprego havia umas três semanas quando uns mexicanos entraram pela claraboia e lhe deram um tiro entre os olhos. Não sei o que isso significa.

A vida é estranha.

Nem me diga. Mas eu ia dizer que ela é mais estranha para uns que para outros.

Talvez a moral da história seja que aqui se faz, aqui se paga.

Ah, isso é verdade. Sem dúvida.

Mas ainda acho que algumas pessoas acabam pagando mais do que devem.

Está falando por experiência própria, Bobby?

Sei lá. Mas gostaria de saber quem toma conta dos livros de contabilidade.

É mesmo.

Western terminou o café. Bom ver você, Webb. Se cuida.

Você também, Bobby.

Foi para a rua. Queria ter lhe dado algum dinheiro, mas não sabia como.

Na sexta-feira, foi ao banco, preencheu um cheque de duzentos dólares no balcão de mármore e o apresentou no caixa. O funcionário pôs o cheque na fenda da máquina e digitou os números. Ficou à espera por um minuto. Depois olhou para Western.

Sinto muito, disse. Essa conta está bloqueada por uma penhora.

Penhora?

É.

Que tipo de penhora?

Foi imposta pela Receita Federal.

Desde quando?

Ele voltou a olhar para a máquina. Desde 3 de março. Sinto muito.

Empurrou de volta o cheque. Western olhou os números.

Não posso retirar nenhuma quantia?

Infelizmente, não. Sinto muito.

Dirigiu-se à rua. Chegando à porta, parou. Voltou.

Assinou o nome no registro e desceu para o cofre-forte na companhia do segurança. O funcionário pegou as chaves de Western, mas, quando chegaram diante do seu número, havia uma fita cobrindo, com algo escrito e alguns números. Ele se virou para Western. Sinto muito, disse. O conteúdo da sua caixa foi apreendido pela Receita.

Com que frequência isso acontece?

Não muita.

Não precisam de uma autorização judicial?

Creio que não, senhor.

Precisam de alguma coisa?

Acho que não. Se quiser falar com um gerente do banco…

Está bem.

Subiu a St. Philip Street até o bar, se sentou e bebeu uma Coca. O bar estava quase vazio. Rosie o observava.

Gosto de ver quando você está pensando, ela disse.

Western sorriu e sacudiu a cabeça. Acho difícil de acreditar.

Ela arrumou alguns copos nas prateleiras atrás do balcão. Não deixe esses filhos da mãe destruírem você.

Eu talvez tenha de me mudar para Cosby.

Bem. Eles não irão a Cosby.

Não. Não mesmo. Pode ter certeza.

Nem o FBI vai a Cosby.

A Interpol não iria a Cosby, no Tennessee. O NKVD também não.

Talvez você deva ter isso em mente.

Ele sorriu, empurrou para trás o tamborete do bar, ergueu uma das mãos e saiu. Desceu a Decatur e pegou um táxi. Tinha tido um pensamento ainda mais sinistro sentado no bar.

Caminhando pela travessa, já podia ver o grande e luzidio cadeado no depósito. Chuck vinha saindo do escritório, palitando os dentes. Entre, ele disse.

Sentou-se à mesa e olhou para Western. Tentei ligar para você. O aparelho estava desligado.

É. Eu me mudei.

Não pude fazer nada.

Eu sei. A que horas você fecha os portões?

Chuck tamborilou na mesa. Você leu o que está escrito lá?, perguntou.

Não.

Talvez devesse. Apreendido pelo governo dos Estados Unidos.

Tudo bem. Digamos que li.

Esse carro é propriedade do governo dos Estados Unidos, Bobby. Se você tentar se apropriar dele, vai em cana. Foi por isso que deixaram aqui. Não sei qual é o problema deles com você, mas já lidei com essa gente antes. Estão se lixando para o carro. O que eles querem é você. Acho bom pensar nisso.

Western olhou para fora. Chuck inclinou a cadeira ligeiramente para trás. Depois retornou à posição inicial. Quanto você deve a eles?

Não devo nada.

Bem. Não custa repetir. Já tive de lidar com esses filhos da puta. Se for apenas inadimplência ou ausência de declaração, eles não podem fazer grande coisa. Mas, se cometer algum crime, aí fodem a sua vida. Vai direto para a prisão.

Não tenho dúvida.

Quanto vale o carro?

Sei lá. Quinze mil dólares.

Deixe para lá, Bobby. Não é mais um carro. É um grande pedaço de queijo. Por que acha que ainda não levaram? Vá embora e deixe isso aqui.

Ir embora e deixar aqui?

Um dia você vai me agradecer. Se eles tivessem outra maneira de foder a sua vida, a essa altura já teriam feito isso.

Western ficou parado no umbral da porta, olhando para a fileira de prédios onde seu carro estava trancado. E se eu arranjar um advogado?

Você pode fazer isso, se quiser. Ainda assim, não vai ter seu carro de volta.

Então estou fodido?

Está.

Western assentiu.

Não são pessoas com quem você queira conversar, Bobby.

Sei. Bom, agora é um pouco tarde.

Se você entrar na mira deles, nunca mais vai sair.

Nunca?

Nunca.

E eu estou na mira deles?

O que você acha?

Certo.

Se cuida, Bobby.

Voltando ao bar, ele subiu ao quarto e se sentou na cama estreita, olhando fixamente para o chão. Refletiu acerca da própria estupidez. Tinha uns oito mil dólares no banco e agora trinta no bolso. Quando é que você vai levar isso a sério? Quando vai tomar providências para se salvar?

No dia seguinte, tomou um banho de chuveiro, saiu, tomou o café da manhã e foi a pé até o centro da cidade. A Receita Federal ficava no prédio dos correios. Subiu a escada e aguardou diante da recepcionista até que ela erguesse a vista e perguntasse o que desejava. Ele disse à mulher que sua conta bancária havia sido bloqueada e que gostaria de falar com alguém sobre o assunto.

Qual é o seu nome?

Robert Western.

Ela se levantou e foi até outra sala. Voltou após alguns minutos. Sente-se, disse. Alguém vai recebê-lo em breve.

Esperou quase uma hora. Por fim, foi mandado a um escritório nos fundos. Salinha com vista para o estacionamento. O agente vestia um terno de verão marrom. Sente-se.

Estudava a pasta de Western sem olhar para ele. Nosso problema com o senhor, disse, é que parece estar desempregado há vários anos.

Trabalho como mergulhador de salvamento. Antes disso, trabalhei na prefeitura.

E antes?

Estava na universidade. Isso é um problema?

Não. O problema é deixar de declarar sua renda à Receita.

Eu não tinha nenhuma renda.

O senhor compreende que, se prestar informações falsas a um agente federal, ainda que verbalmente, pode ser acusado de um crime?

E daí?

Daí que isso nos leva à segunda pergunta. Durante esse período, o senhor parece ter viajado bastante, passando o tempo dirigindo carros de corrida caríssimos e se hospedando em bons hotéis.

Não eram tão bons assim.

O agente estava olhando pela janela para o pátio de estacionamento. Voltou-se e encarou Western. Então, como financiou tudo isso?

Minha avó me deixou algum dinheiro. Não o suficiente para que eu tivesse de pagar o imposto sobre herança.

Tem documentos que comprovam isso?

Não.

Não? Como a herança foi paga?

Em dinheiro vivo.

Dinheiro vivo?

É.

O agente se recostou e examinou Western. Bem, ele disse, o senhor tem um problema, não é?

Não caberia a vocês comprovar que eu recebi o dinheiro?

Não. Não caberia.

Não?

Não.

Como posso desbloquear minha conta bancária? E ter acesso a meu carro?

Isso não será possível. O senhor está sob investigação por fraude fiscal. Como parece se movimentar livremente em círculos internacionais, também tomamos a precaução de revogar seu passaporte.

Revogaram meu passaporte?

Sim.

Eu trabalho no exterior. Preciso do meu passaporte para trabalhar.

Precisa do seu passaporte para fugir.

Western recostou-se na cadeira e estudou o agente. Quem o senhor pensa que eu sou?

Sabemos quem é, sr. Western. O que não sabemos é qual é a sua jogada. Mas vamos descobrir. Sempre descobrimos.

Western olhou para a placa com o nome do agente na mesa.

O seu nome é Robert Simpson?

Sim.

Suponho que não o chamem de Bob.

Me chamam de Robert.

Meus amigos me chamam de Bobby.

O agente assentiu com um leve movimento da cabeça. Ficaram imóveis. Depois de algum tempo, o agente disse: Não sou seu amigo, sr. Western.

Eu sei. É meu empregado.

O agente pareceu quase achar graça.

O senhor não sabe nada sobre mim.

É mesmo?, perguntou o agente. Esticou o braço, mudando ligeiramente a posição da pasta na mesa, e cruzou as mãos no colo. Acho que o senhor ficaria surpreso.

Western examinou-o. Não estou sob investigação por fraude fiscal.

Não?

Não.

Acha que está sendo investigado por quê?

Não sei.

Western levantou-se. Não tenho certeza de que o senhor também saiba. Obrigado pelo seu tempo.

Caminhou de volta pelo Quarter. Foi até o final da Toulouse Street e ficou olhando para o rio. Uma brisa fresca. Cheiro de petróleo. Sentou-se num banco com as mãos cruzadas e não pensou em nada. Alguém o observava. Como a gente sabe? Pode sentir. Qual a sensação? Como se alguém o estivesse observando. Voltou a cabeça. Era uma moça, sentada num banco do outro lado da aleia. Ela sorriu. Depois afastou o olhar. Sacudindo os cabelos. O rosto de frente para o vento que vinha do rio. O que elas pensam ver? Costas retas. Pés juntos. Era loura, bonita. Jovem. Se alguém lhe dissesse para jogar a vida fora por uma mulher, o que você diria? Jogue.

Apesar de toda a sua dedicação, havia momentos em que pensava que o doce e afiado gume de seu sofrimento estava se tornando menos cortante. Cada recordação consistia na recordação de uma anterior, até que... Até o quê? Hospedeiro e tristeza se desgastando sem distinção até que o miserável coagulante é por fim jogado ao chão e a chuva prepara as pedras para novas tragédias.

Quando ele voltou ao Stella Maris na primavera após a morte dela, as pessoas o olharam com curiosidade. Não sabiam bem como entender sua presença. Talvez houvesse voltado para se internar. No formulário de registro, precisava declarar o nome do paciente que viera visitar. Olhou para a enfermeira.

A Helen ainda está aqui?

Helen Vanderwall?

Acho que sim. Uma mulher mais velha.

É ela que veio visitar?

É.

Curvou-se e escreveu seu nome no livro. Uma mulher veio e o levou pelo corredor.

Ela estava sentada numa cadeira junto à janela, vestindo uma bata florida. Sorriu para ele, que se apresentou sem que o sorriso se alterasse. Ela estendeu o braço e lhe tomou a mão, não a largando mais. Ele puxou a outra cadeira e se sentou. Eu soube logo quem era você, ela disse. Desde que o vi na porta. Ela tem estado muito nos meus pensamentos. Muitas vezes fico aqui sentada tentando imaginar de que jeito poderia tê-la tocado. Não sabia o que queria que ela fizesse. Mas aqui está você.

Como ela sabia? Para me mandar.

Não sei. Sempre pensei que devia haver algo que lhe dizia coisas, mas nunca perguntei. Achava que não era algo que eu devesse perguntar. Mas não fez nenhuma diferença. Você sempre soube que podia confiar nela.

Foram até o refeitório, onde tomaram café com torta. Sentaram-se a uma mesa junto à janela. Do lado de fora, algumas pessoas caminhavam pelo terreno. Os primeiros dias quentes. As árvores ainda nuas. A pele dela, uma fina folha de papel. Olhos muito pálidos. Ela se sentou à esquerda dele e comeu usando a mão esquerda. A direita ainda segurava a de Western. O antebraço magro, fino e azulado.

Sabemos que não se deve dar comida a eles, mas é claro que todos damos. Tinha um que era preto como carvão e do qual eu gostava especialmente. Um dia, ele me mordeu. Só uma bicada no dedo. Eu não disse a ninguém. Contei a Alicia porque queria que tomasse cuidado com ele e me dissesse como ele estava. Não fiquei com raiva dele. Mas ela nunca o encontrou. Eu costumava procurá-lo aqui embaixo quando descia, mas nunca voltei a vê-lo. Quem sabe um gato o pegou.

Esquilos.

Esquilos? É. Você se importa?

Não.

Isso é bom. Cheguei a um ponto em que não me preocupo muito se as pessoas se importam ou não. Alicia sempre foi muito boa nisso. Ficava segurando minha mão por uma eternidade.

Ela era boa em um bocado de coisas.

Fiquei feliz quando foi embora, mas não sabia que ia sentir tanta falta dela. Deveria saber. Quando ela voltou, pensei que talvez nunca mais fosse sair, e me senti mal pensando nisso. Acho que me senti culpada.

Culpada?

Você sabe. Porque fiquei feliz que estivesse aqui. E sabia que isso não deveria ser motivo de felicidade.

Por que achou que ela não iria mais embora?

Eu apenas sabia.

Ela lhe disse?

Mais ou menos.

Ela poderia estar errada.

A velha senhora se voltou e sorriu para ele, voltando depois a olhar pela janela. A primeira vez que a vi foi de manhã, na sala de estar. Sentada lá sozinha. Por isso, sentei a seu lado, querendo puxar conversa, mas ela era muito jovem e eu não sabia o que dizer. Perguntei então se tinha terminado de ler o jornal, que estava em seu colo. Como era só uma tentativa de iniciar contato, perguntei se ia fazer as palavras cruzadas e ela respondeu que já tinha feito. Bem, estava claro que não. Pela maneira como o jornal tinha sido dobrado. Eu conseguia ver. Dei um sorrisinho, mas não disse nada. Mais tarde, é claro que descobri que ela realmente tinha feito, só que de cabeça. A gente podia lhe perguntar qualquer coisa, ela sempre sabia a resposta. Conhecia os números e tudo o mais. Ela dizia sete letras, ou coisa parecida, e falava qual era a palavra. Sabia porque já tinha pensado naquilo. Era corriqueiro para ela.

Western olhou à volta do refeitório. Mesas vazias. O meio da tarde silencioso. Alguns cuidadores tomando chá e seus pacientes.

Ela tinha outros amigos especiais aqui?

Eu não era uma amiga especial. Ela na verdade não tinha nenhum amigo especial. Eram todos iguais para ela. Mesmo se fossem maus, ainda assim ela era amiga deles.

Helen pôs as mãos unidas de ambos sobre a mesa e as contemplou. Olhou para Western.

Acho que você sabe que o Louie morreu.

Não, não sabia. Sinto muito.

Ele às vezes ficava furioso. Pulava e jogava a peruca para o outro lado da sala. Uma vez, ela caiu aos pés de James. Ele estava lendo uma revista e a coisa caiu nos pés dele. Ele deu um pulo e ficou pisando na peruca. Não sabia o que era. Ou talvez só estivesse fingindo. Alicia gostava muito dele também.

De James.

Sim, de James. Ele se preocupava bastante com a bomba. Acho que eu não deveria falar nada sobre isso.

Está tudo bem.

Ele costumava perguntar a ela sobre a bomba. Tomava notas num caderno. Claro que ela sabia tudo sobre o assunto. Ele chegava com ideias para atacar a bomba, e ela mostrava por que não funcionariam. Depois de algum tempo, ele ia embora, mas sempre voltava com outra ideia. Tinha uns ímãs bem grandes que dizia que iriam manter todos a salvo. Está vendo aquela mulher ali?

Western olhou para o outro lado da sala.

A de vestido azul.

É.

Acha que se parece comigo?

Western refletiu. Não, respondeu, não acho.

Bom, isso é um alívio.

Não gosta dela?

Só acho que não é muito simpática.

Entendo.

Alguns pensaram que era minha irmã.

Há irmãs aqui?

Durante todo esse tempo, nunca vi. Talvez seja uma diretriz, sei lá. Você acha que seu pai tinha um parafuso a menos?

Um parafuso a menos?

Você sabe. Para fazer bombas que iam arrebentar todo mundo.

Bom, acho que é uma pergunta razoável.

Olhou para a mulher de vestido azul. Era muito parecida com Helen. Não sei, respondeu.

Olhou para o banco do outro lado da aleia. A moça tinha ido embora. Era meio-dia. Dali a um minuto ouviria os sinos da igreja. Naquele ano, logo após seu aniversário, ela havia assinado o pedido de saída e ido para a casa da mãe, suspendendo toda a medicação. Uma semana depois, eles estavam todos de volta: o Kid Talidomida, a velha com a estola feita de bichos atropelados, o Grogan, que nunca tomava banho, os anões e o show em que atores brancos, pintando a cara de preto, faziam imitações estereotipadas de negros. Todos se reuniam ao pé da sua cama. Quando ela acendia a luminária, piscavam por causa da luz.

Os sinos badalaram. Ele se levantou, foi até o café na St. Peter Street, depositou uma moeda de vinte e cinco centavos no telefone público e discou o número de Kline.

Aqui é o Bobby Western.

Onde você está?

Num telefone público no Quarter.

Não vamos falar pelo telefone. Quer se encontrar comigo?

Tem um tempo para mim?

Tenho. Onde está? Perto do Seven Seas?

Posso estar.

Então passo por lá e pego você em meia hora.

Ótimo. Obrigado.

Desligou o telefone, subiu a Decatur até a St. Philip e de lá seguiu para o bar.

Kline encostou o carro apontando na direção contrária e se inclinou para olhar a porta. Western saiu, entrou no carro e eles partiram.

Gosta de comida italiana?

Gosto.

Conhece o Mosca?

Claro. Mas devo lhe dizer que não tenho dinheiro.

Não se preocupe. Vai ficar me devendo.

Tudo bem.

Começou a dizer alguma coisa, mas Kline ergueu uma das mãos e sorriu. Dirigiram em silêncio até a Airline Highway, estacionaram atrás do restaurante e desceram. Kline fechou e trancou a porta, olhando para Western por cima do teto do carro. Faço uma varredura nesse troço de vez em quando. Por via das dúvidas. É um pé no saco, mas é a vida.

Já encontrou alguma coisa?

Ah, sim!

E no seu escritório?

Também faço. Na maior parte das vezes é só vigilância industrial. A tecnologia fica melhor a cada ano. É impressionante o que se pode captar. Na verdade, é uma espécie de jogo. Exceto, óbvio, que às vezes alguém se machuca.

Atravessaram o estacionamento. E aqui?

Nenhum problema. O Mosca é um porto seguro. Tem que ser.

O maître acenou com a cabeça para Kline. O lugar estava cheio. Sentaram-se a uma pequena mesa perto da porta e Kline abriu a carta de vinhos, começando logo a estudá-la. Conhece bem este restaurante?

Acho que não tão bem quanto você.

Tudo é bom.

O que você vai querer?

Provavelmente o fettuccine com mariscos.

É o que costuma pedir?

Não.

Kline olhou a carta de vinhos. Mas em geral sou uma criatura de hábitos. No meu ramo, isso talvez não seja uma boa ideia.

Western sorriu. Estão atrás de você?

Sobretudo atrás das minhas informações. Como eu estou atrás das deles. Que tal um St. Emilion?

Boa pedida.

Fechou a carta. Dobrou os óculos e os guardou.

Vou lhe dizer como são as coisas. Alguns anos atrás, a CIA instalou grampos nas máquinas de escrever da embaixada russa. Passavam as fitas num computador. O programa descodificava o clique de cada tecla. O tempo para acionar a chave. A frequência das pequenas mudanças no timbre da digitação impostas pelo ângulo da barra de tipos. Qualquer coisa que pudesse ser analisada, computada e ter uma probabilidade atribuída. A barra de espaçamento obviamente marcava a separação das palavras. O programa continha uma aproximação grosseira do russo escrito. O pessoal da criptografia que falava russo trabalhava naquilo e mandava para um tradutor a fim de obter um texto limpo em inglês.

Como você ouviu falar nisso?

Um irmão no ramo. O que vai pedir?

Western dobrou o menu. O mesmo que você.

Boa escolha.

Eu estava falando sério quando disse que estou sem dinheiro.

Eu sei. Não faz mal.

O garçom encheu os copos de água. Fez um sinal de cabeça na direção de Kline e olhou para Western. O cavalheiro deseja beber alguma coisa?

Não, obrigado.

Pediram os pratos. O garçom agradeceu e levou os cardápios.

Eles sabem quem é você, disse Western, mas não dizem seu nome.

Porque não sabem quem é você.

Esse é o procedimento normal?

Eu chamaria apenas de boas maneiras.

Esse lugar tem conexões?

Não. Mais ou menos. Mais do que tudo, cuidam de seus fregueses.

Carlos Marcello vem aqui?

Carlos Marcello é o dono do restaurante. Ou do prédio. Mas é a melhor comida italiana entre Los Angeles e Providence. Acho que você disse que tinha familiares em Providence.

Sim.

Ele esteve aqui há algumas semanas, com Raymond Patriarca.

Marcello?

É.

Você sabia quem era Patriarca?

Não. Tive que perguntar. Seria interessante especular sobre aquela conversa. São clientes seus?

Não. Têm sua própria gente.

Claro.

O que aconteceu com o seu dinheiro?

O que te faz pensar que aconteceu alguma coisa?

Nada mais que um palpite louco e irresponsável.

A Receita bloqueou minha conta bancária.

Quando foi isso?

Alguns dias atrás.

Kline sacudiu a cabeça.

Há alguma coisa que eu possa fazer sobre isso?

Não.

Nada?

Nada.

Eles não podem simplesmente se apropriar do meu dinheiro.

Você pode contratar um advogado. Mas não vai adiantar. Quanto tinha na conta?

Uns oito mil dólares.

Você me surpreende.

Não imaginava que eu fosse tão trouxa?

Não.

Nem eu.

O que mais você tem?

Tinha um carro.

Pegaram também?

Pegaram.

O que mais?

Não tenho mais nada. Já tive um gato. Se é que se pode ter um gato.

Levaram o seu gato?

Simplesmente deixaram a porta aberta. Ainda estou procurando por ele.

Você deve impostos atrasados?

Dizem que devo.

Com base em quê?

Ao que parece, em meu estilo de vida. Minha avó me deixou algum dinheiro. Dividi com minha irmã. Foi com aquele dinheiro que participei das corridas.

Não acha estranho que eles saibam disso? Da sua participação em corridas na Europa?

Não sei mais o que é estranho e o que não é. Revogaram também meu passaporte.

Revogaram seu passaporte?

É.

Kline abriu uma das mãos sobre a mesa e a olhou fixamente.

Isso é ruim, não é?, perguntou Western.

Bem, quer dizer que acham que você vai sair do país, se precisar.

O garçom trouxe o vinho, abriu a garrafa, depositou a rolha sobre a mesa e derramou um pouco da bebida na taça de Kline. Kline fez o vinho girar na taça, cheirou, provou, fez um sinal positivo com a cabeça e o garçom serviu os dois, deixando a garrafa sobre a mesa. Kline inclinou a taça na direção de Western. Não lhe ocorreu nada que merecesse ser brindado.

Você deixou que ele servisse.

Sim, ele me conhece. Você disse a eles de onde vinha o dinheiro?

Disse.

O que mais?

Você está torcendo para eu não ter dito mais nada, não é?

Exatamente. Mas você vem pagando seu imposto de renda?

Sim.

Aí está o problema. Se você deixa de pagar, é só um delito. Mas, se declara e paga seus impostos só que deixa de mencionar, por exemplo, uma quantia em dinheiro herdada da avó, então não configura um delito. É uma falsa declaração, e isso é crime. Põe você na prisão por uma parte substancial de seu futuro previsível.

Acho que ouvi isso antes em algum lugar. Se eu deixar de pagar os impostos, tudo bem. Mas, se só pagar uma parte, vou em cana.

Mais ou menos isso.

Por que não me prenderam?

Vão prender. Ainda estão trabalhando no caso. Nenhum agente federal presume que um culpado só tenha cometido um crime.

O que mais eles pensam que eu fiz?

Eu diria que você provavelmente sabe disso melhor do que eu.

O fato de tomarem meus bens não deveria me deixar em alerta?

Para fazerem o Departamento de Estado revogar seu passaporte, tinham de tomar alguma providência contra você. E tomaram.

Estou começando a perder o apetite.

Podemos falar sobre outra coisa.

Eu sei.

Era um carro valioso?

Um Maserati. Não dos novos. Um Bora 1973.

Não entendo nada de carros.

Vale tanto quanto um Cadillac novo. Talvez um pouco mais.

Sinto muito.

Estou mesmo ferrado, não é? Quer saiba disso ou não.

Não posso responder a esse tipo de pergunta, Bobby. Mas você deve tentar se proteger.

Não acha que é tarde demais para isso?

Não sei. Só sei que não é tão tarde hoje quanto será amanhã.

O que você faria?

Você sabe que tipo de pergunta é essa. Se eu fosse você, estaria dando aulas em algum lugar, construindo bombas ou seja lá o que for que gente como você faz.

Claro. Qual é a sua formação? Além do circo?

Essa é a minha formação. Não cheguei a terminar o curso primário.

Sério?

Sério. Fui casado por um tempo. Sem filhos. Divórcio amigável. Não tenho tragédias na minha vida que possam lhe dar forma e destino fora do meu controle. Gosto do que faço. Mas poderia estar fazendo outra coisa. Sou abençoado. Não acho que mudaria nem as coisas ruins. Lá vem a comida.

Comeram praticamente em silêncio. Como Debussy, Kline levava a comida a sério. Ao terminar, se recostou e sorveu os últimos goles de vinho, girando a haste e examinando a taça. Depois a descansou sobre a mesa. Muito bom mesmo, disse.

Western sorriu. Sim, confirmou. Obrigado.

Kline dobrou o guardanapo e o pôs de lado. Cozinho em casa, ele disse. Mas tem coisas que a gente não consegue fazer direito. Acho que é o caldo. É onde eles ganham a vantagem.

O caldo?

É. A menos que você tenha uma panela velha cheia de ranço onde possa jogar todo tipo de coisas terríveis — rabanetes podres, gatos mortos, o que seja — e deixar no fogo por mais ou menos um mês, sempre estará em clara desvantagem. Quer olhar as sobremesas?

Não, obrigado.

Certo. Pegou de novo a taça de vinho e a inclinou. Uma pequena gota tinha se acumulado no fundo. Inclinou ainda mais a taça até que a gota corresse para a borda. Reluzente como sangue. Ergueu a taça e deixou a gota cair na língua, voltando a pousá-la na mesa. O que você vai fazer?, ele perguntou.

Não tenho muita escolha. Voltar ao trabalho. Tentar ganhar algum dinheiro.

Quando foi a última vez que trabalhou?

Não trabalho desde que voltei da Flórida.

Falou com eles ultimamente?

Com o pessoal da Taylor?

É.

Ainda tenho um emprego, se é a isso que se refere.

Não é exatamente isso que quero dizer.

Acha provável que eles embarguem meus pagamentos?

Ah, mais do que provável.

E isso duraria quanto tempo?

Para sempre.

Western terminou de beber o vinho. Não tenho mais para onde ir, tenho?

Quer café?

Quero.

O garçom apareceu. Alguns minutos depois, trouxe o café. Kline bebeu o dele sem creme. Tem algum outro bem?

Não.

O que sua irmã fez com a parte dela do dinheiro?

Comprou um violino.

Um violino?

É.

Quanto você deu a ela?

Pouco mais de meio milhão de dólares.

Puta que pariu. Que idade ela tinha?

Dezesseis.

Como se pode dar tanto dinheiro a alguém com dezesseis anos?

Não sei. Provavelmente há uma lei estadual. Como a que regula o casamento. Dei em dinheiro vivo.

Quanto custou o violino?

Um bocado. Não era um Stradivarius, mas algo bem parecido.

Onde ele está?

Não sei.

Mas ele podia resolver uma boa parte dos seus problemas financeiros imediatos.

Eu sei.

O que mais?

O que mais o quê?

O que aconteceu recentemente na sua vida que não consegue explicar?

Perdi um bom amigo num mergulho comercial na Venezuela.

Sei, você já me contou. A companhia supostamente está investigando isso?

A Taylor?

É, a Taylor. Mas você não ouviu nada sobre o assunto, não é?

Não.

O que mais?

Há dois anos assaltaram nossa casa no Tennessee e levaram um monte dos papéis do meu pai e da minha irmã, além das cartas da família, algumas delas com quase cem anos. Levaram também os álbuns de fotografia. Todas as armas que havia na casa e outros objetos, aparentemente para dar a impressão de que era um roubo normal, mas é claro que não foi.

Eles fizeram isso?

Fizeram.

É sempre um "eles", não é?

Não sei.

Mas não lhe ocorreu sacar todo o dinheiro que tinha no banco?

Western não respondeu.

Kline pediu a conta levantando dois dedos. Não tem pensado muito nisso, não é?

Acho que não.

Eu sei no que está pensando.

No quê?

Você acha que é mais inteligente que eles.

E daí?

Daí que isso não o ajuda. Eles não são nem um pouco mais inteligentes do que precisam ser, mas suficientemente inteligentes para executar suas tarefas.

Cachinhos Dourados e os três ursos?

É. São o que precisam ser. E você não.

O que mais? Sobre eles.

A dedicação. Realmente notável. E são todos culpados. Nem pensam nisso. Nunca estão atrás dos inocentes. Nem lhes ocorreria algo assim. A ideia deve lhes parecer cômica.

O garçom trouxe a conta, Kline pagou em dinheiro. Está pronto?

Atravessaram o pátio do estacionamento. Não posso aconselhá-lo sobre o que fazer, Bobby. Mas tenho a sensação de que você está apenas esperando. O problema com isso é que, quando o que você está esperando chegar, vai ser tarde demais para fazer qualquer coisa. Me avise se quiser levar adiante o esquema da identidade.

Obrigado. Fico agradecido.

Tudo bem.

Você acha que não estou sendo franco com você?

Não sei.

Não sei mais o que lhe dizer.

Tudo bem.

Há uma carta dela que eu nunca abri.

Por quê?

Simplesmente não abri.

Seria triste demais?

Western não respondeu.

Vou tentar de novo. É porque nesse caso você saberia tudo que há para saber. Enquanto não tiver lido a última carta, a história não terminou.

É, algo assim.

Nessa carta talvez diga onde está o violino.

Talvez. Ela também tinha algum dinheiro. Mas tenho muita dificuldade com essa questão.

Bem, as coisas dela vão para algum lugar.

Western assentiu.

Era um dia frio. Céu encoberto. Ameaça de chuva. Chegando ao carro, Kline se apoiou no teto. Olhou para Western.

Quando pessoas inteligentes fazem coisas idiotas em geral é por uma de duas razões. Cobiça ou medo. Ou querem alguma coisa que supostamente não deviam ter ou fizeram alguma coisa que supostamente não deviam ter feito. Em ambos os casos, com frequência se agarram a um conjunto de crenças que dão suporte a seu estado de espírito, mas conflitam com a realidade. Para elas, acreditar passa a ser mais importante do que saber. Isso faz sentido para você?

Faz.

No que é que você deseja acreditar?

Não sei.

Por que não me diz?

Tudo bem. O que mais?

Isso é tudo.

Você ainda acha que há alguma coisa que não estou lhe contando?

Não estou preocupado.

Quer dizer que ainda vou contar?

As pessoas contam a um estranho no ônibus o que não contam a seus maridos e esposas.

É bem triste, não é?

Ele não respondeu. Entraram no carro. Kline deu a partida no motor. Não tenho certeza nem mesmo de que você entende o que está acontecendo, ele disse.

Entender o quê?

Que você está preso.

Preso?

É. Não está sendo acusado de nada. Simplesmente está preso.

Ele se mudou para uma cabana nas dunas ao sul da baía de St. Louis. À tarde, caminhando pela praia, contemplava as águas cinzentas e os bandos de pelicanos que, lado a lado, desciam a costa em voos lentos sobre as ondas. Pássaros improváveis. À noite, podia ver as luzes na estrada elevada. Luzes também no horizonte, a vagarosa passagem de navios ou o brilho distante das plataformas de petróleo. Havia água fria de uma cisterna, mas nenhuma eletricidade. Num pequeno fogão de ferro, do tipo que se usava nas estações de trem, ele queimava pedaços de madeira trazidos pelo mar. Como não tinha dinheiro para comprar botijões de gás para o fogão da cozinha, preparava a comida também no fogão de aquecimento. Arroz e peixe. Damascos secos. Os dias foram ficando mais frios, e, sentado na praia, ele enfrentava o vento cortante do golfo enrolado num cobertor do exército enquanto lia sobre física. Poesia antiga. Tentou escrever cartas para ela.

Quando percorria a linha da maré no lusco-fusco, os derradeiros raios vermelhos do sol iluminavam sem pressa o poente, e as poças deixadas pelas ondas pareciam sangue derramado. Parava para ver suas pegadas de pés descalços se enchendo de água uma a uma. Os recifes davam a impressão de se moverem lentamente nas últimas horas à medida que as cores tardias do sol iam se apagando, até que as repentinas trevas lembrassem uma fundição que encerrava suas funções ao anoitecer.

Nas primeiras horas da manhã, atravessava as dunas e seguia pelo acostamento da estrada em busca de animais mortos. Tirava a pele deles com uma navalha e as levava assim mesmo para a pequena loja de mantimentos a três quilômetros de distância. Guaxinins e ratos--almiscarados. De vez em quando uma marta, assim como caudas de lontras. Comprava chá e leite em pó com o dinheiro. Óleo de cozinha.

Molho picante e frutas enlatadas. Levava para casa coelhos mortos na estrada que não estavam lá no dia anterior, e os cozinhava e comia.

Lavava as roupas numa bacia e as pendurava para secar no balaústre da varanda. Às vezes o vento as soprava na direção das dunas. Nos dias de sol, caminhava nu pela praia. Solitário, calado. Perdido. À noite, armava fogueiras e ficava ali sentado, enrolado no cobertor. A lua se erguia acima do golfo, o feixe do luar se estendia, ondulante, sobre as águas. Pássaros voavam acima de sua cabeça no escuro. Não sabia a que espécie pertenciam. Pensava no passageiro, porém nunca voltou às ilhas. As chamas se curvavam ao vento, a água do mar chiava nas madeiras queimadas. Olhava para elas até se transformarem em carvão. As brasas brilhavam e se apagavam, voltavam a brilhar, centelhas rolavam pela areia em meio à escuridão. Ele sabia que deveria se preocupar com o futuro.

Encontrara uma velha vara de pescar na cabana e afiara alguns anzóis enferrujados. Usava como iscas pedaços de carne de rato-almiscarado. Com suas chumbadas, lançava as iscas bem longe.

Tempo feio e frio. Chuva. Como o velho telhado feito de tábuas vazava muito, tinha baldes e panelas espalhados por todo o chão. Certa noite, um relâmpago o acordou. Um clarão pálido na janela e um forte estalido, como um tiro de rifle. Sentou-se com cuidado. O fogão estava quase apagado, fazia frio no pequeno cômodo. Ficou imóvel no escuro, esperando que a janela voltasse a se iluminar. Alguém estava sentado na cadeira que ficava no canto.

Levantou a cúpula de vidro da lamparina, pegou um fósforo na gaveta, o acendeu raspando na beirada da mesinha, encostou no pavio, repôs a cúpula e baixou a chama girando a rodinha de latão. Então ergueu a lamparina e voltou a olhar.

Assemelhava-se muito às descrições feitas por ela. O crânio nu marcado por cicatrizes talvez causadas por sua inimaginável criação. Os engraçados sapatos que pareciam remos. As barbatanas de foca esparramadas sobre os braços da poltrona.

Está sozinho?, perguntou Western.

Meu Deus, Jonathan. Sim, estou sozinho. Não por muito tempo. Na verdade, é como se estivesse matando aula.

Não foi mandado aqui para me ver?

Não. Vim por conta própria. Estava olhando minha agenda e a data me chamou a atenção.

Mas já aconteceu antes.

Verdade.

Por que está aqui?

Só tive vontade de ver como você vai.

Como sabia onde me encontrar?

O Kid olhou para os céus. Meu Deus, disse. É isso que tem pra perguntar?

Não sei.

Já caminhamos juntos faz algum tempo. De um jeito ou de outro. Eu e você.

É o que dizem. Como posso saber em que confiar?

Você não tem escolha. Tudo em que pode acreditar é o que é. A menos que prefira acreditar no que não é. Pensei que a essa altura teríamos superado tudo isso.

Não superei nada.

Está bem. Provavelmente não posso ajudá-lo a esse respeito. Seja como for, estava por perto. Você é um pouco diferente do que eu esperava.

Como assim?

Não sei. Meio desmazelado. Há quanto tempo está aqui?

Algum tempo.

É mesmo? Não são as acomodações mais luxuosas.

Olhou em volta do aposento. Encobriu um bocejo com uma das barbatanas. Foi um dia longo. Não é fácil lidar com esses extraterrestres. Demência in absentia. Bom, melhor não abrir essa caixa de aranhas.

Caixa de Pandora.

Essa também. De todo modo, suponho que todos nós temos alguma responsabilidade. Pela maninha. Alguns mais que outros, é claro. Mas é difícil pensar nela apenas como uma espécie de experimento. O que você acha?

O que você acha?

Reage com frieza ao ser pressionado. Gosto disso. Então, para onde vamos a partir daqui? Grandes diversões.

Um relâmpago voltou a iluminar o cômodo. Meu Deus, disse o Kid. Tem sempre essas tempestades por aqui? Só pensei que você poderia ter uma ou outra perguntinha. Pode mandar quando quiser. Estou trabalhando fora dos horários normais.

O que te faz pensar que eu confiaria em você?

Eu gostaria que você pudesse se ouvir.

Western não disse nada. O Kid ficou olhando suas unhas inexistentes. Muito bem, agora está amuado. Ele acha que é brilhante. Você se acha brilhante, Kurtz?

Não. Já me achei. Não mais.

Bom. Simplesmente ficou mais brilhante. Podemos ter uma conversa, afinal.

O que te faz pensar que eu quero conversar?

Pare com essa merda. Como eu disse, não temos muito tempo. Como é que você veio parar aqui?

A cabana é de um amigo.

Que amigo! Não tem eletricidade?

Não.

Banheiro?

Não.

Outro relâmpago. O Kid estava sentado meio de banda na cadeira. Bem, ele disse, podia ser pior. Algumas pessoas estão surpresas com o fato de você ainda estar em circulação.

Sei. Eu também. Às vezes.

Suponho que, mesmo estando fora do tabuleiro, ainda pode se sentar ao lado e ver como o jogo vai terminar.

Acho que sei como termina.

Sim. Imagino que não passa de uma proposição puramente analítica. Não exige conhecimento, só definições. Vê o mar daqui?

Bem distante.

O Kid se pôs de pé e deu uma espreguiçada. Achei que esse lugar lhe inspiraria pensamentos mórbidos. Por que não damos uma caminhada pela praia? Sacudir as pernas. Você pode até se sentir menos sobrecarregado.

Um passeio na praia?

Claro. Pegue o casaco. A luz não vai durar muito.

* * *

Andaram na praia, mas o Kid parecia pensativo. Curvado para a frente, as barbatanas cruzadas às costas. No mar, os filamentos irregulares dos relâmpagos brilhavam por segundos e depois se apagavam de novo ao longo do horizonte cada vez mais sombrio. Você é uma porra de um enigma, disse o Kid. Afinal, não tem perguntas? Pensei que seria divertido ter um sujeito perguntando pela sanidade da irmã a uma de suas próprias alucinações.

Você sabe mesmo alguma coisa sobre ela?

Como não? Sou um fragmento solto da psique dela, não é?

Não sei. É um fragmento da minha?

Sei lá. Tudo não passa de uma porra de uma praga de mistérios, não é?

Ela disse que você sempre interpretava as coisas de forma errada.

Era sobretudo um jeito de afastar a mente dela das coisas. Jogar um osso, por que não?

Não sei se acredito em você.

Cara, essa é boa!

Como assim?

Como assim? Porque você está falando sobre uma coisa da qual nada existe.

Pensei que você estava aqui para responder as minhas perguntas.

Muito bem. Certo. Por que não?

Aonde vamos?

Passear na praia. Respirar o ar puro.

Ele inspirou fundo.

Acho que já o vi uma vez.

É?

Num ônibus subindo a Canal Street.

Bem, há muita gente que se parece comigo.

Seguiram pela areia. As ondas quebravam lentamente, pálidas na escuridão. A tempestade se aproximava, voltou a relampejar. Os riscos quentes caindo aos pedaços no mar. O Kid continuava curvado, preocupado. Na luz dos relâmpagos, Western podia ver seu pequeno crânio em formato de ovo e as comissuras cerebrais através da pele fina como uma folha de papel. As orelhas pareciam carcomidas.

Então, quais são as perguntas?

Muito bem. Quantos anos você tem?

O Kid parou e se aprumou. Voltou a andar, sacudindo a cabeça.

Tudo bem. Que tal: Como me encontrou?

Você já perguntou isso.

Como foi?

Indaguei por aí.

Indagou por aí?

É. Estou nas ruas há anos. Não saberia viver de outra maneira.

Qual foi a coisa mais estranha que já viu? Em suas viagens.

O Kid sacudiu a cabeça. Não estamos aqui para conversar sobre isso. Em todo caso, você não acreditaria em mim. Há muitas ruínas por aí. Um monte de pessoas que se agarram às outras. Mas não podem se agarrar para sempre. Tem gente que pensa que seria uma boa ideia descobrir a verdadeira natureza das trevas. O enxame das trevas em seu covil. Dá para ver essas pessoas lá longe, com suas lanternas. O que há de errado com essa imagem?

Um tênue trovão soou no céu negro.

A tempestade está chegando, disse o Kid. Precisamos seguir em frente.

Eu tinha a esperança de ver alguns dos seus companheiros.

É, sei. Provavelmente não. O que o despertou?

Não sei. O relâmpago.

Tem certeza de que não estava sonhando?

Agora já não tenho.

Deixe-me reformular a pergunta. Está seguro de que não sonhava?

Western encurtou as passadas. O Kid seguiu marchando. Tinha estado sonhando. Tanto quanto se recordava, o nome de uma criança havia sido chamado, mas ela não respondeu, e o barco dos céus, com todas as luzes acesas, continuou a navegar rumo à eternidade, deixando-a sozinha na praia penumbrosa, para sempre perdida. Ele correu para alcançar o Kid.

Posso fazer uma pergunta?

Isso é uma pergunta. Tem outra?

Para onde você vai quando sai daqui?

Para outro lugar.

Outro lugar?

É. Olhe, estou aqui por minha conta. Acho que você não entende. Cá estamos. Nenhuma alma à vista. Você precisa pensar nisso.

Não sei o que você quer.

O que eu quero? Meu Deus. Já disse. É meu dia de folga. Por quanto tempo pensa que vou ficar aqui? Você nem age com base nas suas crenças.

Que crenças?

Lá vem você!

O Kid não parou de andar. Cara, ele disse. Não esperava encontrar uma porra dum bobalhão. Você está caminhando pela praia com uma entidade que imagina ser uma parte da mente da sua irmã morta e quer conversar sobre a porra do tempo?

Nunca falei nada sobre o tempo.

Ou seja lá o que for. Fez um gesto na direção do mar negro e das ondas que lambiam a areia. Imagine que o chão cedesse e essa porra toda drenasse para um mundo inacreditável de cavernas no interior da terra. Vastas e negras. Você poderia ir até o fundo dar uma olhada ao redor. Só veria uma imensa sopa borbulhando no lodo. Baleias e polvos. Lulas monstruosas com olhos do tamanho de pratos e oitenta testículos de trinta centímetros. Então um forte cheiro e depois nada. Epa! Para onde foi todo mundo?

Eu realmente não sei o que perguntar.

É claro que não. É um idiota de merda.

Puxou o relógio e tentou ver a hora, apesar da escuridão. Aguardou um relâmpago. Que merda de ideia idiota foi essa que eu tive!

O que teria acontecido se você e seus amiguinhos tivessem simplesmente deixado ela em paz?

Opa. Uma pergunta. Meio babaca, mas que se foda. Acho que ela estaria tão morta quanto está, exceto que mais cedo — e me vanglorio disso. Você não acreditaria nas porras dos espetáculos mambembes de vaudeville que tivemos que inventar. E poucos agradecimentos em troca. Acho que, durante metade do tempo, ela achou que eu estava lá para investigar o cérebro dela. Bom, foda-se. Talvez estivesse mesmo. Metade do tempo. Algum merdinha malvado de algum mundo interior até então desconhecido para levar informações de volta à Base Um a fim de se preparar para o grande evento.

O grande evento vai acontecer?

O que você acha?

Provavelmente.

É. Provavelmente. Como provavelmente o sol se levantou esta manhã. Meu Deus. Eu podia estar em casa dormindo a essa altura, sabe?

O que é essa Base Um?

Esquece. Não vamos discutir a estrutura organizacional. Você nem saberia o que fazer com ela. Já percebo que é um intrometido, vai pensar que pode extrair informações sobre automorfismos e réplicas, além de todos os troços não comutacionais com que se envolve quando começa a investigar as treliças de quatro dimensões. E aí estaríamos de volta na mesma baboseira tediosa sobre o que é real e o que não é, e quem determina isso. Uma parte dessa coisa toda é tautológica, e tem um quê permanente de culpabilidade. Sendo assim, por que não vamos adiante?

Está bem.

Meu Deus. Essa foi fácil. Seja como for, é apenas uma maneira de falar. A Base Um podia ser um banheiro pago numa estação de metrô na esquina da Twelfth Street com a Broadway. Todo mundo está cagando e andando.

Um telefone tocou.

Bem, disse o Kid. Salvo pelo gongo. Apalpou as roupas que tremulavam ao vento, puxando lá de dentro um telefone que levou ao ouvido. Sim, ele disse, tudo bem. Pelo amor de Cristo e seus discípulos, aí é noite de lua cheia ou o quê? De onde vêm todos esses idiotas? Sei, certo. Estou pouco me lixando para o que ele disse. Diga ao filho da puta que estou tirando um ano sabático e voltarei quando os ventos mudarem.

Western parou para ouvir melhor. O vento fazia com que suas roupas se grudassem ao corpo. Aguardou.

Certo. Ótimo. Ele acha que é impossível a coisa toda pegar fogo? Bom. Tem direito a suas opiniões incineradas. Sei. Baixamos tudo isso. Foi verificado mais de uma vez. Não. Aqui há uma tempestade. Na praia. Eu lhe mandaria as coordenadas, mas não consigo ver o relógio.

Está tão escuro quanto as tripas de uma vaca. Sim. A irmã do cara. Ela tirou o time de campo faz alguns anos. Não. Ele não tem a menor ideia de porra nenhuma. Está bem. Desligando. Sei, sei, certo, certo. Eles são uma cambada de babacas barulhentos e imbecis, e pode lhes dizer que fui eu quem disse isso.

Desligou e enfiou o telefone no meio das roupas, voltando a caminhar na praia enquanto sacudia a cabeça. Nem um minuto de descanso dessa merda toda. Bom, que se foda. Mais um passageiro. Indo para onde? Você mesmo foi visto embarcando no último voo com seu saco de lona e um sanduíche. Ou isso ainda vai acontecer? Acho que estou me antecipando. De todo modo, é estranho como as pessoas se beneficiam tão pouco de saber o que vem pela frente. Elas não olham a passagem? Curioso. Essas sombras são realmente pássaros margeando a costa em meio a essa merda? Para onde esses idiotas pensam que vão?

E se eu fizer uma pergunta peculiar?

Meu Deus, disse o Kid. Essa é das boas. Ele está passeando na praia à meia-noite em plena tempestade com a psique da irmã morta e quer saber se pode fazer uma pergunta peculiar. Você é mesmo um tremendo de um babaca, não é? Certo, manda brasa. Mal posso esperar.

O que você sabe sobre mim?

Bem, merda. Não pensei que seria *tão* peculiar. Que diferença faz, e por que isso é sobre você? ·

Que tal um ou dois fatos?

Sem dúvida. Fato um: ele mede um metro e oitenta. Fato dois: pesa sessenta e nove quilos.

Tem certeza? Eu costumava pesar mais.

Costumava comer mais.

Continuaram andando na areia com certa dificuldade. O vento soprava com mais força. O Kid virou o ombro na direção da espuma que era soprada do mar. A areia corria pela praia no escuro.

Acho que não vou ver nenhum dos seus espetáculos.

Não? O que é isso então?

Não posso dizer que foi tão divertido. Podemos parar um minuto?

Claro.

O Kid se voltou para encará-lo.

Você quer que eu acredite que veio aqui para ajudá-la de alguma maneira, disse Western.

Ajudá-la como? Ela está morta.

Quando estava viva.

Meu Deus. Como vou saber? Você vê uma figura deslizando para fora da tela e atende o telefone. Como sabe se o canto do chapim-carvoeiro na moita de samambaias não é o lamento dos amaldiçoados? O mundo é um lugar enganoso. Uma porção de coisas que você vê não está mais lá. São simplesmente a imagem residual. Por assim dizer.

O que ela sabia?

Sabia que, no fim das contas, não é realmente possível saber. Não se pode agarrar o mundo com as mãos. Só se pode desenhar uma imagem. Se é um touro na parede de uma caverna ou uma equação diferencial parcial, é tudo a mesma coisa. Isso virou uma porra duma ventania. Podemos continuar a andar?

Está bem. Se você tivesse que fazer um teste, de que tipo seria?

Quer dizer, como o Teste Multifásico de Personalidade, para ver se o cara é maluco? Girou as barbatanas e a cabeça.

Seria desse tipo?

Não há teste nenhum. Logo, não há o tipo de que seria.

Ela tinha algum nome específico? Como projeto?

Não. Nunca achamos um lugar para ela. Simplesmente tentamos mantê-la viva. Não havia como fazer um perfil dela. Os diodos se acendiam. Nenhuma entrada, e podíamos tentar outra vez, sempre em vão. Um vazio nos esquemas. Como uma anomalia num espectrógrafo. Era possível selecionar um novo formato, mas não havia nada a fazer com ele. As coisas não funcionam? Tudo bem. As primeiras tentativas tendem a falhar e tudo o mais. A gente faz algumas correções. Roda o programa outra vez. Umas verdades caseiras no processo. A vida é assim mesmo. As pessoas compartilham metade de seus genes com um melão-cantalupo.

E que tal você?

Que tal eu o quê?

Compartilha metade dos seus genes com um melão-cantalupo?

Não. Eu sou uma porra de um melão-cantalupo. Podemos seguir um pouco adiante?

Por que ela não se enquadrava nos modelos?

Porque nenhum era adequado.

Sei, mas por quê?

O Kid parou outra vez. Olhe, ele disse. Não vamos entrar nos detalhes técnicos. Sei que você vê isso como uma espécie de desacerto espacial, químico e biológico, mas nem todos os nossos companheiros veem desse jeito. Veem como uma questão de crença.

De crença?

É. Como a dos que não acreditam. Qualquer que seja a magnitude de suas dúvidas acerca da natureza do mundo, você não pode produzir outro mundo sem produzir outro você. É até possível que todos sejam no início bastante únicos, mas a maioria das pessoas supera essa fase. Vamos. Senti uma gota de chuva.

Mas *por que* superam essa fase?

Minha Nossa Senhora da Bicicletinha, Bobbyzinho. Como é que eu vou saber? Não criamos pessoas, só produzimos modelos. É um arquivo, nada mais.

Você está me dizendo que a única diferença entre ela e todo mundo é que não havia um modelo em que se enquadrasse?

Não, *você* é que está.

Western contemplou o mar negro. Podia sentir o gosto de sal nos lábios.

É alguma espécie de modelo eletrônico?

Não. É hidráulico. Meu Deus.

Que mapeia o terreno mental?

Além da vesícula, não esqueça.

A vesícula?

É uma piada. Santa mãe de Deus!

Desculpe.

Está bem, está bem.

Você acha que eu sou um idiota.

Você é um idiota. O que eu penso não tem nada a ver com isso. Podemos ir mais rápido aqui? Vamos nos molhar. Meu Deus. As brisas noturnas do canal costumam uivar desse jeito?

Eles seguiram andando, as roupas do Kid agitadas pelo vento. Nem sempre se tem o que se quer. Mas, por outro lado, nem sempre se quer o que se tem, logo é provavelmente um empate. Seja como for, você na verdade não quer conversar. Só quer que alguém lhe diga que não é culpa sua.

É culpa minha.

Deixe-me expressar de outra forma. Você só quer que alguém lhe diga que não é culpa sua.

Talvez eu não saiba o que é que você quer.

Sei. Bem, isso é culpa minha. Simplesmente nunca imaginei que você seria tão obtuso.

Seguiram caminhando com passos pesados pela areia. Pareciam ter algum destino em mente. Western parou de novo e depois correu para recuperar o terreno perdido.

Você é um emissário?

De quê?

Não sei.

Claro que sabe. Do contrário não estaria fazendo a pergunta. De qualquer forma, talvez eu não seja o carinha que todos viemos a conhecer e amar. Prenúncio da esperança e supositório de sonhos. Talvez eu seja o gêmeo do mal. Com quem você ao menos consegue falar sobre ela?

Minha avó. Meu tio Royal.

É? Isso é uma grande ajuda. O tio Royal no manicômio usando guardanapos e um babador. E eu sou um agente? Quem não é? Você não precisa concordar com tudo, mas, quando lhe dão uma tarefa, executa e pronto. Meu Deus, está um gelo! Uma frente fria dos diabos para essa época do ano.

Você acha que há algum abrigo mais adiante?

Não para você. Seja como for, seu problema é que não acredita de fato que ela está morta.

Não acredito que ela esteja morta?

Acho que não.

Você crê na vida após a morte?

Como eu saberia?

Caíram as primeiras gotas de chuva.

Você se importa se não nos demorarmos aqui? Por que não arranjou outro gato?

Porque não queria perder mais nada. Perdi tudo.

Por que a lâmpada do mal está sempre protegida do vento? De toda forma, ainda precisa cuidar de si mesmo.

Eu sei.

O que pensa sobre isso? Quanto mais cedo, melhor?

Às vezes.

Um forte relâmpago iluminou a praia deserta diante deles. A chuva começou a cair para valer.

Quem sabe?, disse o Kid. Talvez você e a maninha se reúnam no doce Além. Meu Deus. Veja só essa merda. Dor e corrupção. As vezes em que ela agiu pelas minhas costas. Às vezes apenas apagava as luzes e ia dormir. No meio de uma frase. Ela daria um trabalhão de qualquer maneira. Meu Deus, viu isso? Podemos andar mais depressa? Não é maravilhoso o gosto do ozônio? Parece uma porra de um milk-shake de zinco. Você não é de falar muito, hein? Ouvi dizer uma vez que um monte de peixes lindamente cozidos em fogo brando são lançados na praia depois de uma tempestade elétrica como essa. Acha que é verdade?

Western diminuiu o passo. Enxugou a água do rosto com a palma da mão. O Kid estava ficando indistinto em meio às rajadas cortantes. Suas estranhas roupas batendo contra o corpo.

Ele estava ensopado e com frio. Por fim, parou. O que você sabe sobre o sofrimento?, gritou. Não sabe nada. Não há outra perda. Entende? O mundo é feito de cinzas. Cinzas. Que ela esteja sofrendo? Ao menor insulto? À menor humilhação? Entende? Morrer sozinha? Ela? Não há outra perda. Entende? Nenhuma outra perda. Nenhuma.

Ele caíra de joelhos na areia úmida. A chuva salgada soprava do mar. Agarrou o crânio entre as mãos e gritou na direção da pequena e trôpega figura que se afastava pela praia em meio às lufadas. Os relâmpagos clareavam as águas escuras, a praia, os arbustos de carvalhos, as aveias-do-mar e os renques de pinheiros quase invisíveis sob a forte chuva. Mas o djim partira.

Quando acordou, nas primeiras horas da manhã, a borrasca havia passado. Ficou imóvel por um longo tempo. Vendo a luz cinzenta penetrar no quarto. Levantou, foi até a janela e olhou para fora. Um dia cinza. Suas roupas molhadas estavam empilhadas no chão: ele as pegou e pendurou nas cadeiras da cozinha. Mais tarde, caminhou até a praia, mas a chuva varrera tudo. Sentou-se numa tora trazida pela maré com as mãos cobrindo o rosto.

Você não sabe o que está perguntando.

Palavras fatídicas.

Ela tocou seu rosto. Não preciso.

Você não sabe como vai terminar.

Não me importa como vai terminar. Só me importa o agora.

Na primavera, as aves começaram a chegar à praia vindas do outro lado do golfo. Passarinhos cansados. Pitiguaris. Tiranos e bicudos. Exaustos demais para se mover. Era possível pegá-los na areia e mantê-los tremendo na palma da mão. Os coraçõezinhos batendo, os olhos se fechando. Ele caminhava pela praia com a lanterna a noite toda para afugentar os predadores, e ao amanhecer dormia com eles sobre a areia. Que ninguém perturbasse aqueles passageiros.

Quando voltou à cidade, telefonou para Kline.

De volta?

Mais ou menos.

Vamos nos encontrar para um drinque?

Claro.

No Tujague?

A que horas?

Seis.

Vejo você lá.

Sentaram-se a uma das pequenas mesas de madeira no bar e pediram gim-tônicas. Kline nublou as lentes dos óculos com dois sopros e limpou com o lenço. Pôs os óculos e observou Western.

O que você vê?, perguntou Western.

Sabia que existe um sistema capaz de escanear seu olho eletronicamente com a mesma precisão de uma impressão digital sem que você nem mesmo saiba que isso está sendo feito?

Isso deveria me tranquilizar?

Kline olhou para a rua. A identidade é tudo.

Muito bem.

Você talvez pense que impressões digitais e números lhe dão uma identidade distinta. Mas em breve não vai haver nenhuma identidade tão distinta quanto não ter nenhuma. A verdade é que todo mundo recebeu voz de prisão. Ou receberá, muito em breve. Eles não precisam restringir seus movimentos. Basta que saibam onde você está.

Isso me soa como paranoia.

E é.

O garçom trouxe os drinques. Kline ergueu o copo. Saúde, disse.

Aos dias felizes. O que mais você tem em matéria de boas notícias?

Não desanime. A informação e a sobrevivência serão em última análise a mesma coisa. Mais cedo do que você pensa.

O que mais?

Difícil dizer. Dinheiro eletrônico. Mais cedo que tarde.

Está bem.

Não haverá nenhum dinheiro de verdade. Apenas transações. E cada transação será registrada. Para sempre.

Não acha que as pessoas vão se opor a isso?

Vão se acostumar. O governo dirá que isso ajuda a combater o crime. Drogas. O tipo de manipulação financeira internacional que ameaça a estabilidade das moedas. Você pode fazer sua própria lista.

Mas tudo que você comprar ou vender vai ficar registrado?

Vai.

Um chiclete?

Sim. O que o governo ainda não entendeu é que esse esquema será seguido pelo surgimento de moedas privadas. E eliminar essas moedas implica rescindir certas partes da Constituição.

Bom, mais uma vez tenho certeza de que você sabe como soa essa conversa.

Claro. Voltemos ao seu caso.

Certo.

Você acha que eles apreenderam os papéis do seu pai em Princeton?

Provavelmente.

E não liga para isso?

Não sei qual é a deles e nunca saberei. E não me importo. Só quero que me deixem em paz.

Não vão deixar. Você não ajudou. Você e o seu pai.

Não tive nenhum problema com o meu pai. E não tive problema com a bomba. A bomba era inevitável. Agora está aqui. Por enquanto adormecida. Mas não vai permanecer desse jeito. Meu pai morreu sozinho no México. Tenho que viver com isso. Tenho que viver com uma porção de coisas. Fui vê-lo alguns meses antes de morrer. Não estava bem. Não havia nada que eu pudesse fazer por ele. Mas isso não é desculpa para não fazer nada.

Ele era mesmo um bom físico?

Era inteligente. Mas ser inteligente não basta. É preciso ter colhões para desmantelar a estrutura existente. Ele fez algumas escolhas erradas. Vários de seus amigos ganharam o prêmio Nobel, mas para ele estava fora de cogitação.

Isso é assim tão importante?

No mundo da física, é.

Sua irmã era boa mesmo em matemática?

Estamos sempre voltando a isso. Não há como responder. A matemática não é como a física. As ciências físicas podem ser comparadas entre si. E com o que supomos ser o mundo. A matemática não pode ser contraposta com coisa alguma.

Ela era muito inteligente?

Quem sabe? Via tudo de forma diferente. Bolava uma coisa e, metade das vezes, era incapaz de explicar como tinha chegado lá. Não conseguia compreender o que era que você não entendia. Esse tipo de inteligência.

Olhou para Kline. Acho que, por volta dos oito anos, ela era mais ou menos igual a qualquer outra criança precoce. Questionando tudo. Sempre levantando a mão na sala de aula. Então alguma coisa aconteceu com ela. Ficou calada de uma hora para outra. Estranhamente cortês. Parecia entender que precisava ser cuidadosa na maneira como tratava as pessoas.

Ficou olhando para o copo. Correu o dedo pelo lado. Somos casados com a geometria grega. Mas ela não era. Não fazia desenhos. Mal fazia cálculos.

Ergueu a vista a fim de encarar Kline. Não consigo responder às suas perguntas. Ela tinha um bom coração. Acho que lhe ocorreu bem cedo que tinha de ser boa com as pessoas.

Por que ela se matou?

Western afastou o rosto. Na mesa ao lado, uma mulher o observava, inclinada ligeiramente para a frente e ignorando os dois homens sentados à mesa com ela. Ele olhou para Kline.

Depois disso você vai parar?

Acho que sim.

Porque quis. Não gostava daqui. Desde os catorze anos, vez por outra me dizia que provavelmente ia se suicidar. Tínhamos longas conversas sobre o assunto. Deviam parecer bem estranhas. Ela sempre vencia. Era mais inteligente que eu. Muito mais.

Sinto muito, disse Kline.

Western não respondeu. A mulher continuava a observá-lo. Os lampiões começavam a ser acesos nas ruas.

Estávamos apaixonados um pelo outro. No começo, de maneira inocente. Ao menos no meu caso. Era uma situação difícil, eu estava no limite. Sempre estive. A resposta à sua pergunta é não.

Essa não foi a minha pergunta.

Claro que foi.

Kline varreu a água da mesa com as costas da mão no ponto onde o copo havia molhado a superfície. Pousou o copo de volta. Seu pai sabia que ela era brilhante?

Claro.

Kline assentiu com a cabeça. Voltou-se e olhou para a mulher. Os dois homens pararam de falar. Kline sorriu. Deseja se juntar a nós?, perguntou.

Ela cobriu a boca com uma das mãos. Ah, desculpe.

Western olhou para Kline, que tomou o resto da bebida. Vamos?, ele disse.

Acho que sim.

Kline pôs uma nota de cinco dólares sobre a mesa. Ele vai dizer alguma coisa, não é?

Acho que sim.

Me desculpe, disse o homem.

Kline sorriu e se levantou. Western imaginou que o homem também fosse se levantar, mas isso não aconteceu. Ele e o outro homem olharam cautelosamente enquanto eles passavam.

Onde você estacionou?

Aqui pertinho, na rua. Quer uma carona?

Não. Estou bem. O que você ia fazer se o cara se levantasse?

Ele não ia se levantar.

E se levantasse?

É uma pergunta hipotética. Não tem sentido.

Interessante. O que você ganha com isso?

Com o quê?

Se aporrinhando comigo e meus problemas.

Eu devia lhe mandar uma conta.

Provavelmente.

Talvez eu não esteja interessado exatamente em você.

É?

Ou talvez eu ache que, quando as coisas melhorarem para o seu lado, você possa me contratar.

Não conte com isso.

Sobre me contratar?

Não, sobre as coisas melhorarem para o meu lado.

Atravessaram a Jackson Square. As carroças na rua e as mulas aguardando. Dia de ventania no Quarter. Um copo de papel os seguia pela calçada.

Você acha que está perdendo o controle?

Não. Talvez. Às vezes.

O que vai fazer?

Não sei.

Eu não ficaria dando sopa no bar.

Não estou. Não se preocupe.

Tinham chegado ao carro de Kline. Western contemplou a Decatur Street. Talvez eu pudesse me tornar um criminoso.

Foi você quem disse isso.

Por mais que você tente imaginar como vai ser a sua vida, o mais provável é que nunca acerte. Não acha?

Sei lá. Provavelmente.

Não é que eu apenas não saiba o que fazer. Não sei nem o que não fazer.

Tem certeza de que não quer uma carona?

Western olhou para ele por cima do teto do carro. Tenho que fazer alguma coisa. Acho que entendo isso.

Kline não reagiu.

Pensei mais de uma vez que, se ela não fosse esquizofrênica, então todos nós éramos. Ou devíamos ser alguma coisa.

Algumas coisas melhoram. Duvido que essa seja uma delas.

Eu sei.

As pessoas querem ser recompensadas por seu sofrimento. Isso raramente acontece.

Nesta nota alegre…

Nesta nota alegre…

Ele desceu a rua e cruzou os trilhos da linha férrea. A vermelhidão da noite refletida nos vidros dos prédios. Bem alto, um pequeno e trêmulo bando de gansos. Varando as últimas luzes do dia no ar rarefeito. Seguindo o formato do rio abaixo. Ele parou acima do enrocamento. Pedras e asfalto quebrado. A lenta serpentina de água corrente. Na noite que se aproximava, imaginou que homens se reuniriam nos morros. Alimentando suas fogueirinhas com os tratados e a poesia dos pais. Documentos que não tinham o dom de ler num frio que roubava a alma dos homens.

VIII

A cidade estava fria e cinzenta. Montículos de neve suja ao longo das sarjetas. A data para a inscrição na universidade chegou e passou. Ela já não saía havia dias. Depois, semanas. O irmão lhe mandou um aparelho de televisão que ficou o dia inteiro dentro da caixa. Por fim, resolveu tirá-lo dali. Vestiu o penhoar, abriu a porta, pegou o aparelho e desceu o corredor, batendo à última porta com as costas da mão. Sra. Grimley, ela chamou. Esperou. Finalmente a velha abriu uma fresta e olhou para fora.

Deixe-me entrar. Esse troço é pesado.

O que é isso?

Uma televisão em cores. Deixe-me entrar.

A velha abriu a porta por inteiro. Televisão em cores?, perguntou.

É. Foi entrando. Onde quer que eu ponha?

Piedade, minha criança. De onde ela veio?

Acho que você ganhou. Onde quer que eu ponha? Está ficando pesada demais.

No quarto. Meu Deus. Uma televisão em cores? Espere aí. Não posso acreditar. O que eles fizeram? Entregaram no endereço errado?

Mais ou menos isso. Onde?

Aqui mesmo, querida. Bem aqui. Deu um tapinha no topo da cômoda e empurrou tudo para o lado. Você é mesmo um anjo.

Pôs com esforço o aparelho em cima da cômoda e recuou alguns passos. A sra. Grimley já havia esticado o fio e estava com ele no chão. As meias enroladas sob a barra do vestido caseiro, grossas veias azuis atrás dos joelhos. Televisão em cores, disse. A gente nunca sabe o que o dia vai trazer. Afastou-se da parede, respirando com dificuldade, e estendeu uma das mãos para ser ajudada. Muito bem, disse. Ligue esse negócio. Aqui. Deixe que eu faço. Isso pede um drinque de comemoração.

Tenho que ir.

Não vá, querida. Vamos ver o Johnny Carson. Tenho uma garrafa de vinho.

Tenho que ir. Aproveite.

A velha a acompanhou até a porta, puxando pela manga do penhoar. Não vá embora. Fique só um pouquinho.

Ela se postou diante da pia do banheiro e ficou se olhando no espelho. Esquelética e com cara de quem viu alguma assombração. Os ossos da clavícula praticamente furando a pele. Tinha arrumado os frascos de pílulas na prateleira. Valium. Amitriptilina. Desatarraxou as tampas, transferiu as pílulas para um copo vazio, jogou os vidros e tampas na cesta de lixo. Encheu depois o outro copo com água e colocou os dois lado a lado, contemplando-os. Ficou ali por um bom tempo. Pegou o penhoar no chão, foi para o quarto, se sentou diante da pequena escrivaninha, retirou uma página dobrada de dentro de um envelope branco, desdobrou e começou a ler. Dobrou a folha, afastou-a para o outro lado da escrivaninha junto com o envelope e ficou olhando pela pequena janela as lúgubres árvores hibernais, tão perigosamente plantadas na cidade. Ao final, empurrou a cadeira para trás, se levantou, foi até o banheiro, jogou as pílulas na privada, puxou a descarga, bebeu a água e foi se deitar.

Três dias depois o Kid voltou.

Você perdeu meu aniversário, ela disse.

É mesmo? Que pena. Tem se olhado no espelho ultimamente?

Não.

Está com uma aparência de merda.

Você é muito gentil.

Presumo que você e o Bobbyzinho tenham brigado.

Não brigamos coisa nenhuma.

Ele caminhou de um lado para outro. Esse mundo é esquisito. É possível ter quase tudo, exceto o que se deseja.

Nada disso é da sua conta.

Obviamente, só é possível conjecturar. Não tenho certeza sobre o que pode ter ocorrido durante o Natal naquele reino do gado coital, ou seja lá qual for a merda de nome como o chamam.

Nada disso é da sua conta.

Você já disse.

E onde estão os seus queridos quiméricos? Ainda não se materializaram? Devo dar uma olhada no closet?

Sabe quanto está pesando?

Não. Você sabe?

Sei. Dados banais. Chegou a quarenta e cinco quilos ontem.

Ele parou para examiná-la. Depois voltou a andar. Ergueu uma barbatana. Não fale nada. Não quero ouvir.

Eu não ia falar nada.

Acabou de falar. Quando foi que comeu pela última vez?

Não sei. Não anotei.

O que foi que você fez? Abandonou os psiquiatras em seus mundos contemplativos de masturbação?

Ela deu de ombros.

Sei, está bem.

De todo modo, você nunca gostou de nenhum deles.

Não sei. Parecia gente inofensiva. Exceto talvez por aquelas apalpadelas. Nunca entendi direito o que esperavam conseguir com aquilo. Nunca entendi direito o que viam. Uma moça estranha. Comidinhas à noite e uma tosse nervosa. Mas bonita. Possivelmente comível. Se não me falha a memória, você disse que o último tinha dentes assustadores.

Tinha mesmo.

Bem. Nós nos preocupamos com quase tudo que você faz por sua conta. É nosso trabalho. Tudo depende de quem você decide ouvir. Não andamos por aí lhe dizendo que eles não existem. A julgar pelo que todos dizem, um grupo bem liberal em matéria de sentimentos. Não vejo muita estrutura lá. Eles provavelmente não compreendem que uma boa parte das más notícias tem origem no fato de que as pessoas não comem verduras. E, por falar nisso, que espécie de moça do campo não come mingau de milho? Quando foi que isso começou?

Nunca gostei de canjica.

Deixou sua avó triste.

Deixei minha avó triste porque não comia mingau?

É.

Isso é ridículo.

Assim como insistir em chamar jantar de almoço e ceia de jantar. Você e seu irmão. Está rindo de quê?

Nada. É só que às vezes penso que acharia minha vida bem engraçada se não tivesse que vivê-la.

Engraçada?

É.

O Kid parou, o queixo apoiado numa barbatana. Vestindo a camisola, ela se ajoelhou aos pés do próprio Logos e implorou pela luz ou pela escuridão, desde que não fosse aquele nada interminável.

Você sabe que eu não me importo que leia meu diário. Minhas cartas. Mas nunca escrevi sobre mim na terceira pessoa.

Tudo bem. Somos amigos. Podemos corrigir os erros de gramática um do outro.

Vou me deitar.

Vai escovar os dentes e fazer suas orações?

Esta noite, não.

Estou organizando alguns novos atos. Eu faria os testes aqui, mas sei como você adora surpresas. Devo ter um número novo pronto daqui a umas duas semanas.

Mal posso esperar.

Ele mais uma vez se pôs a caminhar. Você sabe que a magreza extrema não lhe cai bem, não é? Além disso, estamos vendo um grau de desmazelo que não tenho certeza de ter visto antes.

Agora vou dormir.

Você já disse. Minha preocupação é que possa estar se preparando para escapar.

Escapar para onde?

Sei lá. O que podemos fazer para ajudar? Você nunca pede nada.

Você nunca escuta.

Você não sabe o que pode estar perdendo. Presentes raros. Plumas de um pássaro antigo folheadas a ouro. O cálculo das entranhas de um animal há muito extinto. Uma pequena imagem fabricada com um metal desconhecido.

Não vou prender a respiração enquanto espero.

Certo.

Artefatos irreais como garantia de um mundo irreal.

Está bem. Seja como for, um pensamento adorável. Não acha?

Não, não acho. Boa noite.

Ela foi de trem até o aeroporto O'Hare e embarcou às 20h20 num voo para Dallas, hospedando-se num hotel do aeroporto. De manhã, pegou um voo para Tucson, onde, duas horas depois, arranjou um emprego num bar chamado Someplace Else. Alugou um carro nos fundos de uma casa na Mabel Street e rumou para o norte da cidade a fim de caminhar nas montanhas. O dia estava frio e ensolarado. Deitada na sombra, viu dois corvos no céu de porcelana. Tocando-se levemente em pleno voo trezentos metros acima da encosta da montanha. Inclinando-se e girando na corrente ascendente de ar. As lentas sombras das nuvens cruzavam a superfície do deserto mais abaixo. Enfiou os calcanhares das botas nos pedregulhos soltos e tomou um banho do sol de inverno. Quando olhou para cima, os corvos haviam partido. Abriu bem os braços. Vento no capim esparso entre as pedras. Silêncio.

O Kid chegou uma semana depois. Esperava por ela quando voltou do trabalho, às duas da manhã. Nem ergueu a vista. Sentado na surrada poltrona de couro, num canto do quarto, lia o diário dela. Acho, disse ele, que o plano sempre foi vir para cá tão cedo quanto possível a fim de conversar sobre topologia com Jimmy Anderson.

Como você sabia o nome dele?

Está no cheque. O salário não é muito convidativo.

Recebemos gorjetas. É um bar.

Que se chama Someplace Else. Outro Lugar.

Sim.

Perfeito. Espero que não seja um outro lugar absoluto.

Não. Bem. Mais ou menos.

É onde os matemáticos se reúnem?

É. Church vem na semana que vem.

O que aconteceu com a universidade?

Decidi não ir.

Está tirando um ano sabático.

Se preferir.

O Kid folheava o caderno em espiral. Não há muito aqui em matéria de números. Por que a poesia?

Sempre escrevi poesia.

Sei, mas não acho que você esteja aqui por causa da poesia, Duquesa.

Não me lembro de jamais tê-lo ouvido tomar posição sobre escolhas de carreira. Isso quer dizer que estamos em campos opostos?

Talvez. O que é inaceitável é você desaparecer como fez. Não deveria deixar seus amigos balançando ao vento.

Você não é meu amigo.

Adoro quando você me fere. Achei que já tínhamos ido além deste ponto.

Além de que ponto? E por que você não me deixa ver o seu caderno de anotações?

Parte dele é obviamente sobre você ter parado de tomar a medicação. Abandonado seus médicos. A sensação de perda e desespero típica dos que se afastaram recentemente de seus psiquiatras. Quando foi que você comeu pela última vez?

Eu comi.

É mesmo? E quando foi que dormiu?

Não sei. Provavelmente na quarta-feira.

Há quanto tempo foi isso?

Hoje é sexta.

É? Então são quantos dias?

Ela atravessou o quarto, sentou na cama e começou a tirar os sapatos. Você não sabe quanto tempo separa a quarta-feira da sexta-feira, não é?

Ninguém precisa saber tudo.

O que mais você não sabe?

O que mais você não sabe, imitou o Kid. Curiosamente, com uma voz muito parecida com a dela. Imagino que pense ter descoberto alguma coisa. Mas posso estar apenas te conduzindo pelo caminho errado. Ou talvez, se você não começa a vida contando nos dedos, já saia com certa desvantagem. Já pensou nisso?

Não. Não pensei. Desculpe.

Esquece, temos que seguir adiante. Alguns dos troços que recebemos de você precisam ser repassados. Tenho algumas notas aqui.

Troços recebidos de mim?

É.

Ele estava desencavando papéis de suas roupas. Molhou a barbatana com a língua e começou a separá-los. Estamos começando a ver essas alterações. Checamos tudo, e, como não é a caneta, tem que ser o gráfico. Certo? O que te parece? Tudo bem. Talvez seja a transmissão. Exagerou na impressão sobreposta. Não. Polaridades invertidas. Isso soa familiar, mas não achamos que seja o problema. E o que você imaginou ser um gráfico pode estar sequestrando uma dimensão que, num exame mais profundo, revela uma treliça que, não importa o que você faça, está sempre virada para cima, o que gera certos problemas com as condições fronteiriças. Deixa a má impressão de que todo o sistema pode estar fora de prumo ou se deteriorando, razão pela qual onde definir seus desvios médios no momento deixa de ser especificado. É bem formatado e, em resumo, vamos saber o que é quando chegar aqui. Isso basta?

Quando o que chegar aqui?

O dia do locus.

O dia do locus?

É.

Foi para isso que você veio aqui?

Algum problema?

Se eles pudessem pegar você, iam levá-lo direto para um manicômio, sabia?

Ah, é mesmo? É preciso ser um louco para reconhecer outro.

E então, seus amiguinhos vieram com você?

Não precisa se preocupar com eles. Onde eu estava?

Mesmo que eu soubesse, não diria.

Não é importante. É um novo ano. Hora de todo mundo arrumar a vida. Você tomou algumas resoluções?

Não.

O que fez na véspera do Ano-Novo?

Nós fomos jantar.

Nós?

Meu irmão e eu.

Dançaram?

Sem dança.

Vai ver ele conseguiu se livrar dessas coisas. Cabelos perfumados e bafo quente no ouvido. É difícil para um homem. Por assim dizer.

Você é nojento.

De todo modo, imagino que tenha sido antes de você desafiar a balança. Os ossos furando a pele. Não é o máximo em matéria de erotismo. Mesmo que seja verdade o rumor de que a fome aguça os sentidos. Talvez você devesse voltar a seus cálculos.

Trabalho o tempo todo. Apenas não passo muita coisa para o papel.

Então, o que é que você faz? Fica zanzando e matutando sobre os problemas?

Exatamente. Zanzando e matutando. Essa sou eu.

Sonhando com equações futuras. Se é assim, por que não põe no papel?

Quer realmente falar sobre isso?

Claro.

Muito bem. Não é só uma questão de não passar as coisas para o papel. É mais do que isso. O que a gente escreve se torna fixo, assume as limitações de qualquer entidade tangível. Desaba numa realidade diversa do âmbito da sua criação. É um marcador. Um sinal na beira da estrada. Se a gente para a fim de estudar a direção, tem que pagar um preço. Acaba nunca sabendo até onde poderia ter ido se tivesse deixado que a coisa prosseguisse por si só. Em qualquer conjectura, a gente sempre procura os pontos fracos. Mas às vezes tem a sensação de que seria bom dar um tempo. Ser paciente. Ter um pouco de fé. O que a gente quer ver é o que a própria conjectura vai desenterrar do lodaçal. Não sei como se faz matemática. Não sei se há uma maneira. A ideia está sempre lutando contra sua própria realização. As ideias chegam com um ceticismo inato, não vão tocando a toda para a frente. E essas dúvidas têm origem no mesmo mundo da ideia. E não temos acesso de verdade a esse mundo. Por isso, as ressalvas que trazemos à mesa, mesmo em nosso mundo de luta, podem de fato não ter nada a ver com o sentido dessas estruturas emergentes. Suas dúvidas intrínsecas são mecanismos de comando da direção, enquanto as nossas se parecem mais com freios. Claro que, de qualquer modo, a ideia vai chegar a um fim. Uma vez que determinada conjectura matemática seja formalizada numa teoria, ela pode ter algum brilho. Entretanto, com raras exceções, não se pode mais manter a ilusão de que contenha algum insight profundo sobre o núcleo da realidade. Na verdade, ela passa a ter o aspecto de uma ferramenta.

Meu Deus.

Bem, é isso.

Você fala de seus exercícios aritméticos como se eles tivessem mentes próprias.

Eu sei.

É isso que você pensa?

Não. Só é difícil pensar de outro jeito.

Por que você não volta para a universidade?

Já falei. Não tenho tempo. Tenho muita coisa para fazer. Me candidatei a uma bolsa na França. Estou esperando a resposta.

Uau. Verdade?

Não sei o que vai acontecer. Não tenho certeza de que queira saber. Se pudesse planejar minha vida, não gostaria de vivê-la. Provavelmente não quero mesmo é viver. Sei que os personagens na história podem ser reais ou imaginários, e que, depois de mortos, isso não faz diferença. Se seres imaginários têm uma morte imaginária, estarão de qualquer maneira mortos. Pensamos que é possível criar uma história do que foi. Artefatos atuais. Um maço de cartas. Um sachê na gaveta da penteadeira. Mas não é isso que reside no cerne da história. O problema é que o que faz mover a história não vai sobreviver ao relato. Quando as luzes se apagam na sala e o som das vozes se extingue, a gente entende que o mundo e tudo nele em breve cessará de ser. Acreditamos que começará de novo. Apontamos para outras vidas. Mas o mundo delas nunca foi nosso.

Quando ele passou pelo Napoleon, Long John e Brat estavam numa das mesas da calçada, bebendo gibsons em grandes taças. Meu Deus, disse Long John. Uma aparição.

Juan Largo. ¿Como estás?

Mejor que nunca. Sente-se. O que gostaria de beber? Como disse a girafa para o garçom, os drinques em copos altos são por minha conta.

Western puxou uma das cadeiras de madeira. Brat, como vai?

Tudo bem.

Está na faculdade de direito?

Fui aceito.

Onde?

Emory.

Boa universidade.

Acho que sim.

E cara.

É.

Ganhou alguma grana?

Ganhei. Pensamos que você tinha sido apanhado pelo Davy Jones.

Ainda não.

Pediu uma cerveja e cruzou os pés na quarta cadeira. Você está com um bom aspecto, John. Cor. Peso. Passou uns tempos numa estação de veraneio?

Não exatamente. A verdade é que vivi uma espécie de infortúnio. Você está me vendo em meio à recuperação.

O que aconteceu?

Uma passagem pelo Eastern State Hospital.

Na enfermaria de criminosos insanos?

Mossy Creek sorriu. Estava desembrulhando um churchilliano

e se preparando para fumá-lo. Tinha ido a uma festa em Knoxville e, como de hábito, vinha usando o telefone do quarto do anfitrião para fazer umas chamadas interurbanas caras. Falava com uma namorada em San Francisco quando a conversa degenerou num desentendimento tal que ele por fim bateu o telefone e voltou para a sala de estar. Na mesinha de centro havia uma tigela de vidro cheia de pílulas de medicamentos controlados. Uma multicolorida farmacopeia de drogas de todas as origens e propósitos, representando o então estado da arte em matéria de reconfiguração química da alma humana. Pegou um punhado e enfiou na boca, fazendo descer com o gim-tônica de alguém antes de sair porta afora.

O garçom trouxe a cerveja de Western, que inclinou a garrafa na direção dos dois amigos.

Acordei, disse John, no gramado de um dentista. Na Forest Avenue. Uma espécie de segurança estava cutucando meu pé. Perguntei o que ele queria e ele respondeu que eu não podia ficar deitado ali. E por que não?, perguntei em voz alta.

Aqui é um consultório dentário. Daqui a algumas horas as pessoas vão começar a chegar para tratar dos dentes. Não podem encontrá-lo deitado aqui. Perguntei se tudo bem se eu me mexesse um pouco para não bloquear a entrada, mas ele disse que não. Que seria uma falta de profissionalismo. E imagino que seria, de fato.

Cortou a ponta do charuto enquanto explicava sua luta para subir de quatro a colina até o Fort Sanders Hospital, rastejando pela recepção a fim de se deitar nas lajotas frias.

Socorro, gritou.

Margaret, você ouviu uma voz?

Se ouvi uma voz?

Socorro.

Escute, outra vez.

Olharam por cima do balcão.

O que há de errado com você?

Socorro.

Dois funcionários negros chegaram com uma maca e o levaram para a unidade de emergência. O médico-residente o examinou. O que há de errado com você?, perguntou.

Socorro.

O que podemos fazer por você?

Sheddan refletiu por um momento. Bem, você podia me dar um daqueles tabletes de morfina de trinta miligramas. Aqueles azuis, sabe?

O residente ficou olhando para ele. Por fim, tirou algumas moedas de vinte e cinco centavos do bolso e deu a um dos assistentes. Vão levar você até o telefone público. Quero que ligue para alguém para vir buscá-lo. Se não tiver ninguém que possa vir, vou arranjar alguém. Para vir e levá-lo.

Sim, senhor.

Os assistentes empurraram a maca até o corredor e discaram o número de Richard Hardin, passando-lhe o fone. Tocou um tempão. Finalmente, Pat atendeu. Onde você está?, ela perguntou.

Na emergência do Fort Sanders. Querem me pôr em cana.

Tudo bem. Chego aí em vinte minutos.

Entregou o fone. Ela chega em vinte minutos.

Pat chegou empurrando as portas com vigor, usando uma capa comprida de seda preta e óculos escuros, com uma grande bolsa de couro preto pendurada no ombro.

O que há de errado com você? Consegue andar?

Não sei. Só me tire daqui. Não é um ambiente favorável.

Os assistentes o ajudaram a caminhar até o estacionamento e a entrar no carro, fechando a porta. Ela ficou sentada, olhando para ele. Quer ficar lá em casa com a gente?

Quero ir para o Eastern State.

John, você não quer ir para o Eastern State. A que horas sua mãe acorda?

Quero ir para o Eastern State.

Por quê?

Ele explicou por que queria ir para o Eastern State. Ela ouviu calada. Quando ele terminou, deu a partida no carro.

Aonde estamos indo?, ele perguntou.

Para o Eastern State.

Já brilhava a primeira luz cinzenta do dia quando pararam em frente à guarita. O guarda fez um cumprimento com a cabeça e tocou a pala do boné. Bom dia, senhora. Posso ajudar em alguma coisa?

Ele quer se internar.

O guarda curvou-se para ver John, que olhava fixo por cima do capô. Examinou-o por alguns segundos e concordou. Pode seguir, senhora.

Ela o levou para dentro, preencheu os formulários e lhe deu um beijo no rosto antes que fosse levado pelo corredor. Entregaram-lhe um pijama da instituição e ele se deitou na estreita cama de ferro de um dos cubículos. Acordou com um dos assistentes sacudindo seu ombro.

O que é?

John, seu pai está no telefone.

A essa altura, ele havia acendido o charuto e o examinava entre o polegar e o indicador. Olhou para Western. Como você sabe, meu pai morreu quando eu estava no ensino médio. Mas pensei, ora, ele pode estar me telefonando. Me ajudaram a caminhar pelo corredor e me passaram o fone, que peguei meio inseguro, como você pode imaginar. Eu disse: Alô? E era o filho da puta do Bill Seals me chamando da Califórnia. Oi, ele disse. Como vai?

Oi? Como eu ia? Agarrei bem o fone e falei: Escute aqui, seu filho da puta gordo, perverso e depravado. Por que está me telefonando aqui? Tem merda na cabeça? Ao que o assistente arrancou o fone da minha mão e disse: Chega, o senhor não pode falar assim com o seu pai. É sério, Squire. Se eu tivesse me casado com uma herdeira e me mudado para o sul da França, nunca ouviria falar daquele sacana. Mas bastou me botarem num hospício e ele já estava me procurando, antes mesmo que a tinta nos formulários tivesse secado.

Ficou quanto tempo lá?

Seis semanas. O programa normal de desintoxicação. Aos domingos, chegavam os visitantes e eu ficava do lado de fora, esperando que passassem pela aleia com as cestas em que traziam o almoço. Eu atravessava correndo o gramado e me jogava contra a cerca, urrando e babando como um macaco atacado de raiva. Estendendo a mão crispada em súplica. Meu Deus!, eles gritavam e fugiam. Uma mulher correu para a rua e quase foi atropelada por um ônibus. Era muito divertido. Mas foi também uma revelação. As famílias dos pacientes. Você não tem ideia do que se oculta aí pelo interior, Squire. Famílias inteiras de consanguíneos indo visitar o mais notável da linhagem. Alguns tipos exóticos de microcéfalos. Um anão com a cabeça em forma de cone. Coisas só vistas nas fotografias de Lewis Hine. Não acho que eles devam ser mortos numa câmara de gás, mas a castração está mesmo fora dos planos?

Isso é de fato uma pergunta?

Não importa. Meu Deus. Eu mesmo provavelmente seria levado à força diante da comissão julgadora.

Western tomou um gole da cerveja. John, você é mesmo uma porra de uma maravilha, disse.

É, está bem. O que me espanta é a aparente necessidade de inventar fofocas maldosas sobre alguém cuja história já é tão terrível.

O que mais?

Na verdade, tenho algumas notícias para você. Claro que uma boa e uma ruim.

Qual a boa?

Tulsa voltou.

Ótimo. Qual a ruim?

A notícia ruim é que essa é a boa notícia. Na verdade não sei o que fazer com ela. Sinto que pode haver um novo vetor em minha vida, Squire. Uma curva na estrada. Sinto cheiro de coisas boas à frente. Um pouquinho de sorte, e consigo me ver instalado num modesto retiro campestre. Paletó de smoking de veludo à noite, um par de mastins junto à lareira. Obviamente uma boa biblioteca. Cave de vinhos bem abastecida. Talvez mesmo um antigo e luzidio Minerva preto na garagem. Não a vejo lá. Ela é divertida e boa de cama, mas não é fácil em matéria de manutenção e estou ficando cansado, Squire. Provavelmente vou ficar ainda mais à medida que seguirmos adiante. Simplesmente não sei. Eu disse ao Brat que queria fazer a coisa certa, e ele quase morreu de rir. Mas estou falando sério.

Onde ela está agora?

Dormindo.

E ela sabe sobre seus sentimentos? Ou a falta deles?

Não sei. É uma moça bem esperta. Quem sabe? Estamos sempre patinando em gelo fino. Claro que, sempre que uma mulher aparece depois de uma longa ausência, o que a gente sabe ao certo é que as coisas não correram bem. Isso as torna mais contidas. Por um tempo. Para usar uma expressão de Mossy Creek, Squire, eu fico dando tratos à bola porque não quero me transformar num misógino. Você está sorrindo. O que foi?

Nada. Continue.

Elas dão um puta trabalho. Eu deveria ter aprendido com você: morrer cedo de amor e acabar logo com isso.

Não estou morto.

Não vamos discutir. Ela é uma moça estranha. Gosta daqui porque há bons restaurantes. Mas também porque há boas lojas de fantasias.

Lojas de fantasias?

É. Ela está sempre trazendo umas fantasias para a gente usar. Há pouco tempo, nos vestimos de coelhos. O mais esquisito é que ela incorpora mesmo o que veste. Quando fizemos sexo naquelas roupas de coelho, guinchava e batia com o pé.

Meu Deus, John.

Eu sei. As coisas que um homem faz por amor. De qualquer forma, quase tudo é bem-vindo. Levo um tempão para fazê-la gozar. É como trabalhar numa vítima de afogamento. Brincadeiras à parte, às vezes vejo com fria clareza a sabedoria do caminho que você escolheu. Pairando, como você faz, à beira das trevas intangíveis. Coisa que está absolutamente além dos meus talentos. Quebrado sobre a roda da devoção. Farejando hesitante o ar fresco das terras noturnas. Chega de perguntas. Quem sou eu, o que sou, onde estou? De que substância é feita a Lua? Onde moram os sátiros nas florestas? Onde posso encontrar um bom churrasco? Procuro defeitos em sua postura. Além dos óbvios de não ser um participante. Como diz o Jimmy Anderson, a única coisa pior do que perder é não jogar. Devo dizer que a maioria dos horrores é ao menos instrutiva, mas com as mulheres não se aprende nada. Por que será? Sei que não sou o único que pensa assim. O propósito da dor não é instruir? Caguei para isso. Só estou numa pior. No final, a gente pode fugir de tudo, menos de si próprio. Nós somos criaturas diferentes, Squire. Coisa que eu já me cansei de dizer. Mas compartilhamos — além da inteligência e de um desprezo infame mas generalizado pelo mundo e tudo nele — um egoísmo tolo e pouco prático. Se eu dissesse que me preocupo com sua alma, você cairia da cadeira de tanto rir. Mas a salvação, como qualquer outro prêmio, talvez seja apenas uma questão de ousadia. Você abriria mão de seus sonhos a fim de escapar dos pesadelos, e eu não. Acho que é uma troca ruim.

Western tomou outro gole de cerveja.

Brat, nosso amigo está quieto demais. O que você acha?

Brat sacudiu a cabeça. Nada. Aprecio muito essas trocas. Faça o favor de continuar.

Sheddan deu uma baforada no charuto e estudou as cinzas perfeitas, de um cinza-claro. Posso retirar o que disse se você quiser.

Western sorriu. Não, não. É justo.

Então você concorda.

Não. Claro que não.

Então é não. Mas, quando contemplo sua situação, me defronto com novos enigmas.

Por exemplo?

Sei lá. O fato de seu melhor amigo ser um idiota moral.

Talvez ele não seja meu melhor amigo.

Não? O que é isso, Squire? Você me surpreende.

Estou me desembaraçando das coisas, John. Meus planos são viajar com pouca bagagem.

Para onde você vai?

Não sei.

Você está me assustando. Vai sair do país?

Provavelmente.

Abandonar os mergulhos?

Talvez.

Você está abusando da circunspecção. De onde vai tirar recursos? Se me permite a pergunta.

Estou tratando disso.

Só posso presumir que novos demônios se materializaram a partir do seu perturbado carma.

Western sorriu. Terminou de beber a cerveja.

Otra cerveza, Squire.

Não, John, obrigado. Tenho que ir.

Vamos jantar no Arnaud. Você devia se juntar a nós.

Fica para outro dia.

Para ser sincero, você parece um pouco preocupado.

Estou bem.

Acho que poderia considerar uma breve estada na academia de risos. No meu caso, foi bem salutar. Dê uma parada. Ao que parece, se você mesmo se interna — em vez de ser internado —, consegue certos privilégios. Como poder ir embora quando quiser.

Vou me lembrar disso.

Melhorou meu estado de espírito, Squire. Sem dúvida. O que me surpreendeu foi que os desajuizados dispõem de uma margem de liberdade pessoal cada vez mais restrita no mundo aqui de fora.

Western levantou-se. Obrigado, John. Vou dedicar minha mais profunda consideração a seu conselho. Foi bom ver vocês.

Você também, Bobby.

Sheddan o acompanhou com os olhos enquanto descia a Bourbon Street. Deu uma baforada no charuto. O que você acha, Brat? Será que me levou a sério?

Não. Você acha?

Não sei. Mas deveria.

Ele trabalhou sem registro formal numa loja de material de mergulho em Tucson dirigida por um amigo de Jimmy Anderson. Vivia num quarto alugado, cozinhava numa chapa elétrica e, quando foi embora, tinha uma caminhonete de segunda mão e alguns poucos milhares de dólares. Em New Orleans, foi ver Kline.

Que tal se eu simplesmente desaparecer?

Pensei que já tínhamos discutido essa opção.

Qual a probabilidade de me encontrarem?

Kline deu umas batidinhas nos dentes com a borracha do lápis. Olhou para Western. Depende de quem estiver procurando. Ainda não sabemos do que se trata. Seu carro continua no depósito?

Não. Quando o aluguel venceu, eles o levaram.

Se você tivesse uma boa poupança, podia ir para o cafundó do judas. Mas não tem.

Mesmo com uma nova identidade imagino que não seria possível usar cartões de crédito. Ou contas bancárias.

Até dá.

Você me disse uma vez que era quase impossível simular uma morte.

Essa tem sido minha experiência. Claro que só ouvimos falar dos fracassos. E, em geral, as pessoas que fazem isso estão querendo fraudar companhias de seguro por valores bem altos. Portanto, há muita coisa em jogo.

Se eu fosse para a Cidade do México, podia ir de avião?

Ainda tem seu passaporte?

Tenho.

Está dentro do prazo de validade?

Sim. Embora não para o Departamento de Estado.

Acho que não haveria problema. Mas é bom que você saiba que ser pobre e sem amigos num país estrangeiro não é um piquenique. E esse passaporte um dia vai expirar.

Verdade.

De qualquer forma, se você acha que é só uma questão de impostos não pagos, eu diria que eles provavelmente só tratariam de mandar uns dois sujeitos para pôr você de cabeça para baixo, sacudir e ver o que cai no chão. São cinco horas.

Eu sei. Já vou indo.

Por que não tomamos um drinque?

Tudo bem.

Sentaram-se no bar do Tujague. Western fez girar lentamente o copo sobre a superfície de madeira antiga. Kline observou-o.

Você está só de sacanagem, Western. Provavelmente não é um bom plano.

Eu sei. Estava pensando que nem sei o que é um país.

Não é uma pergunta fácil.

Parece ser sobretudo uma ideia.

Kline deu de ombros.

Você realmente teria que se tornar outra pessoa, não é?

É.

Tem que tomar uma decisão.

Nada fácil de tomar.

Não.

Algumas pessoas ficam agarradas para sempre aos destroços.

Talvez eu o surpreenda.

Talvez. Mas acho que a capacidade de avaliar o perigo ao confrontá-lo é em grande parte genética. Se você tem essa capacidade, está demorando muito para ela se manifestar. E, se não tem, não é provável que ela surja no futuro próximo. Isso é bem comum entre atletas. E psicopatas. Inúmeros criminosos procurados pela polícia foram presos no enterro das mães. O que todos eles têm em comum é o amor pela mãe. O que os outros caras têm em comum é o fato de não quererem ir em cana.

Você acha que eu não seria um bom fugitivo?

Não. Mas, como você disse, talvez me surpreenda.

Western sorriu. Levantou o copo. Salud.

Salud.

Você não tentou me dissuadir.

É. Já vi pessoas imprensadas contra a parede pela adversidade se transformarem completamente.

Imagino que com diferentes graus de sucesso.

Eu diria que com diferentes graus de sabedoria.

Sobre o que mais gostaria de falar?

Kline sorriu. Sacudiu o gelo no copo. Você se vê como uma figura trágica.

Não, não me vejo assim. Nem um pouco. Uma figura trágica é alguém relevante.

E você não é?

Uma figura relevante? Talvez. Sei que isso soa idiota. Mas a verdade é que não fui útil a ninguém que me procurou pedindo ajuda. Que buscou minha amizade.

Isso incluiria seu amigo? O que morreu na Venezuela?

Você só está tentando entender o quanto eu sou esquisito. Mas a verdade é que, muito provavelmente, Oiler ainda estaria vivo se nunca tivesse me conhecido.

Sabe como isso soa?

Sei. Você disse que eu devia tocar minha vida. Bem, não estou tocando coisa nenhuma.

Acredito em você. Com tristeza.

Que se foda. Não me ouça. Só estou sendo mórbido. Sinto falta dos meus amigos. E, claro, ela tinha razão. As pessoas fazem coisas estranhas para evitar o sofrimento que antecipam. O mundo está cheio de gente que deveria estar mais disposta a chorar.

Não tenho certeza se o entendo.

Tudo bem.

Não. Vá em frente.

Western terminou o drinque, pôs o copo sobre o balcão, levantou dois dedos para o garçom e se voltou na direção de Kline. Deixe-me explicar melhor. A única coisa que jamais me pediram foi para cuidar dela. E eu a deixei morrer. Há alguma coisa que queira acrescentar a isso, sr. Western? Não, meritíssimo. Eu deveria ter me suicidado anos atrás.

Por que não fez isso?

Porque sou um covarde. Porque não tenho nenhum senso de honra.

Kline olhou para a rua. A luz fria e dura da cidade no inverno.

O que mais escorregou entre seus dedos?

Nunca saberemos, não é mesmo?

O que pretende fazer?

Acho que vou para Idaho.

Idaho?

É.

Fazer o quê?

Sei lá. Parece ser um lugar popular entre fugitivos.

Acho que isso o tornaria um lugar perfeito para ser evitado.

Vou mantê-lo informado.

———

Passou a primeira noite num motel nos limites de Midland, Texas. Saindo da estrada já depois da meia-noite. O ar frio que penetrou pela janela da caminhonete trazia o cheiro de petróleo dos poços. As luzes de uma refinaria distante brilhavam no deserto como se viessem dos mastros de um navio. Ele ficou um bom tempo deitado na cama barata, ouvindo os guinchos das mudanças de marcha quando os caminhões-tanque de diesel deixavam a parada a um quilômetro e meio de distância. Como não conseguia dormir, depois de algum tempo se levantou, vestiu a camisa e a calça jeans, calçou as botas e, atravessando o corredor aberto, foi caminhar pelos campos. Silencioso. Frio. As chamas no alto dos poços cintilando como enormes velas, as luzes da cidadezinha apagando as estrelas a leste. Ficou ali parado um bom tempo. A gente acredita que há coisas que Deus jamais permitiria, ela dissera. Mas ele não concordava nem um pouco. Sua sombra, projetada pelas luzes do motel, se perdeu no mato rasteiro. O número de caminhões diminuiu. Nenhum vento. Silêncio. As pequenas serpentes, coloridas como tapetes, enroscando-se no escuro. O abismo do passado dentro do qual o mundo está caindo. Tudo desaparecendo como se jamais houvesse existido. Nós dificilmente gostaríamos de voltar a nos conhecer como já fomos, e, no entanto, lamentamos os dias passados. Pouco havia pensado no pai nos últimos anos. Agora, pensava nele.

Bem tarde no dia seguinte, numa estrada asfaltada de duas pistas no sul do Colorado, ele começou a encontrar carros parados no acostamento. Mais adiante, um policial estadual os obrigava a parar. O céu se tingira de um vermelho bem escuro e a fumaça se movia para o sul. Ele estacionou e saiu da caminhonete. Havia pessoas de pé na parte posterior das carrocerias contemplando o incêndio. Ele caminhou pela beira da estrada. Depois de um tempo, podia sentir o calor. O fogo passara por cima das pistas e o campo ardia numa larga extensão ao sul. Três javalinas vieram trotando da direção das cinzas e o acompanharam na caminhada. Ele se ajoelhou e encostou a mão no asfalto. As javalinas o observavam. Voltou após algum tempo. Passou a noite na caminhonete à beira da estrada.

Pela manhã, se sentou com as pernas cruzadas debaixo do corpo e viu o sol nascer. Ele surgiu rubro, com cortinas de fumaça a seu redor, como um molde de ferro fundido balançando ao ser içado da caldeira. A maioria dos outros carros e picapes já tinham partido, e ele bebeu uma lata de suco de tomate. Depois de um tempo, deu partida no motor e ligou os para-brisas para limpar as cinzas do vidro.

Seguindo pela estrada, podia sentir o calor que subia da terra queimada. Chegou a um trecho em que havia marcas de pneus no asfalto. Passou por uma corça morta no acostamento e parou a caminhonete. Desceu e voltou com a faca, curvando-se sobre o animal e cortando o couro carbonizado nas costas para expor o lombo. Segundo os velhos caçadores, dali saíam os melhores bifes. Sentou-se no paralama traseiro e comeu a carne com os sachês de sal e pimenta que havia arranjado num drive-in. A carne ainda estava quente, tenra e vermelha no meio, ligeiramente defumada. Cortou-a em fatias que pôs num prato de papel, comendo enquanto examinava o campo coberto de cinzas à sua volta. Aves de rapina voando em círculos. Gaviões e falcões. Cabeças inclinadas olhando atentas o solo abaixo.

Rumou para o norte. Pequenos falcões pousados nos fios elétricos. Alçavam voo, davam voltas e retornavam aos fios depois que ele passava. De noite, se sentou no teto da caminhonete e terminou de comer o lombo, examinando os arredores. Puxou para cima a gola do casaco e observou como o vento fustigava o capim. Sulcos repentinos que corriam e paravam. Como se alguma coisa invisível tivesse disparado e se encontrasse agora agachada. Bebericou o chá quente da garrafa térmica, fechou-a, desdobrou as pernas e saltou para o chão. Mas estava com os pés dormentes, e, ao aterrissar, desabou e foi parar na vala, onde ficou caído aos risos.

Tomou banho num riacho que corria paralelo à estrada. Uma velha ponte de concreto, os vergalhões aparecendo em meio aos anteparos. Mais abaixo no riacho, ficou nu e tremendo de frio em cima de um montinho de cascalho, secando-se com a toalha. A água era fria e límpida no poço sob a ponte. Um bom local para percas. Voltou a dormir na caminhonete, acordando sob uma luz leitosa porque o para-brisa havia sido coberto por uma película de neve. Sentou-se de meias no saco de dormir, ligou o motor e o limpador de para-brisa. Luz cinzenta e o distante voejar de pássaros, levantando voo da bacia do riacho a um quilômetro e meio de distância. O som metálico de seus pios. Um caminhão solitário se aproximava, zumbindo na subida. Ele se inclinou, pegou um pacote de bolachas no porta-luvas, abriu com os dentes e ficou comendo enquanto esperava o motor aquecer.

Atravessou o rio Platte em Scottsbluff, estacionou a caminhonete perto de uma área de pedregulhos e foi contemplar as águas. As baixas colinas eram roxas no crepúsculo, e o Platte se assemelhava a uma corda prateada cujos fiapos serpenteavam em meio a bancos de areia no colorido lusco-fusco. Sentou-se nos pedregulhos. Com o canivete, talhou um pequeno bote, servindo-se de uma peça de madeira trazida pela correnteza, e o enviou rio abaixo rumo à escuridão.

Cruzou Montana sob o sol baixo de inverno. Campos de terra revolvida. Enormes silos. Faisões atravessavam a estrada de cabeça baixa, como pecadores. À noite, nas grandes retas, podia divisar os caminhões a quilômetros de distância. Montanhas negras e longínquas. Nada no rádio senão estática.

Dormiu num motel logo depois de cruzar a fronteira de Idaho. Uma cama de madeira envernizada e cobertores de lã. Como fazia frio no quarto, ligou o aquecedor a gás na parede. Foi ao banheiro e acendeu a luz. Azulejos verdes da década de 1940. Numa moldura barata, um desenho de flores pendurado acima da privada.

Acordou às 4h02, segundo o relógio vermelho sobre a mesinha de cabeceira. Ficou ouvindo. As luzes periódicas da estrada se movendo ao longo das frestas da veneziana e acima das paredes de tábuas de pinho. Depois, lentamente se apagando. Levantou, puxou o cobertor da cama, o enrolou em volta dos ombros e foi de meias até o estacionamento. Na noite fria, uma imensa abóbada de estrelas. Em poucos minutos começou a tremer e percebeu que iria precisar de roupas mais quentes. Deu meia-volta e entrou.

———

Passou o inverno numa velha casa de fazenda em Idaho que pertencia a um amigo de seu pai. Uma casa de madeira de dois andares com um fogão à lenha na cozinha, mas sem água corrente ou eletricidade. Deu uma olhada nos quartos vazios do segundo andar. Jornais amarelados pelo chão, cacos de vidro. Cortinas de renda nas janelas que haviam praticamente se desfeito.

Ele tinha alguns cobertores e encontrou outros num baú, empilhando todos na cozinha. Dali a alguns dias iria até a cidadezinha comprar um casaco de inverno com forro e botas de borracha. Levou a caminhonete até o celeiro, encheu de fardos de feno, trouxe para a casa e, com eles, cobriu as paredes e as janelas da cozinha. Antes que o inverno terminasse, carregou mais fardos pela escada e espalhou o feno pelo chão do quarto que ficava em cima da cozinha.

Num dos quartos do térreo havia uma cama, cujo colchão ele levou para a cozinha. Pôs uma velha lamparina no chão coberto de linóleo, encheu-a de querosene com uma lata encontrada no quartinho onde ficavam os casacos e botas, acendeu o pavio, recolocou a cúpula de vidro, baixou a chama e se sentou.

Na despensa havia conservas de frutas, tomates e quiabo, mas não tinha ideia de quanto tempo estavam ali. Alguns dentes de ancinho numa caixa de madeira. Ossos de camundongo no fundo de uma lata de leite de aço inoxidável. Encontrou um machado no depósito de lenha, mas não tinha como afiá-lo. Ao voltar da cidadezinha, trazia uma motosserra e duas caixas de livros em edição de bolso. Romances vitorianos que não lera e não leria, mas também uma boa coleção de poesia, um Shakespeare, um Homero e a Bíblia. Acendeu o fogão e levou um balde até o riacho, no ponto onde ele cruzava a estrada numa galeria debaixo da casa, preparando o café e deixando o feijão de molho. Pôs mais lenha no fogão e, em pouco tempo, a cozinha estava quase quente.

De manhã, ao acordar, camundongos o observavam com seus enormes olhos líquidos. Através do vidro da porta da cozinha, viu que nevava.

Às vezes, durante a noite, era acordado por algo que se movia nos quartos de cima. Vez por outra subia a estreita escada de madeira enrolado num cobertor e varria os quartos com a luz da lanterna, sem nada encontrar. Rastros na poeira do chão, possivelmente guaxinins. Certa manhã, encaixou pedaços de papelão nas janelas, nos locais onde o vidro estava quebrado. Algumas noites depois voltou a ouvi-los. Subiu e ficou escutando no quarto às escuras. A janela foi inundada pelo luar. Os galhos negros das árvores hibernais projetados no chão. Ouviu então alguma coisa se movendo no aposento de baixo. Pensou ter ouvido uma porta se fechar. Desceu correndo, mas, como não havia nada lá, voltou para seu ninho em meio ao feno e junto ao fogão, aprendendo a conviver com as coisas que havia na casa — assim como elas com ele.

Degelo inesperado no final do inverno. Caminhou pelas estradas enlameadas protegido pelas botas. Como sua dieta consistia principalmente de feijão, arroz e frutas secas, as roupas sobravam no corpo. Da velha ponte de madeira, mais abaixo da casa, observava as águas enquanto passavam sombriamente sob as camadas de gelo. Havia trutas no riacho, mas ele perdera de todo a vontade de matar o que quer que fosse. Certo dia, viu uma marta, com as costas erguidas como se fosse corcunda, trotando por uma área coberta de pedregulhos. Assoviou para ela, que parou e o olhou antes de seguir seu caminho.

Uma ou duas vezes viu marcas de pneus na neve enlameada. As placas brancas de gelo quebradas nos sulcos. Pegadas de botas nas tábuas da ponte. Nunca viu ninguém. A água da neve derretida no teto de metal se acumulou em poças nas tábuas abauladas do assoalho dos quartos do segundo andar, pingando nos cômodos do térreo. Soprou então um vento do norte, trazendo sessenta centímetros de neve, e o termômetro barato de plástico do lado de fora da cozinha caiu para −31ºC.

Tendo mantido a serra na cozinha para que o motor pegasse facilmente, abriu caminho em meio aos montes de neve à procura de árvores mortas ainda de pé. Os troncos de um cinza pálido contrastavam com a brancura geral. Usando a fuligem colhida na porta do fogão misturada com óleo de cozinha, havia preparado uma espécie de protetor que aplicava sob os olhos. Certo dia, assustou uma coruja pousada num pinheiro, e a viu voar em linha reta para bem longe no bosque até se perder de vista. De manhã, saiu com a vassoura e limpou a neve que bloqueava a porta da caminhonete. Entrou, girou a chave para dar a partida. Nada.

Alguns dias depois, ouviu uma batida na porta da frente. Imobilizou-se, escutando. Apagou a lamparina e se espremeu num canto, de onde podia ver apenas o vidro da porta da cozinha. Esperou. Uma sombra. Uma figura vestindo uma parca com capuz tentando olhar para dentro. Mãos enluvadas tocando no vidro. Afastou-se depois de algum tempo.

Um recluso numa velha casa. Ficando mais estranho a cada dia. Chegou a pensar em ir até a porta e chamar o visitante, mas não o fez — e quem quer que fosse nunca mais voltou. Foi para a cama e acordou suando, apesar do frio. Sentou-se. A luz clara das estrelas no inverno, as árvores negras com seus mantos de neve. Puxou as cobertas até os ombros. Alguns sonhos o perseguiam. Uma enfermeira esperando para tirar aquilo. O médico o observando.

O que você quer fazer?

Não sei. Não sei o que fazer.

O médico usava uma máscara cirúrgica. Um gorro branco. Tinha os óculos embaçados.

O que você quer fazer?

Ela viu?

Não.

Me diga o que fazer.

Você vai ter que nos dizer. Não podemos aconselhá-lo.

Havia manchas de sangue em seu jaleco. A máscara inflava e desinflava a cada respiração.

Ela não precisa ver?

Acho que a decisão tem que ser sua. Só não esqueça que, uma vez vista, uma coisa não pode mais ser apagada.

Tem cérebro?

Rudimentar.

Tem alma?

Primeiro acabou o café, depois todos os alimentos. Passou fome durante dois dias e, enfim, se abrigou bem e seguiu pela estrada rumo à cidadezinha, que ficava a uns dezoito quilômetros de distância. Fazia muito frio. Neve congelada nos sulcos. Caminhou com as mãos enluvadas tapando as orelhas, os ombros balançando de um lado para outro. Ao chegar à primeira casa, dois cachorros avançaram latindo, porém ele se abaixou como se fosse pegar uma pedra, e ambos, dando meia-volta, foram embora. Ninguém à vista. Uma fina coluna de fumaça subindo de uma chaminé. Cheiro de lenha queimada.

Não demorou para notar que as pessoas nas ruas o olhavam. Nos últimos tempos, se vira apenas vagamente no vidro da porta da cozinha, mas parou numa loja diante de um espelho e se examinou. Um vagabundo desgrenhado, de cabelos compridos e barba arruivada. Meu Deus, disse.

Anoiteceu enquanto voltava. Ele puxava os sacos de compras num carrinho de puxar, com uma roda avariada, que encontrara numa loja de quinquilharias. Grandes faixas de luzes verdes e roxas iluminavam o céu ao norte. Um veado atravessou a estrada à sua frente. Depois mais um.

Era quase meia-noite quando chegou em casa e puxou o carrinho em meio aos montes de neve até a porta da cozinha. Abriu-a com um empurrão e bateu as botas na soleira. Olá, gritou.

Como tinha comprado um pente, uma tesoura e um pequeno espelho de mão no mercado, pela manhã pegou uma chave de fenda, retirou o espelho da penteadeira no quarto do segundo andar e levou para baixo, apoiando-o na prateleira do armário da cozinha junto à porta, onde a luz era boa. Cortou a barba com a tesoura e se barbeou usando uma bacia com água quente. Mais tarde, cuidou dos cabelos.

Já havia feito aquilo antes e ficou bom. Varreu os fios espalhados pelo chão de linóleo, pôs num saco de compras, enfiou no fogão e fechou a portinha. Depois de esquentar mais água, lavou os cabelos e em seguida o corpo todo com a ajuda de uma esponja, ficando de pé na banheira de aço galvanizado que encontrara nos fundos da casa. A banheira estava enferrujada e vazava, mas a água escorria até a parede e lentamente desaparecia. Tinha roupas limpas num saco de brim fechado com um cordão. Vestiu-se, penteou os cabelos e se olhou no espelho.

Trouxera duas ratoeiras e usou pedaços de queijo como isca. Os camundongos haviam praticamente se apoderado da cozinha. Reduziu as chamas da lamparina ao mínimo e se deitou, ficando em silêncio. A primeira ratoeira foi disparada. Depois a segunda. Aumentou a iluminação, jogou os pequenos corpos ainda quentes no lixo, rearmou as ratoeiras e se deitou. Clique. Clique.

Quando foi até a segunda ratoeira, o pequeno camundongo tentava com as patas dianteiras libertar a cabeça presa na alça de metal. Ele levantou a alça e viu o animalzinho atravessar cambaleante o chão da cozinha. Jogou então as duas ratoeiras no lixo e voltou para a cama.

Certo dia, os camundongos desapareceram. Ficou tentando escutá-los no escuro. Acendeu a lanterna e varreu a cozinha com o feixe de luz. Nada. Na noite seguinte, ouviu um farfalhar no feno, se sentou, acendeu a lanterna e deu de cara com um delgado arminho com a ponta da cauda preta. O animal ficou visível sob a luz, desapareceu e ressurgiu no canto mais afastado do aposento, com tamanha velocidade que ele pensou haver dois deles. Depois foi embora e nunca mais voltou. Uma semana mais tarde, os camundongos estavam de volta.

Tendo comprado alguns cadernos escolares e um pacotinho de esferográficas no mercado, à noite se sentava recostado nos fardos de feno e escrevia cartas para ela à luz da lamparina. Como começar. Querida Alicia. Uma vez escreveu: Minha amada esposa. Amassou a folha, pôs-se de pé e jogou-a no fogão.

Havia corujas no frontão do celeiro antes mesmo que a neve derretesse. Postado no vão central, ele apontou a lanterna para a parte superior da estrutura. Duas faces em formato de coração olharam para baixo. Pálidas como as metades de uma maçã naquela luz. Piscaram e moveram as cabeças de um lado para outro.

Algumas noites mais tarde, ao acordar, continuou deitado ouvindo o silêncio. Levantou-se, acendeu a lamparina e levou-a até o cômodo da frente, erguendo-a acima da cabeça. Um morcego voejava silenciosamente pela casa. Ele foi até a porta da frente, abriu-a, deixando o frio entrar, e voltou para a cama. Pela manhã, o morcego se fora.

Examinou as gavetas do armário na sala da frente. Uma minúscula xícara de chá. Uma luva de mulher. Não sei o que lhe dizer, ele escreveu. Muita coisa mudou e, no entanto, tudo permanece igual. Eu sou o mesmo. Sempre serei. Estou escrevendo porque penso que há coisas que você gostaria de saber. Estou escrevendo porque há coisas que não desejo esquecer. Tudo se foi da minha vida, exceto você. Nem quero saber o que isso significa. Há horas em que não consigo parar de chorar. Me desculpe. Vou tentar de novo amanhã. Todo o meu amor, seu irmão, Bobby.

Ele havia abandonado o hábito de conversar com ela quando estava em New Orleans porque se veria falando em restaurantes ou nas ruas. Agora, tinha voltado com aquilo. Pedia sua opinião. Às vezes, à noite, quando tentava contar sobre seu dia, tinha a impressão de que ela já sabia.

E então tudo começou a se desvanecer. Ele sabia qual era a verdade. A verdade é que a estava perdendo.

Recordava-se dela na luz crepuscular do inverno, de pé num lago apesar do frio, segurando os cotovelos. Olhando para ele. Até finalmente dar meia-volta e regressar à cabana.

Sentou-se enrolado nos cobertores com a lamparina ao lado. Sheddan dissera certa vez que a leitura dos mesmos livros gerava um vínculo mais forte entre as pessoas do que o sangue. Os livros que lhe dei, você devorava em horas. Guardando-os de cor quase palavra por palavra.

O tempo esquentou. Há uma coruja atrás da casa. Posso ouvi-la durante a noite. Não sei o que lhe dizer. Vou parar agora. Todo o meu amor.

Levantou-se, calçou as botas, vestiu o casaco e caminhou pela estrada. Uma lua fria e pela metade despontava entre os galhos das árvores. Abafados pela distância, os gemidos das tábuas da ponte sob as rodas de um carro. Faróis se movendo no topo da colina e desaparecendo. O vento soprando a neve dos campos até que ela voltava a se acomodar. Quando a irmã apareceu na porta do quarto que ocupava em Chicago, ele soube que não saíra ao longo de semanas. No futuro, aquele seria o dia de que se lembraria. Quando todas as preocupações dela pareciam ter a ver com ele. Levou-a para jantar no restaurante alemão da Cidade Velha, e a mão dela sobre seu braço afastou todas as suas preocupações, mas só depois compreendeu que nesse dia ela estava lhe dizendo o que ele era incapaz de entender. Que começara a se despedir dele.

Acordou, acendeu a lamparina e, enrolado nos cobertores, se recostou nos fardos de feno. À luz da lamparina, a água no balde sobre o chão se agitou, formando finos anéis, e voltou a ficar parada. Alguma coisa na estrada. Alguma coisa nas profundezas da terra. Como tinha o rosto molhado, percebeu que havia chorado durante o sono.

Varreu a neve da caminhonete com a vassoura, soltou a bateria com um alicate, levou-a até a cidadezinha no carrinho de puxar e trouxe de volta. Sete horas de caminhada. Dois dias depois foi embora.

Numa pequena cidade no sul de Idaho, passou a noite num velho hotel perto da estação de trem, ouvindo os contínuos entrechoques dos vagões enquanto manobravam, e seus ecos, como notícias de uma guerra antiga. Foi até a janela. Começara a nevar.

Rumou para o sul em direção a Logan, em Utah, tomando a autoestrada 80 a fim de atravessar Wyoming. Green River. Black Springs. Cheyenne. Dormiu na caminhonete e continuou a dirigir. Cruzando as planícies centrais. Os grandes caminhões com mais de dois eixos enfrentando as lufadas de neve. Ogallala. North Platte. No crepúsculo vermelho, bandos de grous cruzavam a estrada. Voavam em círculos e aterrissavam nas áreas planas, onde andavam ao descer, com as asas dobradas, até por fim pararem.

Tomou as estradas secundárias para o norte. Poucos carros trafegavam por elas, e depois, nenhum. Uma lua achatada de papel de arroz subiu acima dos fios. A caminho de Norfolk, viu um par de luzes numa vala ao lado do acostamento. Reduziu a velocidade. Como as luzes se sobrepunham, em segundos entendeu do que se tratava.

Estacionou a caminhonete. Era um carro tombado de lado na vala com os faróis acesos e o motor ligado, enquanto uma fumaça branca deslizava por cima do asfalto. Desligou o motor, pegou a lanterna no porta-luvas, desceu da caminhonete, fechou a porta e atravessou a estrada. Apontou a lanterna para as janelas, mas não conseguiu ver nada. Pisou no eixo cardan, ergueu o corpo e olhou para dentro do carro. Junto à porta, que terminara encostada no fundo da vala, havia um homem enroscado, que piscou por causa da luz.

Western bateu no vidro. Você está bem? O homem se mexeu um pouco, mas não respondeu. Western podia ver o vapor de sua respiração. Capim, lama e pedregulhos se amontoavam por trás do vidro da janela. Western trepou na parte traseira, agarrou a maçaneta e tentou levantar a porta, mas ela estava trancada. Iluminou de novo o interior do carro. Desligue o motor, gritou. O homem cobriu o rosto com os cotovelos. Western apagou a lanterna e ficou parado por algum tempo. Um cão latiu ao longe. Viu as luzes de uma casa de fazenda mais além do bosque escuro. Desceu e contornou o carro. Descalçou uma das botas, se apoiou no para-choque e apertou a sola de couro contra a boca do cano de descarga, por onde ainda saía fumaça. O motor engasgou e morreu. Calçou de novo a bota, pulou para fora da vala, atravessou a estrada e entrou na caminhonete. Achou que o homem enroscado no carro era um passageiro e, dando a partida no motor, imaginou que poderia ver adiante o motorista, à luz dos faróis, seguindo pelo acostamento. Mas não viu ninguém.

Chegou a Black River Falls numa fria noite de sexta-feira. Hospedou-se num motel barato de beira de estrada e, de manhã, às dez horas, entrou no Stella Maris.

A enfermeira anotou seu nome e olhou para ele. O senhor é parente?

Não, senhora. Apenas um amigo.

Sinto muito ter de lhe dizer isso, mas Helen morreu. Faz mais ou menos um ano.

Ele olhou para'o corredor. Tudo bem. Há mais alguém que eu possa ver?

Tudo bem?

Desculpe. Não foi o que eu quis dizer. E quanto ao Jeffrey?

Ela abaixou a caneta e o encarou. Você é o irmão dela.

Sou.

Ela o examinou. Em suas roupas de lenhador e com o corte de cabelo caseiro. Depois empurrou a cadeira para trás e se levantou.

Não vai me botar para fora, vai?

Não. Claro que não.

Você conheceu minha irmã?

Não. Mas sei quem era.

Ao voltar, ela o levou pelo corredor até a sala de estar. O mesmo leve cheiro de urina e desinfetante. Abriu a porta para que ele passasse.

Pode se sentar ali perto da janela. Eu já venho.

Ao voltar, abriu a porta para Jeffrey, que estava numa cadeira de rodas. Western levantou-se. Não soube ao certo por quê. Jeffrey atravessou a sala, cujo chão era coberto de linóleo, empurrou a cadeira um pouco de lado e ergueu a vista para vê-lo. Western ofereceu a mão, porém Jeffrey se limitou a sustentar o cotovelo com a palma da mão, movendo-a para cima e para baixo algumas vezes enquanto olhava por cima do ombro para a enfermeira. Ela se virou para ir embora e Jeffrey encarou Western. Sente-se, disse.

Ele assim o fez. Esperaram. Só depois que a enfermeira saiu da sala é que Jeffrey moveu a cadeira e examinou Western com mais atenção. Você não está com uma aparência muito boa, disse.

Já estive melhor.

Pensei que tinha morrido.

Não. Não chegou a esse ponto. Como você está?

Só pensei que, não estando morto, podia ter avisado.

Desculpe.

Talvez sim, talvez não. Imagino que tenha vindo conversar sobre Alicia.

Só queria ver o lugar. Pela última vez.

Está morrendo?

Não. Mas vou embora.

Para longe?

Bem longe.

Certo. Isso é compreensível. Eu não vou a lugar nenhum tão cedo.

O que aconteceu com você?

Fui atropelado por um carro. Está bem?

Sinto muito.

É, eu também. Me atropelou e fugiu.

Encontraram o motorista?

Quem encontrou o motorista?

Alguém. Qualquer um.

Você precisa ser mais específico. Eu sou bipolar. Entre outras coisas. Eu e o Amundsen.

Não acho que ele tenha chegado ao polo Norte.

Não. Mas voou sobre ele. Você parece ter alguma dificuldade em ir direto ao ponto.

Só sei que vocês eram amigos.

Eu e o Amundsen?

Bem. Não. Na verdade eu sei. Ela tinha um monte de amigos. Mas, no final das contas, não conseguiu o que queria, não é? Como, aliás, quase todos nós.

O que ela queria?

Você realmente não sabe?

Não. Não sei.

Ela queria desaparecer. Bom, não é bem assim. Em primeiro lugar, nunca quis vir para cá. Nunca quis. Ponto-final.

Ela lhe disse isso?

Disse.

E você acreditou?

Eu acreditava em quase tudo que ela falava. Você não?

Acredita na vida após a morte?

Ela falou que eu não acredito nisso, não é?

Jeffrey pescou um pequeno binóculo no meio do roupão, se inclinou e examinou o terreno.

Pelo menos metade do mundo precisa ser composto de escuridão, ele disse. Conversávamos sobre isso.

Sente falta dela?

O quê, está louco?

O que está vendo lá?

Alguns lagartos com pele de bolinhas verdes. Tem um bocado deles nos bosques daqui. Grandões.

Sério?

Talvez não tanto quanto você, é claro. Mas sem dúvida sinto falta dela. Quem não sentiria? Pensei que ela estaria segura aqui. Mas não estava. Ela deveria ter me contado. Eu teria ido com ela.

Mesmo?

Num piscar de olhos.

Mas ela não te disse nada.

Não. Não que fosse um assunto proibido ou coisa assim.

Você se lembra de alguma coisa que ela tenha falado sobre isso?

Não sei. Nunca imaginei que fosse algo tão importante para ela. Ela disse uma vez que, só porque o mundo girava, isso não significava que as pessoas não pudessem pular fora dele. Tem uma coruja naquelas árvores ali.

De que tipo?

Não sei. Não consigo vê-la. Só os corvos. Eu achava que ela era uma pessoa perfeita. Tão perfeita quanto é possível ser.

Eu não gostava quando ela falava palavrões.

Sério? Eu gostava. Sabe do que mais eu gostava?

Não. Do quê?

De observá-la quando encontrava alguém pela primeira vez. Sobretudo quando era algum espertinho. Ele via aquela criança loura ali e em poucos minutos estava nadando desesperadamente para não se afogar. Era divertido.

Alguma vez ela lhe contou sobre os amiguinhos que costumavam visitá-la?

Claro. Perguntei como era capaz de acreditar neles e ao mesmo tempo não conseguia acreditar em Jesus.

O que ela disse?

Que nunca tinha visto Jesus.

Mas você viu. Se me lembro bem.

Sim.

Qual era a aparência dele?

Ele não se parece com nada. Pareceria com o quê? Não há nada com o que possa se assemelhar.

Então como você soube que era Jesus?

Está de sacanagem comigo? Acha mesmo que alguém poderia ver Jesus e não saber que porra estava vendo?

Ele disse alguma coisa?

Não. Não disse nada.

Você voltou a vê-lo?

Não.

Mas nunca perdeu a fé nele?

Não. O israelita cura. Isso é tudo que precisamos saber. Deixe-me citar Thomas Barefoot. Sua verdade não voltará a ele vazia. Vai fazer o que ele quer que faça. Você deveria refletir sobre isso.

Quem é Thomas Barefoot?

Um assassino condenado. Esperando a execução pelo estado do Texas. Seja como for, quando se vê Jesus uma vez, é para sempre. Caso encerrado.

Para sempre?

É. Ele é do tipo para sempre.

Você não vê nenhum conflito entre o que sabe sobre o mundo e o que acredita sobre Deus?

Não acredito em nada sobre Deus. Simplesmente creio em Deus. Kant tinha razão sobre as estrelas no céu e a verdade interior. A última luz que o cético verá não será o apagar do sol, mas o apagar de Deus. Todos nascem com a faculdade de ver o milagroso. É preciso escolher não ver. Você acha que a paciência dele é infinita? Acho que provavelmente estamos quase lá. Acho que provavelmente ainda estaremos aqui para vê-lo molhar o polegar, curvar-se e desligar o sol.

Faz quanto tempo que está aqui?

Dezoito anos.

Ele se virou, olhou para Western e depois mais uma vez contemplou o terreno. É, eu penso o mesmo. E se me botarem para fora daqui? De pé numa parada de ônibus com uma mala e vinte dólares no bolso? Por isso ninguém quer chamar muito a atenção. Mas ainda precisa se fazer de maluco. Não se pode bobear.

Acha que sua medicação está ajudando?

Porra, Bobby, me ajudando em quê? A gente anda no fio da navalha. Sabe que eles querem se ver livres da nossa carcaça. Estamos comprometendo a reputação do lugar. Quando novos clientes aparecem com seus amigos, eles nos escondem. E não recebemos nenhum dinheiro. Tem alguma coisa aí que se possa fumar?

Não sabia que era permitido fumar aqui.

E não é. Não no prédio. Mas não foi essa a pergunta.

Não tenho nada. Sinto muito.

Está bem.

Apertou o roupão em volta do corpo e olhou pela janela.

Estou começando a dar nos seus nervos.

Ainda não. Vou lhe dizer quando, não se preocupe.

Tudo bem.

Você podia se internar aqui também, sabe? Eu gostaria de ter uma boa companhia. E acho que você não tem mais nada para fazer.

Alguns amigos já me sugeriram isso. Vou pensar.

Não vai pensar coisa nenhuma. Mesmo se pensasse, não ajudaria. Vou lhe contar uma historinha das enfermarias. Havia uma mulher chamada Mary Spurgeon. Vinte e oito anos de idade. Era o dia do aniversário dela. O último, como se verificou. Por isso, haviam organizado uma festinha com bolo e tudo. Alguém tinha uma Polaroid, tiraram várias fotos, uma delas com Alicia. E quando Alicia viu o retrato, notou um ponto branco no olho de Mary. Depois de olhar com mais cuidado, ela deu meia-volta e saiu.

Foi até a clínica e, mostrando a fotografia, disse ao médico que Mary tinha um blastoma na retina e precisava ter o olho removido. O médico analisou a foto, foi até a enfermaria, examinou o olho de Mary, chamou uma ambulância e eles a levaram. Mary voltou uma semana depois, sem um olho e com um enorme curativo.

Ela teria morrido.

Eu sei. Mas os malucos aqui não entenderam assim. Mandaram uma delegação perguntar a ela por que tinha feito aquilo com Mary Spurgeon. Queriam saber por que a havia denunciado. Palavras deles. Veja só o que você fez.

O que a própria Mary disse?

Mary não disse nada sobre o assunto. Mas então cortou os pulsos e morreu no banheiro do corredor tarde da noite depois de escrever um poema obscuro na parede com o próprio sangue.

Isso deve ter sido muito difícil para ela. Nunca me contou nada.

Alicia?

É.

Bem, muita coisa acontece na enfermaria que não aparece nos jornais.

Imagino que tenha sido por isso que ela se matou.

Mary?

É.

Quem sabe? Ela ficou na fronteira durante anos. Devia estar sendo vigiada para não cometer suicídio, mas não estava. Sua irmã saiu uma semana depois.

Por que você acha que ela não me contou?

Alguma parte dela pode ter pensado que os malucos estavam certos.

Ele baixou o binóculo e examinou o terreno bem-cuidado. Você acha que a maioria das pessoas quer morrer?

Não. A maioria é um bocado de gente. Você acha?

Não sei. Acho que há horas em que se quer simplesmente acabar com tudo. Acho que muitas pessoas prefeririam estar mortas se não fossem obrigadas a morrer.

Você também?

Sem dúvida.

Não tenho certeza se entendo a diferença.

Entende, sim.

O que mais?

Por quê? Há algo mais?

Sempre há algo mais.

Muito bem.

Muito bem?

Certo.

Western examinou a paisagem. Eis aqui um sonho. Havia um homem, um falsificador de antiguidades. Trabalhava com documentos. Com os instrumentos para prepará-los. Uma figura do Velho Mundo. Terno escuro, um tanto surrado. Uma formalidade de pobre que guardava um certo quê de exotismo. Diziam que a pasta dele tinha sido feita com o couro de um pagão, e que nela carregava os materiais necessários para fabricar todo tipo de documento. Pergaminho, papel velino francês e folhas antigas com as marcas-d'água apropriadas. Lacres de época, fitas, assinaturas de autoridades, bicos de pena de todas as origens, além de tintas naturais, penduradas em garrafinhas no cinto. Talvez você consiga visualizá-lo.

Não estou tão certo disso.

Tudo bem. Na verdade ele me faz sorrir. Não é importante. O que seria do mundo sem as habilidades dele? Nossas escolhas seriam limitadas. Mas o que mais interessa é a clientela.

Quem são os clientes dele?

A história.

A história não é uma coisa.

Bem colocado. Mas problemático. A história é uma coleção de papéis. Algumas recordações desbotadas. Após algum tempo, o que não foi escrito jamais ocorreu.

E quanto a boa parte do que é escrito?

Bem, este é o assunto em discussão.

Quem paga por isso?

Você.

Eu?

Sim. E toda revisão da história é uma revisão da riqueza. E a menos que você esteja vivendo numa lixeira, tem que contribuir.

Estou vivendo numa lixeira.

Se você diz.

Tudo isso num sonho?

Por que não?

Alguma vez contou a ela esse sonho?

Não foi preciso.

Por que não?

O sonho foi dela.

Mas você o compreendeu?

Ora…

A história tem a ver com o dinheiro?

Antes que existisse o dinheiro não havia história. Por que será?

Não sei. Apenas suspeito, na melhor das hipóteses.

Rumores, boatos. Mentiras. Se você acredita que a dignidade da sua vida não pode ser abolida com uma canetada, então acho que deveria refletir de novo.

Esses eram os pensamentos dela?

Não. Esses são meus.

Ela deve ter falado alguma coisa sobre ele. O traficante de drogas. Você sabe como era?

Não. Não sei.

Toda história física se transforma numa quimera com o passar do tempo. Segundo ela, mesmo se tocarmos nas pedras de prédios antigos, jamais acreditaremos de fato que o mundo a que eles sobreviveram tinha, em determinado momento, a mesma realidade daquele em que habitamos. A história é uma crença.

Não sei se entendo bem o argumento. Que outros sonhos?

Sonhos, sonhos. Que tipo de desespero levaria uma pessoa a um hospício para conhecer as opiniões dos malucos?

Boa pergunta.

Você conhece o Teste Wisconsin de Classificação de Cartas?

Ouvi falar.

Os esquizofrênicos têm uma notória dificuldade com ele. É uma ferramenta analítica. Ela obtinha resultados magníficos nesse teste.

Que conclusão os médicos tiravam disso?

Faziam mais testes.

Mais testes?

Claro.

É o que eles fazem.

É exatamente o que eles fazem. Certa vez ela tirou oito no Stanford-Binet.

Oito?

É.

Está bem.

Aplicaram o teste outra vez e ela tirou cinco. Praticamente o QI de um pedaço de pão. Mas ela deu um basta nisso.

Eu sei. Não fez mais nenhum teste. Acho que disse que faria o Teste Coonsfeldt se mudassem o nome. Perguntaram se ela era antissemita.

Ele baixou o binóculo e olhou para Western. Estavam preparando um ensaio acadêmico. Quem pode imaginar que porra eles tinham em mente?

Se pudesse sair daqui, para onde você iria?

Sei lá. Não sei por que desejaria sair daqui. Está longe de ser um lugar perfeito, mas é o que há. Por que pergunta? Pretende pegar a estrada?

Já estou na estrada.

Bem, você não gostaria de me ter como companheiro. Costumo atrair o tipo errado de atenção.

É procurado pelas autoridades?

Não sei. Sim. Talvez. Mas não podem me foder enquanto estou num sanatório. É a vida.

Ou não.

Ou não. Mas seria divertido. Não tenho ninguém com quem conversar.

Você já disse isso. De qualquer forma, conheço a sensação.

Você já disse isso.

Quando eu estava numa fase suicida, ela me disse que há certas graças para quem sobrevive a seus próprios abusos. Acho que sei ao que se referia. Mas, se ela não seguiu seu próprio conselho, como levar isso a sério?

Não sei.

E se o propósito da caridade humana não fosse proteger os fracos — o que parece de toda forma bastante contrário ao darwinismo —, mas salvaguardar os loucos? Eles não recebem um tratamento especial nas sociedades mais primitivas?

Supostamente.

Não é o que diz seu camaradinha Frazer?

Acho que sim. Sem rigor científico.

Precisamos ter cuidado com relação a quem deve ser liquidado. É possível que alguma parte da nossa compreensão venha de indivíduos incapazes de se sustentar por si próprios. O que você acha? Talvez precise ser louco para pensar isso.

O que mais?

Ela disse que a feminilidade implicava obrigações bem menos misericordiosas que qualquer coisa a que os homens estavam acostumados.

Acha que isso é verdade?

Não sei. Se ela disse, vale a pena refletir. Você quer dizer alguma coisa?

Sobre ela?

É.

Quando tinha dezesseis anos, lhe dei um carro. Foi em Tucson. Poucas semanas depois, ela juntou suas coisas e dirigiu de Tucson até Chicago. Sem fazer nenhuma parada. Era um carro veloz e ela dirigia assim. Ia a todos os lugares sem parar, qualquer que fosse a distância. Prendia os cabelos na janela para que, se caísse no sono, o puxão a despertasse.

Isso é típico dos esquizofrênicos.

Prender os cabelos na janela?

Não. Viajar sem parar. Que tipo de carro?

Você entende de automóveis?

Não.

Era um Dodge. Um Hemi turbinado. Muito veloz. Ultrapassava tudo na estrada, só parava para abastecer.

Você queria que ela se matasse?

Não. Queria que fosse livre.

Acha que isso é liberdade?

Talvez não. Mas um carro veloz e uma estrada desimpedida dão uma sensação que é difícil de reproduzir em outros lugares ou de outras maneiras.

Posso perguntar uma coisa?

Claro.

Acha que poderia ter previsto como seria sua vida?

Praticamente nem um dia.

Não vai me fazer a mesma pergunta, não é?

Está bem. E você, poderia?

Não. Claro que não. Acha que temos qualquer poder de decisão sobre isso?

Não é possível responder a essa pergunta. Meu amigo John tem a teoria de que, se as coisas estão indo razoavelmente bem, é por sua causa. E, se não vão bem, então é tudo falta de sorte.

Sim. Pela minha experiência, quando você tenta alcançar alguma coisa, há uma boa chance de que ela não esteja lá.

Tenho que ir.

Certo. Você está bem?

Não. E você?

Não. Mas temos expectativas reduzidas. Isso ajuda.

Acha que voltarei a vê-lo?

É possível. Nunca se sabe.

Acho que você sabe.

Se cuida, Bobby.

Você também.

Agradeceu à mulher na recepção, e já tinha se virado para sair quando ela o chamou.

Sr. Western?

Sim.

Há algumas coisas aqui. Coisas da sua irmã. Gostaria de levá-las?

Ele parou, olhando pelo corredor para a porta de saída.

Sr. Western?

Não sei. Coisas dela?

A mulher pegou uma caixa do chão e pôs sobre a mesa. Acho que são só roupas. Alguns papéis. O senhor não precisa levar se não quiser. Podemos mandar para uma instituição de caridade. Mas há também um cheque para o senhor.

Um cheque?

É. O saldo da conta dela. E outro envelope que foi deixado aqui para o senhor.

Deixado para mim?

É.

Por quem?

Não sei. Foi uma mulher.

Ele pegou os dois envelopes e os examinou. Um tinha o endereço do seu apartamento na St. Philip Street.

O que tem nesse?

Uma corrente e acho que um anel. Talvez uma aliança de casamento. Aparentemente eram da sua irmã. Enviamos o envelope para o senhor em New Orleans, mas voltou. Está aqui faz tempo.

E foi uma mulher quem o deixou aqui?

Sim.

Como ela sabia que era da minha irmã?

Não sei. Ela disse que o marido havia encontrado. Não disse como se chamava. Quer abrir a caixa?

Tudo bem.

Quer levá-la?

É, certo.

Ela lhe entregou a caixa e ele guardou os envelopes no bolso de trás da calça.

Obrigado.

Sinto muito, disse a mulher. Sinto muito não a ter conhecido.

Western não soube o que dizer. Fez um aceno de cabeça, pôs a caixa debaixo do braço e saiu.

Sentou-se na caminhonete e colocou a caixa no banco a seu lado. Estava fechada com fita adesiva e tinha o nome dela escrito com marcador preto. Pegou os envelopes e olhou para eles com atenção. No que continha o anel estava escrito Robert Weston. Abriu o outro e examinou o cheque. Vinte e três mil dólares.

Olhou pela janela. Bem, disse.

Guardou o cheque dentro do envelope e ficou contemplando as árvores mais além do estacionamento. Imaginou-a caminhando pelo bosque na neve e, não conseguindo parar de pensar nela, apertou o punho contra a testa e fechou os olhos. Depois de um tempo, abriu o porta-luvas, enfiou o envelope e voltou a fechá-lo. Ficou imóvel olhando o outro envelope. Havia nele uma marca em forma de anel, no ponto onde alguém o apertara com o polegar. Rasgou uma beirada com os dentes, abriu o envelope e derramou seu conteúdo. O anel e a corrente deslizaram para a palma de sua mão. Ficou olhando para eles e depois fechou lentamente a mão. Ah, menina, sussurrou.

Ao chegar a New Orleans, se hospedou na Associação Cristã de Moços e ligou para Kline do telefone público no corredor.

Onde você está?

Na Associação Cristã de Moços.

Passo por aí e pego você daqui a uma hora, mais ou menos.

Por volta das cinco?

É.

Até logo.

Sentaram-se na mesa de Kline e pediram um coquetel local chamado Sazerac. O garçom chamou Western de sr. Western. Saúde, disse Kline.

Saúde.

Às cinco e meia de uma tarde de quinta-feira, o restaurante estava praticamente vazio. Aquele ali é o Marcello, disse Kline, apontando com o queixo. Ele gosta de comer cedo.

Com quem ele está?

Não sei. Você não bebe água?

Não muito. Provavelmente não é uma boa ideia.

Provavelmente. O que a sua irmã fazia em Wisconsin?

Estava num hospício.

Por que em Wisconsin?

Tentou ir para o lugar onde Rosemary Kennedy foi confinada.

Ela achou que a deixariam entrar?

Achou. Claro que não deixaram. Terminou numa instituição administrada no passado por alguma ordem de freiras.

O estado tem muitos hospícios?

Provavelmente não o bastante para acomodar todo mundo.

Vocês tinham alguma conexão com os Kennedy?

Não.

Trabalhei com o Bobby em Chicago no começo da década de 1960. Por pouco tempo. Trabalhávamos com um cara chamado Ed Hicks, que estava tentando conseguir eleições livres para os taxistas de Chicago. Kennedy era basicamente um moralista. Logo conseguiu reunir um rol impressionante de inimigos, gabando-se de saber quem eles eram e o que planejavam. O que, obviamente, não foi o caso. Quando assassinaram o irmão dele uns anos depois, eles estavam envolvidos numa rede de tramas e esquemas que nunca será totalmente conhecida. No topo da lista estava o assassinato de Castro e, se isso falhasse, a própria invasão de Cuba. No final, não creio que isso teria acontecido, mas é uma espécie de indicação das encrencas em que estavam metidos. Sempre me perguntei se não houve um momento, quando Kennedy se deu conta de que estava morrendo, em que ele não tivesse sorrido aliviado. Depois que o velho Kennedy sofreu um derrame cerebral, os Kennedy por algum motivo acharam que seria uma boa ideia perseguir a máfia. Ignorando o acerto que o velho tinha feito com ela. Não faço ideia do que se passou na cabeça deles. Na época, Jack estava trepando com a namorada de Sam Giancana, uma senhora chamada Judith Campbell. Mas, para ser justo — uma coisa antiquada —, acho que ele a conheceu antes. Ele ou um de seus cafetões. Um cara chamado Sinatra. O que se pode dizer dos Kennedy? Não há ninguém como eles. Certa noite, um amigo meu foi convidado para uma festa íntima em Martha's Vineyard. Quando chegou lá, Ted Kennedy estava recebendo as pessoas na porta. Vestindo um macacão amarelo berrante e de porre. Meu amigo disse: Bela roupa, senador. E Kennedy respondeu: É mesmo, mas eu posso. Meu amigo — que é advogado em Washington — me contou que nunca tinha entendido os Kennedy. Eles o desconcertavam. Mas, quando ouviu aquelas palavras, as coisas ficaram claras. Imaginou que elas provavelmente estavam gravadas no brasão da família. Como quer que se diga isso em latim. Nunca entendi por que não há um monumento em lugar nenhum para Mary Jo Kopechne. Aquela moça que Ted deixou se afogar num carro depois de cair da ponte. Se ela não tivesse sido sacrificada, aquele lunático teria sido presidente dos Estados Unidos. Meu palpite é que, com exceção de Bobby, eles eram simplesmente um bando de psicopatas. Imagino que a esperança de Bobby era de algum modo absolver a família. Mesmo sabendo que isso era impossível. Não havia um centavo nos cofres que financiaram toda a empreitada que não tivesse uma origem suja. E então todos eles morreram. Assassinados, na maior parte dos casos. Talvez nada como Shakespeare. Mas não seria um mau roteiro para Dostoiévski.

Castro não fez parte disso?

Não. No final, viu-se que não. Quando assumiu o controle da ilha, ele pôs Santo Trafficante na cadeia e disse que seria morto como inimigo do povo. Diante disso, é claro, Trafficante apenas perguntou: Quanto? Ouve-se falar de quantias diferentes. Quarenta milhões.

Vinte milhões. Provavelmente mais perto de dez. Mas Trafficante não ficou feliz com a situação. A máfia tinha uma longa tradição de administrar os cassinos para Batista. Castro deveria tratá-los melhor. A máfia. Tinha sorte de estar vivo. O curioso é que Santo tocou três cassinos em Cuba por mais oito ou dez anos depois do incidente. A língua é importante. As pessoas esquecem que a língua materna de Trafficante era o espanhol. Seja como for, ele e Marcello vêm há anos dominando o sudeste, de Miami a Dallas. E o valor líquido do negócio é descomunal. No auge, mais de dois bilhões de dólares por ano. Bobby Kennedy não teria deportado Marcello sem o consentimento de Jack, mas, a essa altura, não era mais possível desatar todos os nós. A CIA odiava os Kennedy e trabalhava para se desligar inteiramente do governo, mas a ideia de que mataram Kennedy é idiota. E se Kennedy pretendia desmembrar a CIA, como havia prometido, teria que ter começado dois mandatos antes. Àquela altura, era tarde demais. A CIA também odiava Hoover, enquanto Hoover odiava os Kennedy, e todos presumiam que ele tivesse conexões com a máfia, mas a verdade é que a máfia possuía um extenso arquivo de Hoover como travesti — vestindo roupa íntima de mulher —, razão pela qual há anos existia um impasse mexicano. Havia mais coisa, claro. Mas, se você dissesse que Bobby acabou provocando a morte do irmão — que ele adorava —, eu teria que concordar. A CIA largou Carlos nas florestas da Guatemala e foi embora de avião dando adeusinho para ele. Difícil entender no que estavam pensando. Deixaram ele lá, onde tinha um passaporte falso, e seu advogado finalmente apareceu, quando os dois foram então levados à força para as florestas de El Salvador a fim de inventar novas vidas. Ali, no meio do calor, da lama e dos mosquitos. Vestindo ternos de lã. Andaram uns trinta quilômetros ou mais até chegarem a uma aldeia. E agradeceram a Deus que houvesse um telefone ali. Ao voltar a New Orleans, ele convocou uma reunião em Churchill Farms — sua casa no campo —, babando sangue ao falar em Bobby Kennedy. Olhou para as pessoas na sala — creio que eram oito — e disse: Vou liquidar esse filho da puta. Fez-se um grande silêncio. Todos sabiam que era um encontro sério: na mesa, só havia água para beber. E por fim alguém disse: Por que não liquidamos o filho da puta maior? E deu no que deu.

Não sei se estou entendendo.

Se matassem o Bobby, teriam que lidar com um JFK muito puto. Mas, matando JFK, o irmão rapidinho deixaria de ser o procurador-geral do país para se tornar um advogado desempregado.

Como é que você sabe disso tudo?

Sabendo. O problema dos Kennedy é que eles não compreendiam a implacável ética de guerra dos sicilianos. Eram irlandeses, achavam que se ganhava pela conversa. Não entendiam realmente que havia aquela outra coisa. Usavam abstrações para fazer discursos políticos. Povo. Pobreza. Não pergunte o que seu país blá-blá-blá. Não entendiam que havia gente viva que ainda acreditava efetivamente em coisas como honra. Nunca ouviram Joe Bonanno dissertando sobre o assunto. É isso que torna o livro de Kennedy tão ridículo. Embora, para ser justo, haja dúvidas de que ele sequer o tenha lido. Vou pedir o frango.

Tudo bem.

Quer escolher o vinho?

Claro.

Western abriu a carta de vinhos. Devo dizer que é uma história envolvente. Mas gostaria de saber o que ela tem a ver com o meu problema.

Este país é o seu problema.

É mesmo?

Não é?

Eu teria de pensar um pouco.

Bom. Isso provavelmente também é um problema. Você já esgotou o tempo regulamentar. Mas ainda não chegou a uma decisão.

Você acha que corro perigo?

Acho que não deveria estar olhando para lá.

Desculpe. Devo confessar que ele não tem uma aparência assim tão imponente.

Não. Um metro e sessenta e cinco, acima do peso. Difícil dizer quantas pessoas morreram porque só repararam nisso.

Sério?

É.

Western pediu uma garrafa de Montepulciano. Kline assentiu com a cabeça. Boa escolha. Algum tempo atrás eu estava sentado nesta mesa com um amigo e Carlos naquela com dois outros homens. Não eram os guarda-costas. Eles sempre se sentam na frente, de onde podem observar todo mundo. Mas havia três mulheres naquela outra mesa lá e notei que os garçons as serviam com uma deferência típica do Velho Mundo. Em especial a mais velha. Quando Marcello e seus amigos se levantaram para ir embora, pararam diante da mesa, e Carlos, tomando a mão da grande dama, se curvou e lhe disse alguma coisa em italiano. Depois os outros dois fizeram o mesmo. Não prestaram a menor atenção às outras mulheres. Mas os amigos de Marcello, enquanto faziam suas pequenas reverências, puseram a mão esquerda sobre o coração. Depois que saíram, meu amigo quis saber se aquilo era uma coisa siciliana. A mão sobre o coração. E eu disse que sim. De fato, uma coisa muitíssimo siciliana. Era para impedir que as pistolas de calibre .38 caíssem na sopa da mulher.

O que ele costuma pedir?

Em geral, um prato de massa. Alla puttanesca. Ele gosta de lagosta. Coisas que não constam necessariamente do menu.

Ele vai para a cadeia?

A menos que ocorra uma intervenção divina. É acusado de pagar propina em três estados. Nem consigo imaginar a que valor chegam suas despesas com advogados.

Western sorriu. Você é uma testemunha abonatória?

Não mesmo. Acho que estou mais para o outro lado.

Como assim?

O nome do advogado dele é Jack Wasserman. Especializado em imigração, com escritório em Washington. Uns três anos atrás, Wasserman veio à minha mesa e se sentou. Puxou um maço de notas do bolso e começou a contar cédulas de cem dólares em cima da toalha. Contou trinta e duas, embaralhou as notas e empurrou na minha direção. Aqui estão três mil e duzentos dólares, disse. Nenhuma razão particular para esse número. O que quero é que você me faça um cheque nesse valor.

O que você fez?

Peguei meu talão de cheques.

Não entendo.

Se ele tivesse um cheque meu, poderia usá-lo como prova de que eu o havia contratado para me defender e que, em consequência, isso nos daria os privilégios da relação entre advogado e cliente.

Por que ele achava que você precisava desses privilégios?

Não achava. Simplesmente não sabia que não precisaríamos. Essa gente não gosta de dar chance ao azar.

Vocês não precisariam ter um contrato ou algo assim?

Qualquer um pode redigir um contrato e predatá-lo. Mas um cheque vai para o banco. Preenchi o cheque e depositei o dinheiro na Flórida. Lá vem a comida.

Comeram em silêncio. Como Kline era um consumidor frugal de vinho, deixaram meia garrafa na mesa. Pediram café.

Você esteve no bar?

Não. Telefonei.

Ninguém o procurou?

Dão uma conferida de vez em quando.

Espero que não acredite que eles tenham planos de ir embora.

Não. Provavelmente não acredito. Eles apenas sabem que não estou lá.

Eles?

É.

O que você acha que vai acontecer?

Comigo?

Com você.

Não sei.

Bem, provavelmente não vai ser assassinado.

Isso é tranquilizador.

Só vai em cana.

Continuo esperando que você me diga alguma coisa útil.

Gostaria de poder fazer isso.

Quantas pessoas você ajudou a mudar de identidade?

Duas.

Onde elas estão agora?

Mortas.

Maravilha.

Não teve muito a ver comigo. Um era meu parente. O outro, um viciado em drogas que tomou uma overdose. Provavelmente uma mistura de heroína com opioides. Estavam ganhando tempo, mas é difícil ganhar tempo, e isso tende a custar caro.

Por que você os ajudou?

Família. Sempre uma encrenca.

Desculpe.

Os Kennedy.

Certo. Você não acredita que Oswald matou JFK?

Não é uma questão de acreditar ou não.

É uma questão de trabalho de detetive? Ou informação das internas?

As duas coisas. A gente começa do começo. Fatos fundamentais. Nesse caso, o fato mais fundamental é a balística do rifle de Oswald. Um rifle barato, comprado pelo correio, com uma mira telescópica também barata. Nenhuma prova de que ele o havia utilizado antes. Ou mesmo que soubesse como utilizá-lo. Sabemos que um dos tiros não acertou a limusine e foi parar no meio-fio. Supostamente, atingiu antes um fio elétrico. O que, evidentemente, é questionável. Não há provas de que Oswald soubesse qualquer coisa sobre armas. Ou sobre como atirar. Ele tinha um registro de atirador, mas isso significa que põem você lá até que acerte qualquer coisa. Perito é o nível que interessa. Não sei qual era a potência da mira telescópica. Quatro. Seis. Não importa. O que sabemos é que era uma porcaria. Igual ao rifle. O rifle era um Mannlicher-Carcano 6.5. Não conseguiram nem divulgar o nome certo. Carcano é o nome do fabricante. Mannlicher é uma espécie de rifle em que o antebraço tem quase o comprimento do cano. Supostamente para impedir que o atirador queime a mão. Mas isso é como chamar um revólver Colt de um revólver da marca Colt. Talvez se diga assim em italiano. Não sei. Antes do incidente, ninguém jamais tinha ouvido falar nessa porcaria de arma. O fato de disparar uma bala de calibre .25 realmente não significa nada. Os projéteis militares já vêm sendo reduzidos há algum tempo. Mas também se tornaram mais rápidos. E é a velocidade que conta. A velocidade mata.

A energia aumenta proporcionalmente à massa, mas aumenta no quadrado da velocidade.

É. Sempre esqueço que você sabe essas coisas. O Carcano tem uma velocidade de saída de menos de seiscentos metros por segundo. É possível usar um cartucho de fogo circular de calibre .22 quase com essa velocidade. Não que você fosse gostar de fazer isso. Estudei as fotografias da autópsia. Muitas pessoas as viram. Claro que não há dúvida de que é Kennedy. Dá para ver claramente seu rosto. A parte de trás do crânio desapareceu e o cerebelo está pendurado em cima da mesa. No entanto, os desenhos são diferentes. Mostram a parte do crânio que a bala removeu mais para o alto. Acho que prefiro ficar com as fotos. Se você olhar o fotograma 313 do filme de Zapruder, vai ver uma nuvem de sangue e miolos que quase tapa as imagens do casal Kennedy. O material explode para cima e para a direita por uma distância bem razoável. Chegou a atingir alguns dos policiais nas motocicletas. O Carcano não poderia fazer isso, não mais que uma espingardinha de ar comprimido. Os fotogramas seguintes mostram Jackie subindo na carroceria da limusine e um agente do serviço secreto fazendo o mesmo vindo de trás. Eles parecem se aproximar para dar as mãos. Mas não era isso que estava acontecendo. O que se viu no filme é que Jackie estava tentando recuperar um punhado do cérebro do marido que havia caído sobre a capota retrátil da limusine. O que parece que ela faz. Ela então se senta ao lado do marido morto, coberto de massa cinzenta e sangue, mas supostamente leva aquele material nas mãos em concha até o Hospital Parkland, onde o entrega a um médico. Ou foi o que o doutor declarou formalmente. Você parece perturbado.

É uma história muito estranha.

É mesmo.

E é verdadeira?

Não.

Então qual é o sentido de tudo isso?

O importante é que o povo acredita. O importante é que, quanto maior a emoção em torno de um incidente, menor é a probabilidade de que qualquer narrativa sobre ele seja precisa. Imagino que haja incidentes mais dramáticos do que o assassinato de um presidente, mas não serão muitos. Obviamente, eu tinha visto o filme do Zapruder várias vezes. Ele só foi tornado público dez anos depois. A essa altura, já havia sido manipulado de tantas maneiras que não fazia o menor sentido. Eu sabia que Jackie havia subido na capota da limusine. Mas não fazia ideia do motivo. Assim, observei com atenção. Há três outros filmes que retratam a mesma cena. Mas, como foram feitos do outro lado da limusine, não é possível ver a mão dela. Além disso, Zapruder tinha uma lente de zoom em sua câmera Bell & Howell. Quanto tempo você acha que ela ficou na capota?

Não faço ideia.

2,8 segundos.

E daí?

Ela não conseguiria ter apanhado a massa cinzenta fora do carro. Arrastou-se para fora, pegou alguma coisa e voltou. Dá para ver que não está segurando nada com a mão em concha. Nem sequer olha para o que tem na mão. Ela pega alguma coisa e, quando se esforça para voltar, na verdade usa a mesma mão para se apoiar e empurrar o corpo para a esquerda, onde estava sentada. Isso tudo está no filme. O que ela tem na mão é um pedaço do crânio do marido. Pelo menos uma testemunha relatou ter visto esse fragmento sendo sacudido de leve na capota da limusine. Como uma xícara de chá. Jackie tinha se curvado sobre o marido depois do primeiro tiro. Quando o segundo atravessou sua cabeça, o rosto dela estava a uns quinze centímetros de distância. O que se segue é que é mesmo extraordinário. Passa-se menos de um segundo entre o momento em que a cabeça de Kennedy explode junto ao rosto dela e o momento em que ela sobe na capota para pegar o pedaço de crânio que está balançando lá. É fácil saber o que ela estava pensando. Ou pelo menos deveria ser. Ela está pensando que, se o marido for reconstituído, vai precisar de todas as partes.

Isso é ainda mais estranho.

Na verdade, não. Apesar de todo o sofrimento que o marido lhe causou, essa é a prova inquestionável do amor e da dedicação que ela tinha por ele. Não há o que discutir. Acho que ela é uma mulher formidável.

Ele não a merecia.

Quando se olha para os filmes tirados do lado do motorista da limusine, ela parece estar estendendo a mão por toda a extensão da capota, mas o filme de Zapruder mostra que aquilo que ela está pegando ainda se encontra a uns vinte centímetros da beirada da capota. Jackie se apressou a entrar em ação porque pensou que aquele fragmento do crânio do marido estava prestes a cair na rua e ser esmigalhado.

Western ficou imóvel. Depois de um tempo, olhou para Kline. Você não tem uma mulher na sua vida?

Não.

Por quê?

É uma longa história.

Mas gosta de mulheres?

Adoro as mulheres.

Western assentiu.

Kennedy foi morto por um rifle de caça de grande potência. Muito provavelmente um .30-06, quem sabe até coisa mais poderosa, como uma Winchester .270 ou mesmo uma Holland and Holland .300 Magnum. Mas, de qualquer modo, um rifle com o dobro da velocidade de saída do Carcano e várias vezes a energia dele. Como já discutimos. Podia até ser uma .223 — que é um cartucho da Otan. Era uma bala de ponta oca. O que se chama de bala dum dum. E teria praticamente se desintegrado. As balas que Oswald disparou eram encamisadas. A que foi recuperada mal apresentava qualquer deformação. Isso por si só diz tudo que precisamos saber. A cabeça do presidente literalmente explodiu. É óbvio que isso não foi causado pelo projétil, mas pela onda de choque causada por ele. Examinaram o que sobrou do cérebro de Kennedy num microscópio e ele estava impactado com fragmentos de chumbo. Mas nem isso os fez refletir. Afinal, eram peritos em balística que, na verdade, chamavam os cartuchos de balas. E como os projéteis de ponta oca só deixam como vestígio pequenos fragmentos de chumbo, o único encontrado foi o do rifle de Oswald. Mas os assim chamados peritos em balística não tiraram nenhuma conclusão disso.

E daí?

Pediram a testemunha atrás de testemunha que mudassem seu depoimento "pelo bem do país".

Certo, mas por quê?

Ao que tudo indica, porque naquela época não era um crime federal matar um presidente. Mas duas ou mais pessoas conspirarem para fazer isso era. Alguém certamente devia saber disso. O que jogaria o assassinato no colo do procurador-geral do país.

Bobby Kennedy.

É. Mas nem isso cola muito bem. O verdadeiro problema era toda aquela merda em que os irmãos estavam metidos. De Hoffa a Giancana a Castro. Tudo isso viria à tona se o assassinato fosse investigado para valer. Motivo pelo qual tivemos, em vez disso, o Relatório Warren. O governo dos Estados Unidos persuadiu todo mundo — todas aquelas testemunhas que acabaram por desmentir quase tudo que tinham visto ou ouvido — de que seus depoimentos decidiriam se a Rússia nos atacaria ou não com bombas atômicas. Há literalmente milhões de páginas de documentos referentes à morte de Kennedy trancados num cofre-forte. Para serem vistos quando? O tiro fatal pode ter sido disparado na frente da limusine. Contrariando o Relatório Warren, claro. Havia prédios lá, mas ninguém se deu ao trabalho de examinar, porque já tinham o depósito de livros, o rifle e as cápsulas vazias. O verdadeiro atirador podia estar situado a uma distância obscena. Os atiradores de elite dos fuzileiros navais são capazes de matar uma pessoa a um quilômetro e meio de distância. Há uma série de equações envolvidas nisso. Em que a distância que os projéteis de menor calibre percorrem reduz sua velocidade, de tal modo que, no final das contas, a energia e o poder de percussão dos projéteis mais pesados suplantam as vantagens em termos de velocidade daqueles que são mais leves. Daí porque os atiradores de longa distância geralmente preferem projéteis de calibre .50. Por mais que percam velocidade, ainda são um tijolo voador.

Você acha que ele foi morto com um projétil de calibre .50?

Não. E acho que provavelmente não foi um tiro de longa distância. Quanto mais longe o atirador estivesse posicionado — em frente ao carro, se foi esse o caso —, maior a possibilidade de que o para-brisa bloqueasse o tiro. De qualquer forma, o motivo pelo qual Oswald disse ser um bode expiatório foi porque se viu tendo que vagar sem rumo, pegar um ônibus e entrar num cinema. Que eu suponho que fosse um local de encontro previamente designado. Então ele ficou esperando que alguém aparecesse e o apanhasse, o que nunca aconteceu. E, nesse caso, o que esperar? Daí o tiro que ele deu no policial Tippit. Que é de outra forma inexplicável. E talvez seja mesmo inexplicável de qualquer maneira. Mas, mesmo antes disso, Oswald tinha visto pela mira telescópica de seu rifle mambembe algo que deve ter lhe parecido extraordinário. A visão da cabeça do presidente explodindo justo quando ele se preparava para puxar o gatilho pela terceira vez. Você já ouviu falar de algum homem que afirmasse ter sido um bode expiatório e não tivesse de fato sido? Seja como for, a ideia de que alguém seria capaz de conspirar com um idiota como Oswald para assassinar um presidente em exercício é evidentemente ridícula. Eles nem mesmo esperavam que Oswald acertasse Kennedy. Aquilo não passou de um acaso feliz.

Onde foi que você aprendeu sobre armas?

Eu nunca entendi muito do assunto até que me interessei pelo assassinato. Aí levei dois dias para aprender tudo. Você provavelmente aprenderia num único dia.

E o cara que montou a coisa toda está jantando ao nosso lado. Por que não é perigoso saber isso?

Porque não passa de um segredo de polichinelo. Pelo menos em certos círculos.

Em certos círculos?

É.

Kline bebeu o resto do café e pôs a xícara sobre o pires.

Podemos ir?

Podemos.

No estacionamento, Kline começou a abrir a porta do carro e então parou. Apoiou-se com os cotovelos no teto. Quantos anos você tem?

Trinta e sete.

Certo. Sou dez anos mais velho. Você uma vez me perguntou o que eu faria se estivesse no seu lugar, e acho que eu disse que não sabia, porque não estava. Mas você chegou a pensar de verdade nos aspectos práticos da sua situação? Tenho a impressão de que o formato da sua vida interior é algo que você de alguma forma acredita que o isenta de outras considerações. Está ciente de que pode ser preso? Que de fato vai ser preso?

Sim.

Você não pode trabalhar neste país. Não tem amigos. Se eu fosse você, acho que estaria me perguntando o que me mantém aqui. Ou por que não pensei seriamente em mudar de identidade. Se não tiver os mil e oitocentos dólares, posso lhe emprestar.

Tenho algum dinheiro.

Bem, nesse caso a decisão que tomou parece mais ou menos imbecil.

Deu um passo atrás e abriu a porta. Está destrancada, disse. Não é preciso fechar o carro à chave neste estacionamento.

Telefonou para Debussy de manhã, mas ela não atendeu. Ligou para o bar e Josie atendeu, dizendo que os agentes do FBI vinham procurar por ele a cada duas ou três semanas. Foi assim que ela falou. Agentes do FBI.

O que você disse a eles?

A verdade. Que não tínhamos visto nem sua sombra. Eles queriam saber quem eram seus amigos, mas falei que, até onde eu sabia, você não tinha nenhum. Nada surpreendente, eu disse. Nunca na vida vi filho da puta tão escroto.

Você foi apenas fiel aos fatos.

Tem umas cartas aqui para você.

Vou mandar alguém buscar.

Afinal, que merda você fez?

Não sei.

Rosie disse que achava que você tinha ido para Cosby.

Talvez ainda vá. Obrigado.

Se cuida.

Desligou o telefone e foi até o Napoleon, no norte da cidade. Ao entrar, viu Borman atrás do balcão. O lugar estava vazio, e Borman contava dinheiro na caixa registradora. Western observou-o. Um para você e um para a casa.

Borman levantou a vista e o localizou no espelho atrás do balcão. Bobby. Meu garoto, ele disse. Senta essa bunda aí.

Western sentou diante do balcão. Borman fechou a gaveta da caixa registradora e se aproximou. O que quer beber?

Um club soda.

Deixe comigo.

Deu meia-volta, pôs cubos de gelo num copo e o colocou debaixo da torneira de club soda, baixando a alavanca.

Andei à sua procura no Seven Seas. Eles me disseram: que Bobby?

Pôs o copo diante de Western. Por favor, não me diga que expulsaram você de lá.

Tem um inseto no meu copo.

Borman curvou-se e olhou de perto. É, mas acho que está morto. É só não beber até o fim.

Está bem.

Western empurrou o copo para o lado. Há quanto tempo você esteve lá?

Umas duas semanas.

Onde anda a viúva?

Ameaça aparecer o tempo todo. Não sei, Bobby. Estou dividido nessa porra.

Dividido?

É. Não sei se fui feito para a felicidade doméstica.

Provavelmente não. Quando viu Sheddan?

Não o vejo desde o enterro.

Que enterro?

O enterro dele.

John morreu?

Me pareceu morto. Puseram num caixão.

Quando foi isso?

Sei lá. Umas três semanas atrás, talvez.

Você foi ao enterro?

Acha que eu ia perder um troço desses? Você não sabia, não é?

Não.

Sinto muito, Bobby.

Foi muita gente?

Ao enterro? Com certeza. Dê a eles o que querem e eles virão aos montes. Todos aqueles velhos vigaristas de Knoxville. A maioria não tinha uma aparência muito melhor que a do John.

Caralho.

Desculpe, Bobby. Pensei que você soubesse.

Borman pegou o copo de club soda e o esvaziou na pia. Apanhou mais gelo, voltou a enchê-lo e o pôs diante de Western.

Toda aquela turma do Comer. Fiquei meio surpreso de vê-los todos lá.

Talvez só quisessem ter certeza.

Foi o que pensei.

Posso usar seu telefone?

Claro.

Pegou o aparelho e o colocou sobre o balcão. Western levantou o fone e discou para o Seven Seas. Janice atendeu.

Sou eu, Bobby. Josie disse que vocês têm umas cartas para mim. O Harold está por aí? Diga a ele que, se trouxer a correspondência para o Napoleon, lhe dou dez dólares.

Desligou o telefone. Tem alguma coisa para comer?

Acho que tem feijão-vermelho e arroz na geladeira.

Há quanto tempo estão lá?

Não sei. Acho que não estavam lá no verão.

Está bem, então quero um prato.

Vou pegar. Quer umas bolachas também?

Quero. Me dê uma Pearl. De quem é esse jornal?

É seu.

Sheddan. Puta que pariu.

Desculpe, Bobby.

Puta que pariu. Caralho.

Ele estava sentado, comendo o feijão-vermelho com arroz, bebendo a cerveja e lendo o jornal, quando Harold chegou esbaforido.

Porra, Harold. Não precisava correr.

Achei que, por dez dólares, tinha que chegar rapidinho.

O que você trouxe?

Não tinha nada para você. Só um anúncio da Sears and Roebuck.

Você só pode estar de sacanagem.

Estou brincando. Toma aqui.

Western pegou a correspondência e lhe passou a nota de dez dólares. Obrigado, Harold.

Sempre que precisar, Bobby.

Deu uma olhada nos envelopes e encontrou uma carta de Sheddan enviada dois meses antes de Johnson City, no Tennessee. Com os dentes, rasgou o canto do envelope.

Querido Squire,

Escrevo do hospital de veteranos em Johnson City, onde as notícias não são boas. O homem da foice pelo jeito fez um sinal com giz na minha porta, e quando você receber esta carta, presumindo que isso aconteça, eu talvez já tenha partido desta para melhor. Junto com os condensadores, transformadores e capacitores. Hepatite C, com todas as complicações associadas a um fígado praticamente disfuncional, além de estragos em outros órgãos devidos à idade, ao álcool e a uma extensa e eclética lista de fármacos ao longo de muitos anos. Dykes veio me ver várias vezes. Acredite em mim quando lhe digo que não havia uma fila de espera. Ele comentou com um amigo em comum que vou ser enviado para um abismo tão profundo no inferno que ninguém será capaz de me encontrar nem com um cão perdigueiro feito de amianto. Acho que ele planeja escrever uma nota fúnebre para aquele jornaleco de Knoxville que publica os escritos dele. Coisa que só fez antes para um dos cães de caça de Gene White. Pensei em doar meu corpo à ciência, mas obviamente eles estabelecem certos limites. Dykes diz que não pode haver um enterro sem um estudo de impacto ambiental. É possível pensar na cremação como alternativa, mas há o risco de que as toxinas inutilizem os purificadores de ar do crematório e causem uma esteira de morte e doenças entre os cachorros e as crianças que venham a ser atingidas pelas partículas levadas pelo vento por distâncias incalculáveis.

Vários conhecidos notaram meu *sang froid* diante da situação. Mas, para ser totalmente franco, não consigo entender o motivo de tamanha agitação. Onde quer que você desembarque era desde sempre o destino do trem. Estudei muito e aprendi pouco. Acho que, no mínimo, temos o direito de desejar a companhia de um rosto amigo. Alguém à beira do leito que não deseje que você vá para o inferno. Mais tempo não mudaria nada, e é quase certo que aquilo que estamos prestes a abandonar para sempre nunca tenha sido o que pensávamos ser no início da caminhada. Basta. Jamais achei esta vida particularmente salubre ou benigna, jamais entendi nem um pouco por que estava aqui. Se existir uma vida após a morte — e rezo com fervor para que não exista —, só espero que não haja caguetes. Ânimo e coragem, Squire. Esse era o conselho permanente dos primeiros cristãos, e pelo menos nisso eles estavam certos. Você sabe que sempre achei sua história desnecessariamente amargurada. Sofrer faz parte da condição humana, e cumpre suportar o sofrimento. Mas ser infeliz é uma escolha. Obrigado por sua amizade. Em vinte anos, não me recordo de uma única palavra de crítica, e só por isso lhe desejo tudo de bom. Caso voltemos a nos encontrar, espero que haja um barzinho onde eu possa lhe pagar uma rodada. Talvez lhe mostrar o lugar. Procure por um sujeito alto e com um jeitão algo libertino numa túnica bem cortada.

Com afeto,

John

IX

No último inverno já ocorriam longas ausências do Kid. Às vezes ela acordava com a sensação de que alguém tinha acabado de sair do quarto e ficava deitada em silêncio. Tudo lentamente adquirindo suas formas normais na luz cinzenta. Uma vez, sentiu o aroma de flores.

Foi ao Tennessee pelo que seria a última vez. Telefonou para a avó, avisando sobre a visita. Não se falavam havia meses, e fez-se um silêncio prolongado.

Vovó Ellen?

Achou que a avó estava chorando.

Talvez você não queira que eu vá. Tudo bem.

Claro que eu quero que venha. Quero muito.

Ela nem tinha um casaco. Havia nevado e caminhou nos bosques. Usando as botas da avó. Vestindo vários suéteres e o casaco também da avó.

Está tudo bem, vovó Ellen. Não sinto muito frio.

Talvez não sinta, minha criança. Mas eu sinto.

Alguns flocos ainda caindo. Cinzentos contra o céu cinzento. Os grandes blocos de pedra em meio às árvores nuas. Ajoelhou-se na neve e traçou com a mão o formato de uma corda onde possivelmente alguma cobra tinha sido surpreendida pelo frio no início do inverno.

Saiu da pedreira, atravessou a larga plataforma de pedra lisa e chegou ao laguinho. Uma fina camada de gelo sobre a água escura. Estendeu os braços e assumiu uma postura imóvel de bailarina ao testar, com uma das botas, a solidez da superfície gelada.

De manhã, acordou com o som de alguém fungando e, olhando por sobre a coberta, viu a srta. Vivian encolhida num canto. Sentou-se embrulhada na colcha. O que foi?, perguntou.

A velha levantou o véu do chapéu a fim de assoar o nariz. Agarrou os arminhos da estola, amassou o lenço sujo, levou-o ao nariz e olhou para a moça. Desculpe, ela disse.

O que foi?

Está tudo bem.

Por que está chorando?

Porque tudo é tão triste.

O que é tão triste?

Tudo.

Está chorando por algum motivo?

São os bebês.

Os bebês?

Sim. É triste demais.

Deu umas batidinhas nas roupas com a mão até encontrar o lornhão, que pôs sobre um olho, e se inclinou para examinar a moça. Eles estavam tão infelizes. Chorando também no shopping center.

Os bebês?

É.

Por que estavam chorando?

Não sabemos. Sabemos apenas que é unânime.

Não há nenhum bebê feliz?

Não. E eles se esforçam tanto, coitadinhos.

Talvez saibam o que está por vir.

A velha assoou o nariz de novo, sacudindo a cabeça. Pó de argila caiu de seu rosto. É muito intrigante que as pessoas pareçam achar isso natural. Você não acha triste? Que ninguém se preocupe?

Não sei. Eles choram o tempo todo?

Não. Acho que são muito corajosos. Querem ser felizes.

A moça sorriu para ela. As fantasias parecendo queimadas. O vestido antiquado de um roxo profundo e lustroso. Como algo deixado ao sol. O chapéu coberto de flores dos túmulos. As meias enrugadas.

Você está bem? Está sentindo frio?

Estou bem, minha querida. Tocou no nariz, ajeitou a estola nos ombros e ergueu a vista. Talvez você tenha razão. Talvez eles saibam o que está por vir. Parece que têm a mesma opinião. É perturbador, não é mesmo?

Não sei o que os bebês podem pensar sobre as coisas.

A velha concordou com a cabeça. Eu sei. Acho que as pessoas que se aproximam da meia-idade se sentem frequentemente atraídas pelos jovens. Claro que não levamos em conta a melancolia.

Pessoas que se aproximam da meia-idade?

É. Como eu, por exemplo.

Claro. O que você acha que podia ser feito? Com relação aos bebês.

Não sei. Podemos distraí-los. Por um tempo. Não é possível deixar de pensar que eles trazem seu desespero para o mundo com eles. Mas não creio que chorem no útero. Mesmo que possam querer.

Não tenho certeza sobre a vantagem adaptativa de compartilhar uma infelicidade coletiva.

A velha continuou sentada, acalmando-se. Parecia refletir sobre aquilo. Não passo de uma velha boba, disse. Não sei o que esquecemos. Como alguém pode saber sem se lembrar? Só sei que não queremos nos lembrar. Talvez eles apenas tenham medo.

Eles têm medo de cair e de barulhos altos. Possivelmente de cobras. Não sei ao certo como se pode derivar disso alguma angústia atavística.

Bem, temos dificuldade para entender. Eles não sabem em quem confiar. Poderiam estar no meio de um bosque. Esperando pelos lobos.

Esperando pelos lobos?

É.

Acho que as criaturas fazem algum ruído quando não há risco. Os passarinhos cantam porque podem voar. Se os bebês estão chorando, isso deve significar que estão seguros.

A velha balançou a cabeça. Bebês seguros, disse. Ah, como seria bom acreditar nisso!

Você viaja sozinha?

Viajo. Não tenho escolha, na verdade. Nunca me casei. Se é isso que está perguntando.

Não tive a intenção de ser intrometida.

Na verdade, não sou um deles, sabe?

Os artistas?

É.

Nem mais ou menos?

Bem. Nesse caso, acho que sim. Mas nunca gostei de gente do show business.

Reparei que você prefere se manter à parte.

É porque não sou chegada a fazer de conta.

Nem eu.

As coisas que se diz de brincadeira costumam ser cruéis.

Sim, é verdade.

Em outra vida fiz as coisas de outro jeito.

Outra vida?

Não é que eu ache exatamente que os bebês têm opiniões. Acho que é mais o fato de que eles não gostam daqui. Claro que você poderia perguntar: comparado com o quê? Eles nunca estiveram em outro lugar. Nunca viram gente antes, e seria válido perguntar como podem saber que o que estão vendo são pessoas. Ou se qualquer tipo de criatura serviria. Nunca se viram a si próprios. Se um bebê nascesse numa casa cheia de marcianos, imagino que levaria algum tempo para entender que estava na casa errada. E se ele se visse no espelho e tivesse dois olhos, enquanto todos os demais tivessem três?

Você acredita em marcianos?

É apenas um exemplo. Eles poderiam se ver em meio a ursos.

Ursos?

Seria assim tão ruim?

Não, a menos que nos devorassem. Logo que chegam aqui eles começam a chorar?

Os bebês?

É. Não acho que estar aqui é que seja o problema. Talvez sejamos nós próprios. Por exemplo, se houvéssemos nos tornado repugnantes para nós mesmos. Esse não é um pensamento feliz, certo?

Parece improvável.

Como tudo o mais.

Tudo?

Acho que sim. Mas é claro que as coisas mais improváveis acabam acontecendo de qualquer maneira.

É verdade.

Você chorou quando era bebê?

Quando era bebê? Sim.

Mas depois parou.

Parei.

E então fez o quê?

Não fiz nada.

Apenas ficou deitada.

Acharam que havia alguma coisa de errado comigo. Eu olhava para eles se enfiassem a cabeça no berço, mas só. Eles entravam sorrateiramente no meu quarto às três da manhã, e eu estava simplesmente deitada ali segurando os pés. Assim foi durante dois anos e meio, até que, certo dia, me levantei, desci e peguei a correspondência.

Isso não é verdade.

Não. Mas foi algo parecido.

Havia outros bebês por perto?

Não. Só eu.

O que você estava pensando?

Não me lembro. Ao que parece eu não dava muita atenção ao mundo. Tinha uns dois bichos de pelúcia. Imagino que a razão pela qual as crianças pequenas não sentem mais pavor ao serem jogadas no mundo deve-se apenas ao fato de sua capacidade de sentir horror, medo e raiva não ter se desenvolvido por completo. Ainda. O cérebro das crianças no dia anterior ao nascimento é o mesmo do dia seguinte. Mas todo o resto é diferente. É provável que levem algum tempo para aceitar que aquelas coisas que as perseguem o tempo todo são elas mesmas. Afinal de contas, nunca se viram antes. Precisam unir o visual ao tátil. Os recém-nascidos provavelmente não atribuem realidade ao visual de imediato. E atribuir realidade é a principal coisa que lhes pedem para fazer.

O que elas pensam que é o visual?

Não sabem. O útero é de um negrume total. Acho que, quando fecham os olhos, podem até imaginar que voltaram. Ou esperam que isso tenha acontecido. Precisam de um descanso. Desculpe. Só estou pensando em voz alta.

Faço isso o tempo todo.

Mas você acha que eles simplesmente não querem estar aqui?

Acho que, depois de algum tempo, querem responsabilizar alguém. É o que a gente aprende quando aprende sobre o mundo. Claro que as coisas podem simplesmente acontecer por conta própria. Só é incomum.

Você acha que tendemos a pôr a culpa nos outros quando as coisas não vão bem?

Acho. Você não? Se não há ninguém a quem culpar, como é possível haver justiça?

Acho que nunca tinha visto as coisas desse jeito.

Se você nunca esteve em outro lugar antes, não sabe para onde vai ou por que está indo para lá, teria vontade de ir?

Imagino que não.

Os bebês desde cedo são levados a crer que tudo que acontece com eles tem relação com os atos de outros. Se não fosse assim, o que esses outros estariam fazendo lá? Não vale a pena chorar por isso?

Não poderiam simplesmente estar molhados de xixi? Ou com fome?

É possível. Mas são coisas pelas quais normalmente apenas nos queixamos, e não uivamos de agonia.

Talvez eles só não saibam ainda a diferença. Meu palpite é que choram desesperadamente o tempo todo porque lhes foi permitido fazer isso. Do ponto de vista evolucionário. Se alguém quiser comer um bebê, precisa entender que eles são vigiados vinte e quatro horas por dia por criaturas com lanças compridas e porretes pesados. Além disso, vai precisar mover umas pedras bem grandinhas.

Mas você parou de chorar.

Quando bebê?

É.

Verdade. De fato, acho que me tornei bem quieta.

E hoje, você chora?

Sim. Agora choro.

Foi jantar no Arnaud e ficou bebericando uma taça gelada de champanhe. Fez um brinde silencioso a Sheddan. O que dizer aos mortos? Temos poucos interesses em comum com eles. À sua saúde? Caberia responder às cartas deles? Eles responderem às nossas? Quando o garçom veio tirar o guardanapo que envolvia a meia garrafa de champanhe, Western indicou que não o fizesse.

Perdão?

Preferimos servir nós mesmos. Gostamos dela fria e efervescente, e não quente e sem borbulhas. Não passa de uma peculiaridade.

Perdão?

Está tudo bem. Eu mesmo vou me servir, se você não se importar. Não vi lagosta no menu. Será que tem?

Vou verificar.

Ao voltar, ele disse que tinham lagosta, e Western pediu que a servissem grelhada com batatas cozidas, creme azedo e bastante manteiga. O garçom agradeceu e se afastou. Western se serviu e enfiou a garrafa de volta no gelo.

Sinto muito, John. Eu devia ter visto o que vinha por aí. Devia ter visto uma porção de coisas que vinham por aí. Tim-tim.

Contrariando seu melhor julgamento, passou pelo Seven Seas. Josie estava no bar. Não esperava vê-lo outra vez, disse.

Como vai?

Bem. Por pouco você não encontrou aquele pessoal.

Está brincando?

Não. Faz mais ou menos uma hora.

Bom timing. Por que você acha que eles têm vindo? Por que achariam que eu estaria aqui?

Não sei. Claro que eu poderia lembrá-lo de que está aqui. Quer uma cerveja?

Não. Estou bem.

Não parece.

Perdi peso.

Sério?

Como está minha aparência?

Sei lá.

Esquálido.

O que quer que isso seja. Parece meio deprimido. Talvez só pensativo. Mais que o normal. O que pode nem ser tão anormal.

Um amigo morreu.

Sinto muito. Um bom amigo?

Um cara muito especial.

Vai sentir falta dele, não é?

Vou.

Tem correspondência aqui para você. Esses sujeitos não acreditam quando digo que não sei onde você está. Sempre perguntam. Mas é só uma chance de eu dizer que não quero saber. Não quero ir em cana por abrigar um fugitivo.

Poderia me adotar.

Adotar você?

Isso. Se eu fosse um parente próximo, não poderiam exigir que me denunciasse. É a lei.

Está de sacanagem comigo?

Não sei. Varia de estado para estado. Me passe o telefone.

Ela pôs o aparelho no balcão e ele discou o número de Kline. Ninguém atendeu. Pousou o fone e voltou a levantá-lo. Ligou para Debussy.

Oi, querido.

Como você sabia que era eu?

Tenho um novo telefone sofisticado que diz quem está chamando.

O que você vai fazer hoje à noite?

Trabalhar.

A que horas termina?

Uma. Está me convidando para sair?

Quero que faça uma coisa para mim.

Tudo bem. Coisa de mulher?

Quero que leia uma carta da minha irmã e me diga o que leu.

Está bem.

Não quer saber por que nem nada do tipo?

Não.

Então pode se encontrar comigo hoje à noite?

Achei que já tínhamos marcado um encontro.

Uma e meia?

À uma e meia não dá. Leva mais tempo para tirar a maquiagem do que para botar. Pode ser às duas.

Perfeito. Onde?

Você escolhe.

Que tal a Absinthe House?

Tudo bem.

Podemos comer alguma coisa se você quiser.

Eu sei. Você está bem?

Estou. Nos vemos às duas?

Certo.

Obrigado, Debbie.

Desligou o telefone, foi até o banheiro no saguão do segundo andar, trancou a porta e abriu o armário de remédios.

Chegou cedo à Absinthe House e ficou esperando por ela na calçada. Sabia que ela odiava entrar desacompanhada, mas não precisava se preocupar. Debussy atravessava a Bienville Street de braços dados com um senhor grisalho, vestindo um terno. O homem trocou um curto aperto de mão com Western, beijou-a nas duas faces, deu meia-volta e atravessou a rua outra vez. Western e ela entraram. O lugar estava cheio, sobretudo de paraquedistas ingleses.

Que horror, ela disse.

Talvez não tenha sido uma ideia tão boa.

Ela lhe deu o braço e passou os olhos pelo bar. Não vamos ter nenhum problema. Venha.

Um garçom aproximava-se deles. Os paraquedistas assoviaram e soltaram gritinhos. Olhem só o sortudo que está com ela! O garçom os alcançou e conduziu até os fundos.

Obrigado, Alex.

Vou pôr vocês aqui nos fundos. Podemos fechar a porta.

Obrigado, querido. Alex, esse é o Bobby. Bobby, Alex.

Devíamos ter telefonado.

Não faz mal, senhor. O que posso lhes trazer?

Vou tomar o que ela tomar.

Você sabe que ela não bebe.

Muito bem.

Entendido.

Ele desapareceu em meio à fumaceira e ao barulho, fechando a porta.

Eu ia pedir o menu do bar.

Está bem. Eu não me importo, se você também não se importa. Embora eu possa mudar de ideia sobre o drinque.

Você queria ir para outro lugar?

Não. Seja como for, o barulho é inimigo da vigilância.

Estamos sendo vigiados?

Na verdade, não.

Então me conte as novidades. Não quero ouvir nada horrível.

Há muitas coisas que não lhe contei.

Eu sei.

Como?

Está de sacanagem?

Muito bem. Acho que estou prestes a me transformar em outra pessoa.

Já não era sem tempo.

Western sorriu.

O garçom trouxe os drinques. Copos altos de soda levemente coloridos com licor de laranja. Depois bitters com um pedaço de casca de limão. Mudei de ideia, disse.

O garçom tirou um dos copos e o pôs na bandeja. Western pegou-o de volta. Me traga um gim duplo.

Puro?

Sim.

Debussy bebericou seu drinque. Você precisa de ajuda?

Não sei do que preciso.

Vamos logo com isso.

Está bem.

Pegou a carta no bolso da camisa e pôs sobre a mesa. Esta é a carta. Nunca abri. Tenho aqui várias cartas dela e parte do diário de 1972 que gostaria que você guardasse para mim.

Está bem. Mas devo dizer que isso me deixa um pouco nervosa.

Tudo bem se não quiser guardar.

Quem está atrás de você?

Não sei. E não sei se faz diferença.

Como assim?

Seja quem for, a única opção é fugir.

Você vai fugir?

Vou.

Não voltarei a vê-lo?

Essa é outra questão. Vamos dar um jeito.

Não quero perder sua amizade.

Isso nunca vai acontecer.

Ela pegou a cigarreira. Jura?

Juro.

Quer que eu abra a carta?

Espere um minuto até chegar meu drinque. Vou sair e levar para o bar. Quero que você veja se há alguma menção ao violino. Onde ele pode estar. E também em que banco ela tinha conta.

Tudo bem. Posso fazer isso.

O garçom depositou o copo de gim na mesa. Western tomou um gole do copo alto, derramou o gim e mexeu tudo com um canudinho. Não se apresse. Não faço ideia do que tem aí.

Tudo bem.

Desculpe, Debbie. Eu não tinha mais ninguém para quem pedir.

Não tem problema.

Ótimo.

Não se meta em nenhuma briga lá.

Pode deixar.

Vou falar para o Alex ficar de olho.

Está bem.

Posso lhe pedir uma coisa?

Claro.

Isso é bom para você? Não ter ninguém?

Western contemplou a própria mão. Aberta sobre a mesa. Depois de um tempo, respondeu: Não fui perguntado. Não fui consultado.

Não tem controle sobre sua vida?

Como tudo que eu amava no mundo se foi, que diferença faz que eu esteja livre para ir à mercearia?

E isso é para sempre?

É.

Ele a olhou. Os olhos dela estavam marejados.

Desculpe. Eu não pretendia deixar você triste.

Por que eu simplesmente não leio a carta?

Talvez seja uma má ideia.

Por que eu simplesmente não leio?

Muito bem. Obrigado.

Ele pegou o drinque, atravessou o bar e foi para a rua. Estava bem calma. Dois jovens se aproximaram rapidamente. O mais alto o olhou dos pés à cabeça antes de dar uma espiada dentro do bar.

Eu não entraria se fosse você.

O outro virou-se já na porta. Mas não é, disse.

O mais alto havia entrado e voltou para a calçada. Vamos, ele disse.

O que foi?

Ele se virou na direção de Western. Obrigado, querido.

De nada.

Western entrou. Alex o procurava. O que foi que você disse para ela?

Eu não disse nada. Por quê?

Porque está chorando como um bezerro desmamado.

Merda. Tudo bem. Sinto muito.

Entrou na salinha e fechou a porta. A carta estava aberta sobre a mesa. Ela olhou para ele e afastou a vista. Ah, Bobby.

Desculpe.

Coitadinho. Coitadinho.

Sinto muito. Sou tão burro!

Não é culpa sua. Foi minha própria reação. Meu Deus. Estou numa pior. Sabe que eu também tenho uma irmã, não é? Desculpe. Estou estragando sua carta. Abriu a bolsa, tirou um lenço de papel e secou a carta onde algumas gotas de maquiagem haviam manchado a folha.

Não se preocupe com isso.

Ela secou os olhos com o lencinho.

Quase voltei para lhe dizer que não lesse.

Está bem. Sou tão boba…

Sinto muito, mesmo.

O garçom abriu a porta e deu uma olhada. Você está bem?

Tudo tranquilo, Alex. Obrigada. São só más notícias numa carta. Vai ficar tudo bem.

Ele pareceu duvidar, mas fechou a porta.

Devo estar um pavor. Quer mesmo que eu guarde as cartas? Quantas são?

Não muitas. Mas não quero que faça isso caso se sinta desconfortável.

Não preciso ler mais nada?

Não.

Então tudo bem.

Vá em frente.

O violino está na loja onde ela o comprou. Espero que saiba onde foi, porque ela não diz.

Não sabia que havia comprado numa loja. Pensei que tinha sido num leilão.

Vale muito dinheiro? Meu palpite é que vale.

Acho que sim. Ela comprou com a herança da avó. Achei um pouco extravagante gastar tudo num violino. O dinheiro deveria servir para financiar sua educação, mas ela disse que outra pessoa ia pagar por isso. E, na verdade, tinha razão. Ela também disse que o que quer que se pagasse por um violino Amati seria uma ninharia dali a poucos anos.

Em que universidade ela estudou?

Na Universidade de Chicago.

E tinha o quê? Doze anos?

Treze.

Como ela sabia qual violino comprar?

Era uma autoridade mundial em matéria de violinos de Cremona. Conhecia a história de centenas deles. Costumava receber cartas de museus pedindo conselhos sobre instrumentos em suas coleções. Fez modelos matemáticos da acústica deles. Padrões de ondas de seno de suas caixas de ressonância. Por fim, formulou um modelo topológico que indicava como fabricar um violino perfeito. E, depois, os desmontou completamente. Os Amatis eram colados de uma forma meio frouxa. Trabalhou com uma mulher em Nova Jersey chamada Hutchins. E um cara em Ann Arbor chamado Burgess. As pessoas ainda procuram por ela. A verdade é que não precisava de muita ajuda para escolher um violino. Aquele Amati foi uma descoberta bem rara. Acho que não tinha sido vendido fazia anos.

Ela dobrou a carta e guardou de volta no envelope.

Sinto muito, Debbie. Eu não tinha ninguém mais a quem pedir.

Tudo bem.

Ela abriu o estojo de maquiagem e se olhou no espelhinho. Meu Deus, exclamou.

Podemos ir?

Tenho que ir ao banheiro antes. Tentar dar um jeito nesse estrago.

Tudo bem. Vou pedir a conta.

Não tem conta nenhuma. Basta deixar uma gorjeta.

Cinco?

Que tal dez?

Está bem. Obrigado, Debbie.

Atravessaram o bar, mas, àquela altura, as tropas já estavam demasiado inebriadas para prestar grande atenção neles. Alguém até disse para ela se livrar daquele veado, porém foi tudo. Western chamou um táxi. Subiram a Dumaine Street até o apartamento dela. Western a levou até o portão.

Sinto como se tivesse abusado da nossa amizade.

Ela está lá, Bobby. Sempre esteve. Não há como apagar. Você não abusou de nada.

Tudo bem.

Clara chega daqui a duas semanas. Quero que você a conheça. Vai se apaixonar por ela.

Você está animada?

Muito.

Ela se inclinou e beijou suas bochechas.

Quer que eu a leve até a porta?

Não. Está tudo bem.

Tem alguém esperando por você?

Sim. Tudo bem?

É claro. Não tive a intenção de me meter onde não fui chamado.

Ela girou a chave e abriu o portão.

Me liga.

Vou ligar.

E se cuida.

Vou me cuidar. E você também se cuide.

Boa noite.

Boa noite.

Bobby?

Sim.

Sabe que eu amo você?

Sei. Outros tempos. Outro mundo.

Eu sei. Boa noite.

X

Ele havia passado o dia na cidade, voltando à noite no ferry. De pé no convés superior, observando mais abaixo um rapaz e uma moça que passavam um baseado de um para o outro. O ferry se chamava *Joven Dolores*. Ele o chamava de *Jovens Dores*. O apito soou pela última vez e os marinheiros atiraram para o cais as amarras da frente e de trás, e a embarcação começou a se mover lentamente nas águas calmas do estreito. As ondinhas batendo de leve no casco. A torre do relógio da velha cidade murada girando pouco a pouco e se afastando.

Contornaram sem pressa as ilhas na luz crescentemente crepuscular. Los Ahorcados, El Pou. Espardell. Separdello. O farol em Los Freus. Ele tinha comprado um caderninho pautado na papelaria de Ibiza. Papel barato, que em breve ficaria amarelado e enrugado. Escreveu, a lápis: *Vor mir keine Zeit, nach mir wird keine Sein*. Guardou o caderninho no saco de cordão, junto com os poucos mantimentos, e ficou olhando as gaivotas que circulavam nas luzes dos cordames acima da popa. Virando a cabeça, observando as companheiras e, mais tarde, rumando uma a uma em direção às luzes da cidade.

Seguiu adiante e se encostou na amurada de ferro, o rosto voltado para o vento. A forte pulsação do motor a diesel no chão do convés. A ilha de Formentera como uma longa e distante série de enseadas e promontórios. Os pequenos e escuros arquipélagos. Uma lancha cruzava a linha de sombra entre o mar e os céus tal como aspiravam fazer os antigos em seus pequenos botes de pedra.

Pegou a bicicleta no pátio da bodega na Cala Savina, pendurou o saco no guidom e partiu em direção a San Francisco Javier e aos promontórios em La Mola. Campos de trigo novo sussurrando na escuridão à beira da estrada. Subindo através do bosque de pinheiros. Empurrando a bicicleta. Sozinho no mundo.

Havia uma fechadura de ferro na pesada porta de madeira, assim como uma chave de ferro negro, forjada à mão, que Guillermo não quis lhe dar. Não precisa, ele disse. Ninguém vem aqui.

Bueno. Pero si va a venir nadie, ¿por qué está cerrada?

Ah. No sé. Pero la llave es muy vieja. Es la propiedad de la familia. ¿Me explico?

Sí. Por supuesto. Está bien.

Abriu a porta com um empurrão e pôs a bicicleta para dentro. Encostou-se na parede, fechou a porta, acendeu a lamparina que estava sobre a mesa baixa, repôs a cúpula de vidro e iluminou o cômodo. Degraus de pedra encostados à parede interna. Cheiro bolorento de grãos. A grande cama de pedra no escuro e as enormes engrenagens e eixos de madeira. Peças talhadas de troncos de oliveiras e unidas com ferragens produzidas em alguma antiga forja, tudo aquilo se elevando em direção ao teto sombrio do moinho como um imenso modelo do sistema solar. Ele conhecia cada parte dele. O eixo em que eram fixadas as velas, a roda do freio. A donzela do moleiro. Subiu a escada com a lamparina na mão até o sótão de madeira onde dormia.

Sua cama era uma chapa de compensado apoiada em blocos de madeira, acolchoada com palha envolta num saco de algodão grosseiro e coberta com um par de cobertores pretos e cinzentos do exército italiano. Acima da cama, ele tinha estendido uma lona, a fim de se proteger dos vazamentos do telhado e do cocô dos pombos. Pôs a lamparina na mesinha baixa junto com o saco, sacudiu as sandálias para fora dos pés e se esticou na cama. Os pombos agitaram-se e fiapos de palha desceram lentamente na luz amarelada. Havia uma pequena janela aberta na espessa parede de pedra onde às vezes ele se sentava à noite para ver os navios. Luzes ao longe.

Dormiu e acordou no meio da noite com um pequeno clarão na torre. O querosene da lamparina tinha acabado e saía fumaça dela. Esticou o braço e baixou o pavio. A sirene de um navio. Nunca dormia mais que algumas horas. Às vezes era apenas o vento. Outras vezes, o chocalhar da porta lá embaixo. Como se alguém estivesse tentando forçar a tranca. Com o calcanhar, ele tinha enfiado uma cunha de madeira sob a porta, porém agora gostava daquele som. Sentou-se enrolado no cobertor e contemplou o longínquo mar escuro com sua manta cambiante de estrelas, que subiam e caíam. De novo a pálida centelha de uma tempestade que revelava o formato da janela e a projetava, num clarão breve e trêmulo, sobre a parede oposta. Um feixe de luz incendiando silenciosamente o mar lendário, as trovoadas ao longo do horizonte acompanhando a linha de relâmpagos, a lenta dobra plúmbea como escória num barril, o leve odor de ozônio. Curta estação de intempéries. Dormiu embalado pelo tamborilar das gotas de chuva na lona acima da cama, e já era dia quando despertou.

De manhã foi até a praia, abrigado contra a chuva graças a seu bom anoraque impermeável. O ar recendia a flores de amêndoa. Elas escorriam nos sulcos da estrada e se acumulavam na linha da maré, subindo e descendo ao sabor das ondas negras e vagarosas. Dois cachorros se aproximaram correndo pela areia, dando meia-volta ao ver que não o conheciam. Os grandes depósitos de algas gerados pela tempestade estavam sendo recolhidos pelos lixeiros com seus ancinhos de madeira e depositados nas carroças. Cumprimentaram-no com um gesto de cabeça ao passar, enquanto as pequenas mulas se apoiavam nos arreios.

Caminhou até o promontório debaixo da garoa. Rolhas boiando, cacos de vidro. Pedaços de pau trazidos pelo mar. Mais além da ponta, os rochedos com aspecto de mármore descendo pela areia, a longa esteira borbulhante das ondas ao recuar. Antigas. Incansáveis. Do outro lado do canal, a fortaleza rochosa de Es Vedrà apenas visível. As torres de pedra negras sob a chuva.

Os povos antigos que ocuparam a região eram chamados de talaiot. Por causa das torres que lá deixaram. Depois vieram as culturas dos fenícios, cartagineses, romanos, vândalos, bizantinos e muçulmanos. No século XIV, o reino de Aragão. Havia um golfinho morto na praia. A longa mandíbula exposta, a carne em tiras cinzentas. Ele recolheu um punhado de cacos de um verde-claro fosco e opaco que o mar havia desgastado. Juntou-os num pequeno dólmen funerário na areia plana e úmida, onde em breve seriam de novo retomados pelas ondas.

Nos anos seguintes, caminhava pela praia quase diariamente. Às vezes se deitava durante a noite na areia seca, acima da linha da maré, e estudava as estrelas como os marujos de outrora. Talvez para ver como poderia mapear seu próprio curso. Ou para ver que iniciativa poderia se revelar favorável na lenta procissão das estrelas em meio à negra e eterna vastidão do céu. Ia até o ponto de onde podia divisar as luzes de Figuretas, um colar na costa longínqua. As ondas negras lambiam a praia. Enrolando as pernas da calça, entrava no mar. A costa da Carolina numa noite como aquela. As luzes da pousada e da avenida litorânea. O hálito dela em seu rosto ao lhe dar um beijo de boa-noite. O terror em seu coração.

Sheddan dissera certa vez que o mal não tem um plano alternativo. É simplesmente incapaz de assumir o fracasso.

E quando eles atravessam as paredes uivando?

Segurando a bainha da túnica branca, ela caminhou entre as árvores, o lampião do celeiro iluminando o corpo esbelto envolto no lençol. As sombras das árvores, depois só o breu. O frio no anfiteatro de pedras e o giro compassado das estrelas no firmamento.

Eis aqui uma história. O último dos homens que subsiste no universo enquanto as trevas o envolvem. Que sente a dor de todas as coisas numa só dor. Com os restos deploráveis e exaustos do que foi outrora sua alma, ele nada encontrará que lhe permita construir algo minimamente semelhante a Deus para guiá-lo naqueles dias derradeiros.

Anos depois, costumava ir a Ibiza no ferry para jantar com Geert Vis e sua mulher Sonia no Porroig. Um carro o esperava no cais. Na casa, além dos drinques, eram servidos bons pratos espanhóis de mariscos e frango, acompanhados de finos molhos e bons tintos do continente. O motorista de Geert o levava à noite de volta para o ferry. Ele se sentava no poste de amarração e contemplava as luzes. Risos vindos de um café do outro lado da rua. Na escuridão da baía, o som repetitivo do pequeno motor a diesel de um barco pesqueiro. Vis o estimulava a encontrar uma mulher. Falava com preocupação, inclinando-se para a frente e apertando o braço de Western. Uma turista rica, Robert, ele sussurrava. Você vai ver.

Alguém na cidade tinha morrido. Ouviu os sinos badalarem antes mesmo do amanhecer. Certa sobriedade entre os homens de ternos escuros na bodega. Cumprimentaram-no com um gesto de cabeça. Ele se sentou com seu copo de vinho. Pálidas lagartixas circulavam em torno dos anéis de luz projetados no teto pelas luminárias. De olho nas mariposas, tal como predadores em torno de um poço onde muitos animais iam beber. As patas adesivas das lagartixas. Forças intermoleculares, chamadas na física de forças de Van der Waals. Ele retribuiu o gesto dos homens e ergueu o copo. A caminho de casa, na noite clara, a lua iluminava a estrada à sua frente. Subiu o longo e sombrio promontório onde a silhueta do moinho se recortava contra o céu. Encarou o vento e estudou o tapete de estrelas no domo celeste. As luzes da aldeia distante. Subindo a escada, lamparina na mão, ele chamou: Olá! Esta taça. Esta amarga taça.

Seu pai pouco falava a eles sobre a Trindade. A maior parte ele conheceu através de leituras. Deitados de barriga para baixo na casamata. Falando baixo na escuridão. Dois, Um, Zero. Então o repentino clarão branco no horizonte. Lá onde as pedras se transformaram em escória acumulada sobre as areias derretidas do deserto. Pequenas criaturas acocoradas e aterrorizadas naquele dia súbito e ímpio, e depois nada mais. O que parecia ser uma enorme criatura roxa se erguendo da terra onde imaginava dormir o sono imortal à espera de chegar sua hora.

Foi seu pai quem a levou para ver todos aqueles médicos. Quem se sentou à mesa da cozinha na velha casa de fazenda e contemplou, mais além dos campos, o riacho e os bosques. Ele tinha registrado num caderno coisas ditas por ela que foi incapaz de compreender. Leu e releu até que por fim percebeu que a doença dela — tal como a caracterizava — não era uma condição orgânica e sim uma mensagem. Ele se voltara mais de uma vez para vê-la no umbral da porta, observando-o. Fräulein Gottestochter trazendo presentes que afinal ela mesma não defenderia.

Seu pai. Que, a partir do pó absoluto da terra, iria criar um sol maligno sob cuja luz os homens viram, como um pavoroso prenúncio de seu próprio fim, os ossos nos corpos de outros homens através das roupas e da carne.

Ele procurou pelo túmulo do pai nas terras inóspitas do norte do México, mas jamais o encontrou. Questionando em seu espanhol precário funcionários que usavam camisas sujas e o fitavam sem dizer uma palavra, nem mesmo fingindo que o consideravam mentalmente são. Nas ruas de Knoxville, encontrou um homem que conhecera ainda criança e lhe perguntou, aparentemente sem malícia, se achava que seu pai estava no inferno. Não, ele respondeu. Não mais.

Às vezes ficava sentado na pequena igreja de San Francisco Javier. Tardes longas e tranquilas. As mulheres, em seus xales negros, se esforçavam para não o olhar de relance. Uma fonte de pedra com crianças de pedra. As tábuas baratas atrás do altar tinham sido pintadas de dourado, as paredes rebocadas haviam sido ornadas com pinturas de flores, visitadas por criaturas semelhantes a mariposas que voluteavam na luz filtrada pelos vitrais, uma, depois outra. Pensou inicialmente que eram colibris, até se lembrar de que não havia nenhuma espécie deles no Velho Mundo. Acendeu uma vela e depositou uma peseta na caixa de óbolos.

Caminhou ao longo dos promontórios. A distância, os trovões se propagavam com o som de caixas que iam caindo uma a uma. Tempo incomum. Relâmpagos finos e rápidos. O mar interior. Berço do Ocidente. Uma vela frágil bruxuleando nas trevas. Toda a história um ensaio para sua própria extinção.

De manhã, encontrou uma aranha sobre o cobertor. Olhos de gergelim. Soprou em sua direção e ela se escafedeu. Teve um sonho com o pai de que se lembrou no final do dia. Uma figura acabada se arrastando pelo corredor da clínica decadente. Empurrando à sua frente um suporte com tubos e frascos. Talvez dias antes de morrer e ter um enterro sem nome no duro caliche de uma vala comum para indigentes em terra estrangeira. Figura que parou e se voltou, com seus olhos lacrimejantes. Chinelos de papel e uma bata branca cheia de nódoas. Onde está meu filho? Por que não vem?

Passou de bicicleta pelo pequeno porto. Desceu a estrada de cascalho fino do estuário e rodou pelas partes planas. Onde outrora o sal era evaporado para consumo na cidade de Cartago. Frumentária. A palavra romana. As luzes de Ibiza sendo acesas ao norte. Sentou-se numa pedra onde havia um antigo anel de ferro e cuidou de um pneu furado enquanto o sol ainda não tinha se posto. A bicicleta sustentada pelos garfos e encostada à parede. Escutou enquanto passava a câmara de borracha junto ao ouvido. Escolheu um remendo na bolsinha de couro pendurada sob o assento da bicicleta.

Certo dia, conheceu uma moça norte-americana de Baltimore e passearam pela velha cidade. Caminharam em meio às lápides do pequeno cemitério. Ele lhe disse que seria enterrado ali, mas ela se mostrou duvidosa. Talvez, disse. As pessoas nem sempre conseguem o que querem. Havia marcas de gilete em seus braços. Ele afastou a vista, mas não a tempo. Preciso ir, ela disse.

À noite, catou pedaços de madeira e bolas de alcatrão na praia a fim de fazer uma fogueira. Aquecido, se sentou na areia. Um cachorro aproximou-se pela praia no escuro Só se viam seus olhos vermelhos. Parou e se imobilizou. Depois o contornou pelas pedras e seguiu caminho. As chamas dançavam ao vento, e, tendo dormido enrolado no cobertor, ele acordou quando praticamente só restavam brasas. Tições verdes e carvões corriam pela areia. Pôs mais madeira no fogo e ficou escutando o lento marulhar das ondinhas na escuridão. Botes sendo puxados para a areia. O retinir de bronze ou ferro naquelas noites antigas. Os gemidos dos moribundos. Se você perde a chave para decifrar o códice, contra qual escritura essa perda pode ser medida?

Não tenha medo, ela dizia. Palavras mais assustadoras. O que ela via? Para quem o sangue era tudo. E nada. Um homem talentoso e ineficaz. Quando criança, ela inventava jogos que mesmo então ele tinha dificuldade de acompanhar. Levava-o ao sótão onde, anos mais tarde, pelo menos durante algum tempo teve de defrontar um mundo antes desconhecido. Sentavam-se curvados sob o teto baixo, e ela tomava sua mão. Disse que deviam encontrar alguma coisa escondida deles. O que é essa coisa?, ele perguntou. E ela respondeu que éramos nós. Somos nós aquilo que eles nos escondem.

O que ela acreditava em última instância é que até as pedras tinham sido enganadas.

Por que você não consegue enterrá-lo? As mãos dele estão assim tão manchadas de sangue? Os pais são sempre perdoados. No final, são perdoados. Caso mulheres tivessem feito o mundo viver tais horrores, haveria uma recompensa em dinheiro para quem as matasse.

Ainda estava escuro quando voltou para o moinho e subiu a escada para sentar-se diante da pequena mesa. Apertou a testa com as mãos e ali ficou por muito tempo. Por fim, pegou o caderninho de notas e escreveu uma carta para ela. Queria lhe dizer o que estava em seu coração, porém terminou escrevendo apenas algumas palavras sobre sua vida na ilha. Exceto pela última linha: Sinto sua falta mais do que posso suportar. E então assinou seu nome.

* * *

Sentaram-se à janela do hospital em Berkeley com o sol de inverno brilhando lá fora. Seu pai usava uma fita de plástico com o nome em volta do pulso delgado. Deixara crescer uma barba branca e rala, que tocava continuamente. Oppenheimer, ele disse. Oppenheimer, que respondia a suas perguntas antes mesmo que você as formulasse. Podia-se levar para ele um problema em que se estava trabalhando há semanas, e ele ficava ali dando baforadas no cachimbo enquanto você escrevia o problema no quadro-negro. Ele olhava durante um minuto e dizia: Sim, acho que podemos fazer isso. Levantava, apagava seu trabalho, escrevia as equações certas, sentava e sorria. Não sei com quantas pessoas ele fez esse tipo de coisa. Não fazia a menor diferença de que problema se tratava. Se você se refere apenas à matemática, talvez seja Grothendieck. Gödel, é claro. Von Neumann nunca chegou ao nível deles. Ou, aliás, nem Einstein. Ele era sem dúvida o melhor físico. Possuía aquela extraordinária intuição em matéria de física, mas tinha dificuldade em resolver suas próprias equações. Mais tarde, seu problema foi o que desejava. Pensou que era um atalho. Acho que aquilo o fez perder o rumo. Após a Teoria Geral da Relatividade, nunca mais fez nada. Eu o conheci, certamente. Na medida em que qualquer um o conheceu. Talvez Gödel tenha conhecido. Seus amigos na Europa. Bessi. Marcel Grossmann. Antes que ele se tornasse Einstein.

Foi de bicicleta até San Francisco Javier à noite e tomou só um copo de vinho na bodega.

Um velho surgiu arrastando os pés pela estrada com seus sapatos de sola de cordas. O sorriso mostrou um único dente amarelado. As papoulas na beira da estrada brilhantes como flores de papel. Ao voltar, levou os cobertores para a praia e dormiu deitado na areia. Você tem medo de quê?, ela perguntou. O que pode temer que já não aconteceu?

O proprietário da bodega se chamava João e falava bem inglês, aprendido quando trabalhava em hotéis na Costa Brava. Seu amigo Pau é que havia morrido. Um homem mais velho que costumava sentar-se em silêncio a uma das pequenas mesas de madeira com sua taça de vinho. A pele do rosto curtida, repuxada e polida, os pulsos marrons contrastando com o branco da camisa de algodão. Ele bebericava o vinho com ar grave e exibia uma cicatriz branca no antebraço visível quando arregaçava a manga da camisa. Tinha sido causada por uma metralhadora de calibre .30, havendo outras quatro cicatrizes na parte inferior do peito. As mãos haviam sido amarradas às costas, e a bala que quebrara o braço já tinha atravessado seu corpo. Ele dizia que era uma questão filosófica determinar se recebera quatro ou cinco tiros.

Ele alguma vez lhe mostrou as cicatrizes?

Não.

Era modesto demais?

Acho que tinha vergonha.

Vergonha de quê?

Não sei. É o que eu acho. Acho que ele não considerava tão nobre ter sido encostado num muro e baleado como um cachorro. O que me contou foi que acordou entre os mortos. Tarde da noite. Os corpos já começando a feder. Acordou à noite numa pilha de cadáveres e escapou dali. Rastejou até a estrada, onde outros patriotas o encontraram. Acho que sentia vergonha. Era outro mundo. Ele tinha lutado pela causa perdedora e seus amigos haviam morrido em silêncio, ensanguentados à sua volta, enquanto ele sobreviveu. Isso foi tudo. Esperou muitos anos para ouvir de Deus o que era esperado dele. O que devia fazer com a própria vida. Mas Deus nunca lhe falou.

Western perguntou qual era a opinião dele, mas João se limitou a sacudir os ombros e dizer que não sabia. De qualquer modo, não fale comigo sobre Deus. Já não somos amigos. Quanto a ser encostado num muro e levar uma rajada de metralhadora, isso foi uma coisa a que Pau não sobreviveu. No final, se tornou quem ele era. É sobre isso que estamos conversando agora. Por exemplo, uma calamidade não pode ser apagada por nenhuma quantidade de bem. Só pode ser apagada por outra calamidade. Ele nunca se casou. Era tratado com respeito, óbvio. Mas, no final, a gente tem que se lembrar que foi baleado por nada. Os derrotados têm sua causa e os vitoriosos sua vitória. Terá havido momentos em que desejou ter morrido junto com os amigos? Sem dúvida. Ele era do norte, de uma cidadezinha. O que entendia de revolução? Tinha vindo para cá anos atrás. Não tinha família. Era sacristão na igreja. Sacristão? É assim que se chama? Não sei por que veio para cá. Ocupava um quartinho. Tocava os sinos. Não sei por que veio para cá. Talvez fosse como você.

A procissão da Semana Santa em Ibiza. Buzinas, tambores, lanternas. Mascarados desfilando pela cidade velha. Nas ruas calçadas com paralelepípedos, figuras com indumentárias pretas e chapéus em formato de cone seguidas pelos que carregavam num esquife o corpo de seu Deus morto. Os negros estigmas em suas palmas de gesso voltadas para cima.

Sentou-se numa mesa de calçada e tomou um café. Alguém o observava. Ele se voltou, mas, àquela altura, o homem já se levantara e vinha em sua direção. Bobby?, perguntou.

Sim.

Não se lembra de mim?

Lembro.

O faz por aqui?

Estou bebendo café. Sente-se.

Vou só pegar meu drinque.

Voltou com o copo e um guia em edição de bolso, puxando uma cadeira para se sentar. Não acreditei que era você. Está sozinho?

Estou.

E o que faz por aqui?

Moro aqui.

Mora?

Sim.

E o que você faz?

Nada de especial. Apenas moro aqui.

Está de sacanagem comigo?

Western deu de ombros.

Tem ido a Knoxville?

Não.

Sabia que o Seals morreu?

Sim. Sabia. E o Sheddan.

Darling Dave?

Não. Disso eu não sabia.

Não acredito que você esteja morando aqui. Deixe-me pegar um drinque para você. Meu Deus, de onde vêm essas porras desses cachorros? Vai tomar o quê?

Vinho branco.

Vou providenciar. Onde está o garçom?

Assovie para ele.

Assoviar?

É. Aí vem ele.

Como se diz em espanhol?

Vino blanco.

Vino blanco, por favor.

O garçom concordou com um gesto de cabeça e se afastou, arrastando os pés.

De quem são essas porras?

Os cachorros? Não são de ninguém. São apenas cachorros.

Um deles mijou na bolsa da minha mulher.

O quê?

Mijou na bolsa dela. Estávamos almoçando, e, quando chegou a comida, ela tirou a bolsa de cima da mesa e pôs na calçada ao lado da cadeira. E um desses filhos da puta chegou, levantou a perna e mijou na bolsa. Sem nenhuma razão especial. Ela tentou lavar quando voltamos para o hotel, mas cheirava tão mal que teve que jogar fora. Junto com a maioria das coisas que estavam dentro. Faz quanto tempo que você vive aqui?

Mais ou menos um ano. Alguns dos pilotos de corrida costumavam circular por aqui. Na década de 1970.

Ainda circulam?

Não. Acho que o lugar mudou muito. Alguns criminosos interessantes viviam aqui. Um falsificador de primeira classe. Um dos maiores. Um concertista de piano que matou a mulher. A polícia finalmente pegou todos eles. Os cidadãos norte-americanos que moram aqui em geral se visitam e bebem. Eu não recomendaria isso a ninguém.

E você?

Moro num moinho. Acendo velas para os mortos e estou tentando aprender a rezar.

O que pede quando reza?

Não peço nada. Só rezo.

Pensei que fosse ateu.

Não. Não tenho religião.

E mora num moinho?

Moro.

Não está de sacanagem comigo?

Não, não estou.

O garçom chegou com o copo de vinho. Salud, disse Western.

Salud.

O que você está bebendo?

Fernet-Branca.

Problemas de estômago?

É. Qualquer coisa que tenha esse gosto deve fazer bem à saúde.

Western sorriu. Bebericou o vinho.

Não está de sacanagem comigo?

Não.

Bom, você sempre foi um enigma. Tenho certeza de que sabe disso muito bem. É um enigma para você também?

Sem dúvida. Você não?

Não. Na verdade, não. De qualquer forma, é melhor eu ir andando. A patroa me espera. Tem certeza de que está bem?

Tudo certo.

Está bem, está bem.

Seguiu de bicicleta para o interior da ilha no escuro. A luz que ficava acima da roda traseira foi ficando mais fraca na lenta subida até o topo de La Mola. Deixou a bicicleta na porta, foi até a beira do penhasco e ficou no vento. As negras ondas e as luzes de Figuretas ao longo da costa distante. Um leve gosto de sal do mar.

Sheddan veio vê-lo pela última vez. Sentaram-se num amplo teatro. É você, John?, ele perguntou.

O sujeito alto estava escarrapachado num assento mais acima. Não respondeu por algum tempo. Depois disse: Sou eu mesmo, Squire. Por assim dizer.

Uma única respiração no silêncio. Ele prestou atenção. O que dizer? É bom ver você, John.

Obrigado, Squire. É bom ser visto.

Sinto saudade das nossas conversinhas.

Eu também. Como você veio parar aqui?

Num teatro?

É.

Não tenho certeza. Talvez alguma coisa a ver com o fato de que um teatro nunca pode ficar às escuras. Coisa que pouca gente sabe.

Um teatro nunca pode ficar às escuras?

Não. Está vendo essa luz atrás de você?

E daí?

Está sempre acesa. Aconteça o que acontecer. Sabe como ela se chama?

Não.

Chama-se luz fantasma.

Existe uma em cada teatro?

Exatamente. Uma em cada teatro.

E fica sempre acesa? Noite e dia?

Sim, noite e dia. Ninguém dá chance ao azar.

Nenhuma chance?

Nenhuma.

Anos e anos de vagabundagem reunidos na recordação de um momento. Um teatro vazio, como você talvez tenha notado, é vazio de tudo. É uma metáfora para o mundo desabitado do passado. De qualquer forma, parece um local improvável para buscar notícias. Você está bem?

Acho que sim.

Por que está aqui?

Não sei bem.

Nada mudou?

Não.

Você se ofenderia se eu lhe dissesse que acho isso encorajador? Você com seu esfíncter de ferro. A nobre determinação.

Não.

Imagino que, no final das contas, o que temos a oferecer é apenas o que perdemos. Não que eu ame os paradoxos. É que eles simplesmente passaram cada vez mais a me parecer a última realidade factual. Imagino que isso não seja nenhuma novidade.

Não.

Mas permita-me prosseguir.

Claro.

Você disse que eu era um visionário da ruína universal. Mas não havia nenhuma visão. Na melhor das hipóteses, uma esperança. Você é que era o visionário. Tinha as ferramentas para isso. Eu não tinha nenhuma dor no coração, Squire. Isso era o que faltava. Sempre tive inveja de você. Não só por essa, mas por outras razões. Meu Deus, está fazendo frio aqui. Nunca mais me senti aquecido. Você me chamou de Belzeburrego.

De quê?

Belzeburrego. Não se lembra?

Lembro. Você não achou graça.

Não. Diante de um falso deus, damos de ombros. Mas um falso diabo só pode ser risível. E havia a insinuação da tolice.

Desculpe.

Considere aquilo esquecido.

Obrigado. O que mais?

Ah.

Diga.

Devia ter dito. Eu estava perdido em meus pensamentos, uma metáfora adequada. Tenho pouco a deixar na sua porta, Squire, mas não fui bem tratado. De modo geral. Suponho que seja um pouco tarde demais para queixas. Em certa medida, você me caracterizou como um intelectual de boteco. E é verdade que nunca me elevei muito acima da minha formação. Como tenho certeza de haver dito antes. Sempre fui capaz de apreciar um copo frio de leitelho. Mas isso não é uma coisa ruim.

Não mesmo.

Gostaria que você tivesse sido mais simpático comigo. Não acho que deixei de ser generoso. Mesmo que com o dinheiro alheio.

Sim, sempre foi generoso.

Sempre pensei que você ia se suicidar por afogamento. Não se afogou.

Não.

Tinha um sonho recorrente com você. Um de dois. Sozinho no fundo do mar com a roupa de mergulho. Escapando de alguma cavernosa subducção. Você lutava naquelas profundezas abissais como um homem que atravessa com dificuldade uma camada de mucilagem, enquanto as pegadas de seus sapatos com chumbo se fechavam lentamente no lodo às suas costas. As placas tectônicas estalando. Nuvens de sedimentos subindo vagarosamente para o engolir. Como sua lanterna tinha pifado, você era obrigado a caminhar na luz fantasmagórica das antigas fumarolas, que lançavam vapores à distância, como velas fincadas no chão. Havia alguma coisa mais que poética em sua luta diante daquelas lâmpadas do inferno em cujo útero sulfuroso a própria vida talvez tenha se originado no passado remoto.

Você me contou.

Contei? Não me lembrava disso. Ao serem recordados, os sonhos e a vida adquirem uma estranha igualdade que os funde. E acabei suspeitando que o chão sobre o qual caminhamos depende menos de nossas escolhas do que imaginamos. E, enquanto isso, um passado que mal conhecemos é transmitido para nossas vidas como um investimento duvidoso. A história desses tempos será difícil de relatar, Squire. Mas, se há um traço comum em nossa compreensão, é que somos defeituosos. No fundo, é isso que sabemos.

Você acha que nos odiamos?

Acho. Insuficientemente com relação ao que merecemos. Mas sim, nos odiamos.

Sendo assim, até que ponto o mundo é ruim?

Até que ponto? A verdade do mundo constitui uma visão tão aterradora que torna insignificantes as profecias do mais pessimista vidente que jamais pisou neste planeta. Desde que se aceite isso, então a ideia de que tudo um dia vai virar pó e se perderá no vácuo deixa de ser uma profecia para se transformar numa promessa. Agora me permita lhe fazer a seguinte pergunta: Quando nós e todas as nossas obras tivermos desaparecido para sempre, junto com a lembrança delas e todas as máquinas em que tais recordações possam ter sido codificadas e guardadas, quando a terra não for nem mais uma brasa ardente, então para quem isso será uma tragédia? Onde encontraríamos tal ser? E quem o encontraria?

Não sei, John.

O diâmetro da nossa vida se fecha como uma pinça. Um derradeiro ponto de luz e depois nada. Nós devíamos ter conversado mais.

Conversamos um bocado.

Podíamos ter sincronizado nossos sonhos. Como as menstruações de colegas de dormitório. Apesar das ocasionais asperezas, sou forçado a dizer que sempre admirei a contragosto a maneira como você elevou a perda de um ente querido a um nível tão alto. O sofrimento elevado a um status que transcendia o simples pesar. Não, Squire. Me ouça. É a ideia da perda. Ela engloba todas as coisas passíveis de serem perdidas. É nosso medo atávico, desde que existiu o primeiro ser humano, e cada qual pode atribuí-lo ao que bem entender. Não invade nossa vida. Sempre esteve lá. Aguardando nossa indulgência. E, no entanto, sinto que não lhe dei o devido valor. Como separar sua história das histórias dos homens comuns? Acredito que seja verdade que não há um domínio coletivo da alegria como há o do sofrimento. É impossível ter certeza de que a alegria de alguém se assemelha à sua. Mas, no que tange à dor, essa dúvida não existe. Se não estamos em busca da essência, Squire, o que buscamos? E vou acatar sua opinião de que não podemos expor tal coisa sem nela deixarmos nossa marca. Vou mesmo lhe conceder que você pode ter tirado as cartas mais sombrias. Mas me ouça, Squire. Onde a substância de alguma coisa é incerta, a forma não pode exigir mais espaço. Toda realidade é perda, e toda perda é eterna. Não existem outros tipos. A realidade que investigamos necessita primeiro nos conter. E o que somos nós? Dez por cento biologia e noventa por cento rumores noturnos.

Qual era o outro sonho?

O outro sonho era o seguinte. Havia um cavalo sem cavaleiro diante do portão ao amanhecer. Outro país, outros tempos. A notícia que o cavalo traz não tem mais de um dia de viagem. No passado o cavalo sonhava com éguas, capim e água. Com o sol. Mas já não tinha esses sonhos. O mundo dele era feito de sangue e morticínio, dos gritos de homens e animais que ele mal entendia. O cavalo permanece no portão com a cabeça baixa enquanto o dia clareia. Está coberto por um manto costurado com plaquinhas de aço e escurecido pelo sangue. Mantém uma pata da frente inclinada sobre as pedras.

Ninguém vem. A notícia não chega. Pode ser a cena de um quadro. Não sei o que significa. Talvez a tenha visto num livro. Quando era criança. Mas foi o que sonhei. Desejaria ter outras palavras para você, Squire. Preparar-se para qualquer luta implica sobretudo reduzir sua carga. Se você levar seu passado para a batalha, estará rumando para a morte. A austeridade eleva o coração e dá foco à visão. Viaje com pouca bagagem. Bastam umas poucas ideias. Todos os remédios contra a solidão apenas a postergam. E está chegando o dia em que não haverá nenhum remédio. Desejo-lhe águas tranquilas, Squire. Sempre desejei.

Obrigado, John.

Preciso ir. Não voltaremos a nos ver.

Eu sei. Sinto muito.

Eu também. Não deixe que falem de mim, Squire. Dirão coisas feias.

Eu sei. Vou ver o que posso fazer.

Postou-se diante do pequeno balcão de madeira enquanto João servia o vinho. Cujo gato comeu uma dracena e morreu. Pousou a garrafa no balcão e empurrou as pesetas de Western de volta para ele. Salud, disse.

Salud. Gracias.

Eu deveria ter sido mais bondoso com o velho Pau. Tenho pensado nele.

Não acho que você o tenha tratado mal.

Não se pode falar pelos mortos. Quem conhece suas vidas? De qualquer maneira, é da natureza das pessoas imaginar que os derrotados devem ter feito alguma coisa para merecer seu fracasso. As pessoas querem que o mundo seja justo. Mas o mundo não se pronuncia sobre esse assunto. Ganhar uma guerra ou uma revolução não confere validade à causa. Entende o que estou dizendo?

Entendo.

Conhece as obras de Carlos Roche?

Não.

Ele era meu irmão. Mais velho que eu. Morreu na guerra.

Sinto muito.

Tudo bem. Ele teve sorte.

Por morrer na guerra?

Por morrer na guerra. Por morrer acreditando. Sim.

Acreditando em quê?

Em quê? Como dizer? Acreditando em si mesmo como homem num país armado por uma causa justa para gente que ele amava, e os pais dessas pessoas, e a poesia, a dor e o Deus deles.

Entendo que você não tenha tais crenças.

Não.

Nenhuma?

João franziu os lábios. Passou um pano no balcão. Bem, é claro que um homem tem crenças. Mas não acredito em fantasmas. Creio na realidade do mundo. Quanto mais duras e afiadas as arestas, mais a gente acredita. O mundo está aqui. Não em outro lugar qualquer. Não acredito em viajar. Acredito que os mortos estão debaixo da terra. Imagino que, em certo momento, eu tenha sido como o velho Pau. Queria ouvir a voz de Deus e nunca ouvi. Apesar disso, ele continuou a acreditar e eu não. Ele sacudia a cabeça para mim. Dizia que uma vida sem Deus não me prepararia para uma morte sem Deus. Eu não tenho resposta para isso.

Nem eu. Preciso ir.

Hasta luego, compadre.

Uma pequena mula dançava num campo florido. Ele parou para observar. Ela se empinava nas patas traseiras como um sátiro e balançava a cabeça, relinchava, repuxava a corda que a prendia, dava coices. Parou com as pernas abertas e olhou para Western, voltando depois a saltar e a zurrar. Tinha mexido num ninho de vespas enquanto pastava, mas, não sabendo como ajudar, Western seguiu em frente.

Encontrou uma moeda na praia. Um disco irregular de bronze praticamente desfigurado no curso de séculos. Guardou-a no bolso. Resquícios de mundos desaparecidos naqueles postos avançados. Como os ossos de embarcações entre os rochedos de remotos mares do norte. Ossos de homens.

Encomendou em Paris uma coleção dos papéis de Grothendieck e se sentou à luz da lamparina estudando os problemas. Depois de um tempo, eles começaram a fazer sentido, mas não era essa a questão. Nem o francês. A questão era o núcleo profundo do mundo como número. Tentou traçar seu caminho. Descobrir um começo lógico. A sombria geometria de Riemann. Aqueles símbolos estapafúrdios, como ela costumava dizer. As caixas de anotações de Gödel sobre Gabelsberger.

Com o tempo mais quente, à noite ele se despia e deixava as roupas num montinho sobre a areia junto com as sandálias. Entrava então na água negra e acolhedora, mergulhava e nadava para fora da arrebentação, onde boiava de costas, subindo e descendo com as ondas. Contemplava as estrelas e acompanhava aquelas poucas que se soltavam de suas amarras e caíam pelo vasto espaço da meia-noite, da escuridão para a escuridão.

Não tinha fotografias dela. Tentou ver seu rosto, mas sabia que a estava perdendo. Pensou que algum estranho ainda não nascido poderia encontrar o retrato dela num anuário escolar em alguma loja poeirenta e ficar imobilizado por sua beleza. Voltar àquela página. Examinar aqueles olhos. Um mundo ao mesmo tempo antigo e que nunca existiria.

Depois que ela saiu da pedreira, ele ficou sentado sozinho até que as pequenas chamas nas latinhas se extinguissem uma a uma. Mais tarde apenas as trevas do campo, o silêncio só cortado pelo tênue zumbir de um caminhão na estrada.

Escreveu em seu caderninho preto à luz da lamparina. A misericórdia é a província de uma só pessoa. Há o ódio das massas e a dor das massas. A vingança das massas e até mesmo o suicídio em massa. Mas não há o perdão das massas. Só há você.

Salpicamos água na criança e lhe damos um nome. Não para fixá--lo em nossos corações, mas em nossas garras. As filhas dos homens se sentam em lúgubres quartinhos inscrevendo mensagens nos braços com giletes, e o sono não faz parte de suas vidas.

Passado o longo e seco verão, ele acordou certa noite ao ver a alta janela na parede do moinho de grãos aparecer em meio às trevas. Viu uma segunda vez. Sentou-se à janela e observou, mais além da negra vastidão do mar, os trovões silenciosos e a luz trêmula que brilhava por trás das nuvens.

Sentou-se na pequena e bem esfregada mesa da bodega. Lendo os jornais que Vis tinha enviado na barca de Ibiza. João foi até o bar e voltou com uma carta, que entregou a Western. Que ficou olhando para ela. Tinha sido enviada de Akron, Ohio. O envelope estava sujo, com manchas, parecendo ter sido pisado. Un momento, ele disse. João voltou-se e Western lhe devolveu a carta.

No es suya?

No.

Ele virou o envelope e o examinou. Es su nombre, disse.

Western recostou-se na cadeira. Disse que não conhecia mais ninguém nos Estados Unidos e não queria nenhuma correspondência de gente de lá. João sopesou as palavras. Deu uma batidinha com o envelope na palma da mão. Por fim, disse que a guardaria, porque as pessoas mudam de opinião.

Voltou para casa pedalando no lusco-fusco. A torre estava escura e úmida quando entrou e encostou a bicicleta na parede. Subiu os degraus com a lamparina, que pôs sobre a mesa. Sentou e escutou o silêncio. Às vezes, de noite, quando os ventos sopravam sobre o promontório, ele podia sentir que alguma coisa se movia nas entranhas do antigo mecanismo, um gemido baixo das complexas engrenagens de oliveira, seguido mais uma vez pelo silêncio, perturbado somente pelo roçar do vento na torre e o farfalhar da palha acima da sua cabeça.

Certa noite, já bem tarde, viu diante dele na praia uma pequena figura agasalhada contra o frio. Acelerou o passo, mas era apenas uma velha que caminhava pela areia. Com um pouco mais de um metro e vinte de altura. Passou por ela e lhe desejou boa-noite. Parou então e perguntou se ela estava bem, tendo a velha respondido que sim. Ia visitar a filha, ao que ele assentiu com um gesto da cabeça e seguiu em frente. Sabia que ainda tinha a esperança de ter a seu lado aquela pequena e quase esquecida figura. Inclinando-se para confrontar o vento, com as mãos nos bolsos e as roupas tremulando. Ele o tinha visto pela última vez num sonho. Um moleque de rua encapuzado e resmungão, caminhando com passos pesados pela costa árida de algum deserto sem nome onde o frio mar sideral vai se quebrar e transformar em espuma, onde uivam as tempestades sopradas do negro e pulsante alcaeste. Marchando com esforço pelas praias de calhaus do universo, seus magros ombros voltados para os ventos estelares e a sucção de luas tão negras quanto rochas. Um solitário caminhante na praia, apressando-se para escapar da noite, pequeno, sem amigos e corajoso.

Subiu ao sótão e, envolto no cobertor, sentou-se na janela da torre. Pingos de chuva no peitoril. Relâmpagos de verão bem longe no mar. Como o clarão de distantes canhões ao dispararem. O tamborilar sobre a lona que havia estendido em cima da cama. Alongou o pavio da lamparina junto ao cotovelo, tirou o caderninho de notas de dentro de sua caixa e o abriu. Então parou. Ficou sentado por um longo tempo. No final, ela disse, não haverá nada que não possa ser simulado. E essa será a derradeira redução do privilégio. Esse é o mundo do porvir. Nenhum outro. A única alternativa é a surpresa daquelas estranhas formas gravadas no concreto pelo calor fenomenal.

As idades dos homens estendendo-se de túmulo a túmulo. Contabilidade numa lousa. Sangue, negrume. A lavagem de crianças mortas numa prancha. As lâminas de pedra do mundo com suas impressões de fósseis incontáveis em forma e número. Os petróglifos mais recentes de meu pai, e as pessoas na estrada nuas e uivando.

Passada a tempestade, ali permaneceu o mar escuro, frio e pesado. Nas águas frescas e metálicas, as silhuetas achatadas de grandes peixes. O reflexo nas ondas de um bólido derretido que varava o firmamento como um trem em chamas.

Debruçou-se sobre seus escritos à luz da lamparina. O teto de palha chiando na escuridão em forma de sino acima de sua cabeça, a sombra encurvada de seu corpo no reboco grosseiro da parede. Como aqueles escribas de outrora nos gélidos quartos de pedra labutando sobre pergaminhos. As lentes de suas lâmpadas eram feitas de cascos de tartaruga fervidos, raspados e prensados. Elas projetavam nas paredes das torres fortuitos mapas de terras desconhecidas tanto por homens quanto por seus deuses.

Por fim, ele se inclinou para a frente, aproximou a mão em concha da cúpula de vidro e, tendo apagado a lamparina com um sopro, se recostou no escuro. Sabia que, no dia de sua morte, veria o rosto dela e teria a esperança de carregar aquela beleza com ele para as trevas, o último pagão na terra, cantando baixinho sobre o esquife numa língua desconhecida.

ESTA OBRA FOI COMPOSTA PELA ABREU'S SYSTEM EM ADOBE GARAMOND
E IMPRESSA EM OFSETE PELA GRÁFICA SANTA MARTA SOBRE PAPEL PÓLEN SOFT
DA SUZANO S.A. PARA A EDITORA SCHWARCZ EM NOVEMBRO DE 2022

A marca FSC® é a garantia de que a madeira utilizada na fabricação do papel deste livro provém de florestas que foram gerenciadas de maneira ambientalmente correta, socialmente justa e economicamente viável, além de outras fontes de origem controlada.